L'ARTEFACT

Diplômé en droit, Jamie Sawyer est un avocat pénaliste anglais. Il est également l'auteur des trilogies *Lazare en guerre* et *La Guerre sans fin*.

JAMIE SAWYER

L'Artefact

Lazare en guerre, 1

TRADUIT DE L'ANGLAIS PAR FLORENCE BURY

L'ATALANTE

Titre original :
ARTEFACT. THE LAZARUS WAR: BOOK 1
Publié par Orbit, une division de Little, Brown Group,
en Grande-bretagne.

ISBN : 978-2-253-93714-2 – 1re publication LGF

À *Louise ;*
même si je t'ai manqué avec la limonade,
tout s'est bien terminé.

Chapitre premier

New Haven

Le bruit des échanges radio m'emplit les oreilles. Des voix différentes qui parlent en même temps.

Est-ce que ça y est ? Est-ce que je vais la trouver ?

« Identification confirmée : VMAL New Haven. *Il n'a pas donné signe de vie depuis trois ans.*

— Les boucliers énergétiques sont coupés. Vous pouvez approcher sans problème. »

Au moins, il s'agit d'un vaisseau ami. Pavillon : Mondes arabes libres. Mais ce n'est pas le bon. Je ressens une pointe de déception. À quoi est-ce que je m'attendais ? Elle est perdue.

« Vaisseau des Mondes arabes libres New Haven, *ici la base opérationnelle avancée alliée Cap-Liberté : me recevez-vous ? Je répète, ici la BOA Cap-Liberté : me recevez-vous ?*

— Le transpondeur n'émet pas.

— Nos sommations restent sans réponse. Aucune réaction aux contacts automatisés ni manuels. »

Je me branche sur les caméras extérieures pour obtenir une meilleure vue de la cible. C'est un gros vaisseau spatial long d'un kilomètre. *New Haven* est inscrit sur la coque en lettres blanches écornées. Sous le nom figurent un numéro d'immatriculation et un code-barres, ainsi que le logo d'un sponsor – une publicité pour une compagnie minière oubliée de longue date. Après coup, on a griffonné quelque chose en arabe près du logo.

Le *New Haven* est un vaisseau de colonisation civil – l'un de ces modèles produits en série qu'on croise souvent dans les systèmes frontaliers, capables de sauts longue distance en espace quantique mais dépourvus de réelle capacité défensive. Il est sans doute plus vieux que moi, et il a dû être remis à niveau par une douzaine de gouvernements et de corpos successifs avant de prendre son nom actuel. Il paraît douloureusement vulnérable à mon œil militaire, avec son immense module de commandement globuleux en proue, son fuselage élancé et son unité de propulsion hideuse en poupe.

En tout cas, il ne servirait à rien au combat.

« Lecture des capteurs distants en cours. Je n'arrive pas à obtenir d'analyse interne claire sur le bioscanner. »

De plus près, des indices expliquant l'inertie du vaisseau apparaissent. Des cloques et des fissures dans la coque trahissent qu'il a essuyé les tirs d'une arme spatiale. Rien de catastrophique, mais de quoi neutraliser le système de propulsion : comme si son assaillant anonyme avait joué avec lui. Comme un chasseur qui se contente de mutiler sa proie et choisit de ne pas porter le coup fatal.

« VMAL New Haven, *ici Cap-Liberté. Nous allons procéder à l'abordage, conformément au code militaire*

alpha-zéro-neuf. Vous êtes entré sans autorisation dans la zone de quarantaine krell. En vertu de la loi martiale en application dans ce secteur, nous sommes habilités à aborder votre bâtiment afin d'assurer votre sécurité. »

Ce vaisseau dérive probablement sans but depuis des mois, voire des années. Il n'y a sûrement rien de vivant dans cette coquille de métal désolée.

« *Toujours pas de réponse. Tir libre autorisé pour l'équipe d'abordage. Exécutez la mission conformément aux instructions.* »

À moi de répondre : « Ici le capitaine Harris. Je vous reçois cinq sur cinq. Approche confirmée.

— *Bien reçu. Feu vert mission. À vous, mon capitaine. Silence radio à partir de maintenant.* »

Puis la communication est coupée et il y a un instant de silence. Cap-Liberté et la protection qu'apportait la station paraissent soudain bien lointaines.

Notre navette blindée de transport de personnel, un Chat-sauvage, avance vers le *New Haven*. La NTP est un appareil laid et fonctionnel, conçu pour nous emmener de la base d'opérations au point d'insertion, rien de plus. Elle est lourdement blindée mais n'embarque pas d'armement, l'idée étant que, en cas de tirs ennemis, le triple blindage permette de préserver l'intégrité de la coque le temps d'atteindre l'objectif. Comparée au gigantesque vaisseau civil, ce n'est qu'une poussière insignifiante.

Je me redresse dans le compartiment des troupes, sanglé dans mon harnais de sécurité. En approche de la cible, la gravité à bord du Chat-sauvage a complètement disparu, et tout ce qui n'est pas arrimé dérive en apesanteur. Il n'y a ni hublots ni écrans d'observation, et je me fie donc aux flux vidéo externes pour suivre notre progression. C'est un vrai wagon à bestiaux, modèle espace lointain.

Je porte un casque de combat tactique – pas seulement à des fins de protection. Diverses données techniques sont retransmises sur mon visu tête haute, projetées directement sur ma visière. Des nuages d'icônes brillantes, d'avertissements et de données défilent. Un bleu peinerait à traiter pareil flux d'informations, mais pour moi c'est comme une seconde nature. Branché directement sur mon armure de combat, je masque par la pensée certaines données et en examine d'autres.

Satisfait de ce que j'ai vu, je gueule dans le communicateur : « Section, identification ! »

Les cinq membres de mon unité répondent tour à tour, et leurs signes vitaux respectifs apparaissent sur mon VTH.

« Jenkins. » La seule femme de l'équipe – petite, rapide et énergique. C'est une cinglée de la gâchette et, en matière d'opérations militaires, une vraie obsessionnelle compulsive – et c'est peu de le dire. Elle est le caporal de la section, et je n'en voudrais pas d'autre.

« Blake. » Le plus jeune de l'équipe, intégré juste à la fin de ses classes, le teint frais, toujours enthousiaste. Signes particuliers : une habileté hors du commun avec un fusil de sniper et un talent incroyable avec le sexe opposé.

« Martinez. » Il a un passé de fusilier spatial allié. Les yeux noirs et un duvet plus noir encore sur le crâne, il est d'origine vénuso-américaine. Il jure avoir du sang latino, mais les dernières générations de sa famille ont-elles seulement posé le pied sur Terre ? J'en doute.

« Kaminski. » L'esprit vif, un technicien rapide doublé d'un bon tireur. Kaminski est avec moi depuis le début. Comme moi, il a servi dans les forces spéciales de l'Alliance. Jenkins et lui se tapent mutuellement sur les nerfs, comme un frère et une sœur. Au-dessus de la visière de son casque se détachent clairement les mots NÉ POUR TUER.

Puis, enfin : « Officier scientifique Olsen… Euh… vivant. »

Notre invité sur cette mission, l'officier scientifique attaché à ma section, est assis à ma gauche. Secoué de tremblements incontrôlables, il alterne haut-le-cœur et hyperventilation. Son communicateur est réglé sur un canal ouvert, et aucun de nous ne peut ignorer son tourment. Je surveille de loin ses signes vitaux sur l'afficheur de ma combinaison – il est mal en point. Je vais devoir le garder près de moi pendant l'opé.

« C'est votre premier contact, monsieur Olsen ? » demande Blake sur le canal de com général.

Olsen répond d'un hochement de tête dramatique. « Oui, mais j'ai mené des recherches approfondies sur l'ennemi en laboratoire. » Il marque une pause le temps d'un haut-le-cœur puis lâche : « Et j'ai lu de nombreux rapports de mission.

— Ça compte pour des prunes, ici, mon ami, intervient Jenkins. Il faut affronter l'ennemi face à face. Aller au contact, dans notre espace.

— C'est bien le problème, Jenkins, dit Blake. D'après le traité, on n'est pas dans notre espace.

— Tu parles du traité signé avant ta naissance, gamin ? raille Kaminski. On a de la compagnie pour cette mission, c'est une grande occasion. Et si tu nous disais ton âge ? »

En tant que chef de section, je connais l'âge de Blake, mais les autres l'ignorent. Ce mystère est devenu un motif de plaisanterie pour le reste de l'unité. Je pourrais facilement donner la réponse à Kaminski, mais ça lui gâcherait le plaisir. Il revient là-dessus à chaque déploiement opérationnel.

« Elle est pas un peu usée, ta vanne ? répond Blake.

— Non, non – elle reste aussi fraîche que toi, gamin. »

Blake lui adresse un doigt d'honneur pataud, d'une main surdimensionnée engoncée dans des gants renforcés à l'extrême.

J'interviens : « Arrêtez de vous chercher. J'ai besoin que vous gardiez la tête froide, que vous restiez concentrés. Je ne veux surtout pas que les choses dégénèrent là-dehors. On monte à bord du *Haven*, on télécharge son itinéraire et on se casse. »

J'ai déjà briefé mon équipe sur Cap-Liberté, mais aucune opération ne relève de la routine quand il s'agit des Krells. La seule éventualité d'un contact change la donne. Je balaye du regard la pénombre de la navette en m'arrêtant sur le visage de chacun de mes hommes. En parallèle, ma combinaison me fournit leurs statistiques de combat – de quoi m'assurer qu'ils sont prêts pour cette opération.

« Si on reste groupés et qu'on garde notre calme, y a pas de raison qu'il y ait des blessés. Ça vaut pour vous aussi, Olsen. »

L'officier scientifique hoche de nouveau la tête. Ses biorythmes sont très inquiétants, mais je n'y peux rien. Après tout, ce n'est pas moi qui ai choisi de l'intégrer à mon équipe.

« Vous avez entendu le chef, renchérit Jenkins. Ça veut dire qu'on déconne pas. »

Je ne l'aurais pas mieux exprimé moi-même. Si je cane pendant l'opé, c'est Jenkins qui sera chargée de ramener la section.

Le Chat-sauvage sélectionne un portail d'arrimage adapté sur la coque du *New Haven*. Des données en provenance du pilote automatique de la NTP m'informent que notre trajectoire et notre vecteur d'approche sont conformes. On montera à bord du vaisseau par la coursive principale. D'après nos renseignements, basés sur les plans de bâtiments similaires, elle forme l'épine dorsale du *New Haven*. Elle nous donnera accès à tous les objectifs tactiques majeurs : la passerelle, la chambre de propulsion et la salle d'hypersommeil.

Un carillon résonne dans mon casque, et la NTP réactualise mes données – T MOINS DIX SECONDES AVANT IMPACT.

« C'est parti ! »

Les rétropropulseurs de la navette s'enclenchent, provoquant une décélération brutale. Ma tête vient heurter le cale-tête rembourré, et ma carcasse tremble violemment. Malgré la faible pesanteur qui règne dans la cabine, c'est une sensation qui soulève les tripes. Mon cœur tambourine dans ma poitrine alors même que je l'ai déjà fait des centaines de fois. Mon casque m'informe qu'une nouvelle fournée de drogues de combat synthétiques – un cocktail d'endorphines et d'adrénaline, soigneusement dosé pour me maintenir au top de mes performances guerrières – m'est injectée pour compenser. L'armure inclut un kit médical complet en prise directe avec mon organisme, qui me prête assistance en cas de besoin.

La distance à la cible diminue rapidement.

« Préparez-vous à l'impact. »

J'observe la procédure d'arrimage – sommaire mais efficace – par les caméras de la navette. Celle-ci heurte carrément la coque du *New Haven* et aligne les sas sans plus de cérémonie. Le contact s'opère dans un rugissement explosif accompagné d'une onde d'énergie cinétique. Puis le sas du Chat-sauvage s'ouvre.

Le groupe se met en mouvement comme une mécanique parfaitement huilée, une machine bien rodée. À l'exception d'Olsen, on a tous déjà l'expérience de ce genre de mission. Martinez quitte le premier son harnais de sécurité et se lève. Il prend position en pointe. Jenkins et Blake suivent : ils nous couvriront si on rencontre de la résistance. Puis Kaminski, qui escorte Olsen. Je suis toujours le dernier à quitter la cabine.

« Abordage réussi. Nous sommes sur le *Haven*. »

Il s'agit d'une formalité pour l'enregistreur de ma combinaison de combat.

Je m'engage dans la coursive ; mon arme établit automatiquement une liaison avec mon VTH, qui affiche les données de visée. On est équipés de fusils à plasma Westington-Haslake M95 – l'arme d'épaule de choix en cas d'engagement à bord d'un vaisseau hostile. C'est une arme lourde et imposante, alimentée par une batterie autonome, qui tire des impulsions de plasma phasé. Sa portée est limitée, mais sa cadence de tir époustouflante et la puissance d'arrêt phénoménale d'une arme à énergie de ce calibre valent bien qu'on transige un peu. On emporte également d'autres armes, en fonction des goûts de chacun – Jenkins a une préférence pour l'unité incinératrice Armant comme équipement principal, et on porte tous des pistolets à plasma à la ceinture.

« En position de couverture – trajectoires de tir croisées. » La section exécute mes ordres, transmis par le communicateur. « Dispersion large, et éclairez-moi ça correctement. »

Les lampes d'épaule s'allument, illuminant d'un mouvement dansant l'intérieur meurtri du vaisseau. Les combinaisons sont équipées pour la vision infrarouge, nocturne et électromagnétique, mais l'organisme des Krells n'émet guère de chaleur et rien ne vaut l'œil nu, à l'ancienne.

Sans attendre les ordres, Kaminski s'approche de l'un des panneaux de contrôle muraux. Il accède à l'ordinateur central du bâtiment à l'aide d'une unité de distribution d'énergie portative.

« Que la lumière soit », souffle Martinez en standard. Il a un accent prononcé.

Des rampes s'éclairent tour à tour au plafond, noyant la coursive sous une lumière électrique déplaisante. Certaines clignotent par intermittence, d'autres restent tout bonnement éteintes. Quelque chose se met à ronronner dans le ventre du vaisseau – peut-être des systèmes de régulation vitale en veille. Un calme sinistre baigne la coursive principale, purement utilitaire, avec son plancher et ses cloisons de métal nu. D'après ma combinaison, la température est désagréablement basse mais tolérable.

« Le générateur de gravité est opérationnel, annonce Kaminski. Ils ont laissé les systèmes atmosphériques intacts. On est bons pour quelques heures.

— Je n'ai pas l'intention de m'éterniser tant que ça », répond Jenkins.

Tous ensemble, on déverrouille nos casques. L'air charrie deux odeurs contradictoires : eau fétide et plastique cramé. *Le feu a ravagé ce bâtiment, et un réservoir de recyclage a explosé tout près d'ici.* On entend du liquide goutter lentement plus loin.

« Je vais rester en atmosphère confinée, si ça ne vous dérange pas, lâche maladroitement Olsen. On a pu constater la présence de contaminants interespèces chez certains sujets.

— Christo, ce type est incroyable, commente Kaminski, l'air désabusé.

— Hé, attention à ce que tu dis, *mano* ! » Martinez désigne une croix blanche grossière peinte sur la poitrine de sa combinaison de combat. « N'invoque pas son nom en vain. »

Aucun de nous ne sait quelle religion Martinez pratique, mais il y met une ferveur admirable. Apparemment, elle tolère le jeu, les femmes et l'alcool, alors que blasphémer en mission est inacceptable.

« Tu vas pas recommencer, réplique Kaminski. T'as que ça à la bouche ! Si on rentre à Cap-Liberté sans toi, j'appellerai le bon Dieu moi-même. Les Vénusiens, z'êtes tous les mêmes.

— Je suis américain ! »

Les Vénusiens sont très fiers de leurs racines – j'ai dû jouer les arbitres là-dessus entre ces deux-là plus souvent qu'à mon tour.

« Ta gueule, intervient Jenkins. S'il a envie de croire, tu le laisses faire. » Les autres la respectent presque autant que moi et ils se taisent aussitôt. « C'est bon de croire en quelque chose. Vos ordres, boss ?

— Équipe alpha : Jenkins et Martinez, vous descendez dans la chambre d'hypersommeil et vous me faites un rapport sur le statut des colons. Équipe bravo, avec moi. »

Hochements de tête approbateurs de la section. C'est la procédure réglementaire : monter à bord de la cible, vérifier les sites clés et repartir au plus vite.

« Et le propulseur quantique ? » s'enquiert Jenkins. Elle a mis son lance-flammes sous tension, et la lueur de sa veilleuse danse sur son visage, lui donnant un air mauvais.

« On converge vers le site dans quinze minutes. Effectuons une petite reconnaissance sur place avant de partir.

— Bien reçu, mon capitaine. »

Les soldats s'enfoncent d'un bon pas dans le vaisseau lugubre, leur armure lourde et leurs armes cognant bruyamment en chemin.

Ce n'est pas de la peur que je ressens dans mes tripes. Pas de l'inquiétude non plus – c'est pire : de l'exaltation. Elle pollue ma réflexion tant elle est enivrante. Je suis fait pour ce boulot. Je régule mon pouls et me concentre sur la mission qui m'attend.

Quelque chose se meut dans ce vaisseau – je le sens.

Je pars vers la passerelle avec Kaminski et Blake. Olsen, qui peine à nous suivre, reste muet presque tout le chemin, mais Kaminski ne peut s'empêcher de le provoquer.

« J'ai cru comprendre que vous n'aviez pas l'habitude de courir en armure de combat. Dites-nous si vous voulez une pause. »

Au ton de sa voix, il est clair qu'il s'agit d'une insulte plutôt que de sollicitude.

« C'est étonnant », dit Olsen en secouant la tête. Il ignore la pique de Kaminski. « Une véritable merveille de technologie moderne. J'ai l'impression que c'est la combinaison qui me dirige et non l'inverse. »

Je le rassure : « On s'y fait. Il y a deux tonnes et demie de mécanique dans chaque unité. »

La combinaison de combat Trident de classe IV est équipée de tout ce dont un soldat a besoin. Un système de traitement des données tactiques et sensorielles est intégré au casque et relié au VTH. Un blindage ablatif renforcé protège l'utilisateur des tirs d'armes légères. Elle est adaptée aux activités extravéhiculaires : hermétique et dotée d'un recycleur d'oxygène pour la survie en espace lointain. Une pléthore de gadgets et de petits extras viennent s'ajouter à cela, et le département Recherche et Développement fournit une nouveauté à chaque mission. Cette version de la combinaison offre un motif camouflage urbain fluctuant afin de brouiller la silhouette et faire de nous des cibles plus difficiles. Cerise sur le gâteau, la musculature mécanique décuple la force du porteur.

« On peut écraser un xéno-crâne d'une main, dit Kaminski en pliant les doigts d'un air absent. Je l'ai déjà fait.

— Restez concentrés. » À cet ordre, il se tait.

On avance dans un secteur mal éclairé du vaisseau, et les Krells aiment l'obscurité. Je rallume ma torche d'épaule et scrute les lieux.

Le bâtiment est dans un triste état. Il a été mis en pièces par les envahisseurs. On passe devant des cabines fermées par des barricades de fortune. Des murs couverts de traces de mains sanglantes ou marqués par des tirs d'armes à énergie. L'équipage et les civils ont dû résister, mais pas lourd. Ils n'avaient sans doute que des armes défensives sommaires – quelques fusils à projectiles, un choqueur ou deux pour gérer à l'occasion un matelot turbulent, mais rien qui permette de tenir tête à une équipe d'abordage digne de ce nom. Ils n'étaient sûrement pas prêts à affronter ceux qui leur sont tombés dessus.

Il s'est passé quelque chose ici. Mes tripes me démangent à nouveau. Une partie du mystère est levée : les Krells sont passés par là, bien sûr. Reste à savoir s'ils se trouvent encore à bord. Peut-être ont-ils levé le camp une fois la tâche accomplie.

Ou alors ils se planquent encore quelque part sur le vaisseau.

On approche de la passerelle. Je consulte le chrono de la mission : six minutes se sont écoulées depuis l'abordage.

« Blake, contrôle la porte. » Je me poste sur le côté.

La porte de la passerelle a été soudée à la va-vite. J'en saisis un panneau et plonge mes doigts gantés dans les fines plaques métalliques. Blake en fait autant pour l'autre panneau, et elle s'ouvre. Derrière moi, Kaminski change de position pour fournir sa puissance de feu en appui en cas de surprise à l'intérieur. Une fois l'accès dégagé, je jette un œil.

« Le scanner ne signale aucun mouvement », fait Blake.

Il utilise un bioscanner de poignet incorporé à sa combinaison. L'appareil détecte les signes de vie biologiques, mais sa portée est limitée. Nous avons tous des scanners – ce sont les outils de choix des chasseurs de Krells et des équipes de sauvetage dans toute la zone de quarantaine –, mais il ne faut surtout pas trop se reposer sur la technologie. J'ai appris à mes dépens qu'elle n'est pas toujours fiable. Les Krells sont des petits malins – ne jamais les sous-estimer.

La passerelle est plongée dans la pénombre, et seules quelques-unes des consoles sont allumées.

« On entre sur la passerelle. »

J'y pénètre lentement et prudemment, et je l'examine à la lumière de la lampe montée sur le canon de mon fusil. Aucun mouvement. Kaminski entre sur mes talons. Il fait froid et ça sent la mort et la pourriture. Des odeurs familières. Je m'arrête près de la console principale. Des avertissements clignotent partout sur le terminal, dans l'indifférence générale.

« Pas de survivants sur la passerelle. »

Encore une formalité pour l'enregistreur de ma combi. Des membres de l'équipage sont vautrés à leur poste. Les cadavres, complètement desséchés, ne datent pas d'hier. Le commandant du vaisseau – sans doute un officier d'une quelconque marine marchande – est encore penché sur la console de commandement, sanglé dans son fauteuil. Une arme tranchante et crantée lui a massacré la figure et le haut du corps. Autour de lui, tout a été généreusement aspergé de sang et de chair, désormais séchés depuis longtemps.

« Qu'est-ce qui s'est passé ici, à votre avis ? » murmure Olsen.

C'est moi qui réponds : « L'intelligence artificielle du bâtiment a dû réveiller le personnel indispensable quand les Krells sont montés à bord. Les gens se sont sans doute enfermés en espérant réussir à les repousser. »

Je scanne la zone à l'aplomb du fauteuil de commandement. C'est un geste automatique, aussi naturel que respirer. Je comprends comment la scène s'est déroulée : les Krells sont entrés par ce trou dans le plafond – probablement en passant par les conduits d'aération pour éviter de se faire repérer – et ils ont tué le commandant sur place.

Je réprime un frisson.

« Les autres sont dans le même état, annonce Blake, qui examine le reste de l'équipage.

— Le mieux qu'on puisse leur offrir, maintenant, ce sont de dignes funérailles spatiales. Blake, couvre les conduits. Kaminski, passe sur la console principale et lance le téléchargement.

— Affirmatif, boss. »

Kaminski se met au travail : il déballe son matériel et branche des appareils sur l'ordinateur central. C'est un pirate assez doué – résultat d'une jeunesse dévoyée dans le Vieux Brooklyn.

« Voyons pourquoi cette vieille coquille dérive si loin dans la zone de quarantaine, marmonne-t-il.

— La réponse m'intéresse, dit Olsen. Ce vaisseau aurait dû se trouver dans les limites de l'espace de l'Alliance. Même les bâtiments civils sous contrat avec la Flotte sont prévenus qu'ils ne doivent pas quitter la zone de démarcation. »

Ce sont des choses qui arrivent, Olsen.

Kaminski travaille ; je fais les cent pas.

Les seuls hublots du *Haven* donnant sur l'extérieur se trouvent sur la passerelle. Les obturateurs restés en position ouverte révèlent l'espace lointain dans toute sa majesté. *Ils ont peut-être voulu voir le vide une dernière fois avant l'issue fatale.* Ce n'est pas la vue que j'aurais choisie pour ma part, car le Maelström emplit les hublots. À cette distance, à des années-lumière de la limite de la zone de quarantaine, l'amas d'étoiles malveillant évoque une ecchymose en négatif – brillante et vive sur le fond noir de l'espace. On dirait la spirale de la Voie lactée en miniature : des bras enroulés contenant chacun une myriade de mondes krells. L'image est séduisante et colorée, comme pour attirer vers leur perte les voyageurs étrangers imprudents, pour leur faire croire que les habitants de ces mondes et de ces systèmes sont pacifiques. Des éclairs blancs intermittents trahissent des orages gravimétriques – un phénomène inexplicable qui protège et emprisonne à la fois les mondes du Maelström.

« Vos collègues ont-ils fini par comprendre la nature de ces orages ? » Je pose la question d'un air absent à Olsen pendant que Kaminski travaille. Olsen appartient à la division scientifique, une branche civile spécialisée du complexe de l'Alliance.

« Voilà une question intéressante, commence Olsen en me rejoignant d'un pas traînant. On cherche encore. Toute la région du Maelström demeure une énigme. Saviez-vous qu'il y a plus de trous noirs dans ce secteur de l'espace que dans le reste du bras d'Orion ? Le professeur Robins, de Maru Prime, pense que les orages pourraient être liés – ils résulteraient peut-être de marées stellaires magnétiques et…

— C'est bon », l'interrompt Kaminski. Il se met à débrancher bruyamment son matériel, et le vacarme soudain fait sursauter l'officier scientifique. « J'ai les données de mise en service, l'historique des missions et les fichiers du personnel. On dirait que le *Haven* était en tournée de colonisation – un programme de peuplement. Il avait ordre de se présenter à Torfis… » Il marque une pause le temps de lire un texte sur le terminal. Torfis est une étoile très éloignée de notre position galactique, et aucun commandant sensé n'aurait dévié à ce point de son cap sans une excellente raison. « Je vois ce qui s'est passé. Le module de navigation s'est déréglé, et l'IA a essayé de compenser.

— L'intelligence artificielle du vaisseau est responsable de toutes les décisions de navigation automatisées, dit Olsen. Mais les protocoles de sécurité auraient sûrement dû empêcher une erreur aussi catastrophique, non ? »

Kaminski continue en haussant les épaules : « Ça arrive plus souvent qu'on ne pourrait le croire. On dirait que l'IA du *Haven* a connu une défaillance système qui lui a fait dépasser sa destination de plusieurs années-lumière. Ça explique comment il a fini dans la ZQ.

— Dépêche-toi, c'est tout. » Plus vite nous aurons terminé, plus vite nous pourrons regagner la navette. Si les Krells se trouvent encore à bord, on arrivera peut-être à s'extraire avant de les croiser. J'active mon communicateur : « Jenkins, tu me reçois ?

— Ici Jenkins.

— On est sur la passerelle, en train de télécharger le contenu de la boîte noire. Quelle est votre position ?

— On est dans la chambre d'hypersommeil.

— Compte rendu ?

— Aucun survivant. C'est pas joli à voir. Tous taillés en trop de pièces pour permettre une identification. On dirait qu'ils ont été surpris en hypersommeil pour la plupart. Encore congelés quand ils y sont passés.

— Pas étonnant. Ne vous embêtez pas à les identifier, on a le manifeste du vaisseau. Dirigez-vous vers le propulseur-Q. Terminé.

— Bien reçu. HPA trois minutes. »

Il faut une minute de plus pour boucler le téléchargement des données de la boîte noire et autant pour les transmettre à Cap-Liberté. Chrono mission : dix minutes. Puis on se remet en route le long de la coursive centrale, direction le propulseur-Q, sous l'éclairage blafard des rampes lumineuses. La chambre de propulsion se situe en poupe, il faut donc parcourir toute la longueur du bâtiment. Olsen me colle aux basques.

« Regrettez-vous de ne pas avoir pris d'arme, monsieur Olsen ? demande Blake.

— Je n'ai jamais manié d'arme de ma vie, répond Olsen, sur la défensive. Je ne saurais pas m'en servir.

— Je ne vois pas de meilleur moment pour apprendre, intervient Kaminski. Vous savez… »

Les lumières s'éteignent au-dessus de nos têtes, en cascade, et c'est bientôt le noir complet. En même temps, le ronronnement du module de régulation vitale se tait. Le silence soudain est assourdissant, et il s'étire pendant de longues secondes.

« Comment ont-ils fait ça ? » s'inquiète Olsen. Sa voix résonne comme un coup de feu dans la coursive déserte, et je cille. Sur un bâtiment mort comme le *Haven*, les sons portent. « Ce n'est quand même pas dû aux Krells ? »

Je lève la main pour réclamer le silence.

Quelque chose grince ailleurs dans le vaisseau.

Aussitôt, je souffle : « Scanners ! »

Ce *bip-bip* lent et immuable : un signal isolé à proximité…

« Contact ! » rugit Blake.

Dans la flaque de lumière mouvante créée par ma lampe d'épaule, je vois *quelque chose* jaillir au-dessus de nous : un éclair lumineux, humide, rapide…

Blake tire une salve de plasma. Une lumière orangée baigne la coursive. Kaminski est debout et couvre l'approche.

Je crie : « Cessez le feu ! Ce n'est qu'une conduite d'entretien percée. »

Mon équipe s'immobilise, dopée à l'adrénaline, les yeux écarquillés. Quatre lampes d'épaule illuminent les ombres du plafond et révèlent les dégâts causés par les tirs de plasma de Blake. Effectivement, une poignée de tuyaux en plastique strié pendent du faux plafond, accompagnés du goutte-à-goutte léthargique d'une fuite d'eau.

« Ah, gamin, pauvre andouille ! fait Kaminski en riant. Ta gâchette te démange plus que mes couilles !

— Oh, Christo ! » s'écrie Olsen.

Une forme primaire krelle se déroule lestement depuis le plafond – bien trop agile pour une créature si imposante. Elle atterrit sur le pont, à dix mètres à peine devant nous.

Une décharge me traverse. Pas physique, non, mais mentale – toutefois ma réaction est assez violente pour que mon kit médical m'administre une nouvelle dose compensatrice. Je suis soudain hyperréactif, en mode combat. Il ne s'agit plus d'une opération de sauvetage ni de reconnaissance.

L'équipe se disperse sans attendre et chacun prend position autour du xéno. Aucun risque de fausse alerte, cette fois-ci.

La créature marque une pause en tortillant ses six membres. Elle n'est pas armée, mais elle n'en est pas moins dangereuse. Il y a quelque chose de singulièrement rebutant chez les Krells. Je me rappelle encore la première fois que j'en ai vu un et l'impression extrêmement malsaine qui m'a submergé. Au fil des ans, cette émotion s'est muée en une paralysie qui me prend aux tripes.

Il s'agit d'une forme primaire, issue de la strate inférieure du collectif krell, mais elle est quand même plus grande qu'aucun de nous, et protégée par l'équivalent alien d'une armure de bataille : des plaques de carapace renforcées, amalgamées à la peau gris-vert du xéno. Impossible de déterminer où finit la technologie et où commence la biologie. Le dos du monstre est couvert d'antennes qui servent à la fois d'armes et d'outils de communication avec l'ensemble du collectif.

Le Krell tourne la tête pour signifier qu'il nous a vus. Il a vaguement une gueule de poisson, avec deux yeux bitumineux et des barbillons tombants autour de la bouche. Sous la tête, une paire de branchies s'ouvrent régulièrement et lâchent des bouffées de gaz toxiques. Ces traits évocateurs des requins leur ont valu le surnom de « poiscaille ». Deux paires de bras naissent aux épaules : l'une, atrophiée, s'achève en mains griffues ; l'autre en saillies osseuses en dents de scie – des pattes avant ravisseuses.

Le xéno se redresse et, en une fraction de seconde, il se précipite d'un pas lourd dans la coursive.

Je fais feu avec mon fusil à plasma. Le premier tir lui fait exploser la poitrine sans l'arrêter. Le second touche l'une des pattes avant osseuses et la sectionne net. Puis Blake et Kaminski se mettent à tirer eux aussi, et la coursive s'illumine d'impulsions plasma. La créature s'écroule en un fatras incandescent.

« Ça vous plaît bien, Olsen ? demande Kaminski. Sont-ils assez amicaux pour une espèce avec laquelle on est censés être en paix ? »

À un moment pendant l'assaut, Olsen s'est effondré à genoux. Il reste ainsi une seconde, les yeux fixés sur ses mains gantées. Le regard hanté, la mâchoire tombante, il paraît soudain beaucoup plus vieux.

Il secoue la tête et se redresse en titubant. Bien en sécurité dans un laboratoire, il est facile d'envisager les Krells comme une autre espèce intelligente faite à l'image d'un dieu différent. Mais les voir de près et constater leur besoin inné d'anéantir l'espèce humaine vous éclaire sur leur véritable nature.

« Cette fois, la menace est confirmée, soldats. On reste groupés et on suit la procédure. Le *Haven* est réveillé.

— Bien reçu, marmonne Kaminski.

— On se dirige vers l'objectif secondaire. Une fois qu'on s'est occupés du propulseur, on bat en retraite par la coursive principale et on regagne la navette. Allez, on y va, et au trot ! »

On ne prend pas le temps de rapporter notre contact à Jenkins et Martinez. Les Krells ont une sensibilité hors du commun aux transmissions radio – même les communications chiffrées comme celles de nos combinaisons – et, à présent que le collectif est réveillé, toutes les coms sont verrouillées.

Alors que je m'élance, j'allume l'ordinateur de poignet intégré à ma combi. *Ah, merde*. Les coursives du vaisseau grouillent de mouvement et de signaux biologiques. Elles sont désormais enveloppées d'ombre et de mort – chaque flaque d'obscurité devient un nid de Krells en puissance.

Chrono mission : douze minutes.

Arrivés à la chambre de propulsion quantique, on trouve les énormes portes renforcées couvertes d'avertissements et surmontées d'un témoin d'urgence rouge clignotant.

Le pont explose avec l'apparition de trois autres Krells, tout en griffes et carapace chitineuse. Blake tombe le premier : le plus gros des Krells le traîne dans un tunnel de service. Il lève son fusil pour tirer, mais il manque de place pour manœuvrer en armure et il n'arrive pas à braquer son arme.

« Tiens bon, gamin ! » Je tire sur le monstre qui avance, m'efforçant de le libérer.

Les deux autres xénos l'escaladent dans leur hâte à m'atteindre. Je leur décoche des coups de pied et plonge la main dans la masse des corps pour tenter d'attraper Blake. Il perd son fusil et lâche un cri torturé tandis qu'il est entraîné plus loin. Ça ne sert à rien : s'il n'est pas déjà mort, c'est pour bientôt. Même avec ses plaques ablatives blindées, ces bêtes vont le mettre en pièces. Sa main m'échappe juste au moment où l'autre Krell débouche du tunnel.

Je hurle : « On a perdu Blake ! 'Ski, grenade !

— Bien reçu, je m'en charge. »

Kaminski arme une grenade incendiaire, qu'il jette dans le nid. La grenade ricoche dans le tunnel tout en émettant une lueur orangée intermittente. Dans la fraction de seconde qui précède son explosion, alors que je pointe mon fusil, je m'aperçois que le tunnel est rempli de xénos. Il y en a beaucoup, bien plus que nous ne pouvons espérer en tuer à nous seuls.

« Faites attention ! Vous pourriez percer un trou dans la coque avec ces explosifs ! » beugle Olsen.

Transpercer la coque est le moindre de mes soucis. La grenade détone, envoyant valser des Krells en tous sens. Je me détourne du souffle au dernier moment et je sens du shrapnel brûlant pénétrer mon armure de combat – un fragment se loge au creux de mes reins. La combinaison compense le mur de bruit blanc en affaiblissant momentanément l'audio.

Mon M95 détecte des Krells prostrés et je tire sans même réfléchir. Les impulsions se succèdent dans le tunnel, fendant des têtes solides et arrachant des membres griffus. Blake est là-dedans, quelque part dans cet amas de corps et de débris, mais de longues secondes s'écoulent encore avant que ma combinaison ne m'informe que ses signaux biologiques ont enfin cessé.

Bon voyage, Blake.

Kaminski bouge derrière moi. Il a déjà branché son kit technique sur le terminal d'accès de la chambre de propulsion et lancé des algorithmes de déchiffrement pour nous permettre d'entrer.

Le reste de l'équipe arrive en courant. D'autres Krells émergent à présent du trou dans le pont. Les armes de Martinez et Jenkins viennent étoffer nos salves, et ils nous rejoignent devant la chambre de propulsion.

« Content que vous ayez pu venir. Ça se passe pas exactement comme prévu, ici.

— Ouais, bah ! on a croisé des potes en chemin, murmure Jenkins.

— On a perdu le gamin. Blake est mort.

— Ah, merde », fait-elle en secouant la tête. Blake et elle étaient proches, mais elle ne s'appesantit pas sur sa mort. *Pas le temps de le pleurer*, dit l'expression de son visage, *parce qu'on pourrait bien être les prochains*.

Les portes s'ouvrent en grinçant. Il y a un autre

jeu de doubles portes derrière, estampillées CHAMBRE DE PROPULSION QUANTIQUE – ACCÈS RÉSERVÉ AU PERSONNEL AUTORISÉ.

Une voix électronique sereine entonne un message en boucle : « Attention. Attention. Les portes de sécurité de la chambre de propulsion sont ouvertes. Risque maximal d'irradiation. Attention. Attention. »

Avec une seconde de retard, les biocapteurs de ma combinaison se mettent à sonner en réaction aux niveaux exceptionnels de radiations. Je ne peux pas m'y arrêter : sur une opé de ce type, les radiations sont un risque à courir, mais celui de me faire tuer par les Krells est plus pressant. J'arrose l'obscurité et j'entends des impacts contre de la chitine solide. Les bestioles hurlent, et leurs voix se mêlent au système d'alarme en vacarme discordant.

Kaminski débloque la porte intérieure, et Martinez et lui la franchissent. Avec Jenkins, je fournis le tir de couverture tout en me rabattant lentement. Les bestioles testent nos défenses. On ne distingue pas grand-chose dans la lumière intermittente : une griffe par-ci, une tête d'alien par-là, puis l'explosion de plasma qui en emporte un autre. Ma combinaison compte dix, vingt, trente cibles.

« Dans le sas ! » beugle Kaminski, et soudain tout le monde est à l'intérieur, trempé de sueur et couvert de sang.

La chambre de propulsion abrite la technologie la plus complexe du vaisseau : le noyau énergétique. Autrefois, on aurait parlé de salle des machines. Aujourd'hui, la chambre contient un dispositif si avancé qu'il n'est plus mécanique. Le noyau énergétique de propulsion repose au centre de la salle – une vilaine boîte métallique, si grosse qu'elle prend toute la place, ornée de nouveaux avertissements. C'est notre objectif.

Olsen jette un coup d'œil à la salle mais reste près de moi tandis qu'on se rassemble autour de la boîte. Kaminski s'arrête près du terminal de commande proche de la porte et scelle le sas intérieur. Malgré les portes métalliques renforcées, on entend encore les cris aigus des Krells. Il ne leur faudra pas une minute pour les franchir. On entend aussi gratter et courir au-dessus de nos têtes. En théorie, la chambre est sécurisée, mais ces choses se trouvent sans doute à bord depuis assez longtemps pour connaître tous les couloirs d'accès et toutes les salles. Elles ont l'avantage.

Elles trouveront très vite le moyen d'entrer. Une image mentale du commandant mort, encore sanglé à son fauteuil sur la passerelle, se forme soudain dans mon esprit.

Brusquement, il m'apparaît que je pourrais mourir ici même. Cette perspective provoque une bouffée de colère – dirigée non pas contre l'armée de l'Alliance qui nous y a envoyés ni contre les imbéciles de colons qui ont pénétré dans la zone de quarantaine, mais contre les Krells.

Ma combinaison ne prend aucune mesure médicale pour atténuer cette émotion-là. *La colère est positive.* Pure, elle m'aide à me concentrer.

« Jenkins, installe les charges.

— Bien, mon capitaine. »

Jenkins se met à déballer son kit. Elle transporte

trois charges de démolition. Chacun des larges disques métalliques possède un panneau de contrôle indépendant et contient une charge nucléaire de puissance limitée.

« Que… que faites-vous ? » balbutie Olsen.

Jenkins ne s'arrête pas, mais elle secoue la tête en souriant. « Nous allons détruire le générateur. Vous auriez dû lire le descriptif de la mission. C'était votre première erreur.

— Oublier de prendre une arme était la seconde, ajoute Kaminski.

— On va déclencher ces charges, fait Jenkins, et l'explosion résultante ouvrira une brèche dans le noyau énergétique de propulsion-Q. Ce qui détruira le pont principal. La réaction en chaîne pulvérisera le vaisseau.

— Bref : *gran explosión* », conclut Martinez.

Kaminski éclate de rire. « Et tu recommences ! Tu sais pourtant bien que je déteste quand tu parles pas standard. Martinez peut pas s'en empêcher : avec l'énervement, il se met à causer bizarre.

— *El no habla la lengua.* » On ne grandit pas comme moi à Détroit-Métro sans choper quelques mots de dialecte.

« C'est de l'espagnol, répond Martinez en lançant un regard en coin à Kaminski.

— Je croyais que tu venais de Vénus ? » s'étonne l'autre.

Olsen geint à nouveau : « Comment pouvez-vous plaisanter dans un moment pareil ?

— Parce que Kaminski est un trou du cul », répond aussitôt Martinez.

L'intéressé hausse les épaules. « C'est la guerre. »

Boum. Boum.

Je reprends la main : « Laisse-nous le temps de retourner à la navette. Règle le retardateur sur cinq minutes. Les autres : *cállate y trabaja.*

— Affirmatif. »

Boum ! Boum ! Boum !

Ils y sont presque. Des lacérations apparaissent sur les panneaux métalliques des portes.

Jenkins programme chaque charge, les maintenant en place sur le blindage du noyau par des verrous magnétiques. Deux des charges sont déjà prêtes et elle s'active sur la troisième. Elle la positionne calmement, avec grand soin, de façon que chacune cause le plus possible de dégâts au noyau. Si l'une d'elles ne détone pas, les autres y remédieront. Il existe sûrement un moyen plus subtil de procéder – peut-être en piratant directement le propulseur-Q –, mais cela prendrait du temps et, là, c'est justement ce qui nous manque.

« Toujours aussi appliquée, dis-je à Jenkins.

— C'est mon boulot.

— N'hésite pas à brûler quelques étapes, on n'a pas toute la journée, crie Kaminski.

— Va te faire foutre, 'Ski.

— Cinq minutes vont-elles nous suffire ? » demande Olsen.

Je hausse les épaules. « Il faudra. Préparez-vous à rencontrer une forte résistance au retour, les gars. »

Ma combinaison indique que les Krells ont envahi la coursive principale. Ils doivent être dans la navette maintenant, à attendre qu'on se replie.

BOUM ! BOUM ! BOUM !

« Une fois les charges placées, je veux un périmètre défensif autour de cette porte.

— Je ne peux pas aller plus vite, boss. »

Des griffes grattent le métal avec toujours plus d'insistance au-dessus de nous. Je me demande quelle défense cédera la première : le plafond ou la porte.

Kaminski se retourne impatiemment vers Jenkins. Olsen reste planté, la respiration si bruyante que je l'entends sur mon communicateur.

« Et c'est fini ! »

La troisième charge s'arrime. Jenkins est aussitôt debout, avec Martinez. Kaminski est prêt, à côté du terminal. Il y a du bruit tout autour de nous à présent, et les signaux pullulent autour de notre position. Je n'ai pas le temps d'édicter une stratégie de repli digne de ce nom.

« Jenkins, fais barrage avec ton lance-flammes. Kaminski, à mon signal. »

J'abaisse la main, et les portes commencent à s'ouvrir. Le mécanisme se déforme et émet des grincements de protestation. Aussitôt, les Krells s'attaquent à la porte, se jetant contre le cadre métallique pour passer.

Des dards arrosent la salle – l'équivalent krell des munitions perforantes, version fléchettes. Trois viennent se planter dans ma combi : une ligne bien propre de dards noirs saillant de ma poitrine, pleurant des rivières de sang. *La technologie krelle est encore plus tordue que la nôtre.* L'extrémité des dards est empoisonnée, et me voilà chargé d'assez de toxines pour tuer un taureau. Ma combi tente vainement de compenser en m'injectant un cocktail d'adrénaline et d'antipoison.

Martinez balance une nouvelle grenade au milieu de la horde. Les Krells les plus proches se jettent dessus quand elle touche le sol pour protéger leurs congénères de l'explosion. *Putain d'imbéciles.*

On avance en formation. On tire sans discontinuer, mais les bestioles insistent. Vague sur vague – combien y en a-t-il sur ce vaisseau ? – se précipitent dans la chambre de propulsion. Soudain, il n'y a plus de portes. Le vacarme est insupportable – l'avertisseur, les mises en garde, le chœur des hurlements. Mes oreilles tintent sans cesse au fil des nouvelles explosions de grenades.

« On va pas y arriver ! crie Jenkins.

— On continue ! La navette est juste un peu plus loin ! »

Peut-être Jenkins a-t-elle raison, mais je ne vais pas tomber sans combattre. Quelque part au milieu du chaos, Martinez est taillé en pièces. Il disparaît sous une masse d'aliens. Jenkins déchaîne son lance-flammes dessus, le vengeant absurdement. Olsen pleure, débarrassé de son casque comme nous tous.

La guerre est une formidable égalisatrice.

J'attrape d'une main le Krell le plus proche et lui brise le cou. De l'autre main, je canarde en mode automatique, pressé d'en abattre autant que possible. Mon VTH émet soudain un autre avertissement – un décompte qui s'étire interminablement.

Dix... Neuf... Huit... Sept...

Puis Jenkins disparaît. Son lance-flammes devient un phare et son sang jaillit en fontaine au milieu des cadavres d'aliens. Difficile de se concentrer sur grand-chose en dehors de la douleur dans ma poitrine. Ma combinaison signale des lésions effroyables en bien trop d'endroits. Mon cœur adopte un staccato plus lent.

Six… Cinq… Quatre…

Mon fusil rue pour protester contre le traitement que je lui inflige : même à travers mes gants renforcés, le canon est brûlant.

Trois… Deux… Un…

Les charges de démolition détonent.

Fêlé, le noyau d'antimatière devient instable. La réaction est instantanée : une énergie blanc et bleu incontrôlable s'échappe. Une série d'explosions se propage le long de l'épine dorsale du bâtiment, qui devient une tache chauffée à blanc sur le fond noir de l'espace.

Puis il disparaît, ainsi que tout ce qu'il contenait.

Les Krells ne s'en émeuvent pas.

Ils ne comprennent même pas ce qui s'est passé.

Chapitre II

Extraction

1re CLASSE MICHAEL BLAKE : DÉCÉDÉ.

1re CLASSE ELLIOT MARTINEZ : DÉCÉDÉ.

1re CLASSE VINCENT KAMINSKI (TECHNICIEN ÉLECTRONIQUE DE 1re CATÉGORIE) : DÉCÉDÉ.

OFFICIER SCIENTIFIQUE GORDEN OLSEN : DÉCÉDÉ.

CAPORAL KEIRA JENKINS (TECHNICIENNE ARTIFICIER DE 1re CATÉGORIE) : DÉCÉDÉE.

EN ATTENTE DE RÉPONSE... EN ATTENTE DE RÉPONSE... EN ATTENTE DE RÉPONSE...

CAPITAINE CONRAD HARRIS : DÉCÉDÉ.

C'était le moment que je détestais.

Me réveiller était toujours pire que mourir.

Je flottais dans la cuve de mon simulateur, un respirateur sur le visage. Je clignai des yeux dans le liquide amniotique pour mieux distinguer l'écran – ce jus piquait comme pas permis. Les mots défilaient sur un moniteur fixé au-dessus du simulateur. Tout était baigné d'une lumière bleu pâle par le liquide qui emplissait la cuve.

CYCLE DE PURGE INITIÉ.

Le réservoir émit un sifflement hydraulique et la vidange commença. Le fluide refroidissait déjà.

Je fus tout de suite plus petit et pourtant plus lourd. Respirer devint laborieux. Ces poumons-ci n'avaient pas la même capacité que ceux d'un simulant, et je savais qu'il me faudrait quelques minutes pour m'y réhabituer. J'aperçus mon reflet sur le dôme de verreplast sans le reconnaître immédiatement. C'était le visage avec lequel j'étais né et le corps dans lequel je vivais depuis quarante ans. J'étais nu, directement branché sur le simulateur. Des câbles reliés à la base de l'appareil me permettaient de contrôler mon simulant dans les profondeurs de l'espace. Mes rythmes biologiques et ceux du reste de ma section apparaissaient sur le même moniteur.

Vivants et au complet. Tout le monde a réussi sa transition.

J'avais dirigé une version simulée de moi-même, faite de chair et d'os, construite à partir de mes propres tissus organiques. On appelait ça un simulant : une copie génétiquement améliorée pour être plus forte, plus imposante et plus rapide. Basés sur le génome humain, mais accélérés et modifiés, les sims étaient l'arme absolue – plus qu'humaine, dans tous les sens du terme. Cultivés en cuve, fabriqués sur mesure. À présent, le mien était mort. Il avait péri sur le *New Haven*. Moi, j'étais vivant, en sécurité à bord de Cap-Liberté.

J'étais un soldat de l'Alliance, et plus précisément du programme Simulant. Techniquement, il s'agissait d'une opération spéciale menée par l'armée. En réalité, ce programme élevait l'art guerrier à un niveau si différent de ce qui l'avait précédé qu'il était distinct des autres corps d'armée de l'Alliance.

Je m'assis au fond de la cuve et débranchai mes câbles de contrôle. Le lien neural avait été rompu quand mon simulant s'était fait tuer par les Krells, mais retirer la prise de ma nuque me causa malgré tout une décharge douloureuse. Mes bras et mes jambes me paraissaient faibles et inefficaces. Difficile de croire que j'allais devoir me réhabituer à tout ça encore une fois. Je n'aimais pas beaucoup ce corps ; le sim m'allait bien mieux.

Une fois le fluide évacué, la porte de la cuve s'ouvrit. J'arrachai le respirateur de mon visage, le jetai de côté et sortis lentement. Je m'ébrouai en frissonnant. Un infirmier m'enveloppa dans une couverture isotherme en aluminium, un autre tendit la main vers les plaques d'identité biométriques pendues à mon cou pour les scanner.

« Extraction réussie, mon capitaine, dit-il. Bravo. »

Je ressentais une douleur sourde dans les bras et les jambes. Trois écorchures rouges me barraient la poitrine – des stigmates de l'assaut des Krells. Des zébrures et des éraflures qu'on aurait dites dues à un fouet marquaient également mes membres, rappel du châtiment qu'avait subi mon sim. J'explorai mon torse de mes doigts gourds en m'attendant presque à y retrouver des dards plantés. Mes oreilles résonnaient encore des hurlements des Krells mourants.

Tout ce qui s'était passé était réel.

Mais pas pour moi – du moins pas physiquement.

Je me trouvais dans le centre de conduite des opérations simulantes. Aussi loin que portait le regard, la salle n'était qu'une succession de baies identiques abritant chacune une section de soldats qui dirigeaient leurs copies en mission dans la zone de quarantaine.

Autour de moi, mes hommes étaient eux aussi installés dans des cuves. Chacun subissait le même protocole de déconnexion.

« Bon travail, les gars. » Je m'exprimais avec l'élocution pâteuse d'un ivrogne, comme si mon corps ne m'appartenait pas.

J'observai mes équipiers. Ils avaient l'air de pâles imitations de leurs simulants – ou étaient-ce les simulants qui ressemblaient à une version améliorée de chacun de nous ? Ils étaient athlétiques, mais déterminés et disciplinés plutôt que bodybuildés.

C'étaient tous des soldats dévoués et aguerris – mentalement comme physiquement. Mais nous n'avions rien de soldats classiques. Il existe des différences majeures entre un opérateur sim et un troupier traditionnel. Nous étions tous troués de connecteurs – à la base de la colonne vertébrale, sur la nuque, les avant-bras, les cuisses – qui permettaient de relier le simulateur à notre corps.

« Allez, on termine ! gueula Jenkins à l'adresse des autres. On sort des cuves, on se déconnecte, et plus vite que ça ! »

Elle s'efforçait de ne pas le montrer, mais elle était belle : petite, svelte, les cheveux noirs coupés au carré par souci de commodité dans les simulateurs. Elle avait trente ans et des poussières, dix ans d'armée, et aucune gêne apparente à se tenir nue au milieu d'un groupe de soldats du sexe opposé. Eux se souciaient peu de son apparence.

« Bien, chef, railla Kaminski.

— Je t'emmerde, 'Ski. Je suis une engagée comme vous tous. » Elle secoua la tête pour sécher ses cheveux. « Garde tes "chef" pour le jour où je serai promue.

— Ouais, Kaminski, ajouta Blake. Combien de temps tu vas servir comme première classe ?

— J'écoute pas », répondit l'autre.

Il sortit en titubant de sa cuve et passa la main sur le duvet qui couvrait son crâne – il n'avait que trente-deux ans standard, mais son front se dégarnissait et il préférait les coupes très courtes. Il avait fait l'essentiel de sa carrière en tant que première classe : on l'avait promu puis rétrogradé si souvent que j'avais perdu le compte.

Son torse était couvert de tatouages, du phénix stylisé à la faucheuse au regard mauvais. Le symbolisme de la résurrection : la mort et la renaissance, une expérience réservée aux seuls opérateurs de simulants. Sur ses omoplates s'affichait le dernier ajout à cette tapisserie de chair : APPÂT VIVANT, en écriture cursive. Il l'avait acquis à l'issue d'une nuit d'ivresse, après un pari avec Jenkins qu'il avait manifestement perdu. Il eut un sourire idiot en désignant une blessure fantôme sur sa tête.

« Hé, Jenkins, ça te tuerait d'installer les charges plus vite la prochaine fois ? Ça m'aurait évité pas mal de souffrance aux mains de la poiscaille.

— C'est ça, 'Ski, répondit Jenkins. Au moins, ils ont visé la tête. Ça devrait pas trop te manquer. »

Martinez éclata de rire. « Le caporal te connaît bien. »

Le sixième membre de mon équipe réagissait moins bien. Olsen avait été particulièrement secoué par cette épreuve. La déconnexion physique et mentale entre simulant et opérateur n'était pas une expérience agréable, et il n'y avait pas été entraîné. C'était la raison pour laquelle on n'envoyait que des opérateurs de simulants sur le terrain : tout le monde ne pouvait pas le faire. Le rattachement d'Olsen à notre section était une expérimentation coûteuse. La greffe des connecteurs sur sa colonne vertébrale et ses avant-bras venait seulement de prendre ; autour, la peau était rouge vif et contrastait avec le reste de son corps, flasque et blême.

« Vous aurez d'abord du mal à marcher, lui expliquait un infirmier. Le simulant que vous dirigiez était beaucoup plus imposant que vous. Votre regard ne sera pas au même niveau, ce qui risque de vous désorienter. Respirez lentement et profondément. Concentrez-vous sur cette lumière… »

Le lieutenant Dyker apparut, plongé dans une infoplaque. Il portait un treillis kaki aux manches relevées. Dyker était notre cornac, celui qui dirigeait l'opé depuis le Cap et me renseignait.

« Content de vous revoir dans l'espace de l'Alliance, mon capitaine », dit-il en levant vers moi un sourire las. Dyker n'avait jamais l'air reposé : son visage était perpétuellement fripé. « À part les seize millions de crédits de matériel militaire détruits dans l'explosion, je dirais que l'opération est un succès. »

Dyker faisait allusion à la perte des simulants et de la navette. Les règles d'engagement étaient fluides et les sims du matériel consommable, ce qui en faisait un élément unique en termes militaires modernes, car ils pouvaient se charger de missions suicidaires pour des troupiers classiques. Même ainsi, nous avions ordre de préserver les simulants si possible – chacun d'eux coûtait très cher.

« Que puis-je dire ? » Je consacrais du temps à Dyker, qui me laissait toute latitude de faire ce que j'estimais nécessaire sur le terrain. « Le vaisseau grouillait de Krells. Ils ne nous ont pas vraiment laissé le choix. »

Le lieutenant haussa les épaules. « Pas grave. » Il désigna Olsen du pouce. « Je ne crois pas qu'il remettra ça de sitôt.

— Vaut mieux laisser ça aux professionnels. »

Dyker hocha la tête. Il y avait une certaine tristesse dans son expression. « Je ferai mon rapport en ce sens au Commandement. Sinon, l'opération s'est bien passée. Le vaisseau est neutralisé, on s'est occupé de l'effectif humain, on a les données de la boîte noire. » Il baissa les yeux vers son infoplaque. « Ça vous fait deux cent dix-huit sorties. Vous êtes vraiment un tueur endurci. Vous savez comment on vous appelle, dans le district ?

— Aucune idée », dis-je en m'essuyant consciencieusement avec ma serviette. C'était faux – bien sûr que je savais ! Ça ne me plaisait pas, mais j'avais entendu pas mal d'opérateurs me donner ce nom.

« Ils vous surnomment Lazare. Parce que vous revenez toujours. Quoi qu'il arrive, vous revenez toujours. » Il soupira et se frotta la nuque d'un air absent. « Présentez-vous au poste médical pour l'évaluation psychiatrique et le bilan de santé. Ensuite, vous avez gagné sept jours de permission à bord de la station. Profitez-en.

— Je vais essayer.

— Je suis sérieux, Harris. »

Il continuait à se frotter la nuque, et j'aperçus le tatouage sur son poignet – le nombre cinquante-sept.

Il quitta la baie, et je restai frissonnant, à essayer d'oublier ce que ça faisait de mourir, à espérer que je ne finirais jamais comme Dyker : jeté du programme et desséché.

L'équipe médicale m'examina. J'eus les résultats habituels aux tests habituels.

Pas de rétroaction cérébrale.

La douleur physique allait diminuer.

Les stigmates finiraient par disparaître.

Il y avait peu de chances que mon cerveau ait subi des lésions durables.

Les techniciens faisaient leur boulot pour la forme. Ils ne prêtaient plus grande attention aux examens, qui furent brefs et superficiels : j'étais une base stable pour une machine à tuer biomodifiée, je l'avais déjà prouvé.

Évidemment, les opérationnels dans mon genre couraient des dangers réels et concrets. On pouvait subir un arrêt cardiaque ou une surcharge sensorielle prodigieuse pendant la liaison avec le simulant. Les cas de ce genre étaient souvent fatals, mais ils restaient extrêmement rares. On risquait bien plus un lent effondrement psychologique, provoqué par une incapacité à distinguer la réalité d'une simulation. Cela se produisait plus souvent que l'armée de l'Alliance ne voulait bien l'admettre, mais ces opérateurs-là étaient en général identifiés très tôt. Dans mon cas, au bout de tant de transitions, il n'y avait plus rien à dire. Sauf à m'écrouler et me consumer, je resterais au sein du programme.

Je pris ma douche et enfilai un treillis des SimOps, ma tenue du bord. J'avais l'habitude de la désorientation que provoquait la transition retour vers mon véritable corps, et les effets s'estompaient vite. Olsen trouverait sans doute cette expérience débilitante, mais une vingtaine de minutes après mon extraction je me sentais remis.

Je quittai l'unité médicale et gagnai l'anneau interne de la station. Kaminski me rattrapa en courant.

« Boss, attendez ! Vous envisagez un peu de repos et de détente ? On pourrait aller au district et peut-être se trouver un peu de compagnie ? Blake, Jenkins et Martinez en sont.

— Je me joins à vous pour un verre. Pas plus. »

Kaminski se mit à rire. « On en prend toujours plus dans le district. »

Une sirène résonna tout près, qui nous laissa indifférents – ça arrivait souvent, sur la station.

« Ceci n'est pas un exercice, annonça une voix féminine sur le système de sonorisation du Cap-Liberté. Toutes les unités de police militaire doivent se rendre au secteur cinq. Attentat terroriste en cours. »

On se fraya tranquillement un chemin au milieu de la foule de civils et de soldats, en s'éloignant du secteur cinq. Une unité en uniforme noir de la police militaire, carabine à l'épaule, nous croisa en direction du secteur incriminé.

« Encore du grabuge, on dirait, commenta Kaminski. Quand on ne se bat pas contre les Krells, on se castagne entre nous.

— Le Directoire ne veut pas comprendre. »

La station de monorail était calme. Seuls une poignée de soldats et de matelots en quartier libre y déambulaient.

« Vous prenez le monorail ? » demanda Kaminski. Il se rendit aussitôt compte de son erreur.

« J'y vais à pied », répondis-je.

Il se contenta de hocher la tête.

Je laissai Kaminski à l'arrêt du monorail et pris un ascenseur pour monter dans le moyeu jusqu'au secteur trois. C'était mon rituel après chaque opération dans la peau d'un simulant, et je devais le faire tout seul.

Le secteur trois était pour ainsi dire abandonné. En dehors d'un parent éploré à l'occasion, il voyait peu de trafic. *Maman et papa qui dépensent les économies de toute une vie pour un trajet en espace-Q, prêts à tous les sacrifices pour une dernière chance de dire au revoir à fifils ou fifille*. Cet endroit m'offrait un espace de réflexion.

Je traversai les couloirs déserts en direction de la salle du mémorial. Je passai devant des écrans montrant l'extérieur de Cap-Liberté. Il s'agissait de la plus grosse base opérationnelle avancée de l'Alliance en bordure de la zone de quarantaine. Elle abritait plusieurs milliers de biffins, et tout autant de gars de l'Aérospatiale et de la Flotte. Ça ne valait pas les habitats flottants dans l'atmosphère de Vénus, mais ça restait une remarquable prouesse technologique humaine.

L'espace proche grouillait de vaisseaux de combat et de leurs navettes qui embarquaient ou débarquaient des gens sur Cap-Liberté, comme des moucherons tournant autour d'une carcasse. *J'ai toujours l'impression qu'il y a plus de bâtiments qui partent qu'il n'en revient jamais.* Des vaisseaux en tout genre étaient rassemblés là, des petits cotres militaires aux bâtiments de guerre énormes en passant par les unités expérimentales luisantes. C'était la Flotte de l'Alliance, fruit des efforts combinés de ce qui restait des Amériques-Unies, de l'Europe et du gros du monde occidental.

Je m'arrêtai, la main contre le verre froid de la baie d'observation, pour regarder la lumière du Maelström se refléter sur la flotte réunie. L'espace d'un instant, je me sentis étrangement patriote, avant de me rappeler où j'allais.

Le mémorial n'était pas à proprement parler une salle, ni même une cabine, mais plutôt une cloison dans l'anneau extérieur de la station. Je l'atteignis vers midi du cycle circadien local et, comme je m'y attendais, il n'y avait personne.

Des mots s'étalaient en haut du mur : À TOUS CEUX QUI ONT DONNÉ LEUR VIE DANS LA GUERRE CONTRE LES KRELLS, POUR LA SURVIE DE L'ESPÈCE HUMAINE.

Des millions de noms étaient gravés au laser, par ordre chronologique, avec mise à jour automatique à mesure que de nouvelles pertes étaient signalées. La liste occupait déjà une bonne partie de l'anneau extérieur de ce pont-ci. De modestes offrandes – fleurs, encensoirs ou babioles à valeur sentimentale – avaient été laissées au pied de la cloison.

Lorsque je retrouvai l'endroit que je cherchais et m'accroupis pour lire son nom, je les évitai avec le plus grand respect.

J'avais plus que jamais besoin d'un verre.

Cap-Liberté était située à la frontière de l'espace de l'Alliance. Le poste avancé ami le plus proche se trouvait à plusieurs parsecs de distance – même avec une bonne propulsion-Q, il faudrait bien deux semaines pour s'y rendre. De toute façon, ce n'était qu'une base minière éloignée. Le Cap devait être autarcique ; du coup, outre son énorme contingent militaire, il accueillait aussi une population civile importante.

C'est là que le district entrait en jeu. Grand et délabré, bruyant et aviné, c'était un mal nécessaire. Bien qu'officiellement identifié comme zone de détente civile, le district était ouvert à tous du moment qu'on avait assez de crédits. Un soldat pouvait y trouver ce qu'il voulait – des stupéfiants illégaux aux pratiques sexuelles en tout genre, en passant par tous les types d'alcools. C'était un Las Vegas miniature d'avant que le Directoire n'y lâche sa bombe : enseignes à néon partout, casinos, bars, boîtes de strip-tease.

Les officiers du Cap disposaient d'un mess réservé,

mais je préférais la version plus crue, et je buvais toujours avec ma section. Notre troquet préféré était un bar miteux à l'ancienne : le Dépôt. Il avait les faveurs de la plupart des opérateurs simulants – le slogan ON MEURT TOUS UNE FOIS, MAIS VA DONC LE FAIRE TOUS LES JOURS ! s'étalait au-dessus de l'entrée. Mais nous ne formions pas sa clientèle exclusive, et il accueillait aussi bidasses, matelots et militaires de tout poil.

On occupait notre table habituelle, non loin du comptoir. Selon une règle tacite parmi les piliers des lieux, c'était notre territoire. J'étais assis, la tête penchée sur un pichet de bière bon marché à moitié plein. La table croulait déjà sous les verres vides. Je me sentais agréablement éméché – juste assez ivre pour effacer la douleur de ma dernière opé.

Blake et Jenkins étaient avec moi et à peu près dans le même état. Blake ne quittait pas des yeux une blonde qui dansait seins nus et comptait à l'évidence l'aider à vider ses poches. Contrairement à moi, il était assez jeune pour se sentir à l'aise dans son véritable corps. Il aurait pu se faire n'importe quelle bonne femme du bar à l'exception de Jenkins. Celle-ci avait ses propres problèmes : elle faisait de son mieux pour éviter de croiser le regard d'un jeune enseigne de la Flotte qu'elle avait déjà refoulé plusieurs fois.

« C'est toujours pareil quand je fais un effort, lâcha-t-elle. Je m'emmerde pour rien. »

Elle portait une robe rouge moulante, mais, quelle que soit sa tenue, elle avait toujours l'air d'un soldat. Comme toute ma section – c'était un état d'esprit, quelque chose dans le regard.

Martinez et Kaminski se trouvaient plus loin dans le bar bondé. La dernière fois que je les avais vus, Martinez cherchait des noises à des matelots et Kaminski rajoutait un tatouage sur sa couenne déjà surchargée.

« J'ai sauté le premier, dit Blake en secouant la tête, désabusé. C'est la deuxième opé de suite où je saute le premier. J'y crois pas.

— T'en fais pas, gamin », répondit Jenkins en posant une main réconfortante sur son épaule. Ces deux-là s'entendaient bien. Elle était beaucoup plus vieille, mais elle veillait sur lui pendant les opérations comme pendant les permes. C'était un peu son petit frère.

« Et, comme toujours, le capitaine a tenu le plus longtemps, ajouta Blake en me souriant.

— Dernier entré, dernier sorti, dis-je. Et y a pas de médaille pour ça. Te mine pas, Blake, tu t'en es bien tiré. »

Je l'aimais bien. C'était un bon soldat, plein d'avenir en tant qu'opérateur. Il était toujours comme ça après une mission : il insistait pour remâcher le déroulé de l'opération en se demandant s'il aurait pu agir autrement, soucieux de plaire. J'étais tout le contraire. Je voulais obtenir des résultats, certes, mais je m'efforçais après chaque sortie d'occulter ce qui s'était passé, d'en écarter les détails. C'était plus facile à oublier de cette manière.

Jenkins fit claquer sa langue. « Reprenons un verre. Faudrait pas que vous finissiez déshydratés, les gars. »

Elle nous versa négligemment de la bière d'un

pichet en plastique éraflé et en répandit sur la table crasseuse. On attrapa nos verres et on les leva pour les entrechoquer bruyamment, renversant un peu plus de bière.

« À la mort ! » lança Jenkins.

On descendit nos chopes d'un trait. La bière était chaude et plate.

Une bonne dynamique animait la section. J'en avais dirigé beaucoup durant mon long service au sein des SimOps, et la configuration actuelle était la meilleure que j'avais connue. Kaminski était avec moi depuis le tout début, même s'il n'avait pas accumulé autant de morts simulées que moi, loin de là. La plupart des soldats appréciaient de reprendre leur souffle entre deux opérations. Jenkins et Martinez avaient rejoint la section à peu près en même temps, trois ans plus tôt. Puis Blake avait obtenu un poste devenu inopinément vacant, et on connaît la suite.

Jenkins s'essuya la bouche du dos de la main, séchant les traces de sa bière.

« Une vraie dame, Jenkins ! commenta Blake d'un air moqueur. Le genre de femme que ma mère aimerait rencontrer.

— Tu parles tout le temps de ta mère, répondit-elle d'une voix pâteuse. Ta famille te manque ? »

Blake se figea brièvement. Sans le vouloir, Jenkins avait touché un point sensible. Le moral de ma section faisait partie de mes priorités. *Quelque chose le tracasse*. Mais avant que j'aie pu réagir à son changement d'humeur, avant que j'aie pu lui poser la question, il était redevenu lui-même et avait retrouvé son côté fanfaron. *Il va falloir que je le surveille*. C'était un cérébral. Pour les opérateurs de simulants, ce n'est pas toujours une bonne chose.

« Bien sûr que non. Ça fait juste longtemps que je n'ai pas vu ma famille, c'est tout. »

Jenkins hocha sagement la tête. « Et moi ! Trois ans et des poussières. Tu crois que ces connards prendraient le temps de venir me voir ici, à la frontière sauvage ? »

Blake et Jenkins entrechoquèrent leurs poings et éclatèrent d'un rire d'ivrognes.

On était tous nés sur Terre, à l'exception de Martinez, qui aimait à croire qu'il n'était séparé du monde d'origine que d'une génération. Les proches, la famille, les amis… Si on en avait, ce n'étaient que des noms et de jolies photos sur écrans holo si loin des mondes centraux.

« Alors, c'est quoi la suite, mon capitaine ? » me demanda Jenkins. Elle poussa Blake de l'épaule. « On devrait lancer les paris. Faire participer Kaminski et Martinez.

— On reprendra du service quand on sera prêts, dis-je en dissimulant au mieux l'appétit que j'éprouvais déjà à retourner m'incarner dans un simulant. C'est le Commandement qui prendra la décision. Vous devriez profiter du repos. » Je désignai d'un signe de la tête la blonde qui tournait en dansant autour de notre table. Elle faisait encore les yeux doux à Blake. « Je suis sûr que vous pouvez trouver à vous occuper dans le coin. »

Une lueur d'avidité passa sur le visage de Blake, et il parut se redresser fièrement sur son siège. Au moins, je détournais son esprit du boulot.

« On se présentera au rapport dans sept jours et on découvrira notre prochaine mission, ajoutai-je.

— Vous n'êtes pas curieux ? » fit Jenkins.

Je haussai les épaules. « On n'est pas là pour poser des questions. Il y a cinq ans… c'est là que j'ai décidé de tout bonnement arrêter d'en poser. »

Jenkins plongea les yeux dans son verre et rougit légèrement. Ou alors c'était un effet de l'éclairage au néon.

« Je sais, Harris. Et ça doit toujours être douloureux. » Ma section savait tout, et Jenkins plus particulièrement. C'était mon oreille officieuse : quelqu'un à qui parler d'histoire, des soucis, de l'avenir quand c'en était trop. Elle écoutait sacrément mieux que les psys des éval avec leurs yeux froids et impassibles.

Fut un temps où tous les psys ne te dérangeaient pas, me rappela une voix dans ma tête.

Jenkins se pencha sur la table et m'adressa un clin d'œil complice : « J'ai entendu dire qu'il se passe un gros truc. On est sur le point d'être *mobilisés*, et ça ne sera pas contre les Krells, je pense. Si vous voulez mon avis, on va être déployés contre le Directoire ! »

J'éclatai brièvement de rire à cette sortie. « Tu parles ! Si on m'avait donné un crédit à chaque fois que j'ai entendu que le programme SimOps allait être déployé contre le Directoire, je serais déjà riche. »

Jenkins leva les mains, la paume vers moi. « Hé, je ne fais que répéter ce qu'on m'a dit. Ça me paraît bizarre que tant d'équipes se fassent extraire et qu'il y en ait autant qui se tournent les pouces sur le Cap en attendant leurs ordres. On m'a même soufflé que le vieux Cole était de retour.

— Rien ne me ferait plus plaisir que d'affronter le Directoire, mais le combat serait inégal. Tu sais bien qu'ils n'ont pas de programme simulant. Leurs cadavres nous serviraient de balais. »

Jenkins et Blake rirent à nouveau. Les théories du complot étaient une source de discussion inépuisable pour Jenkins. Elle n'écoutait pas que moi et ma section : elle laissait traîner ses oreilles partout. On pouvait lui faire confiance pour nous fournir en ragots douteux. Une rumeur tenace, jamais confirmée, voulait que les SimOps seraient mobilisés en masse contre le Directoire asiatique. Jenkins aimait raconter cette histoire-là quand elle en avait l'occasion.

Notre conversation fut interrompue par des tapes insistantes sur mon épaule. Je me retournai pour découvrir un type juste derrière moi – petit, la cinquantaine, vêtu d'une casquette bleue caractéristique et d'un gilet pare-balles barré de la mention REPORTER MILITAIRE. Il était accompagné d'un drone d'information : une petite caméra volante qui papillonnait au-dessus de nous et nous toisait.

« Tire-toi ! s'écria Blake en voulant écarter la caméra comme un insecte importun.

— Soldats, pourrais-je avoir quelques instants ? » lâcha le journaliste. En sueur, il m'agitait un micro sous le nez. « Je travaille pour la *Gazette de Cap-Liberté* et je suis nouveau sur la base. Je prépare un reportage sur le programme simulant. On vous a cités comme étant des vétérans capables de parler du programme.

— Tu m'as pas entendu la première fois ? » répliqua Blake.

Le journaliste ne se laissa pas décourager. Il passa la langue sur ses lèvres et poursuivit : « Juste votre opinion sur l'opération jusqu'à maintenant. Comment ça se passe, selon vous ? Peut-être quelques mots sur le Maelström ? Vous y êtes déjà allés ?

— On est en permission, répondis-je. Allez parler à quelqu'un que ça intéresse. »

Il secoua la tête pour écarter mes objections. « Quel effet ça fait de se retrouver face aux Krells, pour ainsi dire, régulièrement ?

— Le monsieur t'a dit de t'en aller, fit Jenkins en se levant à moitié de son siège.

— Capitaine Harris, vous avez vécu deux cent dix-huit morts simulées. Vous êtes l'opérateur simulant le plus expérimenté de l'histoire du programme. Certains vous qualifient de héros militaire. J'ai entendu un soldat vous surnommer Lazare. Un commentaire ? » Le reporter marqua une pause, attendant ma réaction. Voyant que je ne bronchais pas, il poursuivit comme s'il lisait une fiche invisible : « Quelle est votre opinion personnelle sur le traité ? Vous avez un lien inhabituel avec lui, et ça doit être parfois douloureux. Pouvez-vous nous faire part de votre point de vue ? »

Martinez apparut près du journaliste et le toisa d'un air menaçant. Le soldat était trapu et athlétique ; il en imposait, d'autant plus qu'il avait bu. Le drone d'information s'éleva soudain, détectant la menace que le reporter paraissait ne pas remarquer.

« Je crois qu'il est temps que tu te tires, grogna Martinez. Le capitaine n'aime pas parler du traité, *cuate*. »

Il saisit l'autre par les épaules et le tira en arrière. Le petit homme disparut dans le bar bondé.

« On dirait que Martinez aura sa bagarre, en fin de compte, commenta Jenkins. Faut pas énerver un Vénusien.

— Vas-y mollo ! lançai-je en direction de mon gars.

— Vaut mieux que je m'en occupe », dit Jenkins en lui emboîtant le pas.

Ce qui me laissait seul avec Blake. Il observait la danseuse, qui avait entamé un nouveau tour du bar, soucieuse de montrer au jeunot qu'elle était encore intéressée.

« Mon capitaine, commença Blake en fixant la femme qui passait tout près, il faut que je vous parle. »

Je souris. « Mais une autre fois, j'imagine ?

— Ouais. Si ça ne vous dérange pas. »

Je hochai la tête, et Blake s'éclipsa lui aussi.

J'avais dit à Kaminski que je ne boirais qu'un verre dans le district, mais un verre après une expérience telle que le *New Haven*, voilà qui n'était pas à prendre à la légère. Au bout de la première journée de beuverie, tout devint très flou.

Le troisième jour, je fus réveillé tôt. Ma sonnette d'entrée retentit à plusieurs reprises. J'étais dans ma cabine plutôt qu'en cellule, c'était un bon début. Je me rappelais vaguement que la police militaire du Cap s'était mêlée de quelque chose, mais les événements n'avaient pas dû être assez graves pour justifier ma détention.

Je roulai à bas de ma couchette et m'ébrouai, puis

attrapai un treillis que j'enfilai tant bien que mal. Je cognai sur la console commandant l'ouverture de la porte.

Un petit robot jaune polyvalent attendait dehors, tout en pinces et en chenilles. Sur son torse, un écran montrait un visage animé. Je plissai les yeux sous la lumière vive du couloir, et le robot marqua une pause avant de parler.

« Capitaine Conrad Harris ? Matricule 93778 ? »

Je hochai la tête et découvris mon poignet. Le robot tendit un lecteur et scanna le tatouage de mon code pour confirmer mon identité.

« Les sept jours sont déjà écoulés ? demandai-je.

— Vous avez été jugé apte à reprendre le service. Votre permission est annulée dès maintenant. »

Le robot déplia un de ses bras vers moi et plaqua une enveloppe contre ma poitrine. Je la pris lentement et remarquai qu'elle portait le sceau militaire de l'Alliance. L'écran du robot afficha un visage au sourire irritant.

« Nouveaux ordres. Le général Cole veut que vous vous présentiez à son bureau à huit heures zéro-zéro demain. Vous avez une nouvelle mission.

— Cole ? m'étonnai-je bêtement.

— C'est ce que j'ai dit. »

Le robot recula. Sa figure électronique prit un air désapprobateur.

« Vous avez une sale tronche, mon pote. Je dis ça pour être gentil. Faites un brin de toilette.

— T'as pas bel air non plus », marmonnai-je.

Le robot s'élança bruyamment dans le couloir. Je restai un moment planté dans l'encadrement de la porte à tourner et retourner le courrier. *Une nouvelle mission, c'est une bonne chose*. L'envie qui ne me lâchait jamais de grimper à nouveau dans la cuve de simulation et d'effectuer la transition vers mon simulant monta en moi.

Mais des ordres venus tout droit du général Cole ? Voilà qui était inhabituel. Cole, c'était du sérieux. Ça devait être un gros truc, quelque chose de spécial.

Peut-être que Jenkins avait raison. Il y a un début à tout.

La douleur dans ma tête me disait que ce n'était pas le moment d'y réfléchir. Je m'affalai de nouveau sur ma couchette et laissai la migraine qui me martelait les tempes se calmer un peu.

Je basculai sur le flanc pour observer ma cabine. C'était le cube d'un petit officier – rien de tape-à-l'œil, pas une cabine de luxe. En tant que capitaine, j'y aurais eu droit, mais je n'en voulais pas. Je n'étais pas matérialiste, comme le prouvait mon réduit austère – c'était un endroit où dormir et pas grand-chose de plus. Mais je gardais un bric-à-brac d'objets personnels près de ma couchette, de quoi me rappeler que j'appartenais toujours à l'espèce humaine.

Une griffe de Krell intacte, récupérée sur une combinaison de combat après une opération sim qui s'était conclue par un retour en vie au Cap.

Un éclat de plastique d'une carabine à plasma détruite.

Quelques douilles de cartouches perforantes.

Le vieux revolver de mon père, une antiquité qu'il tenait de mon grand-père.

Un anneau en argent rose serti de pierres ocre.

Une photo d'*elle*.

Les couleurs du cliché avaient passé avec le temps – c'était une photo prise sur Azur. Le fond de ciel bleu mettait en valeur l'éclat rouge de ses lèvres et ses yeux en amande. Ses longs cheveux noirs, toujours chargés de son odeur. J'effleurai l'image, et elle s'anima, imitant la femme qu'elle avait été.

On était heureux, à l'époque.

Je fermai les yeux. J'avais une autre mission. C'était quelque chose, mais c'était pour demain.

Il me fallait un autre verre.

Chapitre III

Une mission

Le général Mohammed Cole était l'officier suprême en charge des opérations de police dans la zone de quarantaine. Le colonel O'Neil supervisait les SimOps – c'était lui mon véritable commandant – mais Cole était son supérieur direct. En cas de mission prioritaire, je m'attendais à ce qu'O'Neil me donne mes instructions, mais il avait apparemment été exclu de la boucle. Techniquement, Cole était officier de l'armée de terre, et il dirigeait l'effort militaire combiné – pas uniquement SimOps, mais aussi l'armée et la Flotte de l'Alliance. Il ne rendait de comptes qu'aux chefs d'état-major des trois armes, dans les systèmes centraux.

J'étais seul, assis dans la salle d'attente devant son bureau. Elle était luxueuse, comme il se doit, avec un canapé en cuir synthétique et des tableaux aux murs. Un hologramme tremblotant du drapeau allié occupait toute une cloison – la bannière étoilée, enrichie d'une représentation des mondes unis sous le gouvernement de l'Alliance. La Vieille Terre trônait au centre, même si en réalité elle ne nous était qu'à demi acquise. Le reste appartenait au Directoire asiatique, un empire qui comprenait la république de Cheene, la Corée unifiée et la Confédération thaïe. Les planètes du Système solaire avaient de longue date été colonisées puis décimées, et c'est donc le trio Alpha du Centaure, Epsilon Ventris II et Proxima Alpha Prime qui était disposé autour de la Terre. Elles étaient représentées par des cercles dignement surdimensionnés afin de signifier leur importance capitale pour l'Alliance. C'étaient les mondes centraux – industrialisés, très peuplés, des copies acceptables de la Terre. Un certain nombre d'autres planètes étaient également présentes, mais j'étais incapable de toutes les identifier. L'Alliance comptait plus de trois cents mondes, et j'avais parfois le sentiment d'en avoir visité bien trop.

Depuis la réception, la secrétaire m'examina avec un sourire poli. Chevelure noire et brillante relevée au-dessus d'un visage maquillé, incrustations de LED sur les ongles, elle regardait les actualités sur un écran mural – un sujet sur les élections au gouvernement martien. Je lui rendis son sourire. J'attendais depuis un moment.

Un carillon résonna. La secrétaire se redressa.

« Le général va vous recevoir, capitaine Harris. Veuillez me suivre. »

Elle m'emmena jusqu'à la salle de conférence. Après tant d'années sur le terrain, le col de mon uniforme de parade me démangeait et ma casquette me serrait. Les techniciens n'avaient jamais tout à fait réussi à l'adapter correctement : ma chemise frottait toujours désagréablement sur le connecteur situé en haut de ma colonne vertébrale. Cela faisait des années que je n'avais pas porté cet uniforme. Je ne me sentais pas à ma place ici. Tandis que je suivais le *clac-clac* des talons de la secrétaire, des gouttes de sueur perlèrent brièvement sur mon front. Des drones de sécurité voletèrent autour de nous – ils affichèrent notre visage, procédèrent à des scans corporels et vérifièrent que nous ne portions pas d'arme – avant de s'éloigner brusquement.

Les portes de la salle de conférence s'écartèrent dans un discret bourdonnement. Deux gardes de la police militaire en armure légère se tenaient de chaque côté de l'entrée, équipés de fusils incapacitants. D'autres soldats apparurent et me fouillèrent à l'aide d'un scanner à main. La secrétaire sourit à nouveau poliment tout en subissant la même procédure.

« On n'est jamais trop sûr, dit-elle. Le Directoire nous observe, après tout. »

J'acquiesçai. La jeune femme se retira sans tarder, et les portes se refermèrent derrière elle.

La pièce était encombrée et l'éclairage tamisé. Quatre hommes étaient assis au bout d'une longue table en bois sombre. Ils examinaient un hologramme projeté par un appareil incrusté dans la table. Je patientai, embarrassé, pendant que les huiles râlaient sur ce que leur montrait le projecteur : l'image en trois dimensions d'une planète en orbite autour de deux étoiles à l'air mauvais. Au bout de quelques instants, je me raclai la gorge pour attirer leur attention.

Le groupe releva la tête comme un seul homme.

Cole était le plus imposant, une montagne de muscles malgré les années passées derrière un bureau sur Cap-Liberté. Il avait la peau couleur café au lait et ses cheveux lui faisaient un duvet frisé. Il était originaire de Hawaii – du moins d'après la rumeur. Il portait une veste militaire connectée qui affichait un hologramme de ses médailles sur la poitrine.

Tout le monde sur le Cap savait qui il était et ce qu'il faisait ; avant même de s'élever au grade de général, il s'était taillé une réputation d'honnête commandant. Parfois impitoyable, mais doué d'un bon esprit tactique. Son surnom de « Vieux Cole » avait une portée double : outre qu'il convoquait une antique tradition militaire américaine, il était également ironique. Car Cole n'était pas bien vieux pour un général – et on le lui avait reproché à sa nomination. C'était un officier supérieur correct, à mes yeux, mais j'avais peu de respect globalement pour les types dans son genre.

Je saluai, au garde-à-vous.

« Pas de formalités, soldat », coupa Cole d'une voix rocailleuse. Il se fendit d'un large sourire. « Repos. Nous vous attendions. Nous nous sommes déjà rencontrés, je crois… En soixante-dix-sept, durant l'évacuation de la base Sigma ? »

Je hochai la tête. « Oui, mon général. »

Recourir à l'appellation militaire conventionnelle – mon général, chef et tout le reste – me paraissait ampoulé et surréaliste. Dans la plupart des équipes sim, le formalisme était activement découragé, et mon unité ne faisait pas exception.

« Vous connaissez déjà monsieur Olsen, je crois. »

Olsen était l'un des types assis à la table. C'était un grand bonhomme tout mou dans la vraie vie, la cinquantaine bien sonnée, marqué par une existence de travail sédentaire en labo. Il portait une blouse blanche boutonnée jusqu'au cou, qu'il avait gras. Ses cheveux grisonnants se raréfiaient et il les ramenait sur son crâne dégarni. Malgré son âge, il arborait un sourire rayonnant d'enthousiasme enfantin. Si j'avais un peu de respect pour Cole, je n'en avais aucun pour Olsen et l'ensemble du contingent scientifique de la station. C'en étaient d'autres de sa trempe qui avaient eu l'idée du traité et qui nous avaient menés dans cette terrible impasse.

« Cette expérience dans la zone de quarantaine était très éclairante, déclara-t-il avec animation. Je n'ai jamais rien ressenti de tel. Déconcertant, mais intéressant. »

Je me rappelais ses tremblements tant à bord du *New Haven*, pendant l'attaque des Krells, que de retour sur le Cap après notre extraction. Olsen n'avait pourtant pas l'air d'apprécier l'expérience dans les deux cas. Peut-être le recul ou la compagnie ici assemblée avaient-ils modifié son ressenti. Son rôle d'observateur sur le *Haven* lui avait fourni l'occasion de me prouver que j'avais tort, de faire taire mes préjugés, mais Olsen y avait lamentablement échoué.

« Je m'en réjouis, répondis-je en gardant le reste pour moi.

— Vous êtes habile à régler les problèmes, pas vrai, Harris ? Très habile », reprit Cole. Il réfléchit un instant à sa formule. « Or nous avons un problème à régler. »

Le troisième et le quatrième homme à la table étaient des civils. L'un d'eux examinait une info-plaque.

« Je suis monsieur Jostin, conseiller civil sur l'opération militaire actuelle. J'ai lu votre dossier attentivement. Vous êtes pour le moins aguerri, mon capitaine. Impliqué dans plus de deux cents opérations à ce jour, dont bon nombre d'une importance tactique capitale. Vous vous êtes rendu à trois reprises dans le Maelström, si j'ai bien compris.

— Je ne peux ni le confirmer ni l'infirmer. De telles opérations, si j'y ai participé, impliqueraient une violation du traité. Elles seraient classées secret-défense. »

Il releva la tête par-dessus son ardoise et haussa le sourcil à ces mots. « Si elles existaient, bien entendu.

— Préférez-vous qu'on vous appelle capitaine Harris ou Lazare ? » lança le quatrième homme avec un accent cultivé mais prononcé. Il n'attendit pas la réponse : me faire savoir que ces gens ne tiraient pas leurs informations de mon dossier officiel lui suffisait. « Vous êtes en train de devenir une vraie légende sur Cap-Liberté. Évidemment, nous savons tous votre lien personnel avec le traité. Et vous avez fréquemment fait connaître votre opinion sur sa signature. En tout cas, le colonel O'Neil vous tient en haute estime. Je crois que vous vous connaissez bien. »

Je n'avais pas vu O'Neil depuis des mois et je ne lui avais pas davantage parlé. Peut-être était-ce pour cette raison que Cole me briefait lui-même – parce qu'O'Neil savait que je risquais fort de ne pas me présenter devant lui, même s'il était officiellement mon supérieur. Nous avions un passif, des griefs que je n'avais guère envie de partager avec des civils et une huile.

« Tout à fait. » Je choisis mes mots délibérément pour leur neutralité : « Le colonel est un de mes collègues.

— Voici mon conseiller, monsieur Evers », dit Cole en désignant mon dernier interlocuteur.

Evers et Jostin étaient vêtus des mêmes costumes sombres, cravate comprise. Trentenaires en années terriennes standard, ils avaient l'apparence lisse des cadres de grosses corporations. Cheveux noirs gominés, peau bronzée aux UV. Je n'avais pas vu de types de ce tonneau sur la station depuis très longtemps – étant donné les périls de la dilatation temporelle liée à la technologie des sauts-Q et le coût d'acheminement de représentants civils si loin des systèmes centraux, on préférait en général communiquer par d'autres moyens.

« Je suis navré, je n'ai pas entendu d'où vous veniez, messieurs.

— Parce que nous ne l'avons pas dit, fit Evers. Ça n'a guère d'incidence sur votre opération, mon capitaine, mais nous représentons une corporation industrielle. Nous sommes des parties intéressées à l'issue de votre prochaine mission, dirons-nous. »

Evers souriait lui aussi à présent. Ses dents étaient parfaitement alignées, et blanches à faire peur.

Ces types me déplurent instantanément, plus encore qu'Olsen. C'était sans doute un signe des temps si les intérêts industriels se manifestaient à nouveau dans le coin. La guerre contre les Krells ne faisait plus rage. Les vautours allaient commencer à se positionner, impatients de profiter de la carcasse avant qu'elle ait complètement refroidi.

« Nous sommes tous au fait de vos antécédents de service, reprit Cole en agitant la main en direction d'Evers et de Jostin comme pour me dire de ne pas en tenir compte. Vous serez heureux de savoir que nous ne sommes pas là pour les évoquer, en tout cas. Je suis persuadé que votre équipe et vous êtes les candidats parfaits pour ce boulot.

— Qui consiste en quoi ? » demandai-je avec une certaine appréhension. J'avais assisté à des centaines de briefings – secrets, médiatisés et toute la gamme entre les deux –, mais rien de tout cela ne me paraissait normal.

Cole désigna l'image holo.

« Bienvenue dans l'opération Clé-de-voûte. Voici le système d'Hélios. Onze mondes en orbite autour de deux étoiles dont une mourante. La planète qui nous intéresse est Hélios III – la seule du système à abriter des formes de vie. »

La planète était brun et blanc. Un cercle de débris spatiaux en faisait paresseusement le tour, pas tout à fait assez dense pour mériter le nom d'anneau. Sous les débris, Hélios était enveloppée d'une épaisse couverture nuageuse et trouée de crevasses noires. Elle tournait lentement sur son axe, et l'image affichait des données techniques au fur et à mesure.

« Un endroit fascinant, ajouta Olsen. Unique, en fait. Presque entièrement désert, mais doté d'un système météorologique complexe. On y trouve des rivières et des lacs souterrains. Des insectes… »

Cole l'interrompit à nouveau : « Monsieur Olsen a raison, mais ce n'est pas ce qui nous intéresse. »

La vue passa à des images piquées prises depuis l'espace. Vastes étendues érodées par les intempéries. Montagnes escarpées battues par des vents perpétuels. La vallée de la Mort à grande échelle. Le genre de planètes pour lesquelles l'Alliance et les Krells s'étaient affrontés un nombre de fois incalculable dans l'histoire de cette guerre…

Il y a autre chose, là.

Je me penchai légèrement comme un cliché attisait ma curiosité.

Une grosse structure angulaire saillait du sable. Elle se trouvait en haut d'une montagne au-dessus du désert. Une ruine quelconque. Il était difficile de se faire une idée de l'échelle à partir de l'image, mais j'eus l'impression qu'elle était immense. La photo était de mauvaise qualité et la profondeur des couleurs faible, mais la ruine semblait d'un noir mat. *Non, pas noir. Plus noir que noir*. C'était une absence béante – elle absorbait la lumière.

« Ces images viennent d'une sonde espion. Nous n'avons pu obtenir qu'une poignée de clichés du site car les conditions météorologiques sur Hélios III sont extrêmement imprévisibles. »

L'image clignota puis disparut. *Elle ne veut pas qu'on l'enregistre*, pensai-je pour moi-même. Je ne savais pas trop d'où cette idée m'était venue. *Elle ne veut pas qu'on s'en souvienne*.

« Le visuel est moins intéressant que l'audio,

poursuivit Cole. Quelle que soit sa nature, cet objet diffuse un signal d'une importance capitale. Un signal qui se répète constamment, sans varier. »

Jostin tapota son infoplaque. « Nous l'avons capté à plusieurs systèmes de distance. Il est très puissant.

— Ce n'est pas krell, vous comprenez, ajouta Evers. Ni humain non plus.

— Il s'agit d'une découverte scientifique cruciale, dit Olsen. Autre chose dans l'univers ! Nous l'avons appelé l'Artefact. D'après les éléments limités dont nous disposons, il semble qu'il soit fait de matériaux non biologiques.

— Ce qui signifie que les Krells ne peuvent pas l'avoir construit », conclut Evers.

Je regardai les images défiler à nouveau. Les Krells étaient les maîtres incontestés des biotechnologies. Ils avaient élevé cet art à un degré absurde. Alors que nous fabriquions nos objets, eux les cultivaient. Du couteau au vaisseau de guerre, ils étaient capables de produire une copie biologique de n'importe quoi – leur espèce était capable d'un développement infini, de mutations illimitées. Ils n'auraient que faire d'un énorme émetteur spatial.

« Plus intéressant encore est l'effet qu'il a sur les Krells », reprit Cole. Il s'avança jusque dans l'hologramme. Son visage se peignit soudain de lumière, de chiffres et de flux de données en provenance du projecteur. « Croyez-vous que les Krells soient une espèce pieuse, capitaine Harris ? Croyez-vous qu'ils prient, qu'ils espèrent, comme nous ?

— Pas d'après ce que j'en ai vu, répondis-je sans hésiter.

— Peut-être ceci vous fera-t-il changer d'avis. »

L'image réapparut, et je la regardai passer en boucle. Le désert autour de la structure paraissait en mouvement. Puis je compris que c'était autre chose : des xénotypes krells qui progressaient à coups de griffes dans les dunes en direction de la ruine. Par millions. Des campements biscornus de vaisseaux extraterrestres piquetaient la montagne. Des structures biomécaniques tordues jonchaient le paysage.

« C'est un lieu de pèlerinage pour les Krells. Ils paraissent inexorablement attirés vers l'Artefact. Nous n'avions jamais observé ce comportement chez eux auparavant. Cela pourrait se révéler décisif pour l'effort de guerre.

— Imaginez que nous parvenions à l'exploiter, murmura Jostin en tapotant la console d'un doigt absent. À en faire une arme. »

Ils n'avaient peut-être pas tort. J'avais vu – et tué – des milliers de Krells sur plus d'une centaine de mondes. Je ne les avais jamais vus attirés par quoi que ce soit de cette façon. *Comme des papillons par une flamme.*

Les applications militaires d'un tel objet étaient évidentes.

Jostin et Evers échangèrent un sourire, satisfaits d'avoir impressionné un troufion comme moi avec leur découverte.

« Avons-nous étudié le site ? »

Cole m'adressa un sourire ironique. « Oui, en effet. D'abord à distance ; puis, il y a cinq ans, nous avons établi un labo sur place. En envoyant le personnel le plus compétent que nous avons pu réunir.

— Avec un soutien industriel, une équipe de chercheurs a été insérée sur le terrain, enchaîna Evers, avec pour mission d'étudier l'Artefact. Ils étaient emmenés par le professeur Jarvis Kellerman, un xénobiologiste de renom approuvé par les forces armées de l'Alliance. »

Un écran mural s'illumina derrière Evers, montrant le visage souriant de Kellerman. Il posait devant une forêt verdoyante, peut-être sur Terre ou sur Mars, comme sur une photo de presse. Des informations pertinentes le concernant apparurent à côté de son portrait :

PROFESSEUR JARVIS KELLERMAN
SEXE : MASCULIN (NATUREL)
NÉ LE 03 01 2219 À NEW CHICAGO, LUNA
NATIONALITÉ : AMÉRIQUES-UNIES (CITOYENNETÉ ALLIÉE)
HABILITATION SÉCURITÉ : ALPHA-ALPHA-NEUF
AFFECTATIONS PRÉCÉDENTES :
  OFFICIER SCIENTIFIQUE À BORD DU VAU *BROOKLYN* [2259]
  CONSEILLER ATTACHÉ À L'EXPÉDITION ANTARÈS [2263]
CONSEILLER AUPRÈS DE LA COMMISSION DU CONGRÈS [2265]
DERNIÈRE POSITION CONNUE : SECRÈTE [ACCÈS DÉVERROUILLÉ : HÉLIOS III, SYSTÈME D'HÉLIOS]
ANTÉCÉDENTS DE SERVICE NOTABLES :
  VOIR FICHIER A-987 (SECRET)
  VOIR FICHIERS ASSOCIÉS A-687 (SECRET) À A-787 (SECRET)

D'autres éléments défilaient à l'écran, et j'absorbai ce que je pus. Kellerman avait l'air d'un type impressionnant, un atout pour la mission scientifique de l'Alliance.

« C'est un homme bien, dit Olsen. Je suivais son travail avant son départ pour Hélios. Ses articles étaient avant-gardistes. Comme vous le pouvez le voir, rien n'est jamais venu entacher sa réputation. Un parcours parfait.

— Il était impliqué dans des recherches de très haut niveau avant son affectation sur Hélios », ajouta Evers. Il m'adressa un regard impassible. « Classées secret, évidemment. »

Je compris alors que Kellerman était un des leurs : un type en costume, une huile, un membre de l'intelligentsia. Diplôme de Harvard. Pleine habilitation de sécurité militaire. Récompenses pour son travail en vue de neutraliser la menace krelle.

Evers poursuivit : « Le professeur Kellerman a été envoyé sur Hélios avec un petit détachement de sécurité et une équipe de chercheurs. Ils avaient une puissance de feu suffisante pour tenir leur position, mais l'intention de se cacher des Krells plutôt que de les affronter. Tout s'est très bien passé les premières années.

— Ils ont correctement avancé dans leur étude du site, marmonna Cole. Rien de concret, mais du bon travail néanmoins.

— Vous pouvez visionner les transmissions de Kellerman à la base si vous l'estimez nécessaire, ajouta Jostin d'un ton qui suggérait que ce serait une perte de temps. Inutile de nous appesantir sur les détails aujourd'hui.

— Alors que leur est-il arrivé, mon général ?

— Le labo a cessé d'émettre il y a six mois. L'équipe avait ordre de diffuser un signal de sécurité chaque semaine pour mettre le Cap au courant de leurs progrès sur le site. »

Olsen s'éclaircit nerveusement la gorge. « Kellerman est – était – un chercheur méticuleux. Il ne s'évaporerait pas ainsi sans une sacrée bonne raison.

— Ont-ils été pris d'assaut par les Krells ? » demandai-je. Ce fut ma première réaction. Envoyer une équipe de civils sous contrat étudier un site archéologique extraterrestre cerné par les Krells, sans armement lourd, voilà qui ne paraissait pas très avisé. Il était presque trop évident que leur présence serait découverte.

Cole hocha la tête. « C'est possible, mais cela constituerait un changement notable de leur comportement. D'après les observations par satellite, les Krells ont l'air obnubilés par l'Artefact. C'est loin du labo. Et Hélios III se trouve trop à l'écart des routes commerciales pour que des pirates s'en soient mêlés.

— À quelle distance, au juste ? »

Un silence gêné se fit autour de la table. Jostin et Evers échangèrent des regards coupables. La vérité m'apparut dans toute sa noirceur.

« Elle se situe à l'intérieur du Maelström, capitaine Harris », répondit Cole sans lever les yeux. Il ajouta d'un ton d'excuse : « Pas trop loin. Bien qu'intéressés par Hélios, les Krells ne l'ont pas colonisée. Nous ne savons pas pourquoi au juste.

— Le système d'Hélios est en bordure du Maelström, renchérit Evers. C'est à peine s'il est vraiment dedans, en réalité.

— Mais il est de l'autre côté de la zone de quarantaine ? » Inutile de tourner autour du pot : on m'envoyait sur une planète interdite, en territoire ennemi.

« Oui, en effet, convint Cole. Mais nous avons réussi à mener cette opération plusieurs années durant sans que les Krells interfèrent. Nous ne pouvons bien sûr pas l'exclure, mais rien ne nous porte à croire qu'ils aient soudain changé de stratégie.

» Une équipe de combat a été formée – rien que des soldats expérimentés issus des opérations spéciales. Nous avons l'autorisation de mettre le VAU *Oregon* à votre disposition. Vous aurez une équipe scientifique et une baie SimOp complète à bord, et assez de simulants pour mener à bien la mission. L'officier scientifique Olsen vous accompagnera en déploiement. »

Olsen m'adressa un pâle sourire. « Au cas où vous auriez besoin de mes compétences scientifiques, du fait de la présence de l'Artefact.

— L'éloignement de la cible – à l'autre bout de la zone de quarantaine – nous impose le déploiement local comme seule solution, reprit Cole. Si ça ne dépendait que de moi, vous pourriez diriger vos sims depuis Cap-Liberté, mais il paraît que la liaison neurale n'a pas une portée suffisante. Il n'y a pas d'autre moyen que d'envoyer votre section à Hélios.

» L'objectif de la mission sera limité : vous rendre au labo et déterminer la raison de l'absence de contact. Fournir une assistance aux survivants s'il y en a. Sinon, faire ce à quoi vous excellez : détruire le labo et repartir en orbite. Rien de compliqué.

— Vous avez ordre d'éviter l'Artefact dans la mesure du possible, ajouta doucement Jostin. On l'étudiera plus tard. Ce qui compte pour nous, c'est que les recherches du professeur Kellerman et de son équipe ne tombent pas en de mauvaises mains.

— Entre des mains ennemies, précisa Evers.

— Le voyage durera six mois objectifs, dit Jostin. Si le site a connu une activité hostile, il y a de fortes chances qu'elle ait cessé depuis longtemps. Votre section et vous êtes parfaits pour l'opération : pas de liens familiaux, longue expérience des déploiements, excellents états de service. La dilatation temporelle ne posera problème à aucun de vous. »

J'acquiesçai sombrement. Pour ceux qui avaient de la famille proche, douze mois d'absence auraient pu poser problème. Pour mon groupe, ce n'était pas le cas.

Cole ne laissa pas le rythme du briefing retomber. Le groupe s'adressait à moi plus qu'il ne discutait avec moi, à présent, désireux d'éviter de nouvelles questions embarrassantes.

Il continua : « Vous aurez les meilleurs techniciens disponibles. L'*Oregon* est un croiseur spécialement modifié. Vous rentrerez dans l'année, d'après nos calculs. Et, ce jour-là, on pourra sérieusement parler de permission – pour vous et tous ceux de votre section. » Il manipula des feuilles posées devant lui, les lisant d'un air absent. « Chaque membre de votre équipe y trouvera son compte. Ils auront tous ce qu'ils veulent. »

Jostin prit le relais. « Nos services de renseignement

depuis l'intérieur du Maelström indiquent qu'il n'y a pas de flotte krelle importante dans les parages du système d'Hélios. » Je grimaçai : les services de renseignement portaient mal leur nom, et plus encore quand ils opéraient à l'intérieur du Maelström. Mais, plus grave : depuis quand des civils avaient-ils accès aux renseignements militaires ? « En envoyant un unique croiseur discret comme l'*Oregon*, nous espérons rester sous leur ligne de détection. »

La tournure était maladroite : les Krells n'avaient rien qui ressemblât à un radar, et donc pas de ligne de détection. Je laissai couler.

« L'opération Clé-de-voûte est essentielle pour l'effort de guerre, insista Evers. Nous ne le répéterons jamais assez. Votre transport part demain à midi. Soute de lancement numéro seize. »

Il fit glisser un dossier de mission depuis l'autre bout de la table. Je le pris et en examinai le sceau. Verrouillage biométrique et mention OPÉRATION CLÉ-DE-VOÛTE – ULTRACONFIDENTIEL, CONSULTATION RESTREINTE.

« Vous pouvez disposer », ajouta Cole, juste pour rappeler qui était le chef ici.

Je saluai et sortis.

Je regagnai mes quartiers à pied, à travers les anneaux extérieurs de la station, par le chemin le plus long. J'avais besoin de temps pour réfléchir.

Je ne savais que penser de cette opération. D'accord, une nouvelle mission était une bonne chose. Dans ce sens, elle me donnait un objectif, une motivation – elle me fixait une autre tâche.

Mais quelque chose clochait dans celle-ci. C'était le Vieux Cole en personne qui me l'avait confiée. Cela n'était jamais arrivé. Et puis il y avait les circonstances de l'opé : le voyage dans le Maelström, l'Artefact, le professeur Kellerman. L'image de l'Artefact qui se dressait dans le désert s'imposa à mon esprit. Le comportement des Krells ne ressemblait à rien de ce que je connaissais. Ça ne tournait vraiment pas rond.

J'aurais peut-être dû refuser cette mission. J'avais peut-être un choix à faire, une décision à prendre en cours de route. Mais ce n'était qu'un fantasme : je n'aurais jamais refusé. Le désir d'effectuer la transition à nouveau et de repartir à l'assaut était trop puissant pour que j'y résiste. *Inutile de se mentir.* Tuer du Krell, c'était tout ce que je savais faire. J'aurais saisi la moindre occasion d'y retourner.

Je soupirai intérieurement et vérifiai mon chrono. À cette heure, les membres de ma section devaient avoir été rappelés en service actif, même s'ils en ignoraient la raison. Je ne pourrais pas leur révéler les détails avant notre départ de Cap-Liberté. Je tournai entre mes mains le mince dossier de briefing.

« On dirait que ton vœu va être exaucé, Jenkins », murmurai-je pour moi-même.

J'avais besoin d'un autre verre. Je décidai de m'arrêter à l'économat avant de rentrer.

Chapitre IV

Dans le Maelström

Le lendemain matin, comme prévu, je me présentai avec ma section à la soute de lancement numéro seize. Elle avait été évacuée spécialement pour notre opération : elle restait vide à l'exception d'une navette de transport qui patientait sur l'aire de stationnement. Ses réservoirs étaient en cours de remplissage en vue du trajet vers l'*Oregon*.

À travers les hublots alignés sur les cloisons du hangar, j'observais le chargement du croiseur. Une navette automatisée effectua plusieurs allers-retours entre l'*Oregon* et Cap-Liberté, procédant aussi vite que possible. Mon équipe tournait en rond, anxieuse, impatiente d'en savoir plus sur la mission.

« C'est notre vaisseau, ça, mon capitaine ? demanda Martinez, les bras croisés sur la poitrine. Il a pas l'air mal.

— Il s'appelle l'*Oregon*. Et oui, Martinez, c'est bien notre transport.

— Putain, mais qu'est-ce que t'y connais aux vaisseaux spatiaux ? lâcha Kaminski à l'adresse de Martinez.

— Plus que toi. J'ai servi chez les fusiliers de l'Alliance, *mano*. »

Martinez était le moins bavard du groupe, mais, quand il avait quelque chose à dire, je ne manquais pas d'écouter.

« Alors cette opé devrait te plaire, déclarai-je. Un bon gros vaisseau et plein d'armes.

— Ça aiderait de savoir où on va », répondit-il. Il caressa son bouc soigneusement taillé et regarda par le hublot.

Martinez n'appréciait pas d'avoir été rappelé de permission et il me l'avait déjà fait comprendre. Aucun membre de l'équipe ne se réjouissait franchement de la précipitation dans laquelle l'opération avait été montée.

L'*Oregon* avait effectivement l'air d'un bon vaisseau. C'était le genre de bâtiment que montraient les flux d'information et les vidcasts, de ceux que la Flotte aimait à promouvoir auprès des gens de l'arrière : bon à tout faire. Son appellation technique était « croiseur de combat compact ». Il avait une allure guerrière, tout en angles agressifs – rien à voir avec le *New Haven*. Sa proue fourmillait d'antennes et de capsules de détection qui fouillaient l'obscurité. Sa coque d'un gris métallique luisant renforçait l'impression qu'il s'agissait d'une arme de guerre à qui on avait donné la forme d'un vaisseau.

« Il a été réquisitionné auprès de la Flotte et remis à niveau pour notre opé », expliquai-je. J'avais examiné les antécédents de notre transport. « Il emporte un équipage complet, ce n'est pas un bâtiment jetable comme les Chats-sauvages.

— Donc on est censés le ramener, celui-ci ? fit Kaminski dans un sourire.

— Tout à fait. L'équipage permanent se compose de quarante enseignes, une équipe de maintenance importante et un groupe d'officiers.

— Qu'est-ce que je donnerais pas pour avoir une escadrille de Libellules dans le ventre de ce machin, lâcha Jenkins en désignant le hublot de la tête. Ou même quelques Frelons.

— Pas cette fois, Jenkins. »

Elle haussa les épaules d'un air mécontent. Elle tentait manifestement de pêcher plus d'informations sur notre opération.

Le croiseur n'était pas assez gros pour posséder un véritable hangar, et il était déjà chargé d'un Chat-sauvage pour l'insertion planétaire. Jenkins parlait d'un soutien aérospatial. Le MG-11 Libellule était une canonnière polyvalente utilisée en soutien rapproché contre des cibles terrestres ou des combattants ennemis. Le MSK-60 Frelon était un appareil d'assaut extrêmement maniable – en escadrille, il était capable de descendre des vaisseaux de guerre beaucoup plus massifs en tirant des ogives à plasma sur de longues distances. On avait eu recours à ces deux types d'engins en soutien par le passé, mais cette mission-ci exigeait de la discrétion plutôt qu'un déchaînement de violence.

« Ce n'est qu'une opération de plus, assurai-je à ma section. On est déjà allés dans le Maelström. Rien de neuf à ce niveau-là. » Ils hochèrent la tête, sur la réserve. « Et on a souvent dirigé nos sims depuis un vaisseau.

— Alors pourquoi tous ces mystères ? demanda Kaminski. C'est quoi, cette opé, mon capitaine ? Notre permission a été révoquée spécialement. Ça n'était jamais arrivé.

— Diffusion restreinte, Kaminski. L'opération s'appelle Clé-de-voûte, mais je vous donnerai davantage de précisions à bord. »

Ils grommelèrent tous pour eux-mêmes. Ils connaissaient le schéma de la mission, ils étaient au courant qu'on resterait longtemps loin du Cap et que notre destination était le Maelström, mais rien de plus. Je me sentais coupable de ne pas leur avoir fait part du reste, mais je savais qu'ils n'aimeraient pas ce qu'ils allaient apprendre.

Un officier de la Flotte s'approcha de moi. Il était élégant, avec sa tignasse blonde et son uniforme bleu impeccable comme s'il revenait de la parade. Mignon, mais pas aussi séduisant que Blake – celui-là avait la jeunesse pour lui.

« Capitaine Conrad Harris, Opérations simulantes ? Commandant de l'opération Clé-de-voûte ? Je suis le capitaine de vaisseau James Atkins. Le VAU *Oregon* est mon bâtiment. » Sa poitrine se gonfla de fierté à cette déclaration. « Mon équipage est en train de vérifier le manifeste. »

Il paraissait très jeune pour commander un vaisseau spatial – la trentaine à peine en années terrestres –, mais j'avais consulté son dossier sur la base de données militaire du Cap et, en réalité, il était plus près de la quarantaine. C'était aussi un capitaine expérimenté, et il commandait l'*Oregon* depuis cinq ans. Toutefois, les marins se salissaient rarement les mains, et j'espérais qu'il serait à la hauteur dans le Maelström.

« C'est moi, répondis-je en balançant mon sac de vol sur une palette de chargement. Qu'est-ce qu'on a ? »

Atkins éclata d'un rire sec. « Mon vaisseau a tout. Une baie SimOp a été installée dans le centre médical – vous pourrez commander vos sims depuis le bord. Il y a suffisamment de simulants pour mener dix missions. L'armurerie offre tout ce dont vos gars pourraient rêver.

— Qui vous traitez de gars ? lança Jenkins. J'espère qu'on n'aura pas besoin d'autant de sims.

— Ça fait pas de mal d'avoir des pièces de rechange, remarqua Martinez.

— On sera bien en sécurité en orbite pendant que vous autres, gars et fille, précisa Atkins avec un clin d'œil pour Jenkins, ferez le gros boulot. Mon vaisseau est équipé d'une propulsion-Q qui a de bonnes capacités furtives grâce à des systèmes de camouflage multiples. Des trucs haut de gamme, tout frais sortis des labos de Recherche et Développement. Nous avons un ensemble d'accélérateurs de faisceaux de particules espace-espace, une batterie de canons électriques et un silo de torpilles à plasma. » Atkins prenait plaisir à vanter les joujoux de son bâtiment. Il le désigna de l'autre côté du hublot, en traçant du doigt sa ligne supérieure. « Seize batteries laser se situent sur le haut de la coque. Elles suivent automatiquement les tirs ennemis en approche – leur IA est l'une des plus perfectionnées de la Flotte. » Il hocha la tête pour lui-même, satisfait. « C'est excessif, en réalité – on n'a jamais été si bien lotis.

— J'espère seulement que ça suffira, répondis-je en crevant sa bulle.

— Seul l'équipement le plus en pointe a été approuvé pour Clé-de-voûte », fit une voix derrière moi.

Je me retournai pour découvrir Olsen, le visage moite à cause de l'effort. Il traînait un groupe d'officiers scientifiques.

« Nous avons besoin que l'opération se passe sans accrocs, me dit-il.

— On fera de notre mieux, murmurai-je. Comme toujours. »

L'*Oregon* frémissait d'activité. L'équipage s'acquittait avec empressement de ses tâches, s'assurant que nous nous détachions sans encombre de Cap-Liberté. Le Contrôle spatial accorda les autorisations nécessaires pour le départ, et le croiseur traça sa route au milieu de la flottille qui entourait la base.

« Procédure de dégagement de la BOA Cap-Liberté terminée », annoncèrent les haut-parleurs du bâtiment.

Je trouvai les quartiers qu'on m'avait attribués – une cabine aussi petite que celle que j'occupais sur le Cap, mais pour moi seul malgré tout. Ma section était cantonnée en poupe, dans les quartiers normalement réservés aux fusiliers du bord. L'agencement du vaisseau avait été revu pour loger une unité médicale agrandie – nécessaire puisqu'on allait utiliser les cuves de simulation depuis le bord.

Avant que j'aie eu l'occasion d'envisager d'explorer le bâtiment, les haut-parleurs résonnèrent à nouveau : « Capitaine Harris, veuillez vous présenter au pont d'observation. Capitaine Harris au pont d'observation. »

L'équipage me salua poliment de la tête ou de la main sur mon chemin. Mon grade ne signifiait pas grand-chose pour la majorité de ces spatiaux – du moins officiellement – mais certains semblaient avoir entendu parler de moi. Plusieurs fois, des murmures furent échangés dans mon dos. Les conversations étaient peut-être flatteuses, mais peut-être aussi que non. Après tout, qui aurait eu envie de s'engager dans le Maelström ? Ils me reprochaient sans doute globalement cette opération.

Le pont d'observation était ouvert et fonctionnel, doté de larges hublots percés dans la coque extérieure. Déjà, le Cap – avec son moyeu vertical caractéristique et ses multiples anneaux, comme une toupie géante – et la flotte s'éloignaient. L'espace s'ouvrait devant nous sur le vide semé d'étoiles.

Atkins se tenait tout seul au bout du pont, les mains derrière le dos. Apparemment, c'était sa position préférée. Il ne se retourna pas à mon arrivée mais adressa un bref signe de tête à mon reflet dans la vitre.

« Nous n'avancerons guère avant d'activer la propulsion-Q, dit-il.

— J'imagine que nous serons en hypersommeil à ce moment-là. Le plan de vol prévoit la mise en sommeil dans une heure.

— C'est la procédure standard : les troupes au sol entrent en hibernation les premières, suivies par le personnel de la Flotte », débita Atkins. Il aimait la procédure. Connaître le règlement lui conférait un vernis de confiance. « Ensuite, l'IA du vaisseau prendra le relais et la propulsion-Q sera activée.

— Je suppose que vous ne m'avez pas convoqué pour discuter du plan de vol. » Je ne savais pas très bien pourquoi il m'avait demandé de venir : il paraissait connaître son affaire, et j'étais prêt à suspendre mon jugement sur son personnage.

Il se fendit d'un sourire amer. « Non, en effet. C'était pour une question un peu plus personnelle.

— Allez-y.

— L'*Oregon* est un bon bâtiment », commença-t-il. Puis sa voix baissa et sa façade confiante sembla se fissurer légèrement : « Les membres de mon équipage sont des gens bien. Tous autant qu'ils sont.

— Je sais. J'ai beau appartenir à l'infanterie, Atkins, je ne suis pas idiot.

— Je vous demande de veiller sur eux, c'est tout. Je vous demande de faire des choix réfléchis quand nous serons là-bas. » Il tendit la main vers le hublot d'observation et le Maelström de l'autre côté du plexiglas. C'était un territoire bien plus vaste que celui occupé par l'Alliance ou le Directoire asiatique.

« Êtes-vous déjà entré dans le Maelström ? demandai-je.

— Non. Mais j'ai lu le brief de l'opération Clé-de-voûte, du moins ce qu'on m'en a laissé voir. Ça manque de détails. On me dit que nous suivons un genre de signal fantôme, que la division scientifique a découvert un artefact extraterrestre sur un monde krell reculé.

— Si vous savez tout ça, vous en connaissez

presque autant que moi sur cette mission. Je vous révélerai le reste dès que j'y serai autorisé. »

Atkins se tut quelques instants. « Je comprends bien, reprit-il enfin. Le règlement et les procédures sont là pour qu'on les respecte. C'est juste que… eh bien, tout commandant de vaisseau serait inquiet à la perspective d'une opération de ce genre. »

Je me frottai le menton. « Mettons-nous d'accord : je me repose sur vous pour diriger ce vaisseau comme vous l'entendez, et vous me faites confiance pour m'efforcer de vous ramener en un seul morceau, votre équipage et vous. »

Atkins sourit de nouveau, mais cette fois de soulagement. Il se tourna vivement vers moi et me tendit la main. Je la serrai. Sa poigne était étonnamment vigoureuse pour un spatial. Il portait une alliance toute simple, fonctionnelle.

« Vous pouvez me faire confiance, capitaine Harris, dit-il.

— Vous de même. Pas de promesses – après tout, nous allons dans le Maelström ; mais je ne sacrifierai personne en vain.

— Ça me va. »

Atkins retrouva aussitôt son air impassible. Voilà pourquoi il avait souhaité me parler seul à seul : il ne voulait pas que son équipage, ou ma section probablement, le voie troublé par cette opération. Qu'il ait choisi d'exprimer ainsi son inquiétude me poussait à le respecter davantage, bizarrement.

« Notre trajectoire a-t-elle déjà été calculée ? demandai-je en revenant à un sujet plus banal et dont Atkins aurait sûrement envie de parler.

— Très précisément », répondit-il. Il croisa les bras dans son dos et bomba le torse – je l'avais bien jaugé. « Nous nous éloignons de Cap-Liberté des dix unités astronomiques minimales, ensuite nous accélérerons à vitesse-Q. Nous quitterons l'espace réel, et l'ordinateur s'occupera de la navigation à partir de là.

— Et pour franchir le Grand Voile ?

— Nous nous appuyons sur les renseignements les plus récents de la Flotte, basés sur le modèle prédictif de Turinger. Il est très précis. »

Le Voile était une autre des mesures défensives du Maelström : une accumulation de particules spatiales, de météores et d'astéroïdes qui avaient formé au fil des millénaires un énorme nuage orbital autour du Maelström. Qui voulait y entrer devait d'abord franchir ce premier obstacle ; or, vu la vitesse à laquelle la plupart des vaisseaux atteignant cette région voyageaient, cela pouvait compromettre l'intégrité de la coque. Le Voile était l'équivalent du nuage d'Oort pour le Système solaire, mais à une échelle immense et meurtrière.

Atkins hocha la tête pour lui-même. Il dessina du doigt un pont en travers de l'un des bras en spirale du Maelström. « Ensuite, nous traverserons le secteur d'Ibanez sous propulsion-Q, droit vers le système d'Hélios.

— J'imagine que vous avez tenu compte de l'activité orageuse gravimétrique de la région.

— Bien sûr, bien sûr. Des orages sont prévus, en provenance de systèmes proches, envoyés peut-être par un trou noir mineur le long du quadrant de Yabaris. » Il désigna de nouveau ces secteurs dans le

Maelström ; ils ne signifiaient rien pour moi, mais je le laissai volontiers parler. « Nous devrions être en sécurité, bien que rien ne soit jamais certain. »

J'acquiesçai à sa suite. La Maelström clignotait et tremblotait devant nous, étincelant et attirant depuis le hublot. Il était vif et coloré, un vrai bijou. Le cœur même de cet amas d'étoiles paraissait vibrer d'orages et pulser d'énergies galactiques.

« Comment le sentez-vous ? demanda Atkins. C'est sûrement classé secret, et je ne réclame aucun détail. J'ai entendu des rumeurs selon lesquelles votre section et vous êtes déjà allés dans le Maelström. »

Inutile de mentir au type qui aurait bientôt nos vies entre ses mains. « Les rumeurs sont fondées. Mais j'ai d'autres raisons de ne pas apprécier cette opération.

— Lesquelles, alors ?

— Le Maelström et moi avons un passif », répondis-je d'une voix qui disait clairement : *Je ne veux plus en parler, alors ne posez surtout pas de questions*.

Atkins comprit le message et notre conversation prit fin naturellement. Je restai longuement à ses côtés – muets, nous observions tous les deux la noire splendeur du Maelström.

À l'heure dite, la section au complet se présenta comme demandé à la chambre d'hypersommeil.

« Tu te réjouis de roupiller six mois, Martinez ? » fit Blake.

L'autre grogna. « Contente-toi de ne pas ronfler pour me tenir éveillé. »

On avait tous enfilé des tuniques pâles, et des infirmiers s'occupaient de nous. Olsen supervisait la procédure : perfusion dans l'avant-bras et nombreuses injections pour nous préparer au grand sommeil.

La salle abritait de quoi coucher une centaine de personnes ; elle accueillerait sans peine l'équipage du vaisseau. Je sentais l'antiseptique et le formol – une odeur pesante qui n'émanait pas uniquement de l'équipement médical impeccable mais aussi de mon propre corps. Les congélos étaient essentiels pour permettre le voyage en espace-Q et compenser les contraintes des opérations spatiales modernes. Le processus était connu sous bon nombre de noms différents – hibernation cryogénique, surgélation, animation suspendue – mais tout cela revenait au même : un sommeil artificiel prolongé.

Atkins déambulait dans la chambre d'hypersommeil pour surveiller la procédure. Les personnels qui n'étaient pas indispensables, comme les techniciens de maintenance et de communication ainsi que les officiers subalternes, avaient également commencé leur entrée en sommeil froid. Le dortoir devenait encombré.

« Nous pénétrerons en espace-Q dans un peu moins de trois heures », annonça-t-il à travers la chambre. Les infirmiers qui s'occupaient de leurs patients se turent à ces mots. « Les systèmes furtifs s'activeront alors. Nous serons concrètement invisibles aux yeux de quiconque nous chercherait. Profitez bien de votre sommeil.

— Tous les sujets sont prêts à entrer en hibernation, déclara l'infirmier en chef. Permission de mettre le premier groupe en sommeil, commandant ? »

Atkins approuva de la tête. « Permission accordée. »

Je me glissai dans ma capsule d'hypersommeil, un tube de verre et de chrome qui s'emplissait déjà de fluides aux agents conservateurs. Elle était froide et inhospitalière, un peu comme une tombe vue de l'intérieur. L'exact opposé des eaux chaudes des cuves de simulation.

« Faites de beaux rêves », lança Jenkins en s'installant dans sa capsule. Le reste de la section suivit.

« Espérons. »

Le couvercle de la capsule se mit en place au-dessus de moi, et les bruits du monde extérieur se firent lointains et étouffés. À travers le verre argenté, les infirmiers s'empressaient auprès des dormeurs et menaient des vérifications de dernière minute. Leurs visages devenaient déjà flous.

Je n'ai jamais aimé l'hypersommeil, et ce n'était pas différent cette fois-ci. C'est un état qui n'a rien de naturel. Le corps humain n'est pas conçu pour pareil traitement. Le monde ralentissait autour de moi. J'avais très froid, ma température baissait rapidement. On m'injectait du cryogel par la multitude de tuyaux attachés à mon corps. Je me tournai dans ma capsule et regardai les autres subir la même procédure. On me plongeait dans un état d'animation suspendue si profond qu'il se trouvait à un cheveu de la mort. Je paniquai une seconde. Je voulais taper des poings contre le couvercle de verre et arrêter la mise en sommeil. Je voulais protester, mais mes bras et mes jambes étaient de plomb.

L'éclairage artificiel au-dessus de ma tête devint

brumeux et finit par ressembler aux étoiles. Je me concentrai là-dessus tandis que le sommeil s'emparait enfin de moi.

« Celui qui prétend qu'on ne rêve pas en hypersommeil est un menteur. » Ainsi parlait le sergent Cubbitts, l'instructeur à ma première incorporation. Il avait prononcé ces mots il y a vingt ans, plus ou moins, et chaque fois que je passais au congélo je me rappelais ses paroles pleines de sagesse. « La différence entre le sommeil normal et le sommeil artificiel, c'est qu'on ne peut pas se réveiller tant que l'IA ne l'a pas décidé. En cas de mauvais délire, on n'a pas d'issue. »

Cubbitts avait fini bon P5 – déclaré inapte au service pour incapacité mentale – peu après la fin de mes classes.

Les coursives de l'*Oregon* étaient désertes à présent. L'équipage du vaisseau s'était endormi à son tour, laissant les robots de maintenance et l'IA le diriger. En l'absence d'équipage humain, les coursives n'étaient plus éclairées : on avait éteint les lumières pour économiser l'énergie pendant ce long voyage à travers l'espace.

Je m'échappai de mon corps et errai dans les salles vides sous la forme d'une entité désincarnée : un fantôme agité. Je balayais du regard les postes de contrôle froids et dépoussiérés ; j'observais les robots de sécurité automatisés qui patrouillaient dans le hangar. Je regardais l'IA du vaisseau calculer notre trajectoire à travers la zone de quarantaine puis le Grand Voile. Un esprit infiniment supérieur au mien, à celui d'Atkins ou d'Olsen procédait à d'interminables calculs mathématiques pour s'assurer que nous résistions aux tourbillons fluctuants du Maelström et que nous échappions aux effets dévastateurs des orages solaires.

En un sens, Jostin, Evers et les autres avaient raison : on ne s'enfonçait pas beaucoup dans le Maelström. Se rendre dans les systèmes krells les plus centraux aurait été bien plus dangereux. Là-bas, les orages, les pulsars et les trous noirs étaient partout et, sans données astronomiques précises pour calculer les sauts-Q, c'était la mort à coup sûr.

Mais c'est arrivé. C'est déjà arrivé.

Une idée me turlupinait – elle refusait que je l'écarte et titillait ma conscience. Je n'avais aucun moyen de savoir quand cela se produirait, mais je savais que l'*Oregon* finirait par entrer dans le Maelström, en espace occupé par les Krells. En violation expresse du traité.

Il a déjà été violé. Je suis déjà venu, déjà entré dans le Maelström.

Exact, et l'Alliance avait déjà envoyé le professeur Kellerman et son équipe dans le Maelström.

Mais rien de tout cela ne justifiait moralement la présente opération.

Elle me paraissait différente – pire – d'une façon indicible.

En agissant ainsi, en entrant dans le Maelström, je déshonorais *sa* mémoire.

Son sacrifice.

Elena.

Je ne voulais pas me rappeler. Il était bien plus facile d'oublier, de ne penser qu'à la prochaine mort plutôt que de m'appesantir sur de vieux souvenirs. Des souvenirs douloureux.

Voilà pourquoi je détestais le sommeil froid. Parce que, dans mon cercueil de verre et d'acier, je ne pouvais pas échapper à mes souvenirs. Parce qu'ils venaient à moi que je le veuille ou non.

Chapitre V

Pas peur de la mort

Dix ans plus tôt.

J'étais sergent des Forces spéciales de l'Alliance, en service sur Torus Seigel IV, quand l'ordre est tombé. Il s'agissait d'une instruction simple – PRÉSENTEZ-VOUS POUR ÉVALUATION PSY IMMÉDIATE – accompagnée de toute une série de précisions. Une navette avait été affrétée pour mon acheminement, et je devais quitter le front sans délai.

Mon commandant lui-même ignorait pourquoi on me rappelait. Lorsque j'embarquai dans l'appareil qui devait me conduire, l'équipage avait interdiction de me révéler ma destination, et même combien de temps je resterais éloigné de mon unité.

On me cantonna sur une base militaire – une installation de recherche qui ressemblait à une station orbitale. Heure, date et lieu secrets. Six autres soldats avaient été retirés du front comme moi, tous issus des forces spéciales. L'un d'eux était un jeune bidasse sous mes ordres du nom de Vincent Kaminski.

À notre arrivée, il ne trouva rien de plus à me dire que : « Ça fait chier, hein, sergent ? »

Je ne l'aurais pas mieux formulé moi-même.

La base était patrouillée par des policiers militaires équipés de pied en cap, des salopards de biffins qui avaient l'air disposés à tirer d'abord et poser des questions ensuite. Les bonshommes peu habitués à ce qu'on leur résiste.

Les gardes nous séparèrent à l'arrivée. Une fois seul, on m'emmena dans une salle. Un panneau sur la porte annonçait : ÉVALUATION. Les lieux étaient vides à l'exception d'une table métallique et de deux chaises baignées d'une lumière blanche clinique. J'en avais mal aux yeux : après une rotation de six mois sur Seigel IV, j'avais perdu l'habitude. Seigel était drapée d'une obscurité perpétuelle, et me réacclimater aux perceptions humaines normales n'était pas facile. J'avais passé six mois plus ou moins coincé dans une combinaison spéciale environnements hostiles, sur le front, à me battre dans le noir. Je baissai les yeux sur mes vêtements : l'acheminement avait été arrangé en hâte, si bien que j'étais toujours en sous-combinaison de combat. La toile portait la trace de la poussière et de la boue de la longue opération Torus. Un souvenir du front, à destination du Commandement. Je me sentais encore hébété d'hypersommeil et je ne m'étais pas rasé depuis ma descente de navette.

Je pris place sur l'une des chaises métalliques, boulonnée au sol. Je patientais depuis quelques minutes et j'avais déjà essayé de bouger la chaise. *Ils ne me font même pas confiance pour respecter le mobilier*, pensai-je. *On se croirait dans une putain de prison.*

« Y a quelqu'un par ici pour venir me parler ? » criai-je en regardant la porte. Ma voix résonna dans la pièce, mais personne ne répondit.

Tout cela sortait de l'ordinaire. Les troufions étaient censés obéir aux ordres et mourir, et je n'étais rien de plus. Bon nombre de gars de mon unité y étaient déjà passés. Se faire rappeler pour une éval psy sortait de la norme. J'étais furieux parce que, dans cette salle, sur cette base de recherche, quelle qu'en soit la nature, je ne pouvais pas contribuer à l'effort de guerre. Sur Seigel IV, je pouvais au moins tenter de faire la différence.

Un bruit venu de la porte me réveilla. Il y eut comme le son d'un verrou mécanique qu'on manipulait, et des visages apparurent à la vitre. La porte finit par s'ouvrir.

Une femme entra, les yeux baissés sur une infoplaque qu'elle lisait avec empressement. Aussitôt, elle devint l'objet de mon hostilité. C'était à cause d'elle que j'avais dû quitter le front et mes camarades. Elle était responsable.

Elle était mince, beaucoup plus petite que moi, et portait une tenue volontairement datée : ample corsage blanc, jupe crayon qui descendait au genou. L'ensemble soulignait sa silhouette sévère. Une chevelure noire qui tombait en cascade sur ses épaules. De vieilles lunettes cerclées de noir sur le nez – sans doute par coquetterie plus que par nécessité : faire corriger sa vision était simple et abordable, accessible au plus grand nombre. Difficile d'estimer son âge, mais je lui donnais à peine trente années standard.

Elle avança d'un pas résolu et m'adressa un léger sourire. Ses talons claquaient comme une averse sur le sol carrelé. Étourdie, elle essaya de déplacer la chaise boulonnée en face de moi puis fronça les sourcils en comprenant qu'elle ne bougerait pas. Elle s'assit.

Un garde prit position près de la porte, un fusil incapacitant en travers de la poitrine. Cela ne fit que renforcer mon impression que cet endroit était un genre de prison, et ma colère s'enflamma un peu plus.

« C'est pas pour rien si les chaises sont fixées au sol, dit-il d'une voix bourrue.

— Je ne crois pas que votre présence sera nécessaire », fit-elle à son adresse. Elle écarta une boucle de cheveux noirs. « Je suis certaine que le sergent se tiendra bien.

— Ce sont les ordres, madame, répondit le garde. Les sujets sont par nature enclins à la violence. »

Je me levai de table et me sentis rougir, irrité. « Je parie que t'aimes ton boulot. Va te faire foutre, espèce de planqué. »

Le garde me gratifia d'un hochement de tête satisfait. « Vous voyez. »

Confrontée à nos airs de machos, la femme resta de marbre et daigna à peine relever les yeux. « Le sergent Harris n'est pas un sujet. C'est un soldat des forces spéciales et il a été sélectionné en vue d'une évaluation. Je crois être la mieux placée pour juger de la situation. » Sa voix était ferme malgré sa petite taille. Elle avait manifestement l'habitude d'être écoutée. « Et je pense que votre présence n'est pas nécessaire. »

Le garde me lança un regard noir, mais, estimant à l'évidence qu'il valait mieux ne pas résister, il sortit d'un pas rageur. Je ponctuai son départ d'un doigt d'honneur.

La femme aligna quelques feuilles devant elle sur le bureau et plaça l'infoplaque sur ses genoux de façon à pouvoir la lire. J'observais ses mouvements : très précis, très méthodiques. Elle mit beaucoup de temps à s'organiser, mais le silence qui s'étirait entre nous n'avait rien d'inconfortable.

« Je suis le docteur Elena Marceau, psychiatre militaire en chef », commença-t-elle. Elle avait une voix mélodieuse et un léger accent – français, ou du moins européen. Si elle ne venait pas de la Terre, alors c'était d'un des systèmes centraux. « Bienvenue dans le centre de recherche Jefferson. Merci beaucoup de vous présenter à cette évaluation, sergent Harris.

— Je n'ai pas eu le choix.

— Je le comprends bien. Mais vous devez être content de vous éloigner de la zone de conflit contre les Krells, sergent, non ? Ce centre offre chaleur, air et gravité. C'est davantage que vous n'aviez sur Seigel IV.

— Sans doute. » La vérité était plus complexe. L'absence de la guerre était déconcertante : je m'étais habitué aux explosions lointaines, au sol qui tremblait sous un énième tir de barrage. « On se fait à la guerre. Ça devient un mode de vie. Sur Seigel IV, on apprend à détester le calme.

— Et pourquoi donc ?

— Le calme suit les bombardements. Si on n'a pas les oreilles qui résonnent, c'est qu'on est déjà mort. »

Elle acquiesça. « Je comprends.

— Justement, vous ne comprenez pas. Sauf votre respect, c'est quoi ce cirque ? »

Elle sourit. Elle avait les pommettes hautes mais le visage rond, avec une petite bouche expressive.

« On m'a demandé de procéder à une expertise. Puis-je vous appeler Conrad ?

— Appelez-moi comme vous voudrez. Vous êtes de la DiSci ?

— Pas tout à fait de la division scientifique, mais quelque part entre ça et l'armée. » Elle reprit le fil de son discours : « Conrad... C'est un nom peu commun, non ?

— Si vous le dites.

— Peut-être devrais-je poser la question à vos parents. Sont-ils toujours vivants ?

— Je pense que vous connaissez déjà la réponse à cette question. »

Elena continua de sourire et baissa un instant le regard vers l'infoplaque. La luminosité de la tablette se reflétait sur les verres de ses lunettes, masquant ses yeux sombres.

« Il est écrit ici que votre mère était militaire. Elle a servi en tant qu'enseigne de la Flotte de l'Alliance dans le trois cent unième bataillon de défense terrestre. Mes notes indiquent qu'elle n'a pas démissionné après votre naissance.

— On dirait que vous savez déjà tout », grognai-je, plein de mépris. Personne n'avait le droit de parler de ma mère. « Ça fait chier. J'ai pas besoin d'être là pour que vous lisiez mon dossier. Il faut que je retourne me battre dans cette guerre qui assure la sécurité de toutes ces conneries », conclus-je en les désignant, elle et son infoplaque.

Elle fit la moue. Cette évaluation se poursuivrait indépendamment de mes obligations, semblait-il.

« Je vois ici que votre père était dans l'armée. Qu'il a atteint le grade d'adjudant-chef.

— Ouais, et alors ? »

Elle me tourmentait doucement. La colère montait en moi. Elena ne paraissait même pas le remarquer.

« Il est écrit qu'il a participé à la guerre martienne. Il a également pris part à la répression de la mutinerie de Charon. Il a été décoré pour son rôle dans cette opération. Vous devez être très fier de lui et lui de vous.

— Si vous en savez tant que ça sur son compte, alors vous savez aussi qu'il est mort. Il s'est battu contre le Directoire pendant vingt-cinq ans.

— Ses états de service étaient impressionnants. Je n'avais pas l'intention de vous offenser. »

Je fis claquer ma langue. Je ne voulais pas penser à mon père, à la Terre, au Directoire. « Moi non plus, mais il est mort il y a longtemps. Écoutez… pourquoi ne pas en venir au fait ? Essayez de me demander du neuf, un truc auquel vous n'avez pas déjà la réponse.

— Détestez-vous le Directoire ?

— Il ne s'agit pas du Directoire mais des Krells.

— Le Directoire a fait savoir qu'il pourrait envoyer des renforts à Seigel IV. Qu'en pensez-vous ?

— D'aussi loin que je me souvienne, le Directoire asiatique a toujours parlé d'envoyer des troupes sur le front, mais ça n'est jamais arrivé. » Le Directoire observait, l'œil avide, pendant que l'Alliance combattait les Krells : impatient de nous voir tomber, oui, mais conscient également que les aliens pourraient bien s'échapper du Maelström et représenter une menace plus grande encore. « L'humanité sera toujours en guerre – guerre intestine ou contre une espèce extraterrestre, qu'importe. Il se trouve juste que la guerre contre les Krells est plus meurtrière qu'aucune autre – parce que c'est une lutte pour notre survie. Les Krells veulent nous voir morts pour de bon, effacés de la carte du ciel.

»Si on veut s'exterminer tout seuls, c'est notre choix. En ce qui me concerne, ça ne devrait pas être aux Krells de décider. Je crois en l'autodétermination, c'est tout.

— Très bien tourné. Mais vous croyez à l'évidence que les archives de l'Alliance sur son personnel sont plus complètes qu'en réalité. Nous ne possédons pas de données exhaustives sur tout le personnel, encore moins de l'époque de vos parents. Quand et comment votre père est-il mort, Conrad ? »

Je me levai brusquement et abattis mon poing sur la table. Mon cœur battait à toute vitesse. Je me rendis soudain compte que je puais la sueur de plusieurs jours. Je sentais ma propre odeur. Dans la précipitation pour arriver au centre – pour une foutue éval psy qu'on aurait pu mener par liaison satellite –, je ne m'étais même pas douché.

« Avez-vous déjà vu les Krells de près ? » aboyai-je.

Un visage s'encadra dans la vitre en haut de la porte, tournant de droite et de gauche pour voir à l'intérieur – le garde, sûrement impatient d'entrer et de se servir de son fusil incapacitant contre moi.

Elena soutint mon regard. Elle devait peser moitié moins que moi, mais elle ne cilla pas. Son regard ne trahissait ni peur ni angoisse. Je connaissais la réponse à ma question : bien sûr qu'elle n'avait jamais vu de Krell. Elle n'avait sans doute jamais quitté les systèmes centraux, de toute façon.

Elena ne bougea pas. Les muscles de sa mâchoire se tendirent – non pas nerveusement, mais résolument.

« Je ne veux pas parler de mon père, affirmai-je d'un ton aussi ferme que possible.

— Alors asseyez-vous. On peut discuter d'autre chose. »

Et comme un bon chien j'obéis. Je m'assis et retrouvai mon calme en plongeant dans le regard bienveillant d'une créature si différente qu'elle aurait pu appartenir à une autre espèce. Il y avait moi – crasseux, blindé, encore sous l'effet d'une gueule de bois chimique, ne connaissant qu'une réalité : la guerre. Il y avait elle – petite, manucurée, belle, humaine.

« Passons à la suite, alors, dit-elle. Vous avez trente ans. Vos deux parents sont morts. Pas de contrat de mariage. Dix ans d'excellent service dans l'armée. Né dans la métropole de Détroit, Amériques-Unies. Pourquoi vous êtes-vous engagé ? »

On ne m'avait jamais posé la question. Je me frottai le menton, songeur. Cette femme avait le chic pour me remuer les tripes : parler de ma famille et d'où je venais n'était pas chose facile pour moi. D'un côté, je voulais boucler cette évaluation au plus vite, quel qu'en soit le but, et retourner sur Seigel IV. De l'autre, j'avais envie de lui parler, de m'ouvrir à elle. Pour l'instant, les deux tendances étaient en concurrence et l'issue incertaine.

Je répondis honnêtement : « Il y a longtemps, j'ai perdu quelqu'un. On m'a montré que la vie ne se limitait pas à la métropole. Là où j'ai grandi, on n'avait le choix qu'entre mourir dans la rue ou quitter la métro. Seize millions de gens qui vivaient dans les ruines du vieux monde. Sympa, hein ? Je ne connais plus cet endroit. J'ai choisi de vivre, et m'engager m'a permis de le faire le temps d'une rotation.

— Et vous avez signé pour plusieurs rotations supplémentaires. En tant que soldat des forces spéciales, vous auriez pu décliner.

— On appelle ça rempiler.

— Bien sûr. Vous avez beaucoup voyagé pour défendre votre gouvernement. Vos états de service sont longs comme le bras. » Elle releva de nouveau le nez de sa plaque. « Quoi que vous pensiez de moi, j'accorde du prix à ce que vous faites. Soyez-en certain. »

Je soupirai. « D'accord. Très bien.

— Il est noté que vous avez un profil psychologique remarquablement stable. Calme sous le feu ennemi. Du discernement. Un bon esprit tactique. Consommation nulle d'alcool et de narcotiques, légaux ou non.

— Ça obscurcit l'esprit. Je préfère rester alerte.

— Je vois que cette évaluation vous frustre, Conrad. Je m'en excuse, mais mon rôle ici est important. Nous ne vous aurions pas rappelé si nous n'avions pas le sentiment que cela pourrait être profitable. Je vais clore cette session. »

Je remarquai un petit œil espion – une caméra de sécurité – dans un coin de la salle. Une lumière rouge clignota sous le capot en plastique et me suivit comme je hochais la tête.

« Ce truc émet en subsonique ? » demandai-je.

Elena se mit à rire – un rire agréable et sincère. « Non, Conrad. Nous n'y avons pas recours. Mais peut-être vous sentez-vous mieux d'avoir parlé à quelqu'un de ce que vous avez vécu. »

Peut-être qu'elle a raison. Recourir au subsonique aurait été la solution de facilité : la pacification par le son. Noyer la pièce sous les fréquences idoines pour apaiser le sujet. Les forces de l'ordre le faisaient partout dans l'Alliance. Mais là c'était différent. L'espace d'un instant, j'avais eu l'impression d'être soulagé d'un poids.

« En tout cas, nous avons besoin de vétérans pour ce programme, poursuivit Elena. Il nous faut quelque chose d'unique : quelqu'un qui n'a pas peur de la mort, de mourir.

— Ce sont deux choses différentes, répondis-je sans réfléchir. Je connais la mort, mais mourir n'est pas si facile.

— Encore une fois, bien tourné. Je constate que vous ne vous résumez pas à l'uniforme et au flingue. Je travaille sur un nouveau programme. Il est encore en phase de test et reste en accès très restreint. Je crois qu'il pourrait vous intéresser. Mes supérieurs ont estimé que vous feriez un bon candidat. Ça vous dirait d'aller attaquer les Krells ?

— Je le fais déjà. »

Elle rit à nouveau et croisa les jambes sous la

table. « Là, ce sera totalement différent. Infiniment mieux. »

Qu'avais-je à perdre ? « Je vous écoute.

— Il y aura une formation complémentaire, bien entendu, mais elle en vaudra la peine. Ça s'appelle le programme d'opérations simulantes, et je serai chargée de votre insertion. »

Chapitre VI

Pas un exercice

« Il est l'heure. »

L'air traité me picota la peau, et je distinguai malgré ma vue encore floue la chambre d'hypersommeil de l'*Oregon*. Ma section était là, ainsi que les autres équipiers réunis pour cette mission. Des infirmiers nous réveillaient. Je tremblais du froid pénétrant de l'hibernation.

Je me redressai tant bien que mal puis quittai ma capsule au prix d'un effort surhumain. Le pont métallique était froid sous mes pieds mouillés. Mieux valait en finir : je tirai sur les tuyaux et la perfusion plantés dans mes avant-bras et ressentis une brève pointe douloureuse quand les aiguilles se dégagèrent. Des gouttelettes de sang rouge vif perlèrent aux points d'insertion.

« Bonjour tout le monde », articulai-je.

Ma section gémit et grogna en réponse.

Encore un anniversaire abandonné au congélo.

Un drone médical voletait devant moi. Grand comme ma main, il avait un biocapteur monté sur l'avant. Il me braqua une lumière en pleine face, et je grimaçai. Je n'avais ni l'énergie ni l'envie de l'écarter. « Identité vérifiée, pépia-t-il d'une voix électronique. Constantes vitales : satisfaisantes. Buvez beaucoup de fluides pour vous hydrater. Consommez des cocktails nutritifs pour récupérer rapidement de l'hypersommeil… »

Le drone s'éloigna afin d'examiner les dormeurs suivants.

« Je déteste le frigo, déclara Kaminski en s'essuyant. Ça me fait mal partout.

— Arrête de te plaindre », lança Jenkins de l'autre bout de la chambre. Sa voix était rauque – elle n'avait pas servi depuis six mois. Elle était nue et séchait ses cheveux noirs. « On a déjà fait ça une centaine de fois. Tu devrais commencer à t'habituer. »

Kaminski haussa les épaules. « C'est ça, Jenkins. Mais rappelle-toi comme on est loin de la zone de quarantaine. » Il se gratta la tête comme pour y réfléchir quelques instants. Puis, à défaut de réponse certaine à sa propre question : « On est à des années-lumière. Si tu te perds dans le coin, personne viendra t'aider à part le 'Ski. Y aura pas de courrier de la maison par ici. »

Blake émergea de sa capsule encore dégoulinant de fluide conservateur. Ses cheveux blonds étaient plus longs que la norme chez les militaires, mais le règlement n'était pas strictement appliqué dans les unités simulantes.

« Comme si Kaminski savait lire, de toute façon », dit-il, et l'ensemble de la section éclata de rire.

Blake plongea son regard dans celui d'une technicienne de bord – une jolie jeune femme timide –, qui sourit puis détourna les yeux. Elle lui tendit une serviette pour couvrir son corps musclé, et il hésita délibérément avant de la prendre.

« Eh bien, merci beaucoup, ma petite dame, fit-il.

— Je crois que le vrai boulot commence maintenant, annonça brusquement Jenkins. On a suffisamment dormi.

— Et comment ! » Un infirmier me remit une boisson nutritive et je la descendis. On aurait dit de la pisse chaude épaissie. « N'oublions pas qu'on était payés pour roupiller. »

Le groupe grommela à l'unisson. On touchait une indemnité spéciale de combat pendant l'hibernation, pour ce que ça valait.

Atkins était déjà debout et vêtu de son uniforme spatial d'un bleu éblouissant pour mes yeux longtemps privés de couleur. Martinez, à côté de moi, pliait et dépliait ses bras endoloris.

« Comment avez-vous fait pour vous lever si vite ? demanda-t-il au commandant.

— Je préfère régler ma capsule pour décongeler avec un jour d'avance, dit-il en souriant. Ça me permet d'être opérationnel avant que les autres ne se réveillent. L'hypersommeil n'est pas si terrible avec l'habitude. »

Il tapa des mains avec enthousiasme. Ses airs de beau gosse et sa vivacité étaient un peu écœurants. Martinez leva les yeux au plafond sans rien dire : il avait sûrement passé plus de temps en hibernation que nous tous réunis, mais il ne s'en vantait pas pour autant.

« Très bien, messieurs dames. La propulsion-Q s'est

arrêtée il y a trois jours. L'horloge de bord indique que nous avons quitté l'espace réel pendant six mois, exactement comme prévu. Nous nous trouvons à l'intérieur du Maelström. Aucun contact avec l'ennemi n'a été signalé.

— Serait-on au courant s'il y en avait eu ? croassa Jenkins. J'imagine que les Krells se seraient contentés de nous rayer de l'espace sans prévenir. »

Kaminski rit à cette déclaration. « Pas faux, ma grande.

— Du calme, les gars. En tant que commandant de cette mission, je veux tous vous informer sur notre opération avant qu'on atteigne Hélios, annonçai-je. Rendez-vous en salle de briefing dans une heure. »

La salle en question était située derrière la passerelle ; c'était un genre d'auditorium qui pouvait accueillir quatre fois plus d'occupants que l'*Oregon* n'en transportait. Il y avait ma section, les officiers du bord sous les ordres d'Atkins et les collègues scientifiques d'Olsen. À peine vingt personnes en tout. J'avais installé un projecteur 3D au fond de la salle et étalé les documents relatifs à la mission sur la table devant moi.

L'équipe se rassembla autour de la table, et je leur transmis ce que je savais sur l'Artefact – pas grand-chose. Olsen avait déjà dû préparer ses gars car ils ne se montrèrent pas très surpris de mes révélations. Ils avaient tous l'air jeunes et impatients, prêts à nous suivre dans le noir en quête de connaissances. Des types dans leur genre, je n'en avais que trop souvent croisé, et ça ne se terminait jamais bien. Les officiers de la Flotte, en revanche, en furent franchement effrayés. À l'exception d'Atkins et de ses subordonnés directs, les renseignements avaient été cachés au reste de l'équipage : l'information reposait sur un strict principe de besoin d'en connaître.

Je passai à l'essentiel du brief.

« La mission porte le nom de code Clé-de-voûte et il s'agit d'une opération d'insertion. On se déploiera sur Hélios par NTP. On descend tout droit et on atterrit pour ainsi dire sur le toit de la base. De là, on effectuera une reconnaissance préliminaire. Les scanners sont nos amis, comme toujours. On tentera de récupérer les survivants, s'il y en a. On n'attirera pas l'attention sur nous. On ne restera pas pour se battre.

— Quelle est la probabilité de retrouver quelqu'un en vie, mon capitaine ? s'enquit Martinez.

— Je n'en sais pas plus que toi.

— La base a cessé de communiquer depuis douze mois objectifs », intervint Atkins. Il tenait compte de notre voyage depuis le Cap. « Il n'y a pas eu d'émission pendant que nous étions en route. Tirez-en les conclusions que vous voulez. »

Jenkins saisit cette occasion de l'interroger plus avant. « A-t-on détecté des signatures énergétiques entrantes ou sortantes dans l'espace d'Hélios ? Sait-on si quelqu'un d'autre est venu récemment ? »

Atkins haussa les épaules. « C'est une question piège, caporal Jenkins. Si un vaisseau humain avait quitté l'espace-Q ces derniers jours, il aurait laissé une traînée de tachyons – le sillage de son retour en espace réel, si vous voulez. Mais rien. Personne n'est venu.

— Et des bâtiments krells ? insista Jenkins.

— C'est là que ça se complique. Ceux-là laissent rarement de signature énergétique.

— C'est une info utile malgré tout, marmonnai-je en feuilletant mes papiers. On sait qu'il y a plus de chances que la base ait été envahie par un collectif krell au sol.

— Et c'est là qu'on intervient, enchaîna Kaminski en tirant sur une cible imaginaire avec un pistolet constitué de l'index et du majeur. Au moins, on peut éliminer l'hypothèse du Directoire. »

La nouvelle ne contribua guère à détendre l'atmosphère. On savait tous qu'ici, en espace extraterrestre distant, on opérait sans soutien ni renfort. L'inquiétude générale était palpable, comme une aura émanant du groupe assemblé. Je m'imprégnai de leurs visages perplexes et compris qu'il faudrait que je soigne leur moral pour mener la mission à bien.

« Une fois qu'on aura établi si la base est opérationnelle ou non, on passera à la deuxième étape, expliquai-je. Si elle a cessé d'émettre pour une raison technique – ce qui paraît peu probable, vu ce que le commandant vient de nous dire –, on apporte l'assistance nécessaire. Si elle n'est plus viable, alors on la détruit. Elle est alimentée par un générateur électrique de modèle standard, identique à celui d'un vaisseau civil. Une charge de démolition bien placée anéantira toute l'installation en déclenchant la fusion du réacteur. »

J'activai le projecteur 3D et ouvris une carte de la base d'Hélios. Un hologramme à structure filaire apparut devant moi. J'y indiquai les emplacements stratégiques.

« On voit sur le plan plusieurs hangars et quelques silos de stockage. Une centrale électrique – qui héberge le générateur et la source d'alimentation principale – se trouve au milieu de la base, près du centre opérationnel. »

La centrale électrique était l'élément vital de la base, mais le centre opérationnel en était le cœur : une tour qui abritait le seul moyen qu'avait le personnel de contacter l'espèce humaine.

« Il y a des modules d'habitation sur le périmètre de la base. Et un complexe de laboratoires ici. »

Même en 3D, le tout paraissait fade. La base avait sans doute été installée depuis l'orbite, et il était probable que chaque bâtiment ait d'abord été un module de vaisseau de colonisation, démonté puis lâché à la surface d'Hélios. Étant donné les conditions défavorables dans lesquelles la base avait été établie, un largage orbital était la seule option sûre.

« Ça ressemble à des centaines d'autres bases pour lesquelles on s'est battus, commenta Blake. Continuez. Y a rien à voir, là. »

Je hochai la tête. « Méfions-nous quand même. Je veux que l'équipe au sol étudie les plans avant qu'on effectue la transition. Ils seront aussi chargés sur les ordinateurs intégrés.

— À quelle distance la base se trouve-t-elle de… euh… l'Artefact ? demanda Blake.

— Plusieurs kilomètres. » J'ouvris une autre carte holo plus large de la région, désertique, et pointai leurs positions respectives. « Mais l'Artefact ne fait pas partie de notre plan tactique. Si le commandement veut des baby-sitters, il peut toujours envoyer l'armée régulière.

— Et les conditions atmosphériques au sol ? intervint Martinez. Elles sont adaptées aux humains ? Ou bien on va devoir garder la combi fermée à plein temps ?

— C'est respirable, mais ce n'est pas non plus la Californie, répondit Olsen.

— Hé, depuis que le Directoire a lancé son attaque contre San Angeles, la Californie, c'est plus trop le paradis !

— Merci bien, 'Ski », laissa tomber Jenkins.

Sa famille venait de San Angeles. La cité-État occupait l'essentiel de la côte Ouest – du moins jusqu'à ce que le Directoire la détruise à l'arme nucléaire en soixante et onze. Le bilan humain avait été terrible, et cette atrocité était encore trop récente pour devenir un sujet de plaisanterie.

Olsen poursuivit : « D'après les données météorologiques transmises par le satellite de la base, de grandes tempêtes balaient le continent principal et surgissent souvent sans crier gare. Peu d'eau en surface, d'immenses zones désertiques. Le dernier bulletin météo signale qu'une tempête arrive par l'ouest.

— L'endroit idéal pour investir dans l'immobilier, commenta Kaminski. L'un de nous pourrait peut-être acheter cette ferme, là. »

Martinez et Blake ricanèrent ; Jenkins, non. La blague sur la Californie l'avait énervée.

« Arrêtez vos conneries, bande de glandeurs, lâcha-t-elle. On a du boulot.

— Je sais que vous êtes tous très stressés pour

l'instant, dis-je, mais il n'y aura pas de marge d'erreur sur cette opé. Olsen, vous disiez ? »

Le scientifique eut un faible sourire et reprit : « Une tempête arrive de l'ouest. Ce qui limite notre fenêtre d'intervention.

— De combien de temps dispose-t-on ?

— Deux jours avant qu'elle ne frappe. »

Je désignai des photos éparpillées sur la table. Des images de l'Artefact, anguleux et fantastique – étranger même aux Krells. Je ne pouvais pas contempler longuement son architecture tordue sans ressentir un début de malaise.

« Est-ce qu'on capte encore l'Artefact ? demandai-je. Émet-il toujours ? »

Atkins acquiesça. « L'IA de l'*Oregon* l'a surveillé tout le long de notre voyage vers Hélios. Il émet invariablement le même signal.

— Pas de surprise de ce côté-là. A-t-on essayé de héler la base sur Hélios ?

— Depuis notre arrivée en orbite, les communications sont erratiques. Le signal produit par l'Artefact est puissant. Nous pensons qu'il masque la plupart des signaux planétaires. Mais nous avons dirigé deux brefs paquets de données vers la base, sans obtenir de réponse.

— De quelle technologie est-elle équipée ? demanda Kaminski.

— Installations de survie élémentaires, répondit Olsen. Ils étaient… Ils sont en mission scientifique. Ils n'ont pas de capacité de transport extrasolaire.

— Donc aucun moyen de quitter la planète ? fit Jenkins.

— En effet. Ils disposent d'une force de sécurité correctement armée. Ils ont aussi un satellite de communication et d'observation météorologique en orbite. Pas de défenses aériennes à notre connaissance.

— Leur satellite est-il toujours opérationnel ? demandai-je.

— Il semblerait que oui », dit Atkins.

L'information était intéressante. Il paraissait peu probable qu'un problème technique ait causé l'arrêt des transmissions. Je me frottai le menton en y réfléchissant.

« C'est tout, messieurs dames. Un boulot simple mais des circonstances difficiles, résumai-je. Une fois qu'on a inspecté la base, on regagne le Chat-sauvage et on quitte la planète. »

Atkins prit le relais. « Hélios possède un champ d'astéroïdes en orbite proche. Il faudra pas mal manœuvrer pour nous mettre en bonne position orbitale, mais l'*Oregon* restera en attente. Nous surveillerons votre progression.

— Olsen sera responsable de l'infirmerie, annonçai-je. Capitaine Atkins, vous avez vos ordres sur la passerelle. Seize heures pour effectuer les dernières vérifications et se préparer, puis on entre dans les simulateurs. À moins que vous ayez d'autres questions, la réunion est terminée.

— Encore une chose, dit Olsen en levant la main pour m'empêcher de mettre fin au briefing. Avant de quitter Cap-Liberté, j'ai copié le dossier personnel du professeur Kellerman. Il inclut ses transmissions destinées au commandement de l'Alliance. »

Je me souvenais que le cadre industriel sur le Cap en avait parlé. Son expression dédaigneuse avait tout de suite éveillé mon intérêt pour ces enregistrements. Si les événements tournaient mal sur Hélios, il y aurait peut-être quelque chose d'utile là-dedans. Olsen sortit une puce de la poche de sa blouse et me la remit.

« Je vous conseille d'étudier ces fichiers, dit-il en s'assombrissant. Je l'ai fait. Le professeur Kellerman était un grand homme autrefois, mais les choses ont peut-être changé. »

L'*Oregon* avançait dans l'obscurité. Le vaisseau ralentissait progressivement en tombant sous l'emprise gravitationnelle de l'étoile d'Hélios. Je ne le ressentais pas physiquement, mais je le savais. Il recourait à des méthodes de propulsion conventionnelles à présent, au lieu du système exotique de propulsion-Q.

À bord, on se préparait pour la mission imminente.

Malgré sa taille, il n'y avait nulle part où se cacher sur l'*Oregon*. Il y avait toujours du bruit et de l'activité quelque part. Jusque dans les coursives les plus calmes et les soutes les plus isolées, le ronronnement constant des épurateurs atmosphériques me rappelait qu'on se trouvait dans l'espace. Ce n'était pas le même bruit de fond que sur le Cap – celui-là, je m'y étais habitué – et cela me déstabilisait un peu.

Le vaisseau n'avait pas de stand de tir, ni même de cabine de simulation susceptible d'en reproduire un. L'ordinateur central avait en mémoire presque toutes les émissions sportives et de divertissement de la décennie écoulée, mais je n'avais pas envie de me farcir la tête de frivolités avant le largage.

Je préférai me rendre au gymnase du bord. Il était bien équipé. La plupart des vaisseaux de l'Alliance en possédaient un. Je fis un peu d'exercice cardiaque sur la roue de course antigrav. L'effort physique était un bon moyen de surmonter les douleurs liées à l'hibernation. Trempé de sueur et pas très fatigué, je me rendis compte que cela ne m'éclaircissait pas l'esprit autant que je l'avais espéré.

J'allai donc faire un tour.

La passerelle était surchargée d'écrans, d'afficheurs holo et de moniteurs et, malgré ses dimensions, elle réussissait à paraître petite. Les obturateurs étaient ouverts et les baies d'observation montraient l'immensité de l'espace. Située en proue de l'*Oregon*, elle offrait la meilleure vue du chemin devant nous.

Bien que n'appartenant pas à la Flotte, je jouissais en tant que commandant de la mission d'une autonomie quasi complète par rapport au vaisseau, et l'équipage n'interromprait en aucun cas mon inspection. À mesure que je passais près des différents postes, les officiers me saluaient de la tête en reconnaissance implicite de mon grade. Le capitaine Atkins n'était pas là, ce qui m'étonna un peu, mais le reste de son équipe de commandement était présent.

Je m'arrêtai derrière l'un des officiers, plus ou moins au hasard. C'était une petite femme noire, peut-être quarante-cinq ans terrestres, la tête rasée. Elle était déjà branchée sur le module de contrôle de l'*Oregon*, et un tic agitait à l'occasion son visage lorsqu'elle recevait un nouveau résultat ou interprétait un flux de données. Son uniforme bleu impeccable portait le nom d'AMÉLIE PAKOS, le grade de lieutenant et la spécialité d'« officier de communications ».

« Bon après-midi, capitaine Harris », dit-elle d'un air indifférent.

Un holo lumineux affichait l'heure du bord au-dessus du pupitre de commande. L'IA de l'*Oregon* était réglée sur le temps moyen universel – fondé sur une horloge atomique quelque part sur Terre –, mais cela avait peu d'incidence : à l'intérieur du Maelström, un bâtiment de guerre reste toujours en éveil.

« C'est l'après-midi, en effet, répondis-je. Mais le chronomètre du bord n'aura bientôt plus d'importance. »

Pakos hocha sombrement la tête. « Pour l'équipe au sol, sans doute, oui. L'heure locale d'Hélios deviendra plus pertinente.

— Tout est sous contrôle, lieutenant ?

— Aucun problème à signaler.

— Que faites-vous ? »

Pakos me lança un regard sévère, comme si ma question lui déplaisait. Elle n'avait peut-être pas l'habitude d'être interrogée par un opérateur de simulant – elle estimait sûrement que je devrais me cantonner à ma spécialité comme elle se contentait de la sienne.

« L'équipage effectue des diagnostics, répondit-elle. L'*Oregon* entame un nouveau cycle de déplacements, et nous ralentissons encore du fait du transfert de l'espace-Q vers l'espace réel. Des yeux humains revérifient tous les calculs déjà contrôlés par l'IA. On n'a pas de marge d'erreur, par ici. » Elle marqua une pause avant d'ajouter froidement : « J'espère que ça dissipe vos inquiétudes. »

Je tapotai du doigt le pupitre devant elle. « Mais vous, que faites-vous ? Vous êtes officier de com, et ceci est un terminal de communication très longue distance. »

Elle s'empourpra et hocha la tête d'un air guindé. « Effectivement. On dirait que vous n'êtes pas totalement ignorant en matière de vaisseaux spatiaux.

— J'ai participé à suffisamment d'opérations de la Flotte en mon temps. » C'était la vérité : j'avais fait partie de l'équipage de nombreux bâtiments dans mon corps de simulant. Les simulants étaient parfois même utilisés comme fusiliers. « Donnez-moi l'occasion de me servir d'un de vos canons électriques et je vous montrerai quel genre d'expérience j'ai au juste. »

La façade froide de Pakos se fissura légèrement à cette déclaration, et elle sourit à contrecœur. « Je suis navrée, capitaine Harris. Nous avons vu défiler beaucoup de gens de l'armée à bord au fil des ans. La plupart ne savent pas comment marche un vaisseau spatial. L'*Oregon* a encaissé quelques coups à cause de chefs de mission négligents. »

Je haussai les épaules. « Les risques du métier. Maintenant, vous voulez bien me montrer ce que vous êtes en train de faire ? »

Elle acquiesça. « Ce sera plus simple de vous le faire écouter. »

Elle se débrancha du pupitre et manipula les commandes.

Soudain, un hurlement analogique emplit la salle. Je grimaçai, et ma première réaction fut de me boucher les oreilles. On aurait dit comme un effet Larsen : un instant on frisait la cacophonie, puis brusquement le son formait presque une mélodie. Au début, j'ai cru qu'on écoutait le bruit de fond radioactif dû à l'une des étoiles locales – Hélios Prime ou Seconde, voire une de leurs cousines plus lointaines –, mais il était trop régulier, trop cyclique. Il piquait le tréfonds de mon esprit, au-delà du rationnel. Une sensation très sombre, qui perçait le voile de mon subconscient.

L'équipage de quart marqua une pause, à l'écoute. Ils étaient tous branchés jusque-là, ils surveillaient tous le signal.

Je connais ce bruit. Pas le cycle complet, mais un élément. Un souvenir oublié, quelque chose enfoui de longue date et qui remonte vers la surface…

« Arrêtez ça », ordonnai-je en agitant la main. Je titubai et pris appui sur un pupitre proche pour ne pas tomber.

Pakos s'exécuta après une brève hésitation. Une certaine déception se lut sur son visage – comme une ombre dans son regard.

« Nous surveillons le signal émis par l'Artefact, expliqua-t-elle. Il génère également une activité électrique parasite. Comme s'il n'était pas au top de ses performances.

— Laissez ce foutu machin éteint », répondis-je. Je tremblais, furieux non seulement de l'effet que le signal avait eu sur moi mais aussi de l'avoir montré.

« Le bruit est un peu déconcertant au début, dit Pakos. Le lieutenant Sebas a rapporté avoir été prise de nausées après la première interception. Mais cette sensation ne dure pas.

— J'espère. Pourquoi l'IA ne peut-elle pas le surveiller ? »

Pakos se brancha de nouveau sur son pupitre. Une analyse spectrale du son apparut devant elle : une succession de pics irréguliers et de creux aléatoires. Elle désigna l'holo.

« Le signal résiste mal à l'enregistrement. Les copies paraissent se dégrader rapidement. Nous ne savons pas bien pourquoi. Peut-être votre monsieur Olsen peut-il nous aider ?

— Surveillez-le juste d'aussi loin que possible.

— Comme vous voulez, mon capitaine », répondit Pakos en inclinant légèrement la tête.

Je me retournai et quittai la salle à pas mesurés, alors que la transmission résonnait encore à mes oreilles. Les portes de la passerelle se refermèrent derrière moi, mais je serais prêt à jurer avoir à nouveau entendu le signal juste avant, malgré mes ordres.

Ce n'est qu'un bruit, me répétai-je. *Rien qu'un signal. Continue de faire ce que tu sais faire. Tiens-t'en au familier*.

Après la passerelle, j'allai voir chaque membre de ma section. Ils avaient tous leur méthode personnelle pour se préparer à un largage.

Je commençai par Kaminski ; je savais exactement où le trouver.

Le vaisseau abritait une petite chapelle pluriconfessionnelle, qui n'était rien de plus qu'une cabine privée sagement nichée entre l'infirmerie et les hangars, et commodément dépourvue de hublots comme d'écrans susceptibles de rappeler à ses occupants qu'ils se trouvaient en espace lointain.

La salle était plongée dans l'ombre, lumière tamisée à l'extrême, et Vinnie faisait les cent pas derrière les bancs métalliques. Il serrait un chapelet et récitait en silence une prière. Je l'observai un instant, m'attardant à la porte de la chapelle.

« Vinnie », appelai-je enfin.

Il sursauta et fourra le chapelet dans sa poche comme s'il était gêné qu'on le surprenne dans ce moment intime.

« Repos », dis-je en désignant de la tête sa main prête à saluer.

Il sourit mollement et enroula de nouveau le chapelet autour de sa paume. Il n'avait peut-être pas l'air très pieux, et il n'était pas le dernier à se moquer de Martinez et de sa foi supposée, mais il se livrait toujours au même rituel avant un largage : une petite heure dans la chapelle, tout seul, à prier. Je ne lui avais jamais demandé s'il appartenait à une Église officielle ; j'avais l'impression qu'il cherchait juste un endroit tranquille où réfléchir avant l'opération. À cet instant précis, j'y étais sensible : je n'étais pas un grand fan de religion, mais un calme étrange pénétrait cette cabine – peut-être un remède à mon expérience déroutante avec le signal sur la passerelle.

« Je vous avais pas vu, boss.

— Je fais juste le tour des troupes. Tout va bien ?

— Très bien, boss. Très bien.

— Tu prends un peu de temps pour toi avant le largage ? »

Kaminski hocha la tête. Il n'avait pas l'air si intrépide à cet instant. Il ressemblait plutôt à un gamin perdu du Vieux Brooklyn, dont le monde se limitait à une unique planète. Avant qu'il ne prenne ce boulot et qu'il ne devienne plus qu'un homme.

« Vous pouvez me rendre un service ? demanda-t-il.

— Bien sûr.

— Ne dites pas à Martinez que je suis ici. Il ne sait pas que je fréquente la chapelle.

— Comme si c'était fait. »

Je connaissais Kaminski depuis plus longtemps que tous les autres de mon équipe – douze ans, dans ces eaux-là. Lui me connaissait sans doute mieux que quiconque, si on se fiait au nombre de nos années de service ensemble. Nous avions appartenu aux forces spéciales dans notre véritable carcasse bien avant que je n'entende parler du programme d'opérations simulantes.

« Tu te rappelles comment c'était, quand on faisait ça dans nos vrais corps ? » demandai-je à ma propre surprise.

Il pouffa, mais son rire sortit creux et dur. « Honnêtement ? Non, je ne me rappelle pas. Je n'ai pas d'autres souvenirs que ceci, maintenant. » Il se tapota la nuque sur l'un des connecteurs qui lui permettaient d'effectuer la transition avec son simulant. « Je n'y retournerais à poil pour rien au monde !

— J'y repense quelquefois. Et encore plus ces derniers temps. J'ai fait un rêve pendant qu'on était en hypersommeil. » Je secouai la tête, songeant soudain qu'il était déplacé de partager des soucis personnels avec quelqu'un de l'équipe. Kaminski n'avait pas

besoin de porter le fardeau de mes propres doutes.
« J'ai rêvé d'elle.

— Vous pouvez prononcer son nom. Elle m'a sélectionné moi aussi, ne l'oubliez pas. On la connaissait tous les deux. »

Je soupirai. Elena l'avait choisi lui aussi, elle l'avait extrait de la masse des recrues potentielles. 'Ski avait subi une éval psy et été identifié comme candidat de choix exactement de la même façon que moi.

« Tout a commencé par six recrues, poursuivit-il. Il n'en restait que trois à la fin. »

J'acquiesçai, nostalgique. « Des pionniers.

— On ne parle plus jamais vraiment de notre histoire.

— Trop douloureux. Ça faisait longtemps que je n'avais pas rêvé d'elle. »

Kaminski hocha la tête, gêné, sans trop savoir qu'ajouter. En vérité, il n'aurait rien pu dire – ni lui ni personne – pour soulager mon chagrin. C'était à moi de porter le poids de son souvenir, à moi seul. Pour lui, il était plus facile de plaisanter et de se moquer que de discuter sérieusement. Pour moi, il était plus simple de passer à la transition suivante, au prochain simulant.

« Je te laisse tranquille, dis-je en désignant la chapelle. Quoi que tu fasses. »

Il fit la moue et acquiesça. « Bien reçu.

— Tu sais où me trouver. Sinon, rassemblement comme convenu.

— Je n'y manquerai pas. »

Je regagnai la coursive. Derrière moi, je l'entendais marmonner la prière des spatiaux, et sa voix se réduisit à un murmure tandis que je m'éloignais.

Ensuite, je me rendis aux quartiers de la section. Ils contenaient des lits impeccablement faits et des casiers destinés à accueillir le peu d'effets personnels que mon équipe avait amenés. Les trois premiers lits étaient vides, mais Martinez occupait le quatrième.

Il était étonnant qu'il ressente le besoin de dormir, vu qu'il s'était reposé pendant six mois – artificiellement, certes. Mais c'était sa façon de faire face à notre situation, notre mission, et je passais leurs manies à tous ceux de la section.

Peut-être était-ce son expérience de fusilier de l'Alliance ou ses origines vénusiennes. En tout cas, Martinez ne paraissait pas du tout gêné de se retrouver en espace lointain. Je le considérais comme une recrue fiable pour cette opération – un bon choix pour une mission de ce type.

Je m'abstins de le réveiller. J'aurais bien aimé lui ressembler davantage et réussir à me reposer avant le saut.

D'abord, je cherchai Blake en vain. Il avait essayé de me parler de quelque chose sur le Cap, quelques jours plus tôt seulement d'après mon horloge interne subjective. Je voulais que mes gars aient l'esprit libre avant la mission, et le moment me paraissait en valoir un autre pour une discussion en privé.

Je m'enquis de lui auprès de plusieurs matelots. Une jeune enseigne rouge comme une pivoine m'expliqua qu'il était dans la cabine de son amie.

« Je peux lui envoyer un message si vous voulez,

mon capitaine, dit-elle avant d'ajouter, embarrassée : Ils n'auront pas de problèmes, hein ? »

Je souris et secouai la tête. « Non pour le message comme pour les problèmes. Ce n'est pas important. »

Ce qu'il voulait me dire devrait attendre. Le sexe lui tenait souvent lieu de préparation avant une opé ; apparemment, certaines choses ne changeaient pas, même à des années-lumière de l'espace humain.

Jenkins était la dernière sur la liste. Je savais où la trouver.

L'*Oregon* n'embarquait pas de détachement d'infanterie, pourtant il abritait une armurerie. En temps normal, elle était verrouillée, mais Jenkins avait dû persuader quelqu'un de la laisser y accéder – ou peut-être avait-elle forcé quelques mains. C'était son rituel personnel et, tout comme Blake, elle n'aimait pas s'en écarter.

La petite salle était encombrée de râteliers où s'alignaient des armes. Il s'agissait sûrement d'ordinaire d'un équipement de base – des choqueurs et des fusils à usage sécurisé pour le bord. À présent, toutefois, les lieux débordaient de fusils à plasma M95, de pistolets à plasma PPG-13, de caisses de grenades et de batteries – du lourd. Une cloison était occupée par des combinaisons de combat menaçantes – juste avant la transition, les simulants y seraient installés.

Jenkins portait une tenue civile – combinaison noire moulante, cheveux encore mouillés après sa douche. Elle avait remonté ses manches et sa peau luisait de sueur. Elle salua d'un grognement mon entrée dans l'armurerie.

« Je venais voir où tu en étais. M'assurer que tu étais parée pour le largage.

— Tout va bien ici, boss.

— Les armes sont prêtes ?

— Depuis plusieurs heures. Je finis tout juste de revérifier les batteries des fusils à plasma.

— Est-ce bien nécessaire ?

— Ça ne peut pas faire de mal, répondit-elle en haussant les épaules. De toute façon, il fallait aussi que quelqu'un marque les combinaisons. » Elle désigna du pouce les armures de combat.

Effectivement, elle avait dessiné au pochoir sur chacune les insignes voulus ainsi que les identifiants. Les combinaisons n'étaient pas destinées à resservir, malgré leur valeur, mais Jenkins avait pris la peine de toutes les personnaliser. Elle avait également reproduit sur les épaules les insignes honorifiques – comme celui de tireur d'élite de Blake et le grade technique de Kaminski. Les armures revenaient rarement, et tout ce qui partait avec les sims ne connaîtrait sans doute pas de voyage retour.

« Bon boulot, Jenkins. »

Elle haussa de nouveau les épaules. « C'était mon tour. C'est Kaminski qui s'en est chargé la dernière fois. »

Ce n'était jamais à moi de marquer les combinaisons. Cette tâche revenait à ma section, mais je comprenais en cet instant pourquoi ils ne s'en plaignaient jamais : parce qu'elle leur donnait un but. Elle leur permettait de se concentrer et d'éviter de penser à la mort. Je le voyais maintenant dans le regard hanté de Jenkins.

Je m'arrêtai devant le râtelier portant mes armures. Elle y avait reproduit l'insigne de capitaine et inscrit mon nom, mais aussi autre chose en dessous : LAZARE.

« Tu n'avais pas besoin de faire ça », remarquai-je, un poil irrité. Je n'aimais pas ce surnom, elle le savait. Les autres m'appelaient ainsi sur Cap-Liberté, mais pas ma section.

Jenkins poursuivit son travail. « Mais cette fois-ci je l'ai fait.

— Pourquoi ?

— Parce que vous revenez toujours », répondit-elle. J'eus le sentiment qu'elle évitait délibérément de me regarder dans les yeux en se plongeant dans une caisse de batteries d'armes à plasma. « Et si vous revenez, alors vous nous ramènerez avec vous. »

Ce n'est qu'un nom, laisse tomber, pensai-je. À l'évidence, Jenkins avait la trouille.

« Tout va bien ? demandai-je.

— Très bien. Olsen va envoyer des infirmiers à… six heures zéro zéro, dit-elle après avoir consulté son ordinateur-bracelet. Ils commenceront à mettre les sims en tenue. » Elle se retourna vers la combinaison la plus proche – l'une des siennes – et continua de jouer du pochoir. « Il vaut mieux que je m'y remette.

— Bien reçu. »

J'étais à cran.

Le signal de l'Artefact était inquiétant et j'étais énervé contre Jenkins, mais ni l'un ni l'autre ne justifiait l'anxiété qui grandissait en moi. C'était inexplicable.

Ce n'était pas la peur qui me hérissait : j'avais fait ça trop souvent pour en ressentir. C'était pire, plus profond. J'étais toujours dans cet état avant un largage. J'avais vraiment besoin d'un verre, pas de doute. C'était peu judicieux, mais j'aurais bien aimé un whiskey digne de ce nom, voire quelque chose d'un peu plus fort encore pour apaiser mes nerfs. Un peu comme Jenkins, il fallait que je trouve de quoi m'occuper l'esprit.

Je passai donc le temps qui restait à examiner les paramètres de la mission. Je me retirai dans mes quartiers, m'assis tout seul dans ma cabine, lumières tamisées. Des images et des plans jonchèrent bientôt le pont tandis que je digérais toutes les bribes d'information à ma disposition.

Je déballai mes quelques effets personnels – ma collection de trophées de guerre, une copie de la photo d'Elena. Je laissais toujours l'original à Cap-Liberté : il avait à mes yeux une valeur grandissante, tout fatigué et abîmé qu'il était, car elle l'avait tenu en main.

Le vieux pistolet de mon père fut la dernière chose que je sortis de mon sac. Il était gros selon les normes actuelles – un véritable obusier de poing. Archaïque, usiné dans un hybride d'acier et de plastique, il valait une fortune pour les collectionneurs d'armes, mais je n'envisageais pas un instant de le vendre. Il était intimidant à souhait avec son long canon lisse et lourd – et il avait goûté à la mort. J'imagine que cela faisait de nous des camarades. Sur le canon rotatif était gravé SMITH & WESSON – MODEL 913. Je vidai une poignée de clips de cartouches sur mon lit et fixai également le holster au ceinturon.

Puis je me servis du terminal privé équipé d'un holovisionneur pour accéder à la puce qu'Olsen m'avait remise.

La biographie du professeur Jarvis Kellerman se déroula devant moi. Il avait soixante ans terriens standard et c'était un prodige des sciences. Tout le parcours de cet homme – aussi bien scolaire que médical et scientifique – paraissait avoir été enregistré et listé par l'armée. Il n'avait pour ainsi dire pas de famille proche, en tout cas pas à moins de plusieurs années-lumière de la zone de quarantaine. Ni amis ni ennemis notables. Beaucoup de collègues de travail issus de sphères scientifiques diverses – la communauté dans son ensemble le tenait en haute estime. On devinait qu'il était aussi lié à des huiles au sein de l'armée – c'était manifestement un type qui avait des relations. Comme moi, il passait sans cesse de planète en planète, et il avait donc enterré tous ses proches depuis longtemps, conséquence de la dilatation temporelle.

Je parcourus rapidement le gros du dossier. Certains éléments me mettaient un peu mal à l'aise : j'avais l'impression d'être un espion, à scruter ainsi sa vie, à en infiltrer les recoins privés sans rien négliger.

Au final, je choisis l'un des fichiers du personnel, et une vidéo 3D se lança sur la console devant moi.

ACCÈS SÉCURISÉ DÉVERROUILLÉ. LANCEMENT DU FICHIER EXÉCUTABLE.

Professeur Kellerman. Date opérationnelle : 04 06 2263

LIEU : ANTARÈS PRIME [VOIR FICHIER ASSOCIÉ A/9989]

Un homme – Kellerman – apparut devant la caméra. Il faisait signe à un collègue. Sa chevelure était épaisse, mais elle grisonnait déjà aux tempes. Je calculai rapidement son âge : quarante-quatre années standard. Il les portait bien, avec son visage juvénile et ses yeux brillants de passion. Il se tenait au milieu des ruines d'un vaisseau krell encore fumant par endroits. Des lambeaux de matériau organique pendaient d'arbres extraterrestres au-dessus de sa tête et il se détachait sur un ciel couleur ocre. Il portait une blouse de la division scientifique de l'Alliance. Lorsqu'il bougea, le tissu se tendit sur son torse musclé.

« *Vite !* insista-t-il auprès du preneur d'images. *L'équipe de récupération sera bientôt là. Il s'agit d'une occasion unique d'examiner le site avant son arrivée.* »

Il s'accroupit au milieu des vestiges, poussant du doigt un morceau d'armure chitineuse – soit arraché à l'une des bionefs krelles, soit le reste d'une forme primaire. Difficile à dire car l'enregistrement, de mauvaise qualité, était flou. Kellerman s'adressait d'un ton confiant au caméraman et désignait des déviations par rapport au modèle de développement krell habituel. Hors cadre, un autre officier scientifique le pressait d'avancer, mais il rejeta son injonction de quitter le site.

Du courage, pensai-je. *Ou de la bêtise.*

Je passai le reste du fichier et continuai de parcourir l'histoire de Kellerman. Il enchaînait encore plusieurs affectations en tant que chercheur – certaines sur des mondes dont j'avais entendu parler, d'autres sur des planètes inconnues.

Je découvris un autre élément intéressant et lançai un nouveau fichier.

Professeur Kellerman. Date opérationnelle 11 08 2270
LIEU : EPSILON ULTRIS [VOIR FICHIER ASSOCIÉ A/9989] – CONFLIT ASIATIQUE – GUERRE DES MARGES [VOIR FICHIER ASSOCIÉ A/432]

Kellerman avait cette fois cinquante et un ans objectifs. Le temps écoulé depuis le dernier fichier vidéo n'avait pas été tendre avec lui. Il était calé sur un lit d'hôpital et paraissait plus frêle ; sa masse corporelle était à peu près divisée par deux. Des sondes saillaient de son torse. Un drap blanc immaculé, soigneusement replié sur le ventre, dissimulait le bas de son corps. Des patchs médicaux masquaient une partie de son tronc. Il avait l'œil recouvert d'un bandage qui avait déjà viré au rose sale. Ses blessures étaient graves et récentes.

« *Début de l'évaluation psy*, déclara une voix off. *Sujet : professeur Jarvis Kellerman.*

— *Je ne suis pas un foutu sujet !* rugit celui-ci depuis son lit. *Je suis un homme. Je suis un citoyen de l'Alliance et je ne mérite pas un traitement pareil !*

— *Professeur, je suis là pour vous poser quelques questions. Pour déterminer si vous êtes apte à reprendre le service au sein de la division scientifique. C'est ce que vous souhaitez, n'est-ce pas ?*

— *Bien sûr !* » Il s'arrêta et serra les dents. Étaient-ce des larmes qui brillaient dans ses yeux ? Il soupira et secoua la tête. « *Bien sûr que c'est ce que je souhaite.*

— *Il y a peu de chances que vous marchiez à nouveau.*

— *Je le sais déjà.*

— *Il va falloir procéder à quelques ajustements. Vous ne pouvez pas conserver votre poste actuel au vu des circonstances.*

— *Je le sais*, répéta-t-il. *Je le sais déjà.* »

Je vérifiai de nouveau la date. Cet enregistrement précédait son affectation sur Hélios, et les éléments attachés indiquaient qu'il était définitivement infirme depuis cette époque. Perte de l'usage des deux jambes. On avait tenté la nanochirurgie et toutes les formes de thérapie régénératrice ; rien n'y avait fait.

Je passai le reste de ce fichier : l'évaluation se poursuivait un bon moment – plusieurs heures, apparemment. Kellerman se montrait de plus en plus abattu. Je me sentais fautif à regarder la douleur évidente de cet homme.

D'autres aspects de la vie de Kellerman m'intéressaient encore, toutefois. Après ses blessures, il avait continué à diriger des opérations scientifiques de l'Alliance. Les évaluations psychologiques soulignaient que, malgré le handicap, son esprit demeurait acéré – plus encore qu'avant l'incident, selon un rapport.

J'arrivai enfin aux fichiers concernant Hélios. Il avait signé pour cette mission à cause de sa connaissance pointue des Krells. Il avait écrit pas mal d'articles sur le sujet.

Les Krells : étude scientifique de la forme primaire.

Comprendre les méthodes de communication au sein du collectif krell.

Rétrospective : la situation un an après la signature du traité.

Facteurs susceptibles d'influer sur le développement des sous-espèces krelles.

Il y avait un ensemble de fichiers vidéo envoyés depuis Hélios, qui avaient été à l'occasion attachés aux transmissions régulières. De simples enregistrements en 3D, de piètre qualité, qui montraient en général Kellerman seul dans son bureau ou son labo. Cela commençait avec ses idées sur l'évolution extraterrestre : il émettait l'hypothèse que les Krells étaient une vieille espèce de prédateurs qui avaient peut-être poussé à l'extinction d'autres espèces intelligentes. Il détaillait ses théories sur les biotechnologies développées par les Krells. Vers la fin, il parlait de l'Artefact et de la façon dont il avait essayé d'en déchiffrer le signal.

Je finis par me lasser au bout de quelques heures. La cuve du simulateur me manquait, mon corps de simulant m'appelait.

Puis le contenu des fichiers changea brutalement.

« Je suis sur le point de terminer mon travail », disait Kellerman.

On sentait la tension dans sa voix. Quelque chose qui dépassait la simple passion : une obsession.

Il était assis dans une pièce sombre, et seule une lampe torche illuminait son visage. Il portait une blouse médicale blanche, boutons ouverts sur la poitrine. Un bruit le détourna de son message – un genre d'explosion. Suivi de hurlements.

« Cet endroit me pèse, disait-il d'une voix tremblante. Je ne dors plus. Les xénos sont partout. Les sables bougent en permanence. Avant, ils nous ignoraient, nous étions insignifiants à leurs yeux.

Peut-être sentaient-ils quel était notre objectif. Ils voyaient que nous ne leur voulions aucun mal, que nous étions des hommes de science. »

Il marqua une pause et regarda derrière lui, dans l'obscurité. Je fronçai les sourcils. Quand son visage revint dans la lumière, je notai qu'il avait beaucoup vieilli. Ce n'était plus le même homme que sur Antarès Prime. Il était maigre, émacié, un spectre. Le seul indice de la présence d'une âme dans son corps flétri était son regard brûlant, ses yeux bleu ciel. Ses cheveux se raréfiaient cruellement, tous blancs désormais.

« J'ai isolé un algorithme dans le signal de l'Artefact. Il *interfère* avec la méthode de communication des Krells. Quand le temps est clément par ici, il les paralyse quasiment. »

Les enregistrements devenaient de plus en plus troublants. Il divaguait à présent, expliquant qu'il avait besoin de plus de ressources, qu'il avait demandé à ses supérieurs du matériel supplémentaire. Certains membres de l'équipe de sécurité avaient disparu, du moins n'arrivait-il plus à les contacter. Sans doute des déserteurs, selon lui. C'était absurde : où iraient-ils ? Il avait l'air de plus en plus malade, son visage se déformait un peu plus d'angoisse à chaque nouvelle vidéo.

« Ça n'affecte pas uniquement les Krells. Beaucoup d'entre nous ici perçoivent le chant de l'Artefact, poursuivit-il. Ce bruit nous rend fous. »

Le dernier fichier se lança, et un frisson me parcourut. Il commençait par un plan sur Kellerman dans l'ombre, adossé dans son fauteuil. Je distinguais sa silhouette, ses vêtements déchirés et tachés de brun.

Il n'avait pas quitté cette combinaison intelligente depuis des semaines.

« Je suis terrifié, disait-il. Dans la crainte, totalement. Pas moi-même, pas moi-même, pas moi-même. »

L'image tremblota, momentanément déformée. Kellerman partit d'un rire dur interminable et sifflant, comme sa voix ensuite. Comme s'il avait du mal à parler. J'aurais voulu repasser cette séquence tant il était difficile de comprendre ses propos, mais quelque chose me poussait à continuer.

Il regardait droit dans l'œil de la caméra, il me fixait. J'observais Kellerman, et quelque chose me disait que cet homme n'était pas une victime. Sans prévenir, son holo s'élança en avant, les bras tendus.

Je reculai, surpris, et dus me répéter que ce n'était qu'un enregistrement. Je me rendis compte que j'avais en main le pistolet de mon père – je l'avais pris sans réfléchir, pour son poids rassurant et la protection qu'il offrait contre Kellerman, même si un monde nous séparait encore.

C'était un *adversaire*. J'ignore pourquoi j'avais ce sentiment, je sais seulement qu'il y avait de la malveillance dans ces yeux-là. S'enfoncer dans le Maelström, emmener cet équipage innocent dans la noirceur de l'espace krell – je ne le sentais pas, je ne le sentais pas du tout.

L'image reprit soudain vie. L'enregistrement bondit dans le temps – sans doute le même jour, à en juger d'après l'état du labo derrière Kellerman, mais plus tard dans la journée.

« Le travail continue, reprit-il en frémissant dans

le noir. Trop bien. Nous avons fait une découverte capitale. » Il se pencha vers la caméra. Son visage ridé était maculé de poussière mêlée de larmes. « Nous avons encore perdu trois hommes aujourd'hui. Il m'en reste si peu… »

Une sirène stridente se mit à hurler au-dessus de ma tête, si fort qu'elle noya les divagations du professeur. Je sursautai, et les lumières de ma cabine s'allumèrent. Je bondis sur mes pieds.

« Tout le monde sur le pont, annonça le capitaine Atkins sur la sonorisation du vaisseau. Je répète : tout le monde sur le pont. Ceci n'est pas un exercice. »

Sans raison précise, je saisis le vieux pistolet de mon père. Je retirai et réenclenchai le chargeur puis insérai de nouvelles cartouches dans le mécanisme d'alimentation. Des cartouches pleines. Du beau matériel de contrebande pour lequel je punirais ma section si l'un des miens était assez idiot pour en emporter à bord d'un vaisseau spatial.

Je glissai le gros pistolet dans un étui de cuisse incorporé à mon treillis. J'avais le sentiment qu'il pourrait m'être utile.

Chapitre VII

Pour de vrai

L'équipage de l'*Oregon* se rua en réponse à l'appel d'urgence d'Atkins, et la passerelle fut bientôt noire de monde. Ma section et moi nous tenions au beau milieu du chantier, et je me sentais un peu en trop. L'équipage travaillait vite et bien, assimilant les flux en provenance des capteurs et interprétant leurs données. Indéniablement, tous étaient très inquiets, mais ils agissaient tout de même calmement. La plupart des officiers étaient physiquement branchés sur leurs pupitres, les yeux dans le vague, concentrés sur les profondeurs de l'espace au-dehors. Un peu comme des opérateurs de simulants.

Le capitaine Atkins lui-même trônait au milieu de la passerelle, enfoncé dans son fauteuil. Il avait abandonné sa casquette officielle et remonté ses manches pour relier directement à l'*Oregon* ses connecteurs ainsi exposés.

« Pourquoi cette alerte, Atkins ? » demandai-je en m'avançant vers le pupitre de commandement.

Il me salua de la tête. « Il nous reste encore six

heures de manœuvres avant d'entrer en orbite haute d'Hélios, mais l'espace proche n'est pas aussi propre qu'on nous l'a laissé entendre. La ceinture d'astéroïdes est beaucoup plus étendue. Nos renseignements sur cette planète sont soit dépassés, soit carrément faux. »

Je gagnai la proue, où les obturateurs étaient toujours ouverts. Des lentilles permettaient une vision grand-angle à cent quatre-vingts degrés.

Dehors, l'espace était noir et immense. Hélios était suspendue au loin. Entre elle et nous, une large bande de débris spatiaux tournait paresseusement – un mélange de roches datant de la formation de la planète ou attirées par sa gravité dans les millénaires suivants. La plupart étaient petites et sans doute inoffensives. Elles ne poseraient aucun problème à l'*Oregon*, étant donné le blindage ablatif dont il était équipé. Mais certains astéroïdes plus gros exigeraient peut-être qu'on les détourne d'un tir de batterie laser ou de canon électrique. C'était plus ennuyeux : une collision avec l'un de ces cailloux pourrait percer la coque, et une réparation sur place serait difficile. *Sinon impossible*, pensai-je. Je n'aimais pas ça du tout.

Malgré le nombre de spatiaux réunis, la salle resta étrangement silencieuse pendant un long moment, à l'exception du discret *ping* des radars. Le sentiment que j'avais éprouvé sur Cap-Liberté, quand on m'avait exposé l'opération pour la première fois, s'éleva de nouveau en moi.

Dis à Atkins de se retirer. Annule toute l'opé. Ça sent mauvais. Ça sent très mauvais.

« Nous sommes à plusieurs milliers de kilomètres du point d'insertion orbitale optimal », reprit le commandant. Contrairement aux autres, il avait l'air capable de se concentrer à la fois sur ce qui se trouvait physiquement devant lui et sur ce qu'il faisait dans la réalité virtuelle du vaisseau. « Lieutenant Pakos, amplifiez les derniers résultats de télédétection laser et transmettez-les sur mon pupitre.

— Bien, commandant. Vous voulez qu'on passe en mode actif ?

— Oui. »

Une unité d'affichage holo s'éclaira devant Atkins, montrant l'espace proche et l'*Oregon* qui s'y déplaçait. Il y avait beaucoup d'autres objets dans la région, qui évoluaient sereinement dans le vide.

« Trop d'endroits où se cacher..., remarqua Atkins sans développer davantage.

— Ça ne me plaît pas du tout, lâcha Jenkins.

— Je crois que ça ne plaît à aucun de nous », ajoutai-je.

Olsen faisait les cent pas, rougeaud et angoissé. Son équipe se pressait non loin. Ils n'aidaient pas à dissiper la tension ambiante. Olsen vint se planter près du fauteuil de commandement. Il essaya de regarder par-dessus l'épaule d'Atkins puis se ravisa et se remit à tourner en rond. Une jeune infirmière blonde – celle qui s'était montrée intéressée par Blake un peu plus tôt dans la journée – s'ôta de son chemin tandis qu'il décrivait une boucle plus large autour du fauteuil.

« Comment est-ce arrivé ? rageait le scientifique, exaspéré. Pourquoi ne l'avez-vous pas remarqué plus tôt ? Nos systèmes doivent quand même être capables de voir à travers quelques malheureux astéroïdes, par Christo ! »

Martinez cilla au juron d'Olsen. « Hé, *mano*, surveille ton vocabulaire ! »

L'autre lui lança un regard noir, mais il craignait trop le soldat pour lui répondre. « Je ne comprends pas comment nous avons pu arriver jusqu'ici sans prendre ce problème en compte. »

Atkins s'adossa dans son fauteuil. Il tapota l'écran de son pupitre. « Nous observons Hélios depuis notre sortie d'espace-Q, mais les capteurs du vaisseau ont interprété ces débris comme un ensemble de petits objets. Quant à voir à travers les champs d'astéroïdes, ce n'est pas si simple. »

Olsen secoua la tête, et la peau flasque de son cou se rida de manière peu esthétique. « Je le sais bien ! Vous ne croyez pas que… !

— Écoutez, Olsen, lançai-je, calmez-vous. Laissez le commandant travailler. »

Ping – ping – ping – ping !

Le bruit des échos radar se fit soudain strident. Je m'interrompis. Tous les terminaux de la passerelle clignotaient. C'était forcément une mauvaise nouvelle. Des officiers se mirent à aboyer des ordres, et Atkins fronça les sourcils en scrutant les flux de données en provenance des scanners. Sur l'afficheur holo, un gros objet écarlate émergeait de la ceinture d'astéroïdes.

Mais je n'eus pas besoin de consulter l'afficheur.

Je le voyais déjà par la baie d'observation. Un vaisseau de guerre krell se matérialisa dans le noir de l'espace, écartant violemment les débris pour se mettre en position.

« C'est une embuscade », murmurai-je.

Les bionefs des Krells « poussaient » plutôt qu'on ne les construisait – en tout cas, c'est ce que répétait la division scientifique. Comment on pouvait faire pousser un truc aussi imposant et aussi dangereux défiait l'entendement. Dans la mesure où ils étaient constitués de matière organique, ces bâtiments étaient particulièrement difficiles à détecter par les méthodes conventionnelles. Bon nombre de modèles de vaisseaux krells étaient dans les faits invisibles aux lidars et radars et n'apparaissaient que sur les analyses spectrométriques de masse à courte portée. Les coques étaient faites d'un composé organique qui pour l'instant dépassait largement la compréhension d'hommes tels qu'Olsen. Comment les Krells s'y prenaient nous échappait, mais leurs bâtiments dissimulaient aussi leur signature thermique, ce qui disqualifiait l'infrarouge comme méthode de détection efficace.

Tout cela me traversa l'esprit alors que l'énorme bionef apparaissait. Comment et pourquoi elle avait réussi à tromper nos capteurs était soudain évident. Nous étions tombés droit dans le piège. Depuis combien de temps ce vaisseau nous surveillait-il ? Tout en gagnant sans doute la meilleure position en vue d'une attaque, en attendant que nous entrions dans le champ.

« C'est un gros client, marmonna Atkins d'une voix presque admirative. Boucliers énergétiques, activation. »

La bionef ressemblait à un mollusque mutant – longue et lisse, le nez pointu et dentelé. L'extérieur était tapissé d'un blindage organique semblable à celui des formes primaires, mais reproduit à très grande échelle. Des tentacules évoquant ceux d'un calamar saillaient en poupe – il s'agissait du mécanisme de propulsion, à peu près le seul point faible du bâtiment. Les flancs étaient couverts de ce qui ressemblait à cette distance à des pores. Par expérience, je savais que ces pores étaient l'équivalent krell de hangars et de sabords, destinés à lancer des appareils de combat et abriter des armes. La nef tout entière était noire, pratiquement impossible à distinguer sur fond d'espace.

Aucun doute, il s'agissait d'un vaisseau de guerre. Il faisait facilement trois fois la taille de l'*Oregon*.

« C'est un catégorie quatre, annonça un officier à l'intention de la passerelle en général.

— Boucliers énergétiques levés, confirma un autre.

— Nous a-t-il vus ? » s'étrangla Olsen avant d'ajouter quelques mots incompréhensibles. Il se frotta les tempes. Un voile de sueur s'était formé sur son front.

« Bien sûr qu'il nous a vus », répondit Atkins.

Dans l'équipe d'Olsen, quelqu'un se mit à pleurer.

« Faites sortir ces gens ! » s'écria Jenkins en désignant le personnel médical. Tous partirent précipitamment, en compagnie d'Olsen, sans qu'on ait besoin de le leur répéter.

Le propulseur de la bionef s'alluma sans bruit, laissant dans son sillage des traces bleues et semant un peu plus la confusion dans le champ d'astéroïdes. Tandis qu'elle avançait sereinement, d'immenses muscles ondulaient en poupe. Voilà qui mettait à mal l'hypothèse selon laquelle nous aurions échappé à son attention.

« Lieutenant Pakos, s'il vous plaît, dites-moi qu'il n'y en a qu'un », fit Atkins.

Pakos grimaça. « Je détecte une autre biosignature en provenance du champ d'astéroïdes, commandant. » Elle déglutit. « Encore plus grosse que la première. »

Je voyais le bâtiment moi aussi. Deux vaisseaux mères, en tandem, s'interposaient de concert entre l'*Oregon* et Hélios.

« Pouvez-vous nous sortir de là ? demandai-je. Battre en retraite, regagner l'espace-Q ? »

Mieux valait limiter les pertes et expliquer au Commandement qu'on avait rencontré de la résistance.

Atkins secoua négativement la tête, toujours concentré sur l'image holo. « Impossible. On risquerait des avaries à se replier au milieu de ces débris sans itinéraire correctement établi, et le propulseur-Q a besoin d'au moins six heures pour calculer une trajectoire de retour…

— Alors tentez un saut hors du système ! »

Je savais que c'était tout aussi peu réaliste, mais je voulais essayer quelque chose – n'importe quoi – pour nous mettre hors de portée des vaisseaux de guerre krells.

« Pour émerger au milieu d'un trou noir ou d'un orage gravimétrique ? Non. On va se battre. » Il releva la tête et désigna la fosse d'armes. « Officiers artilleurs, à vos postes. »

Les servants d'armes se rassemblèrent autour de la passerelle et s'installèrent dans leurs nacelles à la pointe du vaisseau. Sans plus de cérémonie, ils se branchèrent sur le système d'armement. Des rapports signalant la mise en service du canon électrique, des batteries laser et des lanceurs de torpilles à plasma résonnèrent dans la salle.

Avec un calme admirable, Atkins s'écria : « À tous, paré à faire feu. Les Krells nous ont trouvés. »

Ma mère était enseigne dans la Flotte de l'Alliance. Mes souvenirs d'elle sont assez flous à cause de mon âge à cette époque : je ne me rappelle pas grand-chose si ce n'est que son visage exprimait la gentillesse et qu'elle était bien intentionnée. Elle est morte avant qu'on ne découvre les Krells, mais elle donnait l'impression d'avoir renoncé à vivre bien avant. En ce temps-là – il y a seulement une génération –, les équipages de vaisseaux spatiaux souffraient énormément des problèmes de dilatation temporelle. De courts sauts en espace-Q coûtaient des années de temps objectif. La durée subjective du voyage vers Alpha du Centaure avait beau être de six mois, pour le reste de l'espèce humaine trois ans s'étaient écoulés. Tout petit déjà, je me souviens que mon père paraissait vieillir à un rythme différent de ma mère : il prenait de l'âge, soumis à la marche du temps, pendant qu'elle demeurait jeune. Je crois que c'est ce qui a fini par le pousser à accepter des tours de service plus lointains – pour essayer, de façon un peu perverse, d'atteindre un équilibre avec elle. Cette femme avec qui il avait deux enfants mais de moins en moins de liens.

Ma mère n'a jamais commandé de vaisseau, et elle n'aspirait pas à devenir officier supérieur. Elle n'était pas carriériste : elle faisait son boulot, pour payer le loyer de notre petit appartement dans une grande tour. Il était difficile de gagner assez d'argent en travaillant à terre, et l'armée était toujours en quête de viande fraîche.

Mais elle vivait pour ses permissions. C'est là qu'elle rayonnait. On essayait de rester en contact par lien vidéo supraluminique – elle nous appelait aux anniversaires ou aux grandes occasions – mais ce n'était pas courant. Mes souvenirs d'elle sont des instantanés. Ma sœur Carrie et moi passions de grands-tantes en oncles éloignés en grandissant, et je chérissais le temps passé avec ma mère.

Une nuit m'a particulièrement marqué. J'avais huit ans objectifs. Ma mère était en permission depuis deux semaines entières – un événement inhabituel. Mon père était parti en opérations quelque part loin de la planète, et cette permission-là n'était donc que pour Carrie et moi.

Bravant les retombées nucléaires et les gangs locaux, ma mère nous avait sortis pour la journée. C'était avant que les services publics ne soient définitivement suspendus et que l'essentiel de Détroit-Métropole soit soumis à la loi martiale, mais la Métro était déjà une réalité bien sombre. Je ne me rappelle pas où elle nous a emmenés ; sans doute un parc voisin ou un centre commercial.

Au retour, Carrie s'est effondrée tôt dans son lit. Ma mère s'est installée avec moi dans la chambre minuscule et on a regardé les étoiles se lever de la fenêtre de l'immeuble. Je n'étais jamais allé dans l'espace. Parfois, ma mère me racontait les aventures qu'elle avait vécues. C'était passionnant mais effrayant. Quand elle repartait en mission, je restais éveillé la nuit à m'inquiéter pour elle pendant de longues périodes.

Cette nuit-là était différente. J'étais fatigué mais heureux de m'asseoir avec elle pour observer le ciel nocturne. Il faisait chaud et la ville était animée ; me concentrer sur les étoiles qui apparaissaient m'apportait un peu de calme.

« Tu as déjà dû affronter un autre vaisseau ? demandai-je. Tante Beth me laisse regarder les flux d'information, quelquefois. Ils montrent des images. »

Ma mère resta longtemps muette, un sourire sur les lèvres – plus sardonique que joyeux ; presque amer. J'allais reposer ma question, pensant qu'elle n'avait peut-être pas entendu, quand elle répondit enfin.

« Les combats de vaisseaux sont les plus dangereux, Conrad, dit-elle lentement. L'espace tue. Ne l'oublie jamais. L'espace n'est pas ton ami, et il se retourne contre toi en un clin d'œil.

— Mais je regarde les flux, insistai-je, et les commandants de l'Alliance savent s'y prendre. J'ai vu qu'on avait abattu deux bâtiments du Directoire l'autre jour. Je parie que tu es super au combat spatial. »

Elle continua de contempler le ciel sans se départir de son sourire.

« Il n'y a ni honneur ni talent dans les batailles spatiales. Elles n'ont rien de particulier. La seule astuce à connaître, c'est que le premier à tirer gagne. »

Le ton de sa voix n'appelait pas à poursuivre la discussion, alors je me tus.

C'est la dernière fois que j'ai vu ma mère. Le mois suivant, ma sœur et moi avons reçu un courrier du ministère de la Défense extraplanétaire nous informant que le gouvernement des Amériques-Unies était reconnaissant à Jane Harris pour son sacrifice. Son vaisseau avait été détruit au cours d'une escarmouche avec un bâtiment du Directoire en orbite autour de l'avant-poste de Jupiter, et il n'y avait hélas officiellement aucun survivant.

La nef krelle de tête passa si près de nous que je crus qu'elle allait nous rentrer dedans. Sa proue était pour ainsi dire sur l'*Oregon*.

« Fermeture des obturateurs ! » hurla un officier.

Comme si ça allait changer quelque chose. Si cette cochonnerie nous tamponne, on est foutus.

« Suspendez la fermeture, se récria Atkins d'une voix tendue. Je veux voir l'espace de mes yeux. »

Je scrutai les visages autour de moi. Tous étaient pâles et horrifiés. Si le vaisseau adverse perçait notre coque, en supposant qu'on arrive à gagner les capsules de secours, il ne fallait s'attendre à recevoir aucune aide là-dehors. Rien qu'un lent déclin interminable, le temps que les réserves s'épuisent, à des années-lumière de l'humanité.

Je me sentais impuissant. Ce n'était pas ma façon de me battre.

« Manœuvres d'évitement, annonça Atkins. Machine arrière, toute !

— À vos ordres, commandant.

— Les boucliers tiennent-ils bon ? »

Comme la plupart des bâtiments militaires,

l'*Oregon* était muni de boucliers énergétiques : un champ d'énergie projeté, capable de disperser les tirs ennemis. Il était plus efficace contre les armes à énergie mais pouvait également contrer d'autres formes d'attaques. Les nefs krelles bénéficiaient d'une technologie similaire bien que d'origine mystérieusement biologique.

« Il se trouve à l'intérieur des boucliers », répondit Pakos.

Alors c'était ça, la stratégie de l'ennemi. S'approcher au point de rendre nos boucliers inutiles. Un risque qu'un vaisseau de guerre humain ne prendrait jamais, parce qu'il laissait l'attaquant vulnérable à une frappe en représailles. Je regardais à présent les boucliers projetés par les deux bâtiments se croiser, provoquant une tempête miniature de braises bleues éphémères.

« Il tire ! » hurla quelqu'un.

Le premier vaisseau krell ouvrit le feu avec une brève salve de bioplasma. Il abritait en son sein des canons vivants spécialisés, cultivés pour générer une bioénergie tout aussi ravageuse que celle des armes industrielles de l'Alliance. Le plasma laboura la coque quelque part à bâbord, non loin de notre position. Le puits de gravité de l'*Oregon* frémit, et la passerelle trembla violemment sous les impacts successifs. Je chancelai à chaque frappe et me rattrapai au coin d'un mur d'écrans pour rester sur mes pieds. Mon estomac se souleva et la bile me monta dans la gorge. Des étincelles jaillirent d'un terminal tout proche. Une femme s'effondra sur l'une des consoles de tir, sans vie.

J'aurais voulu réclamer à grands cris un rapport d'avarie pour connaître la gravité des dégâts, mais je ravalai mes mots. C'était le vaisseau d'Atkins, c'est lui qui commandait.

« Nous avons un blindage ablatif, murmura-t-il en guise d'explication. Lieutenant, maintenez l'alimentation des boucliers. Il en faudra plus que ça pour nous abattre. »

J'échangeai un regard inquiet avec Jenkins.

« Mais pas beaucoup plus, me glissa-t-elle dans un souffle.

— Tout le monde est entier ? » demandai-je.

Blake passa la main sur sa tête : il saignait, mais ce n'était qu'une égratignure. « À peu près.

— Le lieutenant Caitlin est morte, annonça un officier à l'autre bout de la passerelle. Le canon électrique est inopérant. »

C'était l'occasion d'agir.

Merde – je ne crèverai pas comme ça !

Je traversai la passerelle en courant jusqu'à son poste. Sa tête avait dû heurter brutalement le pupitre au moment des premières frappes. Ou alors elle avait subi un effet retour cérébral dû à l'attaque krelle. Je débranchai son cadavre en tirant sur les câbles reliés au pupitre. Elle était morte, ça ne faisait aucun doute : les yeux écarquillés, bouche bée, du sang dans les oreilles. Je la dégageai du fauteuil pour m'y installer.

« Navré, Caitlin, mais j'ai besoin de votre arme. »

Les équipages de la Flotte et les opérateurs de simulants possédaient les mêmes prises jack – les fameux connecteurs placés en haut de ma colonne vertébrale et sur mes avant-bras. Les fiches jack étaient encore chaudes de leur connexion avec l'officier défunte, et l'une d'elles, souillée de sang, m'échappa des mains. Les autres servants d'armes se tournèrent vers moi, et ils furent un ou deux à se lever de leur pupitre, l'air inquiet.

« Bon sang, mais qu'est-ce que vous foutez ? me cria Pakos de l'autre bout de la passerelle.

— À votre avis ? répondis-je. Je prends les commandes du canon électrique. Je ne vois personne d'autre le faire.

— Vous n'êtes pas formé ! Le canon exige une grande expérience opérationnelle…

— Et comme je vous l'ai déjà dit : ce n'est pas ma première fois. » Ses protestations m'importaient peu. Je n'allais pas rester assis pendant que la bataille se jouait autour de moi. Au moins, avec le canon, je pouvais faire une différence.

« Laissez-le, lieutenant », ordonna Atkins. Le ton de sa voix suggérait un certain respect – il n'était peut-être pas si à cheval sur le règlement, pour finir. Car ce que je faisais y était indéniablement contraire.

Une douleur fulgurante me traversa lors du branchement de chacun des câbles. En réalité, même si j'avais déjà fait ça, je n'avais pas d'expérience de l'armement embarqué. Le principe de connexion à l'*Oregon* était à peu près le même qu'avec un simulant. La différence tenait aux nuances.

Il fallut quelques instants pour établir le lien neural, puis je fus en ligne.

*Je suis l'*Oregon.

De nouvelles informations inondèrent mes synapses. J'étais la machine. Des données de visée se chargèrent dans ma mémoire tampon. Pendant quelques secondes, le volume d'informations me paralysa – à l'image du premier élan de la transition. Physiquement, j'étais encore sur la passerelle, mais par la pensée je commandais le canon électrique principal : être humain à l'intérieur, énorme canon inerte à l'extérieur. L'holo devant moi devint soudain net.

« Canon électrique principal en ligne, annonça Pakos dans mon dos.

— Et ouais ! s'écria Kaminski.

— Je vous conseille de prendre des dispositions pour votre sécurité, intervint Atkins. Ça va commencer à secouer. Lancez les mesures défensives au laser, s'il vous plaît. »

La nef krelle, positionnée au-dessus de nous, dominait la baie d'observation de la passerelle. Nos batteries laser s'activèrent en réponse aux tirs entrants. Chaque impulsion illuminait le ventre balafré et bosselé du mastodonte.

« La Flotte a-t-elle déjà combattu cet adversaire ? » demanda Atkins.

Par nature, les Krells ne nommaient pas leurs vaisseaux. Il n'y avait ni classes officielles ni immatriculation sur les coques. Pour le collectif krell, je doute que ce bâtiment précis ait eu quoi que ce soit de particulier et distinctif en dehors de sa taille et de son tonnage. Mais la Flotte conservait des archives, et tous les affrontements spatiaux depuis le début de la guerre krelle étaient répertoriés en détail. Chaque nef étudiée, chaque tactique scrutée. Si un bâtiment avait une faiblesse connue, alors elle serait listée. Tous les vaisseaux de la Flotte emportaient une base de données des adversaires déjà rencontrés. Cela nous donnerait peut-être un avantage, si infime soit-il.

Tout cela se déroulait autour de moi, mais j'étais concentré sur tout autre chose. Je cherchais des cibles dehors avec le canon. Cette machine avait un côté bestial. Elle avait soif d'une victime et je la bridais. Je commandais une puissance de feu capable de décimer une flottille entière. C'était enivrant.

Des données défilaient dans ma tête. C'était à la fois très comparable au lien avec un simulant et très différent.

« Correspondance établie dans la base de données, s'exclama triomphalement une jeune officier. Le premier adversaire est le *Mort d'Antarès*. Catégorie quatre. Son dernier affrontement spatial remonte à sept ans, et il a fait neuf cents victimes à bord du bombardier *Virginie Centrale*...

— À l'essentiel, je vous prie, répondit Atkins. Nous n'avons pas le temps pour les détails. »

Sans parler de l'effet que cette révélation aurait sans doute sur le moral de l'équipage. Les bombardiers étaient quatre fois plus gros que les croiseurs de combat comme l'*Oregon*, et nous annoncer que ce vaisseau extraterrestre en avait détruit un n'était logiquement pas opportun.

« Faiblesse connue à tribord, au niveau d'un sabord ! lâcha-t-elle ensuite. Je vous transmets les données tout de suite, commandant. Il a été touché lors d'un bombardement à Proxima Yaris où on l'avait repéré... »

L'*Oregon* roula de nouveau, et j'oscillai dans mon fauteuil. Quelque chose frappa encore la coque, si fort cette fois que la structure entière trembla. Peut-être un débris local plus gros que la moyenne, ou alors une arme à projectile solide déployée par le *Mort*. L'espace proche grouillait désormais de cibles potentielles.

« Une paroi artérielle est affaiblie au point de jonction entre le moteur arrière et le troisième sabord, annonça Atkins. D'ici, on a une vue dégagée sur la quille. »

Un holo s'anima, montrant le *Mort d'Antarès* – il s'agissait d'un diagramme pivotant à structure filaire. Des pointeurs indiquaient le point faible, touché par le précédent bombardement humain.

« Accélérateur de faisceaux de particules en charge, déclara un servant d'arme. Cible en cours d'acquisition.

— Permission de faire feu. Commencez le bombardement. »

Un éclair barra de nouveau la baie d'observation, et un rayon scintillant s'élança à travers l'espace. Sa luminosité était telle sur le fond noir qu'il laissa une image rémanente sur ma rétine. L'arme décapa la quille du *Mort d'Antarès*, ouvrant une brèche entre deux plaques de blindage. Des fluides et autres débris jaillirent du vaisseau pour s'éparpiller dans l'espace. Le bâtiment poursuivit sa manœuvre lente et interminable au-dessus de nos têtes, mais je voyais bien qu'il avait souffert.

Bon sang. J'étais contrarié de ne pas avoir porté le premier coup moi-même. Dehors, le canon électrique pivota rageusement.

« On l'a eu ? » demanda Blake, surexcité.

La frappe avait provoqué des dégâts structurels mineurs, selon un rapport parvenu jusqu'à mon poste.

« Pas tout à fait, grommelai-je. Mais pas loin. Il est à moi. »

Le vaisseau nous passait au-dessus, et je saisis ma chance.

Je n'attendis pas d'en recevoir l'ordre : je fis feu avec le canon. C'était une arme de bourrin, lente, dépourvue de guidage, mais fatale à cette portée. Capable de percer le blindage de coque et d'ouvrir le vaisseau ennemi sur le vide. C'était le but : saigner l'adversaire à mort. Je tirai une brève salve de projectiles super-accélérés dans les tripes du *Mort*.

Pour moi qui étais immergé dans le système d'exploitation de l'*Oregon*, chaque tir parut mettre une éternité à atteindre sa cible, tandis que le *Mort* déchaînait un déluge de bioplasma contre nous. En réalité, il ne fallut aux ogives que quelques microsecondes.

Je sus que la nef était foutue avant elle-même.

Un puis deux tirs transpercèrent sa quille. Avec l'assistance de l'IA de l'*Oregon*, j'avais visé juste, et chaque projectile frappa la jointure affaiblie. Au ralenti, ils traversèrent le blindage. Des débris supplémentaires s'échappèrent par cette blessure, des fluides se répandirent encore dans l'espace, gelés avant même de s'éloigner du vaisseau, lequel parut hésiter. La lumière de son moteur clignota. Les pores à bioplasma cessèrent le feu.

« Frappe confirmée, annonçai-je. Il quitte le périmètre de notre bouclier. »

Une acclamation résonna sur la passerelle. Ça se

passait mieux que je ne m'y attendais. Une poussée d'espoir me traversa. Mon arme avait toujours faim et je sentais ses énormes tubes refroidir, mais au pire je nous avais gagné du temps.

Il y en a encore un là-dehors, dit une voix dans ma tête. Était-ce moi ou l'IA du canon désormais rechargé et à l'affût d'une autre cible ?

« Y a-t-il une correspondance dans nos bases pour le deuxième adversaire ? hurla Atkins.

— Le *Grand Blanc*, commandant, répondit le même officier que précédemment. Il a causé la perte de trois vaisseaux de la Flotte alliée lors de la bataille pour Gavis Prime. » Mais qu'est-ce qu'elle avait, cette fille, avec ses mauvaises nouvelles ? « Catégorie six. Aucune faiblesse connue.

— C'est quoi, la catégorie six ? » demanda Kaminski.

Nul ne prit la peine de lui répondre. Les nefs krelles étaient classées en fonction de leur niveau de dangerosité, sur la base de renseignements détenus sur des bâtiments spécifiques, recoupés avec la taille. Un vaisseau de catégorie six, c'était gros.

« On est dans quelle catégorie, nous ? insista Kaminski.

— Trois, lançai-je.

— Ah, merde. »

Le *Grand Blanc* avançait lentement dans le champ d'astéroïdes en projetant des lances de lumière. Il se trouvait plus loin que le *Mort d'Antarès*, bien au-delà de notre bouclier énergétique. Chaque tir crépitait contre le bouclier, qui tenait bon et nous protégeait. Le bâtiment ennemi était encore en partie dissimulé par le champ d'astéroïdes, et des débris s'éparpillaient à mesure qu'il progressait.

Je t'abattrai tout aussi facilement, promis-je. Le canon électrique prenait le dessus : il *fallait* que je mitraille.

« Je poursuis le pilonnage du *Mort* », déclarai-je.

On aurait dit que l'*Oregon* était possédé par un esprit sauvage assoiffé de sang – et que je l'étais du même coup. Le canon tira. Il n'y avait ni recul ni contrecoup. Autour de moi, d'autres servants en firent autant. Toutes les armes se concentrèrent sur l'ennemi estropié. Des torpilles partirent, et, dès que l'accélérateur de faisceaux de particules fut rechargé, il reprit le feu lui aussi. Un détachement irréel émanait de cette bataille : en dehors de rares grincements plaintifs du châssis de l'*Oregon*, sans doute pas anodins, elle se déroulait dans le silence. C'était la grande différence entre le maniement d'armes embarquées et le combat dans un corps de simulant : l'absence de douleur et de conséquence immédiate de mes actes. *Je tire, et quelque chose meurt dans l'espace*. À l'intérieur de mon sim, tout était viscéral, la simulation devenait réelle. Je ressentais comme une souffrance le besoin de rejoindre ma cuve, même si les sims ne serviraient à rien contre des vaisseaux de guerre.

Lorsque les réservoirs du *Mort d'Antarès* cédèrent dans une brève explosion éblouissante, ce fut aussi sans bruit. Des fragments du bâtiment s'éparpillèrent et vinrent heurter les vitres renforcées de notre baie d'observation, produisant un son mat. Des débris plus petits s'immolèrent contre le bouclier énergétique. Une grosse partie de la nef existait toujours, mais elle était finie. Ses entrailles étaient largement ouvertes sur l'espace à présent, et l'équipage krell mourrait dans le vide aussi sûrement que nous.

« Menace primaire neutralisée. »

Je dégoulinais de sueur. Malgré les circonstances, je prenais plaisir au carnage auquel je me livrais. Peut-être le goûtais-je *à cause* des circonstances, d'ailleurs. Je maniais le canon électrique avec insouciance. La réserve de munitions finit par baisser, et un avertissement clignota pour m'informer que j'atteignais un seuil critique.

« Statut non opérationnel du *Mort d'Antarès* confirmé, beugla Atkins dans mon dos. Cessez le feu ! »

S'adressait-il à moi en particulier ? En tout cas, je me renfonçai dans mon siège et m'exécutai.

« Maintenant, il ne reste plus qu'à s'occuper du *Grand Blanc* », dit-il.

La bataille n'était pas terminée, loin de là. Le *Grand Blanc* arrosait l'*Oregon* d'un flot incessant de faisceaux d'énergie. Le bouclier ne tiendrait pas éternellement. Il allait falloir prendre des mesures offensives et abattre l'ennemi.

Atkins égrenait les ordres à l'intention de son équipage. L'*Oregon* frémit brièvement, et j'eus la sensation de me mettre à flotter. Le puits de gravité donnait des signes de faiblesse.

« Le second adversaire est sur le point d'agir », annonça Pakos.

Le *Grand Blanc* s'était arrêté, et les pores alignés sur son flanc se contractaient à présent en cadence. Des appareils volants plus petits étaient éjectés du vaisseau et se mettaient en formation d'attaque serrée.

« Je vous avais dit qu'il nous fallait des Frelons », me glissa Jenkins. Pendant le bombardement, ma section s'était rassemblée autour de mon poste d'artillerie.

« Identification de multiples appareils hostiles en approche, lança Pakos. Ils atteindront la distance de tir optimal dans moins de vingt secondes. Ils essayent de franchir le bouclier. »

Les chasseurs débarqués étaient lisses et élancés. Bien que manifestement façonnés sur le même modèle que les vaisseaux de ligne krells, ils étaient beaucoup plus rapides et manœuvrables. Les moteurs s'enclenchaient pour réduire la distance entre eux et nous, laissant dans l'espace des sillages de plasma lumineux.

Je scrutai la zone en quête de cibles. Le canon électrique traquait automatiquement les chasseurs en approche sans faire feu. Ses projectiles étaient lents, ils ne serviraient à rien contre ces nouvelles menaces.

« Bon sang ! » m'écriai-je.

Mais l'*Oregon* réagit vigoureusement. Je sentis les torpilles quitter les sabords quelque part sous nos pieds, et je les regardai partir à la rencontre de la formation ennemie sur l'holo. Plusieurs appareils explosèrent avant d'atteindre notre position et disparurent du scanner. Il y eut une série d'éclairs éblouissants marquant chacun la fin d'un chasseur, qui s'éteignaient presque aussitôt dans le froid de l'espace.

Les tirs adverses en réponse labourèrent l'*Oregon*. Des faisceaux d'énergie frappèrent le bouclier et, vu la densité de la salve, il était inévitable que quelques coups portent. Quelque chose éclata au plus profond de notre vaisseau, et cette fois je sentis et entendis la déflagration.

Là, c'est pour de vrai.

La bataille spatiale avait été contrôlée par ordinateur, aseptisée. Des explosions silencieuses, l'affrontement par machines interposées pour détruire des cibles distantes. Les détonations qui retentissaient autour de moi alors que l'*Oregon* essuyait un feu nourri, ça, c'était *pour de vrai*.

Je tirai sur mes câbles jack, rompant aussitôt la connexion avec le système d'armement du vaisseau. Cet autre niveau de conscience disparut soudain. Une vague d'incertitude me submergea de nouveau, et je secouai la tête pour me concentrer sur la réalité.

« Accrochez-vous ! hurla Kaminski. Il en arrive d'autres ! »

La passerelle fut secouée de tremblements incontrôlables, puis la gravité s'annula tout à fait. Cette fois, je réagis sans tarder et agrippai les accoudoirs du poste de tir. Ma section en fit autant avec tout ce qui était fixé au pont. J'avais l'impression que mes organes internes s'étaient soudain mis à flotter. Pour la première fois depuis longtemps, je me réjouis de ne pas avoir bu récemment. La nausée m'envahit et je retins à grand-peine le contenu de mon estomac.

Les communicateurs bruissaient de trafic, les équipes de maintenance signalant les avaries sur tout le vaisseau. Un matelot hurlait à propos d'un feu sur le pont inférieur. Impossible d'ignorer l'odeur de brûlé dans l'air.

Impossible d'y échapper.

« Permission de ventiler les ponts trois et cinq ? » lança le lieutenant Pakos.

C'était un officier de com, bordel, elle n'était pas responsable de la maintenance ni d'aucun autre aspect du fonctionnement. Du coin de l'œil, je repérai un autre officier mort – il tournoyait dans la salle dans la gravité défaillante. *On dirait que Pakos vient d'être promue, qu'elle le veuille ou non.*

« Pas à moins d'une nécessité absolue ! » rugit Atkins.

La gravité changea de nouveau. Je voulus agripper mon fauteuil, le manquai et m'envolai vers le plafond. Au dernier moment, je réussis à adoucir l'impact en tendant les bras. Autour de moi, tout le monde sur la passerelle se trouvait dans la même situation.

« C'en est une », cria Pakos à Atkins. Sa voix se brisa. « C'est la seule solution.

— Alors, allez-y. »

J'aperçus le visage du commandant tandis que je dérivais au-dessus de lui. Il fronçait les sourcils, furieux. Ouvrir les ponts sur le vide réglerait certes le problème du risque d'incendie, mais cela impliquait aussi que tous ceux qui n'avaient pas pris de mesures de protection seraient aspirés dans l'espace. Pakos faisait un choix difficile : sacrifier ceux qui restaient sur ces ponts pour le bien de tous les autres. Une décision que je n'aurais pas voulu avoir à prendre.

« Où sont les dommages les plus graves ? demanda Atkins.

— Les systèmes de régulation vitale sont touchés. »

On est foutus, pensai-je. La régulation vitale était

la zone la mieux blindée du vaisseau. Si on encaissait des coups à ce niveau-là, alors l'oxygène et le chauffage suivraient.

Puis, aussi brutalement qu'elle était partie, la gravité revint. Je tombai lourdement. Kaminski atterrit près de moi en grognant.

Atkins hocha la tête en examinant des données dans le système d'exploitation de l'*Oregon*. Pour la première fois depuis le début de la bataille, il semblait envisager la possibilité que nous soyons vaincus, que nous mourions bel et bien ici.

« Nous perdons du cryogène sur l'un des réservoirs de poupe, déclara-t-il, morose.

— Ce qui veut dire ? demanda Jenkins en se redressant après un nouvel impact.

— Que nous pouvons nous attendre à avoir perdu notre atmosphère d'ici à vingt-cinq minutes.

— On doit pouvoir faire quelque chose ! m'écriai-je en scrutant le visage de mes gars avant de me tourner vers Atkins.

— Les avaries sont externes, expliqua le commandant. À moins que vous n'arriviez à sortir sous un pilonnage pareil, dit-il en montrant la baie d'observation, il n'y a rien à faire. »

Je souris à Jenkins, mais elle se dirigeait déjà d'un pas chancelant vers la porte.

« Continuez à tirer sur cette saloperie, ordonnai-je, et on s'occupe des avaries. Appelez Olsen, dites-lui de mettre les cuves en service. »

CHAPITRE VIII

Une armée de cinq hommes

On prit le chemin le plus court vers l'infirmerie. Le générateur de gravité ne fonctionnait que par intermittence, nous interdisant de progresser tout du long au pas de course. La ruée dans les coursives se transformait en aventure tridimensionnelle. Le pont tanguait et frémissait sans cesse, et on avait l'impression de subir des assauts de toutes parts. L'instant d'avant, on courait sur le pont, le suivant on était obligé de ramper au plafond. Je m'élançais en utilisant des barreaux d'échelles comme poignées et je me propulsais à l'aide des cloisons. L'éclairage clignota, puis on fut brièvement plongés dans le noir. Je dépassai une équipe de maintenance qui arrosait frénétiquement une cabine de ses extincteurs. L'air avait un goût de fumée, mais, paradoxalement, la température chutait vite. La panique planait comme un miasme – à peu près aussi respirable que le vide au-dehors.

L'*Oregon* se mourait, et on était les seuls à pouvoir le sauver.

« Prochain tournant », s'écria Martinez. Il passa devant en repoussant une cloison pour se donner de l'élan.

Les haut-parleurs du bâtiment sifflèrent.

« Ici le commandant. L'officier Olsen me signale que vos cuves sont prêtes. Dépêchez-vous ! »

L'infirmerie ressemblait à une ruche débordante d'activité. Sur les murs, des moniteurs montraient l'attaque qui se poursuivait, mais nous tirions moins souvent et avec moins de réussite.

Les cuves étaient fin prêtes. Les techniciens d'Olsen, motivés par la menace d'une défaillance des systèmes de régulation vitale, réagissaient avec une promptitude admirable.

« Mettez-moi dans cette cuve tout de suite ! » beuglai-je. Je me fichais de savoir qui je froissais ou quelle procédure j'abrégeais.

« Je… je me dépêche ! répondit le technicien qui m'inspectait.

— Laissez tomber – je vais faire ça moi-même, dis-je en le poussant de côté. Aidez Blake. »

Je sortis le pistolet de mon père de son étui contre ma cuisse et l'accrochai près de ma cuve. Un technicien me regarda en fronçant les sourcils et fit mine de vouloir examiner l'arme, mais je l'écartai d'un geste.

« Laissez ça et faites votre boulot. »

Chacun de nous fut branché aux simulateurs. Olsen supervisa la procédure. Câbles dans les prises jack de la colonne vertébrale et des membres, comme sur la passerelle. Masque respiratoire en place.

On me fit descendre dans le fluide amniotique du simulateur. Une cuve opérationnelle était normalement pleine d'amniofluide facilitateur, chaud et fumant ; là, il était encore tiède, mais il montait en température. Le masque fournissait de l'oxygène froid à mes poumons. Mon pouls s'emballa tellement j'aspirais à me connecter. Les simulateurs étaient des instruments délicats, certainement pas faits pour être malmenés en apesanteur ou sous le feu ennemi, mais nous n'avions pas le choix. Nous n'avions pas le temps de respecter le protocole.

Les jacks me faisaient mal aux bras. *Comme un camé qui se pique*. Mais, de façon assez comparable, je savais que cette souffrance était positive. *Ça veut dire que tu es vivant*, me répétai-je. La douleur signifiait aussi que l'euphorie n'était plus très loin, que je connaîtrais bientôt l'ivresse de la transition.

Allez ! Allez ! Ne traîne pas !

Une oreillette me permettait de communiquer avec l'infirmerie et ma section.

« Ouais, putain ! rugit Kaminski dans son masque. Allez, on y va ! »

Jenkins, Blake et Martinez hurlèrent de concert comme une meute de chiens. Certains des techniciens s'écartèrent des simulateurs.

« Les sims sont prêts ? » demandai-je à Olsen.

Hors de la cuve, tout n'était que brume bleue. Olsen se tenait devant moi, un porte-bloc ou une infoplaque en main, et il hocha la tête.

« Oui, capitaine Harris, marmonna-t-il. Après la transition, vous devrez suivre l'itinéraire prévu par le commandant. Des cartes tactiques de l'intérieur et de l'extérieur de l'*Oregon* ont été chargées sur vos combinaisons. »

Olsen recula et désigna l'autre extrémité de l'infirmerie. Là, face à ma cuve, se dressaient cinq dieux de la guerre, cinq statues de chair grise enveloppées dans le top de la technologie militaire alliée. Cinq contenants vides et affamés, les yeux mi-clos derrière leurs visières miroirs. Pendus à des crochets comme des quartiers de viande, fusils à plasma verrouillés magnétiquement à la plaque dorsale de chaque combi. *C'est imminent. Bientôt – c'est pour bientôt.*

Une nouvelle explosion phénoménale retentit dans les profondeurs du vaisseau, et son écho se propagea dans les coursives métalliques désertes. Un éclairage de secours écarlate illuminait l'infirmerie. Un technicien gagna péniblement ma cuve et la referma sur moi.

« Ce secteur du bâtiment a accès à la réserve énergétique de secours, dit Olsen. À moins que l'*Oregon* n'y passe, nous aurons du courant à l'infirmerie jusqu'au bout.

— Ça me rassure, répondis-je. Maintenant, dépêchez-vous et faites-nous sortir. »

Le même technicien effectua une dernière vérification des autres cuves.

« Bonne chance, cria Blake. Rendez-vous de l'autre côté ! »

Chacun de nous reprit ces mots comme une rengaine.

« Établissement de la liaison distante avec les corps simulants, annonça un technicien. Liaison nominale, je répète, liaison nominale.

— Les opérateurs sont-ils prêts à entamer la transition ? » s'enquit Olsen.

Chacun à son tour fit signe de sa cuve : on était prêts. Olsen nous regarda un à un puis leva la main et parla dans son communicateur. « Tous les opérateurs confirment leur état de préparation. Nous sommes parés, je répète, parés. Lancez la transition. »

Ça ne pouvait pas arriver trop tôt.

Cela ressemblait à ma connexion avec l'*Oregon*, mais pas tout à fait. *C'est tellement mieux.*

Je regardai hors de ma cuve Olsen et les infirmiers pressés. Pendant une demi-seconde, deux réalités se superposèrent. J'étais à deux endroits. Deux entités biologiques rivalisaient pour l'emporter, commandées par un esprit unique. Mon rythme cardiaque réel et celui du simulant se synchronisèrent et ralentirent.

La force quitta mes membres : je tentai de les bouger, de lever le bras dans le fluide bleu sirupeux.

Je contrôle tous mes centres moteurs. Je soulève mes deux bras, mais je dois faire attention à ne pas surréagir – ma force est amplifiée par ma combinaison, elle n'a pas de limites.

J'avais quarante ans terrestres.

Je viens de naître.

Tous mes sens étaient aiguisés, hyperalertes. C'était si déstabilisant que ça en devenait presque douloureux.

Mais pas pour moi. Je suis à nouveau vivant.

Je ne suis pas à l'intérieur du simulant. Je *suis* le simulant.

Les crochets qui maintenaient le corps jusque-là inerte cèdent, et je me lève pour la première fois. Ce corps vient de naître, mais je ne ressens ni tremblements ni incertitude.

Mon véritable corps est recroquevillé dans la cuve devant moi. *Faible, humain et faillible.* Si facile à détruire. Il a été remplacé par autre chose, par mieux. Je fléchis bras et jambes, fais rouler ma tête et sens les muscles tendus dans ma nuque. J'inspire profondément. Tout fonctionne pile comme il faut.

J'annonce : « Transition confirmée. »

Mon casque tactique de combat s'active. Des diagnostics système couvrent pour une seconde la surface intérieure de ma visière, où se déversent ensuite les données de combat en temps réel en provenance de l'*Oregon*. Le reste de mon armure se met en ligne.

Je gronde dans le com : « Tout le monde est prêt ?

— Enfin ! hurle Kaminski. Nous sommes une armée de cinq hommes ! »

Les autres se contentent de : « Affirmatif.

— Allons-y. »

Olsen et l'équipe scientifique s'écartent devant nous, et on part en trombe.

Pour atteindre le sas primaire le plus proche, il faut traverser l'infirmerie, dépasser la zone de stockage puis revenir par les communications. Dans nos corps habituels, ç'aurait été un trajet difficile. Là, il nous paraît facile. La gravité continue à fluctuer, mais des verrous magnétiques sont intégrés à la semelle de nos bottes pour y parer. L'air est souillé par la fumée et divers polluants, mais nous avons une réserve atmosphérique interne pour ça.

De temps en temps, nous dépassons des matelots ou d'autres personnels. Malgré la panique et le risque de disparition immédiate, ils s'arrêtent pour nous contempler. Le programme d'opérations simulantes n'est pas secret, mais même dans la Flotte de l'Alliance on a rarement l'occasion d'observer un sim d'aussi près. À en juger par l'expression de leur visage, je doute qu'ils aient envie de renouveler l'expérience.

Devant nous, une poignée de types équipés de respirateurs de secours se battent avec la porte d'une cloison étanche. Deux panneaux métalliques épais de quinze centimètres sont maintenus ouverts par un extincteur. Le moteur de la porte proteste en gémissant. Un voyant d'alarme au plafond baigne le secteur d'une lumière jaune. Les hommes communiquent en criant. À notre approche, la porte se fait encore entendre – ce crissement qui vrille les nerfs, métal contre métal –, et l'extincteur cède dans un sifflement.

« Ôtez-vous du chemin tout de suite ! » J'ai beuglé sur les haut-parleurs externes de ma combinaison de combat. Ma voix résonne, grave, grondante et amplifiée.

Sur mon VTH, ils sont marqués par six icônes rouges et diffusent des signes biologiques : rythme cardiaque accéléré, niveaux de dioxyde de carbone élevés.

Je mène la section, et les techniciens se retournent comme un seul homme en réaction à mon ordre. Leurs visages expriment l'effroi absolu, leur horreur à l'idée que quelqu'un dans l'Alliance ait pu concevoir une arme aussi adaptée à l'art de la guerre. Ces hommes me font l'effet d'insectes – si je voulais, je pourrais m'en débarrasser tout aussi facilement.

Je m'avance au milieu d'eux. Une seule chose compte : atteindre le sas.

Je suis la mort, dit une voix dans ma tête. *Et j'aime ça.*

« B… bien, mon capitaine ! » balbutie un type de l'équipe de maintenance, qui s'éloigne de la porte en titubant.

Je me rue vers la porte et y parviens alors qu'elle va se refermer. J'entreprends d'écarter les deux panneaux à la force des doigts. Le métal gémit encore mais cède. L'extincteur sifflant tombe sur le pont – il projette toujours de la mousse. Je force les panneaux à rentrer dans la cloison, libérant l'accès.

« Le sas est par là. On se dépêche.

— Affirmatif, boss », répond Jenkins sur le canal de com, tout en ricanant comme elle passe en courant devant les techniciens terrifiés.

Je ne me donne pas la peine de la réprimander. C'est ce qu'il y a de pire dans tout ça : en baissant les yeux vers ces hommes, je me délecte de leur réaction.

Je ne suis plus comme eux.

Je vaux mieux.

Chapitre IX

Sortie extravéhiculaire

On arrive enfin au sas principal de l'*Oregon*. J'ouvre un canal de communication avec Olsen, resté à l'infirmerie.

« Ici Harris. On est au sas.

— Bien reçu, dit le scientifique d'une voix piquée de parasites. Le commandant signale un bombardement ininterrompu de la part du vaisseau ennemi. Bonne chance.

— Bien reçu. Harris, terminé. »

Le sas est une chambre blanche stérile dont une extrémité ouvre sur les entrailles de l'*Oregon* et l'autre directement sur l'espace, par une cloison étanche couverte d'avertissements quant aux dangers de l'exposition au vide. C'est notre destination. Un hublot offre une vue de l'obscurité extérieure.

Les armures de combat nous permettent d'opérer dans l'espace lointain aussi bien que sous atmosphère. Des indicateurs s'éclairent dans mon casque : ma combi est activée et étanche.

« Bon, les gars. Équipement étanche et armes prêtes ? Confirmez ! »

Cris d'approbation.

Je m'arc-boute contre la porte du sas en serrant la poignée de déverrouillage manuel. Sans attendre, je tourne la valve. La porte cède facilement, exposant la salle au vide. L'atmosphère s'échappe d'un coup, puis c'est le calme complet.

« Début de l'AEV. »

Un compte à rebours apparaît sur mon VTH : dix-sept minutes avant défaillance des systèmes de régulation vitale.

L'espace s'ouvre devant moi. Je quitte le sas d'un pas lent. Les semelles de mes bottes se magnétisent aussitôt, me collant à la coque. Les autres m'imitent sans tarder.

Le puits de gravité généré par l'*Oregon* ne dépasse pas les ponts intérieurs et, une fois dehors, on ne ressent plus de pesanteur du tout. Mon équilibre se modifie : là où le bas était jusqu'alors dicté par le champ de gravité artificiel, mon seul point de référence est désormais le verrouillage magnétique de mes bottes. Ce brusque changement me vaut un accès de nausée, mais le kit médical de ma combinaison y remédie aussitôt. Le mal de l'espace est une préoccupation mineure ; il ne pose aucun problème aux simulants.

La coque de l'*Oregon* est une vaste et morne plaine. Le métal nu s'étend sur des centaines de mètres dans toutes les directions, ponctué çà et là par un mât de communication ou une arme. Au loin, des feux clignotants piquettent les flancs du vaisseau. Le sas se trouve à peu près au milieu du bâtiment, côté tribord. Sitôt dehors, mon VTH s'illumine d'une carte tactique m'indiquant le chemin le plus court vers le site de l'avarie. Je l'ignore toutefois un instant pour me concentrer sur l'incroyable panorama.

L'*Oregon* se trouve en plein champ d'astéroïdes, et des rocs dérivent près de nous. Au-delà, l'espace ouvre sur l'infini : une tapisserie de têtes d'épingle blanches qui brillent sur fond de soie noire. Chacune de ces lueurs représente une étoile entourée d'une pléthore de planètes occupées par les Krells. On est *dans* le Maelström. Cette constatation me coupe le souffle une seconde, et ma combinaison réagit par l'injection d'un sédatif. Il serait facile de se perdre ici, de se sentir écrasé par l'immensité de l'espace. Cette idée intrusive ne me lâche pas ; ce n'est pas la mienne.

Plus bas, au-delà de la courbe de la coque polie, Hélios m'appelle. Je m'imagine, juste un instant, déverrouiller mes bottes et flotter dans le vide – pour être aspiré par Hélios et sa gravité. La planète en elle-même est repoussante et chaotique. C'est un globe brun poussiéreux, enveloppé d'une couverture nuageuse jaune et de tourbillons orageux menaçants. Ni océans ni grandes étendues d'eau, rien qu'un brun monotone interrompu par de rares chaînes de montagnes. Peut-être a-t-elle une certaine noblesse, mais je ne la vois pas. Ce monde n'a aucune beauté à mes yeux. L'Artefact est visible depuis l'espace, si grand qu'il s'élève au milieu des nuages, comme un doigt rageur pointé vers Dieu.

Mais ce n'est pas le pire.

« Christo », lâche Kaminski sur le communicateur. Martinez ne prend pas la peine de le rabrouer cette fois-ci. « Regardez par là ! »

Il désigne le *Grand Blanc*. Depuis la passerelle, vue à travers l'holo et même la baie d'observation, la nef paraissait très sombre. De près, elle affiche toute une palette de noirs. Sa coque a été réparée un nombre de fois incalculable, et de nouvelles plaques de blindage ont poussé sur les secteurs endommagés. Son flanc visible est tapissé de zébrures et de balafres répugnantes, comme s'il s'agissait d'une énorme bête vivante plutôt que d'un vaisseau spatial. Ce machin a l'air de souffrir, et les cicatrices donnent l'impression que cela dure depuis très longtemps. Même ainsi, il continue à tirer des torrents de bioplasma éclatant sur nous, plongeant ses lances à travers le champ d'astéroïdes. À chaque impact, le bouclier énergétique s'illumine et ma visière se polarise. L'espace proche ressemble à un feu d'artifice de la fête de l'Alliance.

« C'est vraiment impressionnant, *compadre*, remarque Martinez pendant qu'on avance. Il suffit qu'un de ces rayons nous atteigne, et on sera réduits en poussière.

— Je crois que les Krells ont d'autres chats que nous à fouetter, répond Blake. En tout cas, j'espère. »

Ils ont raison tous les deux. Le vaisseau alien ne peut sans doute pas nous détecter à cette distance, mais, si par hasard on était pris entre deux feux, la mort serait inévitable.

« On y va. Formation serrée, dis-je alors qu'on entame véritablement la sortie. Restez groupés.

— Vous avez entendu le chef, lance Jenkins. On continue ! »

La section se déploie sans hésiter, les fusils couvrant toute la zone. En apesanteur, chaque pas est un combat. Si j'allonge trop ma foulée, je peux être propulsé dans le vide, mais il faut aussi faire vite. Nos armures s'adaptent automatiquement à la position des astres, et nos formes deviennent changeantes. Mon VTH me notifie que le camouflage actif est opérationnel. Tous les membres de la section sont identifiés et localisés même si je distingue à peine leur silhouette à l'œil nu.

Un fourmillement anxieux me titille l'esprit, si souterrain qu'aucun médicament ne peut le toucher. Je suis déjà sorti dans l'espace une centaine de fois, mais je n'ai jamais apprécié l'expérience. Les évaluations psy post-transition ont diagnostiqué une forme atténuée d'agoraphobie, considérant que je suis plus à l'aise dans les lieux confinés à cause de mon enfance dans les immeubles encombrés de Détroit-Métro. À mon avis, c'est plus profond que ça. Je n'aime pas être dans l'espace tout simplement parce que la mort peut survenir très vite et sans prévenir. Dans la mesure où mon métier consiste plus ou moins à mourir, c'est révélateur. À la guerre, on peut parfois se reposer sur la chance, mais survivre à un combat dans le vide est aléatoire. Dans l'espace, on est privé de tant d'avantages offerts par nos armures et nos corps de simulants ! La confiance que je ressentais à bord de l'*Oregon*, avant la transition, reflue rapidement. On est aussi vulnérables ici que nos vrais corps le sont dans le vaisseau. Un débris vagabond, un tuyau mal branché, une visière fêlée – tout cela implique la mort dans le vide.

J'ai vu des hommes paniquer en sortie extravéhiculaire dans des conditions moins tendues que celles-ci. L'espèce humaine se domestique, plus habituée à la pénombre des vaisseaux et des stations spatiales qu'au grand air. Ce n'est pas sans rapport avec la sensation d'être exposé et le sentiment de désolation, d'espoir perdu, qui vous submerge.

L'univers s'en tape, murmure une voix à mon oreille. *Rien de ce que tu fais n'a d'importance*.

« Il nous reste exactement seize minutes pour atteindre le site endommagé, dis-je en me secouant. Rien ne doit nous retarder. Réglez le balayage de vos scanners sur une centaine de mètres.

— Vous vous attendez à des problèmes ? demande Jenkins, qui chemine lourdement près de moi.

— Je refuse de prendre le moindre risque. Mais j'espère sincèrement qu'il n'y aura pas de problème.

— Le scanner ne vaut rien, intervient Kaminski. Les débris engendrent des échos fantômes. »

Juste à ce moment-là, quelque chose passe près de nous, et je m'arrête pour le regarder. Un cadavre – un matelot, encore revêtu de son uniforme de la Flotte, raide, congelé, le visage figé en un éternel rictus d'horreur. Les bras sont tendus, les mains crochues pour assurer sa prise. Par contraste avec son affreuse expression, le mort s'éloigne de nous en flottant calmement et s'enfonce dans le champ d'astéroïdes. Je comprends alors qu'une bonne part de ce qui dérive autour de nous provient en fait de l'*Oregon* et va de plaques de blindage endommagées aux cadavres de l'équipage.

« On ne regarde que l'objectif, les gars. » Je leur fais signe d'avancer. « Le site se trouve à trois cents mètres dans cette direction. »

Le trajet paraît interminable, et il est difficile de ne pas se laisser distraire par la bataille qui se livre au-dessus de nos têtes et autour de nous. Je suis aux premières loges. Des rayons d'énergie éblouissants traversent le vide et s'enfoncent dans les deux bâtiments. Le canon électrique principal – énorme, conçu pour raser des villes entières – se dresse à quelques pas de nous. Difficile d'imaginer que cette arme était soumise à ma volonté il y a quelques minutes. En la dépassant, je ressens un léger inconfort au niveau de la prise de ma colonne vertébrale, souvenir de notre association. Le canon est froid et immobile désormais, privé d'opérateur.

Au-dessus de nous, une batterie de lasers mitraille constamment. Le *Grand Blanc* a manifestement épuisé sa réserve de chasseurs, mais il semble ne jamais devoir manquer de munitions. Ses armes organiques libèrent du bioplasma en continu, envoyant dans l'espace des décharges énergétiques multicolores qui laissent derrière elles de splendides sillages arc-en-ciel.

Cela force l'admiration, en un sens. On a là deux espèces très différentes par bien des côtés mais très semblables par d'autres, qui consacrent littéralement toutes leurs forces à s'exterminer. *Des reflets dans un miroir noir*. Plus irrationnel encore, à cet instant précis, je déteste les Krells plus que jamais.

On a adopté une allure légèrement bondissante

– *un pied en l'air, un pied posé* : on s'assure d'avoir toujours au moins une botte aimantée en contact avec la coque à tout instant. Kaminski et Martinez ferment la marche. Ils portent le matériel nécessaire à la réparation, prévu pour un usage dans le vide, et il faut donc les protéger. Kaminski est le plus technophile et il s'occupera de la brèche une fois sur place.

« Objectif à cent mètres, annonce Blake à point nommé.

— Couvrez la zone. »

Devant nous, le paysage métallique est bouleversé par une rupture du blindage – un sillon de plusieurs mètres de large et de profondeur. Du fluide s'en échappe et gèle aussitôt, formant une neige blanc sale, et un fouillis de câbles affleure dessous. Mon VTH m'informe que c'est l'emplacement de la brèche et m'indique même les mesures nécessaires pour la réparer.

« Dispersion large autour du site. »

Ma section s'exécute.

« Douze minutes avant que la régulation vitale ne lâche. »

Au cœur de l'*Oregon*, nos vrais corps attendent. Si le vaisseau est perdu, on l'est aussi. On n'a jamais eu de motivation plus personnelle pour mener à bien notre mission.

« Mets-toi au boulot, Kaminski.

— Affirmatif, mon capitaine, répond-il en posant son attirail. Martinez, donne-moi un coup de main avec cette cochonnerie. »

Tous les deux continuent à décharger le matériel, en aimantant les outils à la coque. Kaminski descend dans la brèche et entreprend d'en sonder les entrailles endommagées.

« Tu crois pouvoir réparer ?

— Il le faut, dit-il. Vous en faites pas. Je n'ai jamais croisé de machine qui me résiste. Quelqu'un peut me passer la bombe de colmateur ? »

Sauf que Kaminski n'est pas ingénieur en vaisseaux spatiaux et qu'il ne l'a jamais été. C'est un opérateur sim avec un grade de spécialiste en électronique, et notre meilleure chance en l'occurrence.

Je m'accroupis et scrute le secteur. Le terrain paraît découvert, mais cela me semble trompeur. Quand on cherche bien, il y a des cachettes partout. Les rainures entre les plaques de blindage dessinent comme des tranchées. Les ombres projetées par les antennes et les tourelles d'artillerie pourraient dissimuler une armée. Chaque astéroïde tournoyant un peu au-delà du bouclier énergétique éblouissant peut abriter une horde krelle. J'inspire profondément et active la visée automatique sur mon fusil M95. Les seuls bruits sont ceux de ma respiration – de courtes inhalations contrôlées, comme on me l'a appris – et le bourdonnement du réservoir d'oxygène sur mon dos.

Kaminski et Martinez travaillent toujours dans la brèche. Un goût acide envahit ma gorge, comme un parfum de plastique brûlé. *Est-ce le goût de l'*Oregon *qui se consume ?* Je me secoue de nouveau : c'est impossible. Je ne peux en aucun cas ressentir de transfert de mon corps naturel pendant que j'occupe le simulant.

Reprends-toi, bordel.

« Dix minutes. Tu as besoin de quelqu'un d'autre pour t'aider, Kaminski ? »

Celui-ci apparaît au bord de la brèche et saisit une nouvelle bombe de colmateur. Il fait non de la tête.

« Presque fini. Accordez-moi encore une minute.

— O.K., et on garde son sang-froid, dis-je pour moi-même.

— Difficile de faire autrement, répond Jenkins. On se gèle ici.

— Bien d'accord avec toi, Jenkins… »

Même dans nos combinaisons, il fait désagréablement froid. Mi-physique, mi-psychologique, c'est une sensation dont on peine à se défaire, née de ce que l'homme déteste évoluer dans l'espace. C'est une réaction naturelle, aussi viscérale que le besoin de respirer. Je me demande si les Krells ressentent la même chose. Blake bouge non loin de moi, balayant une ombre mouvante de la pointe de son fusil. Il est nerveux, il se crispe. Ses biorythmes apparaissent sur mon VTH et je remarque une accélération de son rythme cardiaque.

J'ordonne : « Blake, active ton kit médical. »

J'aperçois son visage juvénile derrière sa visière. Il a l'air inquiet, même dans son sim. Je ne l'ai encore jamais vu comme ça. Puis sa visière se polarise sous l'effet d'un lointain rayon d'énergie qui s'y reflète. Son rythme cardiaque se calme une seconde plus tard.

« Ça va bien, dit-il. J'ai les idées claires.

— Continue comme ça. Neuf minutes !

— Encore une minute, marmonne Kaminski. Martinez, tu peux me passer cette clé ? »

Le fluide a cessé de s'échapper de son conteneur endommagé à l'intérieur du vaisseau ; c'est déjà quelque chose. Kaminski jette une bombe de colmateur vide qui se met à dériver paresseusement.

J'active mon communicateur et tente d'établir une liaison avec l'*Oregon*.

« Infirmerie, ici le capitaine Harris, vous me recevez ?

— Ici Olsen, répond une voix déformée. Les tirs interfèrent avec les communications. Comment se passe la réparation ?

— Pas trop mal. Est-ce qu'on tient le coup ?

— À ma connaissance, oui. Le commandant a les choses en main.

— Ça me convient. » Je me tourne vers Kaminski et change à nouveau de canal de com. « Encore combien de temps, 'Ski ?

— Une minute. »

Sais-tu vraiment ce que tu fais là-dessous ? Je commence à me demander s'il me dit la vérité. Mais il n'y a personne d'autre vers qui se tourner.

Puis je reviens à Olsen : « On a fini dans une minute. Tenez-moi au courant des évolutions.

— Bien reçu. Olsen, terminé. »

Une autre longue et froide minute passe. RESTE HUIT MINUTES, clignote mon VTH. Puis autre chose surgit – une nouvelle alerte.

« Bientôt fini ? » J'ai aboyé à l'intention de Kaminski. « Ma combi me signale qu'une deuxième anomalie est en train d'apparaître dans le système de régulation vitale. Qu'est-ce que tu fous ? »

Kaminski saisit le bord de la plaque endommagée et se hisse sans grâce hors du trou. Il hoche exagérément la tête.

« Presque. Encore une minute. C'est pas ce que j'ai fait de mieux, mais faudra s'en contenter. J'ai juste besoin de réinitialiser l'échangeur thermique externe. » Il déglutit avec inquiétude. « C'est ça, la deuxième anomalie. J'ai redirigé le flux de cryogène par l'échangeur externe et du coup…

— Dis-moi seulement ce que tu veux qu'on fasse.

— C'est un peu plus bas sur la coque, sous une plaque de maintenance externe. Il faut que quelqu'un y descende et ouvre manuellement la soupape de surpression. »

Je soupire. « J'y vais. Les autres, vous couvrez Kaminski. Blake, tu me surveilles sur le chemin.

— Affirmatif, boss. »

Mon VTH s'éclaire, montrant l'emplacement de la soupape – à cinquante mètres en arrière de notre position. Le trajet est douloureusement lent. Je forme une cible facile pour un sniper en embuscade. J'avance en bondissant, et chaque pas est un saut dans l'inconnu. Je regrette tout de suite qu'on soit si mal équipés pour ce genre d'opération. On n'avait pas prévu d'activité extravéhiculaire. Les armures de classe V, les plus récentes, sont munies de propulseurs spéciaux efficaces en espace lointain, mais, dans la mesure où on n'avait pas anticipé cet aspect de la mission, nos combis de classe IV en sont dépourvues.

Une petite forêt de mâts saille de la coque ; elle abrite l'équipement de communication locale et des éléments du système de régulation vitale. Mon VTH me révèle la position de la soupape, dissimulée derrière une plaque métallique boulonnée à la coque.

Sept minutes.

L'étoile primaire d'Hélios dessine un grand croissant d'or derrière l'arc de la planète en contrebas. Au-delà, à peine visible, se trouve l'étoile secondaire, pâle et distante, déjà sur le déclin depuis longtemps. Le mélange de ces deux sources lumineuses produit des ombres étranges et maladroites sur la surface de l'*Oregon*. En conséquence, ce secteur est plongé dans une obscurité presque totale.

« Je suis à la soupape. Je fais ce qu'il faut pour l'actionner. »

Je n'ai pas le temps d'ôter la plaque métallique dans les règles, et je glisse donc mes doigts dessous pour l'arracher. Des boulons et de la poussière s'envolent dans l'espace. Au-dessous se trouve un nid de composants électroniques et de câbles.

La voix de Kaminski retentit sur mon communicateur : « Il faut que vous réinitialisiez la soupape d'admission. Il doit y avoir un bouton. »

Six minutes.

J'examine en hâte la conduite de maintenance. Une étiquette proclame ATTENTION ! SOUPAPE DE SURPRESSION DU LIQUIDE DE REFROIDISSEMENT. NE PAS MANŒUVRER EN CAS D'OBSTRUCTION DE L'ÉCHANGEUR ! Un bouton rouge clignote juste en dessous.

« T'es sûr de ton coup, Kaminski ? Il y a des avertissements sur ce panneau.

— Euh… oui, je crois. J'espère. Ça va marcher. Ça devrait en tout cas.

— J'actionne le bouton tout de suite, dis-je en joignant le geste à la parole. Pour notre bien à tous, j'espère que ça marchera effectivement.

— Bien reçu. »

Je marque une pause près de la plaque de maintenance, à l'affût d'une conséquence immédiate de mon intervention. Mon VTH ne s'est pas mis à jour : l'alerte continue de scintiller. Ça ne présage rien de bon.

« Kaminski, ça a marché ?

— Je crois, oui. Laissez-moi encore une minute pour vérifier.

— Tu n'as que ça à la bouche ! Mon VTH persiste à signaler un problème ! »

Je me retourne vers ma section. Elle est rassemblée autour de Kaminski et de la brèche, fusils pivotant de droite et de gauche. La coque vibre sous mes pieds quand l'*Oregon* subit une nouvelle frappe.

Cinq minutes.

Je pivote pour contempler le vaste paysage désert de la coque et gagne le mât de com le plus proche pour évaluer la zone plongée dans l'ombre. Au même moment, une explosion formidable se produit au-dessus de moi. Le *Grand Blanc* a encaissé un coup sévère sur la proue. Il semble chanceler brièvement et se détourne pour éviter une autre frappe sur le secteur endommagé. Des fragments de coque sont projetés dans l'espace et flambent au contact de notre bouclier énergétique. L'*Oregon* a l'air de bien se battre.

« Tu sais, Jenkins, il se pourrait bien qu'on s'en sorte, dis-je pour moi-même plus que pour elle. C'était un joli tir. Je ne crois pas que la bionef pourrait en encaisser beaucoup plus… »

Je les repère avant le bioscanner de ma combinaison.

Oh, merde.

Une horde de formes primaires krelles.

Dans leur effort pour rester accrochées à la coque de l'*Oregon*, elles sont ancrées à tout ce qui s'y prête. Certaines se sont glissées dans les intervalles entre des plaques de blindage et s'en servent pour se protéger de la bataille en surplomb. Six ou sept sont pendues dans l'ombre du mât de com. Il s'agit de formes krelles spécialisées, élevées pour le combat de vaisseau à vaisseau. Préservées du vide par leurs biocombinaisons, équipées d'énormes casques globuleux et, pour une meilleure prise, de gants crochetés plutôt que de verrouillage magnétique – surblindés, comme des homards. Au sein de la horde, il y a également des formes secondaires – les greffons – développées pour le combat à distance. Un dernier se retient à un tuyau. Beaucoup plus imposant que les autres, il les dirige. Mon VTH identifie son xénotype instantanément et classe ce salopard parmi les menaces de niveau alpha.

Un dominant.

L'équivalent krell d'un officier pour les formes primaires et secondaires massées là. C'est un foutu teigneux à l'armure érodée par l'exposition à l'espace et au dos couvert d'antennes frémissantes.

Le collectif se déplace sur la coque et, pendant une petite seconde, j'ai l'impression qu'ils ne m'ont pas vu. *Ils rampent – ils progressent lentement pour éviter les balayages de bioscanners*.

« Contact », soufflé-je dans mon micro.

Je sais très bien que la moindre communication radio avertira la troupe d'aliens de ma présence. À cette distance – presque sur eux –, leurs capteurs déjà sensibles seront extrêmement réactifs.

Quatre minutes, me signale le VTH. Je désactive l'alerte. *On va s'occuper d'un problème à la fois*.

Les Krells ne me déçoivent pas.

Le collectif relève la tête d'un même mouvement. Le dominant me jauge de ses yeux extraterrestres sous le casque globuleux. Peut-être se demande-t-il ce qu'un humain solitaire fait là dans le noir. Ses antennes se hérissent furieusement.

J'ai besoin de voir combien vous êtes ici. Mieux vaut savoir ce que j'affronte au juste. J'ai déjà perdu l'avantage de la surprise, et il me faut des renseignements fiables.

J'active mon fusil et lance une fusée éclairante. Une puissante lumière rouge inonde le secteur, se reflétant sur les carapaces, et la fusée s'éloigne dans l'espace.

Enfin ma combinaison termine ses calculs et me transmet une brève analyse tactique : il y a au moins une centaine de Krells. Un tableau terrifiant se révèle. Lentement, sûrement, des signaux se multiplient autour de moi.

Je hurle en ouvrant le feu – une salve d'impulsions plasma, cette fois : « Contact à trois heures ! Tir libre ! »

Je me retourne vers ma section, mais les Krells m'ont pris de vitesse. Ils sont soudain partout et se pressent dans notre direction.

« Je vous vois, crie Jenkins. Ils approchent rapidement depuis l'origine indiquée !

— Éliminez toutes les cibles confirmées. »

Trois minutes.

Je désaimante mes bottes et repousse la coque, dos à la section. Libre de toute gravité, je suis propulsé vers l'arrière, m'éloignant de la masse des Krells. Je balance une salve au hasard. Heureusement, le M95 est une arme sans recul et je peux donc faire feu en mouvement même si ma visée est pourrie. Lorsque les impulsions pénètrent leur biocombinaison protectrice, des aliens explosent et partent à la dérive dans l'espace. Mon armure confirme trois victimes.

Je me réceptionne lourdement et mes bottes se verrouillent à nouveau. La violence de l'impact secoue mes jambes, et mon corps tout entier absorbe le choc.

Le dominant fait signe à ses troupes d'avancer. Les créatures progressent sous mes tirs en ignorant les pertes, opiniâtrement. Peu leur importe : tant que l'une d'elles survit, leur mission sera accomplie. Elles partent dans toutes les directions et, maintenant qu'elles font fi de toute discrétion, elles s'engagent dans un assaut frontal.

Est-ce une opération de sabotage ? Ces Krells ont-ils reçu l'ordre d'endommager des technologies vitales du bâtiment ? Ou ont-ils été envoyés à l'abordage dans l'intention de s'infiltrer à bord de l'*Oregon* et de porter le combat sur notre terrain pendant que nous étions encore sur le vaisseau ? En tout cas, ils sont là.

Je jette un œil à l'indicateur de position projeté sur mon VTH. Il montre la section rassemblée autour de Kaminski et arrosant la masse des Krells de salves contrôlées. Encore trente mètres et quelques entre eux et moi. Le compte à rebours agaçant et omniprésent s'impose par-dessus les autres alertes du VTH.

« Reste deux minutes, Kaminski. Je t'en prie, dis-moi que tu as fini. »

Pas de réponse.

« Ils ne veulent vraiment pas qu'on atterrisse sur Hélios, fait remarquer Jenkins en s'accroupissant pour viser la masse de xénos en approche.

— Ça me donne d'autant plus envie d'y descendre, dis-je. Ils ont dû prendre pied sur la coque pendant la bataille contre le *Mort d'Antarès* – ils nous débordent depuis le début. »

Les greffons sont équipés de hurleurs – des armes organiques à canon long capables de tirer des décharges énergétiques à longue portée. L'un d'eux fait feu dans ma direction, envoyant une impulsion multicolore sur mon flanc. Je réponds en mitraillant dans le tas puis je me stabilise, prêt à prendre une meilleure position pour canarder les aliens.

Les mâts de détection proches sont comme des tours miniatures surmontées d'antennes aussi larges que ma nuque. Je décide que ces poteaux amélioreraient ma portée sur le champ de bataille. Le plus haut offre la position la plus avantageuse. Il faut que j'y grimpe.

Je n'ai pas le temps de me préparer correctement pour le saut. Je me contente de bondir en avant.

Putain !

Je m'envole au-dessus des Krells, trop préoccupé par mon atterrissage pour retourner leurs tirs à cet instant. Je me rends compte que j'ai trop d'élan – je vais percuter le mât de plein fouet. Les aliens réagissent aussitôt : des dards jaillissent comme une volée de flèches. *Suis-je touché ?* INTÉGRITÉ DE LA COMBINAISON PRÉSERVÉE, répond l'IA. Je tends le bras pour attraper le pylône et parviens à ne pas lâcher prise. Encore une fois, la réception est physiquement éprouvante. Je rectifie maladroitement ma position tout en canardant le groupe en contrebas. Des dards me dépassent encore, certains finissant dans la coque, d'autres dans le mât.

Je hurle : « Kaminski ! *Dis-moi que tu as fini !* »

Du haut de mon perchoir, je baisse les yeux vers un océan de Krells. Ils sont partout. Quand on en fauche un, deux autres apparaissent. Par frustration plus que par sens tactique, j'active le lance-grenades placé sous le garde-main de mon M95 et tire un projectile incendiaire. Il explose en envoyant une vague de xénos dans le vide et carbonise le blindage de la coque. Je réarme le lanceur d'un mouvement de pompe. J'arrose encore et encore.

Une minute. L'alerte secondaire sur le système de régulation vitale continue de clignoter sur mon VTH – ce que j'ai fait à l'échangeur n'a pas résolu le problème.

La situation tactique vire très vite au chaos.

Des tirs passent près de ma tête. Ma combinaison m'avertit sans cesse d'impacts potentiels. Je retourne encore une fois le feu, en me rabattant derrière le mât pour me protéger un peu. Non pas qu'on soit en sécurité quelque part. Les Krells grouillent autour de la base du pylône, et certains ont entamé une lente et interminable ascension vers moi. Nouvelle grenade, nouvelle poignée de victimes.

« Kaminski ! Des nouvelles, tout de suite ! »

Puis le programme de visée automatique de mon IA plante – trop de cibles pour un fonctionnement effectif.

Mais je n'ai pas encore grillé toutes mes cartouches. En contemplant cet océan de xénoformes, une idée me vient – une proposition irrationnelle, impossible, mais la seule qui ait une chance de réussir. *Décapiter la chaîne de commandement. C'est le seul moyen. Ils sont trop nombreux pour les tuer un par un.*

C'est maintenant ou jamais.

Je bondis au cœur de la horde sans cesser de tirer. Une détermination primitive m'anime. Cette carcasse étrangère, ce simulant conçu pour la guerre fait ce pour quoi on l'a créé. Je sélectionne un point d'impact au milieu de la masse – en visant l'énorme Krell dominant accroupi là. Il fait facilement deux fois ma taille, et il dégouline de biotech.

La violence de ma réception parmi ses troupes envoie valser dans l'espace un bloc d'envahisseurs qui se débattent pour retrouver une prise. Je mitraille sauvagement, en continu, tout ce qui est à ma portée. Impossible de manquer d'aussi près. Là, devant moi, se trouve le dominant. Les Krells serrent les rangs autour de ce lien vital sur le champ de bataille.

Ma combinaison m'avertit des conséquences tactiques d'un duel avec le dominant, surtout en apesanteur. Des données défilent sur mon VTH. Le message est clair : pour survivre, il faut absolument battre en retraite. Cette bête est l'aboutissement même de l'évolution. Une dose de drogues de combat inonde mes veines et calme mon rythme cardiaque.

Le dominant rugit derrière son biocasque et disperse les formes inférieures pour dégager la voie.

Je comprends aussitôt : il me lance un défi.

« Presque fini, presque, presque, presque », intervient soudain Kaminski sur le com, haletant tout en s'affairant.

Il faut que j'occupe le xéno afin de gagner un temps précieux pour lui et les autres.

Je lève mon fusil, tire…

Le dominant s'élance, tête baissée. Il bondit par-dessus ses troupes pour m'atteindre et écrase des formes primaires sur son chemin. Il est sur moi en un clin d'œil et abat une énorme griffe sur mon arme. Le fusil me glisse des mains.

Le xéno me percute comme un bélier, en pleine poitrine. Quelque chose craque dans ma carcasse ou mon armure – pas le temps de vérifier quoi. La puissance de l'impact est immense. Je lance un bras en avant et agrippe mon adversaire pour être sûr de ne pas me faire éjecter dans l'espace. Ainsi unis, on part en spirale entre deux mâts.

Notre lutte manque de méthode – elle fait fi de toute discipline. Mon corps devient une arme.

Je m'écrase sur la coque de l'*Oregon*, toujours cramponné au xéno. Une icône d'alerte s'allume sur mon VTH : verrouillage magnétique activé. Je réussis à rester debout contre toute attente.

Sans bruit, on lutte au corps à corps. La carapace du monstre paraît humide et glissante, même dans ce froid extrême. Dans son casque, il bave, la gueule ouverte.

Le poing fermé, je le martèle sans discontinuer. Son armure cède en de multiples endroits. Insistant toujours – *faut que je me concentre sur un seul point* –, j'arrache un bout de sa carapace et sens un tissu organique charnu dessous…

Le xéno me poignarde sans cesse de ses griffes acérées tout en me tenant dans ses pattes ravisseuses.

Chaque coup me cause une douleur atroce dans la poitrine. Ma combinaison réagit en m'injectant dose sur dose d'antalgiques, mais le simulant a ses limites.

Ce salopard ne peut pas m'entendre, mais je hurle : « Va te faire foutre ! Et tous les autres avec ! »

Une alarme résonne bruyamment dans mon crâne. Mon VTH m'avertit d'une perte atmosphérique imminente. La viabilité de mon armure est en défaut. Je prie pour une nouvelle dose de drogues de combat, un autre shoot d'antalgiques.

Continue !

J'arrache quelque chose de derrière la tête de l'alien. On se bat en silence, mais sa face se déforme de souffrance. Du blindage cède encore ; de la chair me reste dans les mains. J'y enfonce mes doigts en un mouvement tournant.

Le xéno heurte ma visière de la tête et me frappe de plus belle à coups de griffes.

Chaque battement de cœur est un combat. Me trouver si près de l'un d'eux, face à face, m'emplit de révulsion. La puanteur de cette chose est intense – non pas dans mon nez ni dans ma bouche, mais dans ma tête, dans toutes les molécules de mon corps artificiel. Je ne me sens plus l'égal d'un dieu. *Quoi que l'Alliance m'ait donné – cette technologie, ce nouveau corps –, ce n'est pas suffisant.*

Le Krell se dresse au-dessus de moi. Je vois mon reflet blêmir dans ses yeux. Mes lèvres et l'intérieur de ma visière sont tachetés de sang.

Ça se bouscule soudain sur le communicateur. Jenkins, Kaminski, en panique. *« Régulation vitale en ligne ! »*

Mon VTH clignote, montrant un message mis à jour : l'avarie est réparée, à quelques secondes près. Je suis incapable de répondre à ma section, j'arrive à peine à me concentrer sur le VTH. Je grogne et assène un coup de paume sur la carapace du dominant. Les verrous magnétiques de mes bottes lâchent. Le monstre me rattrape et je glisse en arrière.

Nouvel éclair dû à un faisceau d'énergie au-dessus de nous – d'autres gargouilles extraterrestres qui surgissent de l'obscurité et grimpent sur la coque.

Des muscles claquent dans mes bras. Je serre les dents et arrache un fragment de carapace…

Le salopard s'arrête brutalement.

Je le sens se déporter. J'abats mon poing sur sa tête, déchiquetant sa carapace rageusement. Du blindage cède. Je me rends compte qu'il tient sa propre épaule pour contenir une déchirure dans sa bioarmure. Une fine brume blanche s'échappe de la perforation, se cristallisant comme il commence à s'éloigner de moi en dérivant. Sa gueule s'ouvre sans bruit derrière le casque brisé sur un hurlement que personne n'entendra jamais. Le xéno se débat en vain et flotte loin du vaisseau. Il se met à tournoyer tout en perdant de plus en plus de liquide. Sa combinaison doit avoir subi une défaillance.

Je n'ai pas le temps de m'appesantir sur ma victoire. Je maîtrise ma respiration et scrute rapidement le secteur autour de moi. Privés de commandant, les Krells resteront brièvement sonnés et battront sans doute en retraite. Je sors de son étui mon pistolet à plasma PPG-13, prêt à continuer le combat.

Ils lèvent tous les yeux vers l'espace, derrière moi.

Attends. Il y a un truc qui cloche, là.

Ils comprennent ce qui va suivre. L'*Oregon* est condamné.

« Mon capitaine, on couvre votre retraite, insiste Jenkins sur le com. Revenez vers notre position ! »

J'ignore sa requête et lève la tête pour voir ce sur quoi les Krells se concentrent. Je déglutis.

« Pas la peine, Jenkins. Attends de nouveaux ordres. »

Mon oreillette se met à siffler par effet Larsen ; je ne suis même pas certain que Jenkins m'entende. Peut-être mon équipement de communication a-t-il été endommagé pendant le combat.

Hélios Prime commence à sortir de derrière la planète, envoyant un croissant de lumière blanche éblouissante à travers l'espace proche. *Quelque chose* avance au-delà de l'arc d'Hélios et franchit le terminateur. Rien qu'une silhouette, mais on ne peut pas la manquer tant elle est parfaitement illuminée par l'arrière.

Un troisième vaisseau de guerre krell.

Le *Grand Blanc* n'a fait que gagner du temps et nous occuper en vue de l'arrivée du véritable danger.

La nef imposante se trouve encore à bonne distance de notre position, mais elle avance vite. Même d'ici, elle rayonne d'hostilité. Et elle n'est pas seule : des chasseurs se déversent de ses flancs comme une nuée de sauterelles, et elle est escortée par une armada de bâtiments d'assaut plus petits. À l'image d'un banc de prédateurs furieux, le groupe avance dans le noir de l'espace.

Ce doit être une catégorie dix.

Je braille : « Jenkins ! Retournez au sas, repliez-vous tout de suite à l'intérieur du vaisseau, bordel ! »

Pas de réponse sur le canal de la section. Je baisse les yeux sur mon ordi-bracelet : en mille morceaux.

Personne ne m'entend. C'est foutu.

Je me sens impuissant.

On a fait tout ça pour rien – repousser nos assaillants, réparer l'*Oregon*, se battre contre les Krells. Les renseignements de la Flotte étaient complètement faux. Je sais à cet instant que nous avons été idiots de croire qu'on pourrait réussir. Le piège était précis et implacable. On est dans l'espace krell et ils ont l'avantage du nombre. Le collectif a gagné.

Ma position sur la coque me paraît soudain bien solitaire. Je reste là à regarder la flotte ennemie en approche. C'est le calme avant la tempête.

Je passe en revue les choix qui se présentent à moi : je suis cerné, et ma combinaison donne des signes de faiblesse. Je tente d'ouvrir un canal de com avec l'infirmerie, en vain. Ma capacité de communication est anéantie. Je suis isolé de ma section.

Même sans ce nouvel adversaire, il ne me reste sans doute qu'une grosse minute de temps opérationnel dans mon simulant. Je ne regagnerai jamais le sas. Dans tous les cas, si j'arrive à retourner à l'intérieur du vaisseau, j'aurai besoin d'aller à l'infirmerie pour procéder à une extraction dans les règles. Aucune chance.

Un seul choix s'impose logiquement, et il est inutile de le repousser davantage.

Après tout, le suicide, chez moi, c'est de famille.

La pointe de l'attaque krelle est déjà prête à frapper.

Un groupe de chasseurs heurte le bouclier énergétique, y ouvrant une brèche et mitraillant l'*Oregon* de bioplasma. Plusieurs vaisseaux plus gros chargeront d'ici quelques secondes. Les moteurs organiques de la nef tournent à plein.

« Mon capitaine, je ne vous reçois pas, fait Jenkins. Les Krells se sont repliés… »

J'ignore si mes gars peuvent voir les nouveaux attaquants depuis leur position, à cause de la courbure de la coque de l'*Oregon*. Mais il y a plus important que de les prévenir : il faut alerter le vaisseau.

Tant qu'à mourir, autant le faire bien.

Je jette mon pistolet et me collette avec mon casque, tâtant du bout des doigts les mécanismes de verrouillage externes. Sans m'arrêter – pas même pour me préparer à la douleur qui m'attend –, je fais sauter les sécurités de chaque côté du casque. Ma combinaison déverse un flot d'avertissements sur mon VTH, et le carillon perçant d'une alarme résonne dans mes oreilles, jusqu'à ce qu'il se taise à son tour…

Pas le temps.

J'arrache mon casque et le balance au loin ; je le regarde s'éloigner en tournoyant à travers mes yeux qui bouillent déjà. Puis je coupe mon ancrage magnétique et me jette au milieu des Krells.

L'exposition au vide ne fait pas exploser le corps humain, c'est un mythe. On en a juste l'impression.

Un froid intense m'emplit. Je sais ce qui suivra : dépressurisation instantanée. Je hurle, mais sans bruit. Mes cordes vocales sont déjà détruites. Mes poumons perforés. La douleur dans mes oreilles et mes yeux est indicible – tant de pression accumulée en si peu de temps. Même un simulant ne peut pas y survivre.

Mais je ne veux pas survivre.

Je veux m'extraire.

Mort numéro deux cent dix-neuf : par le vide.

L'obscurité ne dura pas.

Pour la petite histoire, la division scientifique était partagée quant à la vitesse d'extraction : instantanée ou supraluminique ? Pour moi, ça n'irait de toute façon pas assez vite.

Dès que le simulant mourait, la liaison neurale était coupée.

La seconde d'avant, je hurlais sans bruit dans le vide.

La suivante, je hurlais bien fort dans la cuve de simulation.

C'était le même processus de transfert en sens inverse. Sauf que cette fois je revenais dans un corps humain faible et vulnérable. Toute la douleur que mon simulant avait ressentie dans la mort fut déversée dans ma véritable carcasse.

La douleur est une bonne chose, insistai-je pour moi-même. *Elle signifie que je suis vivant.*

Il y eut cette même impression déstabilisante de deux réalités superposées, ce même sentiment nauséeux d'irréalité.

J'étais entre deux mondes. Le froid de l'espace dans ma tête et mes poumons ; la sonnerie des alarmes et les hurlements de l'équipage paniqué dans mes oreilles.

« Ses biorythmes sont plats !

— *Extraction d'urgence du chef de section !*

— Boss, contactez-nous. On subit de nouveau des tirs ennemis nourris. Les Krells prennent notre position d'assaut. Qu'est-ce qui se passe ?

— *Ici le commandant du VAU* Oregon. *À tout l'équipage – paré à abandonner le vaisseau. Procédure d'évacuation d'urgence lancée.* »

Chapitre X

Évacuation

Le rêve prit fin.
La réalité commença.

PROTOCOLE D'EXTRACTION ENTAMÉ…
CAPITAINE CONRAD HARRIS : DÉCÉDÉ.

J'étais de retour à bord de l'*Oregon*.

Je battais des bras et des jambes dans la cuve. Une douleur sans égale me vrillait le crâne et, pendant quelques précieuses secondes, je l'encaissai. La cuve commençait à se vider, mais bien trop lentement pour moi. *On n'a pas le temps*. Je frappai de la paume le bouton de vidange d'urgence à l'intérieur du simulateur, et la porte s'ouvrit brusquement. Comme la poche des eaux se rompt, le fluide bleuté se déversa dans l'infirmerie. Les mains encore douloureuses de mon exposition simulée au froid de l'espace, je me débattis avec les câbles qui me reliaient au simulateur et me débranchai.

« Qu'est-ce qui se passe ? s'écria Olsen. Où est le reste de votre section ? Bon sang, mais qu'y a-t-il ? »

Le pont de l'*Oregon* trembla violemment, et je sortis de la cuve en trébuchant. Je me mouvais comme si j'avais perdu l'habitude de mon propre corps – jambes trop faibles, enveloppe trop étriquée. Des techniciens affolés vinrent m'aider, mais je les repoussai. Je m'emparai d'un treillis et me précipitai vers le communicateur mural – le moyen le plus rapide et le plus direct de contacter Atkins sur la passerelle. Olsen et son équipe me harcelaient encore de questions lorsqu'une nouvelle explosion retentit.

« Atkins ! » hurlai-je dans le com. Il s'agissait d'une liaison de secours, audio uniquement. « Ici Harris. Je me suis extrait, mais ma section se trouve toujours dehors. Un troisième vaisseau approche depuis la ceinture d'astéroïdes.

— Nous l'avons détecté, répondit le commandant, la voix résignée. Nous subissons un feu nourri. » Il resta muet une seconde et je l'imaginai en train d'évaluer les flux holo et les dommages déjà causés à son bâtiment. « Ça n'a plus guère d'importance, mais vous avez réussi à réparer la fuite du liquide de refroidissement. En revanche, le bouclier énergétique ne supportera pas un traitement pareil. On est condamnés, Harris. L'*Oregon* est foutu. »

J'inspirai profondément et hochai la tête. « Compris.

— Sortez votre équipe de là. L'infirmerie va se détacher du vaisseau – prenez-la pour vous échapper et descendez sur Hélios.

— Et vous ? »

Atkins eut un rire sans humour. « Je ne bouge pas, je sombre avec mon bâtiment. J'ai ordonné l'évacuation, c'est chacun pour soi.

— Très bien.

— Concernant votre promesse quand on était au Cap, ajouta-t-il gravement, je veux que vous sachiez qu'à mes yeux vous l'avez tenue. Vous n'auriez rien pu faire de plus. Bonne chasse, capitaine Harris.

— Bon voyage, Atkins. »

Je coupai la liaison, conscient que le commandant avait signé son propre arrêt de mort. Je m'étais trompé sur son compte. J'abattis mon poing sur le terminal. C'était un type bien, en fin de compte. Combien de ses hommes – tous honorables et dévoués – allaient-ils périr au nom de cette satanée mission ?

Agis maintenant ou c'est fini pour de bon. La question n'était soudain plus de savoir si l'équipage de l'*Oregon* allait succomber mais plutôt si je voulais connaître le même sort. Je me tournai vers les cuves de simulation – toujours occupées par mes gars. J'avais un devoir envers eux.

« On s'en va », déclarai-je.

Je tapai du poing sur le gros bouton rouge marqué ÉVACUATION D'URGENCE. Du métal hurla quelque part et une explosion s'ensuivit. Mes dents claquaient dans ma tête et le goût ferreux du sang se répandit dans ma bouche.

Pas du sang de simulant : le mien.

« Accrochez-vous, Olsen ! criai-je par-dessus le vacarme ambiant. L'*Oregon* est perdu. »

Olsen avait compris : il s'était maladroitement glissé dans un harnais de sécurité et hurlait à ses techniciens d'en faire autant. Tout tremblait devant mes yeux, mais je vis que les autres simulateurs étaient toujours en fonction. Des écrans au-dessus de chacun affichaient les signes vitaux de son occupant. Les cuves ne seraient bientôt plus alimentées, et la liaison entre les simulants et leurs opérateurs serait rompue.

« Paré à l'évacuation d'urgence », annonça l'ordinateur du bord d'une voix féminine très calme. La machine n'avait pas le droit de paraître si détendue. « L'infirmerie va se détacher du bâtiment principal. Tout le personnel doit prendre les mesures de sécurité nécessaires. »

La procédure alla très vite, automatisée par les vestiges de l'IA embarquée. La structure de l'*Oregon* s'ouvrit. Le corps du vaisseau était modulaire, de sorte que les secteurs importants pouvaient se détacher en cas d'urgence. C'était manifestement le cas. Des détonations métalliques sourdes retentirent non loin. Des boulons explosifs responsables de l'intégrité du bâtiment s'activèrent, séparant les modules principaux.

Puis il y eut une accélération soudaine tandis que l'infirmerie était éjectée – des propulseurs embarqués nous éloignèrent du vaisseau disloqué, nous mettant à distance sûre. Je titubai jusqu'à un harnais de sécurité accroché à la cloison en me retenant à tout ce qui me tombait sous la main pour ne pas valdinguer. Du matériel médical fut projeté en travers de la salle ; du verre se brisa contre les parois. Un infirmier alla percuter une des cuves. Du sang arrosa les murs blancs. Tout ce qui n'était pas arrimé se retrouva en chute libre. Les pupitres fumaient, brûlaient, jetaient des étincelles. J'avais l'impression que mon univers se délitait. La pression atmosphérique se normalisa et je le sentis douloureusement dans mes oreilles. Je supportai ce simili-séisme en grinçant des dents. Par-dessus tout le reste, les sirènes hurlaient en continu.

« Christo ! Aidez-moi… quelqu'un ! beugla un infirmier.

— Harnachez-vous ! » répondis-je dans un cri.

Je me tournai vers le hublot qui donnait sur l'espace. Le *Grand Blanc* et la nouvelle nef concentraient leur feu sur l'*Oregon* : ils croisaient leurs rayons plasma et crachaient toujours plus de chasseurs. Atkins avait raison : son vaisseau était foutu. Le bouclier énergétique s'illumina une dernière fois, puis son chatoiement huileux disparut. Il avait cédé.

Un objet lourd heurta ma jambe et une douleur vive – une douleur réelle – fleurit dans ma cuisse droite. Du sang jaillit de la plaie, formant un nuage de gouttelettes en apesanteur. Maintenant qu'elle était séparée de l'*Oregon*, l'infirmerie n'avait plus de gravité interne.

« Déconnexion de l'ombilical avec l'*Oregon* », reprit la voix artificielle, dont la hauteur avait changé et qui tremblotait comme si l'ordinateur principal avait un problème. Enfin la machine ressentait la douleur comme nous autres.

Quelque chose percuta le module, et les techniciens autour de moi poussèrent des cris terrifiés. Notre véhicule obliqua soudain, m'offrant une vue partielle sur l'espace au-delà d'Hélios. Peut-être ce qui restait de l'IA de navigation avait-il décidé que ce vecteur d'approche était trop dangereux.

Je regardai en direction de l'*Oregon*. Des rayons plasma et laser s'enfonçaient dans sa carcasse ravagée – en l'absence de bouclier énergétique, chaque impact provoquait une explosion. Je vis d'autres segments se séparer du vaisseau, mais le feu ennemi balayait si large que je ne me faisais aucune illusion : il n'y aurait pas de survivants. Des capsules d'évacuation nous dépassèrent, exposant leur contenu au vide. Je vis certaines se faire poursuivre par des chasseurs et produire de brèves explosions une fois éventrées.

Si l'un de ces appareils choisissait de se lancer à nos trousses, nous serions tout aussi exposés. L'infirmerie tombait sans style ni objectif – elle culbutait vers la surface d'Hélios. Ce n'était pas un vaisseau à part entière – elle s'était tout bonnement détachée avant de commencer à accélérer vers la planète. On avait sans doute de la chance, mais ce n'était pas l'impression que j'avais sur mon siège.

Tandis qu'on pivotait encore et que l'*Oregon* allait disparaître du hublot, je repérai mes gars – toujours accrochés à la coque, cernés par les Krells. Le vaisseau de la Flotte, plus si fier, avait été dévié de son orbite. Lui aussi était attiré vers Hélios, et il percutait des astéroïdes pendant sa descente incontrôlée vers la planète.

Je hurlai à m'en casser la voix. J'étais fou furieux, contre le monde, l'univers et tous les dieux qui tendraient l'oreille.

On a perdu.

L'*Oregon* effleura l'atmosphère d'Hélios. Son dos se brisa. Une explosion phénoménale fleurit au niveau de la passerelle, emplissant le hublot d'une lumière aveuglante. Puis le vaisseau s'affaissa sur lui-même et se disloqua. Plusieurs segments y allèrent de leur propre détonation. Les chasseurs krells ne faisaient pas de quartier, et ils continuèrent à tirer sur ce qui restait du bâtiment, sans se lasser.

J'avais déjà participé à des actions de la Flotte, mais jamais à rien de tel. C'était un massacre pur et simple. Si les soldats de l'armée n'avaient pas l'expérience de ces batailles, c'était pour une bonne raison : personne n'y survivait.

À l'intérieur de leurs cuves, Kaminski, Jenkins, Martinez et Blake commencèrent à s'agiter, les yeux grands ouverts, les paumes pressées contre leur coquille de verre. Dans leur véritable corps, ils étaient aussi affolés que les autres.

Je tentai de lever la main, de leur faire signe que nous étions en pleine évacuation – de leur dire quelque chose, n'importe quoi –, mais l'infirmerie pivota encore et je dus me renfoncer dans mon harnais. Nous descendions à une vitesse qui retournait l'estomac. Le haut et le bas n'avaient plus de sens. Mon corps ressentait douloureusement l'immense force gravitationnelle. Je voulais plus que tout assurer à mes gars qu'on allait s'en tirer, qu'on allait survivre…

Réfléchir devint une entreprise terriblement difficile, hors de portée. On n'avait pas le temps de redouter la mort. On était à la merci du hasard, rideau. Il n'y avait pas de plan divin écrit à l'avance en vue de notre survie.

Et, de toute façon, une mort de plus ou de moins… J'en avais vécu assez. La situation paraissait irréelle, impossible. Je n'allais quand même pas crever ici, au-dessus d'une boule poussiéreuse paumée aux marges de l'Empire krell…

Puis la vue changea. Hélios apparut en spirale, si énorme qu'elle emplissait tout le hublot. Elle approchait rapidement, et sa couverture nuageuse venait à notre rencontre. On entrait dans l'atmosphère, attirés par sa gravité, et on dégringolait façon comète dans le ciel.

L'espace d'un instant, tout fut immobile.

Rien n'avait d'importance.

À la surface de la planète, les nuages orageux tourbillonnaient autour d'un point unique : l'Artefact. Si noir qu'il absorbait la lumière environnante. Un ancrage parfait pour cette folie.

J'entendis son signal sombre et malveillant percer le linceul de bruit blanc qui enveloppait l'infirmerie.

Tu te fais des idées, m'assurai-je. *Impossible que tu l'entendes d'ici*.

Puis l'instant passa, et je n'entendis plus de nouveau que les cris des mourants et les perturbations atmosphériques hurlant contre la coque.

« Avertissement d'urgence. Paré à l'impact, chuinta l'IA. À tout le personnel : paré à l'impact. »

Je fermai les yeux. Tout près de moi, quelqu'un vomit – puis vint le bruit de quelque chose qu'on écrase, et on n'entendit soudain plus le malade.

Fondu au noir.

CHAPITRE XI

Pas éternellement

Il y a huit ans.

On était ensemble depuis deux ans, Elena et moi, tout en travaillant sur le programme SimOps. Je fus finalement transféré du centre de recherche Jefferson vers Azur – Tau du Centaure IV, d'après sa désignation astronomique. Sur Azur se trouvait Fort Rockwell, une installation de l'armée alliée qui était aussi la plus grosse base militaire extrasolaire. Elle devait accueillir le programme SimOps.

Elena avait réclamé son transfert sans relâche pour m'y suivre, et sa demande avait fini par être acceptée. Elle était sur Azur depuis une semaine, mais en quarantaine dans la zone d'arrivée pendant tout ce temps, pour s'acclimater à la pression atmosphérique moindre et à la gravité.

Je la retrouvai le jour de sa sortie.

La zone d'arrivée ressemblait un peu à un terminal de spatioport : un bâtiment stérile hideux de six étages, doté de petits box pour héberger les immigrants. J'attendis à l'intérieur, devant le service de traitement des citoyens post-quarantaine, des locaux tout aussi fades et blêmes que le reste du bâtiment – les seules touches de couleur provenaient du drapeau des Mondes arabes libres tendu sur un mur et de l'insigne de l'Alliance qui lui faisait face. D'autres soldats de toutes armes tournaient en rond dans la salle – sans doute attendaient-ils l'arrivée d'un proche.

Ceux-là défilaient. Autour de moi, des gens en serraient d'autres dans leurs bras. Un secrétaire militaire annonçait les noms à mesure que les cas étaient traités. J'attendais impatiemment que vienne mon tour. Je me sentais gauche. Ça ne me ressemblait pas.

« Marceau, Elena, déclara finalement le secrétaire. Citoyenne française de l'Alliance, permission de séjour sans limite de durée. »

Elle franchit les portes en verre.

Je marquai une brève pause, submergé par l'émotion. J'avais du mal à mesurer ma joie de la revoir.

Puis Elena se mit à courir et se jeta à mon cou. Pas un mot ne fut échangé – rien qu'une étreinte. J'enfouis mon visage dans ses cheveux. J'accueillis la chaleur de son corps, son odeur. Cela faisait trois longs mois qu'on ne s'était pas vus.

« Tu as faim ? »

Elle hocha la tête : « Très.

— Il y a un réfectoire sur la base. On pourrait y aller tout de suite…

— Cet endroit n'a aucune personnalité, répondit-elle en haussant les épaules. C'est désagréable. Est-ce qu'on pourrait sortir de la base un moment ? »

Je me fichais de savoir où on mangeait ni ce qu'on faisait. Elena était là. Ça me suffisait.

« Je sais où aller. »

On quitta le terminal en traversant des postes de contrôle militaires pour sortir du périmètre. Il fallait franchir la sécurité de Rockwell – des plantons énervés en gilet pare-balles et casque tactique, rougeauds dans la chaleur continuelle.

« Vos passes, monsieur, madame, dit le garde à notre approche. Biométriques ou papier, ça n'a pas d'importance. »

Il scanna le matricule sur mon poignet et hocha la tête pour lui-même.

« Qu'est-ce que je donnerais pas pour une combinaison de combat et un peu d'air conditionné, hein ! » commenta-t-il en lisant l'écran de son scanner. Manifestement, cette remarque ne nous était pas destinée, et c'était un sujet de conversation récurrent dans les équipes de sécurité.

« Je te le fais pas dire », marmonna son collègue.

Le premier planton nous fit signe de passer. « Interactions autorisées à l'extérieur de la base. Des interprètes sont disponibles au kiosque. Veillez seulement à être de retour avant vingt-deux heures, et faites gaffe aux rats. Ils mordent.

— Bien compris. »

Elena observait cet échange, déconcertée, mais je la pressai pour franchir le contrôle. Des drones de surveillance nous survolèrent pour se rassembler à hauteur d'un groupe d'enfants de l'autre côté de la barrière – les rats dont le garde avait parlé, c'étaient eux.

On se fraya un chemin dans les rues animées du centre-ville d'Azur City, à travers les quartiers civils. La petite main d'Elena tenait fermement la mienne tandis qu'on avançait au milieu de la foule. Je marchais moins vite pour ne pas la fatiguer. Les secteurs commerçants étaient bondés.

Des vendeurs nous harcelaient à chaque coin de rue. Je les écartais avec assurance, mais Elena n'était pas aussi résolue. Elle s'arrêtait pour regarder un bibelot criard ou écouter le boniment d'un vieux marchand.

« Ils voient bien que tu sors tout juste de quarantaine. Tu es une cible facile. Combien de temps dois-tu garder cette combinaison ? »

Elle portait une tenue noire qui moulait sa fine silhouette, équipée d'un châssis hydraulique au niveau des bras et des jambes. Elle marchait d'un pas mal assuré, pas tout à fait naturel. Les attelles-étriers lui permettaient de s'adapter à la gravité locale.

« Ce vieux machin ? » dit Elena en levant le bras. Elle soupira et secoua la tête. « Pas franchement à la pointe de la mode, hein ? Les infirmiers m'ont conseillé de le garder deux semaines. Mais on verra.

— Tu veux dire qu'ils te l'ont *prescrit* pour deux semaines. »

Elle se mit à rire et haussa les épaules. « Comme je disais, on verra.

— Préviens-moi si tu as besoin de faire une pause, proposai-je en serrant tendrement sa main.

— Je ne serais pas contre l'idée de m'asseoir un petit moment, répondit-elle en rougissant. La chaleur est un peu oppressante. »

Je l'avais suffisamment pratiquée pour savoir que,

si elle reconnaissait un léger inconfort, cela signifiait sans doute qu'elle n'était pas bien du tout. Elle était dure au mal – plus que moi – et n'aimait pas admettre avoir besoin d'aide ou de repos.

« On y sera bientôt. Il faut qu'on se mette à l'abri du soleil de midi, il est éprouvant. Tu apprendras à éviter le boulevard quand il est au plus haut. Ici, ce n'est pas la Terre. La chaleur d'Azur peut te mettre K.O. si tu ne fais pas attention. »

Elena leva les yeux vers le ciel. Il était d'un bleu lumineux, sans nuages à l'horizon. Un gros soleil orange brillait là-haut.

Le café ne portait pas de nom – très peu de commerces en avaient dans ce quartier – mais j'y avais déjà mangé et je savais qu'il était bon. Des tables et des chaises étaient disposées à l'extérieur d'un bâtiment de grès. On y prit place. Je choisis un emplacement à l'ombre d'un store en tissu déchiré et passé à force d'exposition constante au soleil. L'endroit était calme, occupé par des militaires de toutes armes et deux familles locales.

J'appelai un serveur et commandai pour nous deux. Il disparut dans la pénombre du café.

« Cette planète est étonnante, fit Elena. Ce n'est pas du tout ce à quoi je m'attendais.

— Comment ça ?

— Je pensais que ce serait plus stérile. Je n'imaginais pas que ça ressemblerait tant à la Terre. »

J'oubliais parfois qu'elle n'avait pas voyagé comme moi. Elle cultivait une certaine naïveté, une candeur qui me fascinaient.

« Ça ne ressemble pas à la Terre que je connais, répondis-je en secouant la tête. Mais je vois ce que tu veux dire. »

Le boulevard était bordé de bâtiments primitifs en briques de grès et plâtre produits localement. De l'autre côté de la rue – rien de plus qu'une piste de terre battue usée par les pneus des véhicules lourds –, des hommes à la peau sombre paressaient sous des portes ombragées. Certains se balançaient sur des cadres de chaises métalliques rouillés. D'antiques télévisions 2D beuglaient à l'intérieur de maisons sans vitres, à un volume tel que le son se muait en un grésillement furieux. Des mères pourchassaient des enfants errants en les disputant bruyamment dans leur langue maternelle.

« Les premiers colons étaient arabes », expliquai-je. Je ne m'intéressais pas vraiment à l'histoire de la planète, mais j'en avais recueilli des bribes depuis mon affectation. « Les Mondes libres l'ont revendiquée avant de rejoindre l'Alliance, pendant la deuxième course à l'espace. Puis la guerre contre le Directoire a commencé, et la question de sa tutelle a perdu son importance.

— Qui croirait trouver une telle puissance militaire dans un si beau décor ? dit Elena en admirant les vieux bâtiments autour de nous. On a dilapidé la Terre, mais le cosmos recèle encore des surprises. »

Elle sourit. Ses dents blanches, parfaites, brillaient au soleil. Mon regard s'attarda sur son visage ovale et chaleureux.

Le serveur se faufila jusqu'à notre table avec deux bouteilles de bière et deux assiettes d'un ersatz de riz épicé. Il s'inclina puis disparut à l'intérieur.

Elena se jeta sur son plat, enfournant de grandes bouchées. J'en fis autant. C'était chaud et copieux – du riz brun mélangé avec de vraies épices et une simili-viande d'un genre ou d'un autre.

« J'ai lu qu'Azur était soumise à un système de rationnement, reprit mon invitée. Aurai-je besoin d'une puce ?

— Les militaires ne sont pas concernés. C'est l'un des avantages d'appartenir à l'armée de l'Alliance.

— Bien. » Elle tapota une bouteille du doigt et haussa le sourcil, étonnée. « Mais… une bière ? Elle est alcoolisée ?

— Très peu. Pourquoi ? Tu veux que je te commande autre chose ? »

Je sifflai une gorgée. La bouteille était tiède et on l'avait réétiquetée. Sans doute pour lui substituer une marque moins chère, peut-être produite localement. La population indigène – les indiges – ne buvait pas, certes, mais la machine militaire sur Azur permettait au commerce de l'alcool de prospérer.

Elena allait dire quelque chose, mais une escadre de Libellules passa en hurlant au même moment. Six appareils en formation. Capsules d'artillerie arrimées, missiles accrochés sous chaque aile. À l'image des insectes dont ils portaient le nom – rapides et dangereux. Leurs moteurs étaient bruyants et ils volaient bas au-dessus de la ville, laissant des sillages blancs dans le ciel. Elena tressaillit involontairement à leur passage.

« Ce n'est rien, lui assurai-je. Juste des exercices. Il y en a tous les jours, plusieurs par jour quelquefois. Tu t'y feras. »

Je m'étais déjà habitué au trafic aérien constant.

Il n'y avait pas de combats sur Azur, mais des manœuvres régulières.

« Si le programme SimOps décolle, il se pourrait qu'on n'ait plus besoin de cette puissance martiale.

— Il va décoller. J'en suis certain. J'ai vu des choses incroyables. Les trucs dont je suis capable dans ces corps simulants ! » Je secouai la tête. C'était vrai : les premières fois qu'on s'incarnait dans un simulant, on avait l'impression de renaître. Quelles prouesses invraisemblables ! Agilité, force, endurance.

« Le programme va tout changer. La prochaine génération estimera peut-être ne plus avoir besoin de fantassins classiques, reprit-elle. Mourir à la guerre pourrait devenir dépassé.

— Espérons.

— On participe à quelque chose d'important, Conrad. Quelque chose de gros. » Elle arrêta de manger et jeta un regard à la rue poussiéreuse. Elle souriait toute seule. « On est des pionniers. Si le programme se développe… qui peut dire jusqu'où il ira ?

— Je ne suis qu'un soldat. Je fais ce qu'on me dit, je vais où on m'envoie. »

Elle me poussa gentiment le bras. « Tu es plus que ça. Et ta promotion ? Le Commandement t'a-t-il approuvé pour le statut d'officier ? »

Je mâchonnai une bouchée de riz et la fis descendre avec une autre gorgée de bière chaude. « Je ne sais pas trop. Ça impliquerait de commander ma propre équipe.

— Tu en es largement capable. Je le sais bien.

— Peut-être. Mais ne parlons pas boutique. Tu es là et on est ensemble. C'est suffisant pour moi. »

Un troupeau de jeunes enfants passa en courant. Pieds nus, teint mat, ils portaient des shorts en jean effilochés trop grands pour eux et des t-shirts au logo de grosses compagnies américaines. Ils envoyèrent une balle en direction du café, et je la renvoyai vers la rue.

« Que dirais-tu de contribuer à la prochaine génération ? demandai-je en désignant les mômes.

— Que peux-tu bien vouloir dire ? » fit Elena, taquine. Sa bouche semblait rétrécir quand elle me regardait comme ça – un regard qu'elle n'adressait qu'à moi. « Tu n'as pas encore fait de moi une honnête femme.

— Alors tu veux un contrat de mariage, c'est ça ?

— Peut-être. Ou peut-être que je veux que *toi*, tu en aies envie.

— Mais si je te demande en mariage, comment être sûr que tu diras oui ?

— Tu verras bien. Il faut garder un peu de mystère !

— La dernière fois qu'on en a parlé, tu trouvais que c'était trop tôt. Et, si je me souviens bien, on en a *beaucoup* parlé.

— Les fois précédentes, on était au centre de recherche Jefferson. Maintenant, tu poses la question sur Azur. Ça fait une énorme différence. » Elle haussa ses petites épaules, comme si son explication était parfaitement logique et que j'étais un imbécile de ne pas comprendre.

« Je ne me rappelle pas te l'avoir posée – du moins pas directement. »

Elle fit la moue et claqua la langue d'un air

réprobateur. C'était de la comédie, bien sûr, ça faisait partie de son personnage. C'était Elena. Théâtrale, pleine de vie.

« En tout cas, il y aurait certaines démarches à faire avant de me poser la question. Il te faudrait la permission de mon père, déjà. » Elle secoua la tête. « Christo le bénisse, il n'a jamais quitté la Terre. »

Je grimaçai avec bonne humeur. « Donc, si j'ai bien compris, je dois retourner sur Terre – traverser je ne sais combien d'années-lumière pour aller en France demander ta main à un vieux bonhomme. Ton père est âgé, n'est-ce pas ?

— C'est sûr. Il a quatre-vingt-treize ans objectifs. Ai-je omis de préciser qu'il ne parle pas un mot de standard ?

— Je dois donc aussi apprendre le français. Ensuite, je te fais ma demande, que tu accepteras ou non. Et après on pourra faire une centaine d'enfants magnifiques et s'installer dans une ferme à nous sur Azur ? » dis-je en lâchant les derniers mots comme si j'étais essoufflé.

Elena acquiesça d'un air entendu. « Exactement. Tu n'hésiterais sûrement pas à traverser le temps et l'espace pour être avec moi ?

— Je traverserais l'univers entier pour être avec toi. Sincèrement. »

Elena se pencha vers moi et on s'embrassa. Ce n'était pas le simple émoi d'une nouvelle relation. Je n'avais jamais rien ressenti de pareil. À cet instant, les yeux plongés dans les siens, je sus que je ne ressentirais plus jamais rien de tel. Ses yeux étaient si grands, si profonds. Je m'y perdais.

« Jolie madame ! Jolie madame ! fit une voix près de nous. Vous parle standard américain ? Vous touriste américaine ? »

Une ombre tomba sur la table. Un vieil homme voûté, la peau tannée comme du cuir usé, se dressait près d'Elena et l'implorait d'essayer des bijoux. Il était vêtu de robes colorées mais fanées et portait un masque en tissu. Ses yeux se détachaient sur son visage au teint foncé. Il avait un réservoir d'oxygène sur une épaule et un distributeur d'eau fraîche sur l'autre. De sa main griffue, il lui tendait des colliers et des bagues. Il agita les bijoux, qui s'entrechoquèrent bruyamment.

« Vous achète un collier à jolie épouse, monsieur soldat ? » demanda le vieux en se tournant vers moi. Il parlait un standard approximatif, avec un rythme du Moyen-Orient qui évoquait l'Égypte ou l'Iran.

Elena examina les bijoux.

« Beaux objets, faits à la main.

— Ils voient que tu descends tout juste du vaisseau, Elena. Tu t'arrêtes pour leur parler. »

Fascinée par les bagues, elle tendit la main pour en toucher une. C'était un anneau en argent rose irisé serti de minuscules gemmes ocre. Le colporteur le saisit aussitôt et l'encouragea à le prendre.

« Les plus beaux bijoux d'Azur. Rien que le meilleur pour jolie madame. Fabriqué avec métaux récupérés localement. »

Elle joua avec la bague.

« Et bien sûr, me dit-elle en prenant théâtralement son temps, si jamais tu voulais me demander en mariage, il te faudrait indéniablement une bague.

Ceci ferait un très beau début, même si ce n'est que provisoire.

— Rien que les meilleurs bijoux pour jolie madame – bon prix pour soldat », ajouta le colporteur, enthousiaste, ignorant tout de notre conversation.

Je pris un peu d'argent – papier, car ma carte de paiement ne servait à rien ici, sur le marché gris – et montrai une poignée de billets. Le marchand s'anima un peu plus à l'idée d'une vente.

« Je prends dollar UA ou crédits de l'Alliance, dit-il en désignant la bague. S'il vous plaît, mettez. Seulement cent crédits. »

Je le payai et il partit.

« Elle est très belle, dit Elena avant de me faire un signe de tête : Si tu veux faire ça dans les règles, Conrad ? »

Je glissai l'anneau à son doigt. Évidemment, il était trop large – elle avait les doigts très fins – mais l'intention y était. Je me concentrai sur son visage. Elle rayonnait, heureuse. Sa main serra la mienne plus fermement.

« J'accepterais », dit-elle. Quelque chose brillait dans ses yeux, comme des larmes retenues. « Si tu me demandais, je crois que j'accepterais. Mais, pour l'instant, merci de m'avoir amenée ici, de m'avoir obtenu un poste sur Azur. » Elle repoussa son assiette, vide à présent. « Que dirais-tu de prendre de l'avance sur cette fameuse contribution ? À la prochaine génération, je veux dire. »

Je laissai quelques crédits froissés sur la table, et on quitta vite le café.

Des garçons indiges nous observaient depuis des allées ombragées, scrutant la peau blanche d'Elena et mon uniforme militaire pendant que nous traversions la ville. Plus vraiment des enfants, pas encore des hommes – dégingandés, la lèvre ornée d'une fine moustache. Ils nous regardaient d'un air prudent et soupçonneux. Leurs intentions n'étaient pas très claires. Un sentiment proche de la jalousie, pas tout à fait de la colère encore, était tapi dans leurs yeux noirs. Azur City prenait parfois des allures menaçantes, mais je ne m'en rendais vraiment compte que maintenant qu'Elena se trouvait avec moi.

Sur les bâtiments de grès étaient placardées des affiches de propagande en 3D : des publicités voyantes pour les opérations militaires de l'Alliance. D'immenses fresques décoraient certains murs. Leurs couleurs fanées, comme le reste de la planète. NOUS APPORTONS LA PAIX AU SECTEUR EST, disait l'une, sur laquelle un soldat en armure de combat intégrale se dressait près du cadavre d'un Krell. Un petit malin avait corrigé les lettres pastel du slogan à la peinture rouge vif, de sorte qu'il proclamait désormais : NOUS APPORTONS LA GUERRE AU SECTEUR EST. D'autres images de propagande alliée représentaient le rationnement alimentaire des citoyens et la surveillance de l'approvisionnement en eau.

Des tours se dressaient çà et là au milieu des bâtiments résidentiels serrés les uns contre les autres. Elles étaient toujours éclairées, soit par des ampoules électriques bon marché, soit par des bougeoirs à l'ancienne. L'adhan – l'appel à la prière – bourdonnait du haut des minarets. Il ne m'était pas encore familier.

Apparemment, on le diffusait nuit et jour. Il me rappelait que je n'étais qu'un visiteur sur ce monde : le commandement de l'Alliance pouvait en penser ce qu'il voulait, nous étions sur cette planète des occupants plus que des invités.

Il y avait plusieurs hôtels sur Azur, mais ce soir-là on choisit le plus coûteux – le Weskler-Trump International, au beau milieu du quartier financier. C'était un hôtel de luxe, beaucoup plus fastueux que je n'en avais l'habitude, à la clientèle de visiteurs politiques et de riches. Je ne me sentais pas du tout à ma place, même au comptoir, mais Elena restait aussi sûre d'elle et confiante que de coutume.

On était allongés au milieu des draps froissés, tout petits dans l'immense lit. Il était tard à présent, et la nuit était tombée depuis plusieurs heures. Les fenêtres grandes ouvertes de notre suite laissaient une douce brise rafraîchir la chambre. Ma peau était moite d'avoir fait l'amour avec une énergie frénétique et presque désespérée. Je somnolais, Elena dans le creux du bras, un verre de whisky dans l'autre main.

« Va-t-on avoir des problèmes ? souffla-t-elle.

— Pourquoi ? » Les yeux fermés, je dérivais dans la zone d'ombre entre la veille et le sommeil.

« Il est bientôt vingt-trois heures. Le garde… il a dit qu'on devait être rentrés avant vingt-deux heures.

— Qu'est-ce qu'ils vont faire ? Me virer ?

— Te déclarer… en absence irrégulière ou un truc dans ce goût ? » fit Elena, peu familière de la terminologie officielle. Je me rappelai qu'elle n'appartenait pas vraiment à l'armée.

On rit tous les deux, en harmonie.

« Je suis certain que ça passera. »

Je la sentis s'asseoir dans le lit et se caler avec quelques oreillers. Elle prit le verre dans ma main et sirota bruyamment du whisky.

« C'est du bon, dit-elle d'une voix un peu rauque. De l'import, sûrement.

— Américain, single malt. Cet hôtel propose un choix appréciable. »

Elle marqua une pause. J'ouvris un œil. Je sentais qu'elle avait envie d'ajouter autre chose et qu'elle hésitait.

« Quoi ?

— Depuis quand est-ce que tu bois ? me demanda-t-elle.

— Depuis que j'ai des choses à oublier », répondis-je, laissant inconsciemment échapper la vérité. Intérieurement, je grimaçai : j'en avais trop dit. Je ne voulais pas en parler ici, pas maintenant.

« Quel genre de choses ? »

Je me retournai pour lui faire face et souris : « Des choses. Rien de spécial.

— Attention, mon cher », murmura Elena. Elle se pencha vers moi, l'haleine parfumée au whisky. « Ne charge pas trop la mule. À combien de transitions en es-tu ? »

Je calculai rapidement de tête. « Seize, je crois. Trois à Jefferson, les autres depuis.

— C'est plus que n'importe qui du programme. S'il te plaît, promets-moi d'être prudent. »

J'étais mort seize fois. Même allongé dans ce lit, dans l'hôtel le plus luxueux d'Azur, si je fermais les yeux, j'étais capable de me remémorer ces seize morts. Sans réfléchir, je pris le verre à Elena et bus le reste du whisky cul sec. Le liquide était chaud et grossier dans mon ventre – il me rappela aussitôt la brûlure du bioacide krell sur ma peau, l'expression de Kaminski quand on était cernés par des formes primaires…

Alors je tendis la main vers le bar à notre chevet et m'en versai un autre. C'était un geste automatique – un pur réflexe.

Les douces mains d'Elena se posèrent sur mon torse tandis que je me rallongeais sur le lit. Mon sexe durcissait à nouveau. Sa poitrine nue se pressa contre moi. Sa peau était lisse et excitante, encore neuve pour moi. Une vraie femme, ni fabriquée, ni augmentée ni modifiée comme celles dont j'avais l'habitude. Ses imperfections contribuaient à sa beauté.

On s'enlaça, mais, sans remarquer mon désir, elle toucha le connecteur sur mon avant-bras gauche et décrivit un cercle autour de l'acier froid.

« C'est douloureux ?

— Peut-être un peu. » Je n'avais vraiment pas envie de parler de ça là, tout de suite, mais Elena n'était manifestement pas dans les mêmes dispositions.

« La peau paraît à vif. »

J'avalai une autre gorgée d'alcool. Ma peau semblait à vif parce que les connecteurs avaient été implantés assez récemment. Sous anesthésie générale, les chirurgiens militaires avaient traversé le muscle, l'os et je ne sais quels tissus pour me poser les sept prises femelles. Elles me rappelleraient à jamais ma nouvelle profession.

« Quelquefois, la douleur est bonne, murmura Elena dans mon oreille. Quand on cesse de souffrir, on est mort. Tu m'as tenu ce genre de propos, il y a longtemps. Ça veut dire que tu es vivant. »

Elle caressa chacun des connecteurs tour à tour, lentement, avec curiosité. Un sur chaque bras, dans la nuque, sur les cuisses et deux sur la poitrine.

« Quel effet ça fait, la transition ? » De nouveau, sa voix n'était qu'un souffle rauque, et son accent français – normalement masqué, à peine décelable – paraissait plus marqué. « Qu'est-ce que ça fait d'être si intimement connecté au simulant ? Ça ressemble au lien entre deux amants ? »

Je ris doucement. « Pas du tout. Le simulant n'est qu'une machine.

— Mais une machine de chair et d'os.

— Parlons d'autre chose. Pas de boulot. »

Elena soupira. « Tu n'aimes pas ouvrir ton cœur, Conrad. »

Elle se redressa, tira sur les draps et descendit du lit.

« Je croyais que tu devais passer deux semaines dans ta combinaison, ordres du médecin ? »

Elle gloussa. « Et j'ai dit que je verrais. Arrête de changer de sujet. On parlait de ta propension à ouvrir ton cœur.

— Où vas-tu ? »

Elle enfila une culotte et alla chercher un paquet de cigarettes dans le tas que formaient ses vêtements.

« Sur le balcon. J'ai besoin de fumer. »

Elle m'adressa une moue déçue lorsque je m'abstins de la suivre. Je la regardai partir, admirant sans vergogne le balancement de ses fesses.

Je finis par la rejoindre derrière les voilages du balcon. La brise était agréable sur ma peau moite. Il faisait nuit, mais Azur était bien éveillée. Trois petites lunes brillantes flottaient au-dessus de l'horizon et projetaient une clarté suffisante pour lire. Notre suite était dans les derniers étages et offrait une large vue sur la ville, qui elle aussi était source de lumière : des marchés éclairés de lampadaires multicolores aux balises de signalisation aérienne clignotant sur certains des plus gros immeubles. Puis, au loin, Fort Rockwell même. La base ne dormait jamais. Des vaisseaux spatiaux y atterrissaient et en décollaient à toute heure du jour et de la nuit.

Elena s'appuya sur la balustrade en métal doré pendant qu'elle tirait doucement sur sa cigarette. Elle avait l'air irréelle, décidai-je. On était séparés depuis si longtemps que la voir ici, sur Azur, me paraissait incroyable.

Elle me surprit en train de l'observer et m'adressa un petit sourire. « Quoi ? Pourquoi tu me regardes comme ça ?

— Je ne voulais pas te contrarier. »

Elle fit la moue. « Ça va. Je comprends.

— Je veux vraiment t'ouvrir mon cœur. Je suis sincère.

— Alors dis-moi quelque chose sur toi, Conrad. Raconte-moi quelque chose d'important. Quelque chose que tu n'as jamais confié à personne. »

Je soupirai. On resta un long moment à regarder la ville sous nos pieds. Ce n'était pas que je ne voulais rien lui raconter. Seulement, il y avait tant à dire.

« Quand on s'est rencontrés, la première fois,

commençai-je, hésitant, tu m'as posé beaucoup de questions sur ma famille. Mon éducation. D'où je venais. »

Elle hocha patiemment la tête.

« Et tu m'as parlé de mon père. Tu m'as demandé ce qui lui était arrivé. Je ne te l'ai pas dit. Ça ne figure pas dans les archives, ça n'a pas été consigné par l'armée, à ma connaissance. Je t'ai tout raconté sur ma mère, sur son travail dans la Flotte de l'Alliance. Elle est morte quand j'étais môme. »

Elena m'écoutait gravement désormais. Elle sentait que c'était difficile pour moi. Je fixais un point à l'horizon, au milieu des lumières vacillantes du trafic aérien en approche.

« Mon père était militaire lui aussi. Tu connais ses états de service. Mes deux parents ont été absents pendant presque toute mon enfance. Occupés à fournir les rations qu'on mettait sur la table, à s'assurer qu'on puisse manger, Carrie et moi. Quand ma mère est morte, mon père a pété un câble.

— A-t-il quitté l'armée ? » demanda-t-elle d'un ton effacé. Après tout, elle était psy.

« Rien de si simple. Il aimait ma mère, je crois, même s'ils se voyaient à peine à la fin de sa vie. Quand ils étaient en permission en même temps, on n'entendait que des cris en provenance de leur chambre. Dans nos taudis… les murs étaient minces. Elle criait beaucoup, ma mère.

» Elle est donc morte en combattant le Directoire. Peu après, mon père est rentré en permission. Carrie et moi avions déjà emménagé avec un oncle et une tante. Ils essayaient de bien nous traiter, mais ils avaient des enfants à eux et on manquait de place et d'argent. On avait des tas d'oncles et de tantes à l'époque et, si tu me le demandais aujourd'hui, je ne pourrais sans doute même pas les nommer pour la plupart.

» Quand mon père est rentré, il a logé dans une chambre au sous-sol, dans l'immeuble miteux de la tante Beth. On ne pouvait pas s'offrir la location d'un autre appartement, et même les cubes n'étaient pas dans nos moyens. Alors il louait cette chambre minuscule et lugubre auprès du concierge. La tante Beth essayait de l'encourager à nous voir, à passer du temps avec nous, mais ça ne servait à rien. Je crois qu'il était déjà perdu. »

Elena serra doucement mon bras et m'adressa un sourire rassurant.

« Un jour, je suis descendu le voir au sous-sol. La porte était fermée à clé, mais je savais qu'il était à l'intérieur : la télévision 3D beuglait à plein volume. » Je poussai un long soupir. « Alors Carrie et moi avons enfoncé la porte.

— C'est bon, dit Elena. Tu n'es pas obligé d'aller plus loin si tu ne veux pas.

— Tu as ouvert les vannes, soufflai-je. J'ai envie de t'en parler. Vraiment envie. Mon père était là, affalé sur l'établi du concierge. Il avait encore son arme dans la main. La télé avait dû masquer le coup de feu, je suppose, et personne dans les étages ne l'avait entendu. Les toubibs ont estimé qu'il s'était tué la nuit précédente. Il avait pris le pistolet et l'avait placé sous son menton avant de tirer. Les deux mains sur la détente – il devait être sacrément déterminé. »

Les yeux d'Elena étaient humides et elle serrait mon bras un peu plus fort. Je grimaçai et agitai la main pour refuser son soutien. Il n'y avait rien d'autre à dire. Son suicide n'avait pas été enregistré dans son dossier militaire par courtoisie envers Carrie et moi.

« La mort me suit, Elena. » Soudain, j'avais hâte d'oublier ce souvenir ; je voulais éviter de me rappeler le cadavre de mon père, la flaque de sang noir autour de sa tête. « Tu vois, peu importe où je m'enfuis, elle me suit. Depuis toujours et à jamais. C'est pour ça que je n'ai rien à craindre de ce boulot : je la connais déjà. »

Elena se serra contre moi.

« Cette guerre ne durera pas éternellement, dit-elle. Et quand elle sera terminée, quand les Krells seront finis, tu n'auras plus besoin de craindre quoi que ce soit. »

Chapitre XII

Sept nuances d'Hadès

La douleur.

Une douleur authentique, pas simulée.

J'essayai de bouger. La souffrance explosa dans ma jambe droite et je poussai un cri. J'avais mal sur tout le flanc droit, notamment au niveau de la cage thoracique. Je connaissais cette sensation : *côtes brisées*. Et pas qu'une. Mon treillis collait sur ma peau ; il était humide par endroits. *Du sang*.

Le pire, c'était la douleur intense localisée derrière mes yeux, dans ma tête. Un tonnerre grondant, une céphalée de pression qui m'évoquait la détonation d'une ogive nucléaire sous mon crâne.

Je restai allongé un long moment.

J'avais terriblement envie de dormir.

Lève-toi, me répétais-je. *C'est pour de vrai. Si tu merdes, tu ne te réveilleras pas dans un simulateur*.

La vue me revint par instantanés du monde extérieur. Je me trouvais dans les ruines de l'infirmerie, toujours sanglé dans mon harnais de sécurité. Les sangles en tissu me mordaient les épaules. Je luttai pour bouger le bras, je tâtonnai pour me détacher, mais me libérer du harnais représentait trop d'efforts pour moi.

Besoin de dormir.

Non. Reste éveillé !

J'étais conscient quelques secondes, puis je sombrais à nouveau.

Je respirais profondément, et j'avais dans la bouche le goût de cet air extraterrestre. La gravité et l'atmosphère me paraissaient bizarres. L'infirmerie était de travers, le sol incliné, et des éléments de la structure externe avaient perforé les parois du module. Au plafond, un éclairage de secours clignotait en rouge. Une lumière sale ruisselait par des trous dans la coque. Chaque fenêtre, chaque hublot avait été brisé au cours du crash. Des segments de l'infirmerie s'étaient séparés durant l'évacuation, et la structure tout entière bougeait et grinçait sous l'effet du vent qui soufflait dehors.

Si je dors maintenant, la mort viendra plus tard.

Très bien.

J'étais sur Hélios.

Je fus réveillé à nouveau par une vive douleur pressante.

« Lâchez-moi ! » hurlai-je en tordant mon bras dans le harnais de sécurité.

Le visage de Jenkins se précisa au-dessus de moi. Elle tenait mon bras gauche, et je compris que la douleur venait de la face externe de mon avant-bras. La manche de ma chemise était relevée, et Jenkins maintenait une seringue hypodermique contre ma peau. Une goutte de sang perlait : elle venait de m'injecter quelque chose.

« C'est moi, boss. »

Je me frottai le bras en grognant.

« Des antalgiques et un cocktail stimulant, précisa-t-elle. Ça vous aidera à gérer la douleur et ça vous gardera en éveil un moment. »

Je me hissai dans une position plus confortable. Les produits chimiques se répandirent très rapidement dans mes veines, et le brouillard causé par la souffrance se dissipa. Je me sentais un peu plus vivant – au moins, je pouvais fonctionner.

« Allez-y doucement », dit Jenkins. L'inquiétude que reflétait son visage m'alarma. Je baissai les yeux vers ma jambe droite et empoignai le treillis déchiré. Il était maculé de sang chaud et collant. Un objet métallique pointu avait percé le tissu, la peau et le muscle. Un fragment dépassait encore au-dessus du genou. Je contemplai ma blessure, incrédule.

Pourquoi n'a-t-elle pas encore commencé à cicatriser ?

Puis une terrible révélation me frappa : j'étais dans un vrai corps humain faillible, pas dans un simulant amélioré. Je pouvais saigner et mourir – pour de bon peut-être.

« Ça va ? » demanda Blake, debout près de moi. Il portait son treillis, mais ses cheveux étaient encore humides du liquide amniotique des cuves.

« Je survivrai, je pense. Je suis resté inconscient longtemps ?

— Deux heures, plus ou moins », répondit-il prudemment.

Il mentait, je le voyais bien.

« Comment sentez-vous votre jambe ? demanda Jenkins. Il faut qu'on la panse. J'ai essayé pendant que vous étiez K.-O., mais vous n'arrêtiez pas de gigoter. » Elle fronça les sourcils. « Vous parliez aussi – quelque chose sur Elena.

— Aidez-moi juste à sortir de là », dis-je en me libérant des vestiges du filet de sécurité.

Jenkins et Blake me donnèrent un coup de main. J'avais mal et je serrais les dents. Mon corps tout entier me faisait souffrir, j'étais meurtri jusqu'à la moelle. Je dus lutter pour me relever. Je vis Martinez et Kaminski qui reprenaient leurs esprits. Les quatre de mon équipe s'en étaient tous sortis, au moins.

« Je me sens à peu près aussi mal en point que vous en avez l'air, déclara Jenkins en essuyant une entaille sur son front. Mais ça pourrait être pire. »

Elle désigna le fond de l'infirmerie. Dans la faible luminosité, je distinguai des corps transpercés par des poutres métalliques et écrasés sous des équipements lourds. Deux techniciens n'étaient plus que des taches sur les parois contre lesquelles ils avaient été projetés avec une brutalité inouïe durant l'atterrissage.

« Bienvenue sur Hélios. » Kaminski ouvrit les bras dans un mouvement qui englobait l'infirmerie. « Des boissons et des serviettes chaudes seront servies à votre place. Si vous avez besoin d'aide pour débarquer, veuillez attendre l'intervention d'une hôtesse. Dans la mesure où nos collaboratrices habituelles sont mortes ou sur le point de se faire bouffer par la poiscaille, il faudra vous contenter de Jenkins – elle se lave correctement les mains, si on n'y regarde pas de trop près. Bref, on est dans un merdier innommable.

— Laisse tomber, monsieur l'électronicien, dit Jenkins en assénant à Kaminski un coup sur le bras. Ce n'est ni le moment ni le lieu.

— J'imagine que rester dans les simulateurs pendant le crash nous a sauvés, fit Martinez. Ça a amorti le choc, plus ou moins. On a eu du bol. *La gracia de Dios*.

— Olsen est le seul autre rescapé, annonça Jenkins. Il a pris un mauvais coup sur la tête, mais il survivra. » Elle montra du pouce le scientifique, accroché à un harnais de sécurité mural. Le devant de sa blouse était déchiré et une énorme bosse en forme d'œuf s'était déjà formée sur sa tempe. Il avait le teint d'un gris cendreux, mais sa poitrine se soulevait doucement.

« Jenkins lui a donné des calmants, expliqua Blake. Il devenait hystérique. Quant aux autres… eh bien, pas besoin d'être médecin pour comprendre ce qui leur est arrivé. J'imagine que certains pourraient s'être échappés de l'*Oregon*, comme nous, dans des modules d'évacuation. »

Dans ma tête, je revis les capsules de sauvetage en fuite. Il était impossible que quelqu'un d'autre ait réussi à atteindre Hélios : les Krells avaient impitoyablement détruit tout ce qui quittait notre bâtiment. Je fermai les yeux. Des images cauchemardesques de l'évacuation persistaient sous mes paupières. Je n'échapperais pas facilement à ces souvenirs-là – je revivrais cette expérience en boucle.

« J'ai vu ce qui se passait pendant la descente. Il n'y aura personne d'autre. Inutile d'activer une balise de détresse, du moins pour l'instant. Il y avait une autre bionef krelle. Le champ d'astéroïdes... Je crois que c'était un piège. »

Je déglutis au souvenir du froid de l'espace qui s'emparait de mon corps. Ç'avait été bien pire que ma douleur du moment, mais j'étais conscient sur l'*Oregon* que cette sensation ne durerait pas. Alors que je n'échapperais pas à si bon compte à la souffrance que je ressentais à présent.

« On l'a vu aussi, répondit Jenkins. L'*Oregon* n'avait pas la moindre chance. On est éveillés depuis un moment, et j'ai ordonné un inventaire de nos ressources. La plupart des simulants de réserve sont intacts.

— *La plupart ?* » répétai-je. Elle me cachait quelque chose.

« Reposez-vous, dit-elle en me tenant l'épaule. Inutile de vous en inquiéter tout de suite.

— Je dois tout savoir. »

Jenkins se mordit la langue, et je l'écartai du passage. J'examinai l'intérieur ravagé du module.

Doux Christo.

Au fond de l'infirmerie, au milieu de capsules de stockage brisées et de métal tordu, gisaient des parodies de mon corps. Le peu de forces qui me restaient semblèrent me quitter. La plupart des simulants étaient d'un blanc maladif, couleur poisson crevé. Plusieurs s'étaient vidés de leur sang. Certes, ils étaient extrêmement résistants, mais les corps avaient été projetés en tous sens comme des sacs de linge sale. Les simulants inactifs n'avaient aucune chance de s'en sortir.

Soufflés aussi facilement que l'équipe médicale.

Je me frayai prudemment un chemin au milieu des débris pour mener l'enquête. J'avais l'impression de me regarder dans tout un répertoire de poses : chaque corps avait péri d'une façon différente. L'un éventré par un montant métallique, exposant une coulée d'intestins et autres organes internes. Je portai involontairement les mains à mon ventre et sentis mes entrailles se tordre de compassion psychosomatique. Un autre avait été décapité net. Un troisième, empêtré dans des câbles électriques libérés du plafond, avait pris feu – il était désormais tout noir et brûlé.

Je me rattrapai à un pupitre renversé. Tout cela m'écœurait. J'étais piégé dans ce corps imparfait et abîmé, piégé sur Hélios, cerné par les Krells. Même si nous avions eu l'équipement requis, j'étais à peu près sûr qu'aucun de ces corps n'était récupérable. L'idée de me trouver sur Hélios sans simulant où me cacher m'emplissait de crainte. Je me sentais physiquement vidé.

Inutile de continuer. Si tu ne peux pas te servir de tes simulants, quel genre de soldat es-tu ?

« Je vous avais dit de ne pas insister », murmura Jenkins.

Blake soupira. « Au moins, les autres sont intacts, même si les cuves sont en sale état. »

Les simulants de mes équipiers attendaient dans leurs capsules de stockage transparentes en parfaite condition. En combinaison de combat, l'œil terne, prêts à être activés. Les cuves quant à elles avaient moins bien résisté. Des fissures en toile d'araignée marquaient chacune d'elles. Plusieurs câbles de connexion fragiles avaient été arrachés.

« On dirait que ces cuves vont avoir besoin d'une petite maintenance avant d'être opérationnelles à nouveau. » Il fallait que je me concentre, ne serait-ce que pour le bien de ma section. « Je veux qu'on sécurise cet endroit et qu'on reconnaisse les alentours imm... »

Boum. Boum. Une série de coups résonnèrent dans le module dévasté.

« Bordel, qu'est-ce que c'était ? » s'inquiéta Jenkins.

Quelque chose se trouvait sur le toit après avoir atterri lourdement sur la coque. *Boum. Boum.*

« Un survivant ? hasarda Blake.

— Des Krells, plutôt », répondis-je. La situation venait soudain de franchir un palier. Il fallait agir vite. On ne devait pas rester dans le module si les Krells étaient sur le point de l'envahir. « Est-ce qu'on a des armes ? En état de marche ?

— Ouais, elles ont fait le chemin sans encombre, répondit Jenkins en riant sans conviction. De bons modèles de l'Alliance, conçus pour durer. Enfin, un truc du genre. »

Elle ouvrit les caisses métalliques contenant les fusils à plasma M95 neufs et les grenades puis procéda rapidement à la distribution. Chacun prit un fusil et un pistolet.

Je saisis un fusil à deux mains et le soupesai. *On n'a pas une chance là-dehors.* Je chargeai la pile dans la crosse – même elle paraissait ridiculement démesurée entre des mains humaines. Comme si les fusils étaient faits pour des adultes et que nous étions des enfants qui jouaient aux soldats. Je soulevai le M95 et tâtonnai, à peine capable de le manier. Je n'arriverais jamais à le porter de façon prolongée, sans même parler de m'en servir.

« Il n'y a rien de plus approprié ?

— On a perdu l'armurerie avec l'*Oregon*, répondit Jenkins. Ce matériel était en surplus. Il se trouve qu'il était dans l'infirmerie au moment de l'attaque. »

Puis je vis mon pistolet dans son holster, accroché à côté des vestiges de ma cuve. En parfait état, crosse métallique rutilante, munitions encore logées dans leurs sangles. Il me provoquait. Je boitillai jusqu'à lui et attachai l'arme et les munitions à ma jambe.

Pas le temps de discuter. Il y eut de nouveaux chocs à l'extérieur, mais ils semblaient à présent venir de partout autour du module, comme si nos assaillants nous cernaient. Je passai nos options en revue. Le module n'était pas alimenté en électricité et il était impossible de lancer les simulateurs sans Olsen. De toute façon, ils avaient été gravement endommagés – j'ignorais quel genre de réparations seraient nécessaires pour les remettre en service. Olsen gisait toujours dans son harnais, comateux, les yeux fermés ; il était hors service pour l'instant. Quoi qu'il y ait dehors, on allait devoir l'affronter. Je ravalai ma peur et titubai jusqu'à la porte.

« Vous dites que ça va, mais c'est pas l'impression que vous donnez, dit Blake en m'observant, le front plissé. Vous devriez peut-être rester à l'intérieur pendant qu'on va voir. »

D'autres coups sur la coque. Un crissement – métal contre métal – quelque part dehors.

Je balayai sa remarque. « Ça va aller. En formation

autour de moi. Je fais sauter le sas, et on sort tous ensemble. »

La porte principale d'accès à l'infirmerie faisait office de sas étanche, mais elle avait été déformée par la violence de l'impact et était sortie de ses gonds. Je lui assénai un coup de pied de ma bonne jambe et elle s'ouvrit sans difficulté. La section se déploya sans accroc hors du module, fusils braqués vers l'inconnu.

Une tempête se déchaînait. Le vent rugissait et charriait furieusement des nuages de sable mordant. Le paysage était flou, rouge orangé, presque brûlé. D'immenses dunes se déplaçaient et clapotaient comme des vagues sous un ciel rouge-brun foncé. Au milieu de ce vent intense, il était impossible de se faire une idée de la géographie ou de l'échelle des lieux : Hélios ressemblait à un désert infini et implacable. Des nuages bas ventrus emplissaient le ciel. On distinguait à peine les deux énormes soleils boursouflés à l'horizon, qui commençaient tout juste à sortir de leur sommeil. L'aube se levait.

« Je croyais qu'Olsen n'attendait pas la tempête pour tout de suite, cria Blake par-dessus le vent.

— Je ne crois pas qu'elle ait déjà commencé, répondis-je. Ça, c'est Hélios dans un bon jour.

— Ah, merde. »

Au même moment, un coup de tonnerre assourdissant résonna et un éclair illumina le ciel. La foudre frappait depuis les nuages lourds sous la forme de fourches rouge vif. Le sol tremblait violemment à chaque coup de tonnerre. Le ciel se zébrait sans cesse. À la faveur de ces brèves secondes d'illumination, je distinguai des formes tout autour de moi. Je reculai vers la porte.

Dans la tempête, des silhouettes approchaient rapidement de l'épave. Kaminski tira un, deux, trois coups de fusil. Aucun ne porta, mais la silhouette la plus proche se coucha sur le ventre. Une autre la remplaça et tourna vers nous des yeux brillants, rouge et vert.

« Pile ce qu'il nous fallait ! » s'écria Kaminski en balançant de nouveaux tirs de plasma incandescents au milieu des miasmes.

Il visait mal – sans la force d'un simulant, l'artillerie lourde était très difficile à manier. Je ne faisais pas mieux avec mon fusil. Je fis feu plusieurs fois, et chaque tir manqua sa cible. Le fusil réclamait d'être associé à une combinaison de combat, et non pas de servir en mode manuel. Je bloquai la détente du doigt, conscient que des témoins d'alerte s'allumaient sur le panneau de contrôle de l'arme. Privé de casque tactique, je ne pouvais même pas savoir de quoi ils voulaient m'avertir. Je baissai le fusil pour tirer depuis la hanche, mais ses dimensions convenaient mal et la crosse métallique hideuse secouait mes côtes brisées.

Merde ! Je jetai le fusil. *Ça ne marchera pas*. La bouche rougie de son canon fumait.

Je sortis le pistolet de son étui. Je tirai dans l'orage ; le sable en suspension me piquait les yeux. Le Smith & Wesson était une arme à projectiles – il tirait des munitions basiques à fort pouvoir vulnérant. Elles déchiquetteraient un homme à bout portant, mais j'ignorais si elles pourraient arrêter une forme primaire. Je me rendis compte que je ne m'en étais jamais servi au combat, que je ne savais pas si on l'avait jamais utilisée sous l'effet de la colère. Je l'avais déjà maniée au stand de tir, sur le Cap, mais la dernière personne à en avoir usé correctement était mon père. Je réprimai ce souvenir et tirai plutôt jusqu'à épuiser ses dix cartouches. La visibilité était si réduite que je n'arrivais pas à savoir si je touchais une cible, de même que je n'aurais su dire si on était touchés. Les membres de ma section n'étaient que de vagues formes au milieu de la tempête, qui ne devenaient réellement visibles que lorsque leur fusil s'éclairait d'une décharge de plasma. Je regrettais ma combinaison de combat et mon casque tactique.

Les silhouettes continuaient d'avancer.

« Repliez-vous sur l'infirmerie », lançai-je.

Je jetai un œil en arrière aux vestiges torturés du module. La coque fumait encore par endroits, et il s'était calé dans un cratère noirci, entouré de roches incendiées et de sable surchauffé. Des formes sombres étaient accrochées à l'épave.

Ma section se replia sans heurt tout en continuant à tirer. Ma jambe blessée flancha sous moi. Je trébuchai. Blake me rattrapa et me traîna à l'intérieur du module.

« Jenkins, prépare des grenades explosives pour déblayer dans l'infirmerie. Qu'on en liquide autant qu'on peut. »

Elle acquiesça et s'agenouilla près de moi pour fouiller dans un sac de grenades. Elle en posa une poignée devant elle en serrant son fusil sur sa poitrine. Martinez et Kaminski prirent position près de la porte fracassée, pendant que Blake s'accroupissait pour me couvrir.

Une silhouette apparut derrière un hublot et s'efforça de voir dans le module. Puis une autre. Enfin, une dernière se matérialisa à l'entrée.

Le vent se calma un court instant, m'accordant une vue claire et dégagée des assaillants. Les yeux étranges se tournèrent vers moi, et je les découvris pour ce qu'ils étaient : de simples lunettes de vision nocturne, portées sur un vieux casque primitif. De la technologie humaine. La silhouette – un homme – marqua une pause et leva son fusil. Il agita la main.

« Je m'appelle Deacon, je suis l'officier de sécurité de la base d'Hélios, gronda-t-il à travers un haut-parleur archaïque qui transformait sa voix en un bourdonnement furieux. Je vous ordonne de cesser le feu ! »

Je levai la main.

« Halte au tir, je répète, halte au tir », m'écriai-je.

Aussitôt, la section mit fin à l'affrontement. On se figea comme le type entrait. Il était vêtu d'une combinaison noire, portait un réservoir d'oxygène sur le dos et un masque respiratoire sur la tête. Comme pour bien souligner qu'il n'était pas un alien, il l'ôta. Sous le masque, son visage était viril et couturé. La cinquantaine à mon avis – sa chevelure noire était semée de gris –, et la barbe fournie. C'était un homme grand et bien bâti – plus grand que moi, plus large d'épaules. Il nous observait avec lassitude et s'avança dans le module tout en nous gardant dans la ligne de mire de son antique carabine à projectiles.

Une poignée de silhouettes habillées du même

uniforme entrèrent une par une à sa suite. D'autres apparurent derrière les hublots brisés. La plupart ne montrèrent pas leur figure, et quelques-unes seulement baissèrent leurs armes. Toutes étaient équipées de fusils. Aucune ne ressemblait de près ou de loin à un Krell.

Deacon balaya du regard l'intérieur du module et haussa le menton. Il prit une bouffée d'air dans son respirateur avant de parler.

« Vous voulez bien m'expliquer ce qui se passe ici, par les sept nuances d'Hadès ? » Il s'exprimait d'une voix traînante, avec un accent texan prononcé, cent pour cent Vieille Terre. « Vous seriez capable de déclencher une émeute dans une maison vide ! Quelqu'un aurait pu se faire tuer, là-dehors. Vous êtes du Directoire ou quoi ?

— On appartient à l'armée de l'Alliance, répondis-je d'une voix neutre. On mène une opération de sauvetage.

— Alors vous êtes là pour nous ? » Il pointa un écusson brodé sur l'épaule de sa combinaison. Une planète jaune entourée de deux étoiles. Sous l'emblème, les mots EXPÉDITION HÉLIOS. Plus bas était cousu un petit drapeau des Amériques-Unies. « J'ai plutôt l'impression que c'est vous qui en avez besoin, d'un sauvetage. On a vu votre descente. Ça a dû être une sacrée bataille, là-haut, mais j'imagine que vous le savez. » Il désigna du pouce la rangée d'ordinateurs endommagés. « Je vous conseille vivement d'éteindre toutes ces merdes. Vous êtes en train d'appeler toute la putain de poiscaille du continent vers votre position. » Il éclata de rire puis émit quelques *bips* aigus pour imiter une balise radio. Cela manquait à peu près autant d'humour que le reste de sa présentation. « Je vous aurais cru au courant de ce détail, vous autres militaires. »

Un autre homme le tira doucement par le bras, et Deacon s'interrompit pour parler dans son communicateur. L'expression de son visage trahissait qu'il n'était pas content des nouvelles qu'il venait de recevoir.

« Votre arrivée a ameuté les natifs, déclara-t-il. Ils deviennent grincheux dès que quelque chose tombe sur la planète. Faites comme vous voulez, mais je vous conseille fortement de venir avec nous. Si vous restez là, vous mourrez. C'est aussi simple que ça. »

Puis il se retourna vers son équipe de bric et de broc et commença à donner ses ordres. Les hommes, toujours engoncés dans leur équipement, entreprirent de démanteler l'infirmerie, démontant tout ce qui n'était pas arrimé au sol et pas mal de choses qui l'étaient. Ils avaient l'air de pilleurs d'épaves expérimentés, rapides et méthodiques. C'était assez impressionnant.

« Est-ce qu'on va les laisser prendre notre équipement comme ça ? me demanda Jenkins, outrée.

— Ce n'est pas comme si on avait le choix. Que tout le monde reste calme tant qu'on ne sait pas exactement ce qui se passe. »

Ma section accepta en grognant – ils paraissaient à peu près aussi convaincus que moi.

« Alors on part avec eux ? s'enquit Blake.

— On n'a pas de meilleure solution. » Il nous fallait un abri et une assistance médicale, et je me disais qu'il valait mieux modérer nos ardeurs pour l'instant. La tempête qui se déchaînait dehors avait décidé à notre place.

Deacon se tourna de nouveau vers moi et me jaugea d'un mouvement de tête. Une poussière noire bordait son visage buriné, et ses yeux exprimaient une profonde méfiance. *Il ne veut pas de nous ici. Pourquoi ?* Son équipe était isolée sur Hélios, sans soutien de la part de l'Alliance, et voilà comment on nous accueillait ? Ça ne tenait pas debout.

« Vous attendez une invitation officielle ou quoi ? J'ai dit : bougez-vous ! On a un char des sables dehors. Il nous reste peut-être dix minutes avant que les Krells ne rappliquent.

— J'imagine que vous nous emmenez à la base d'Hélios.

— C'est ça. Le prof veut vous voir.

— Kellerman est vivant ? »

Deacon eut un grognement hilare. « Vivant, mais pas en grande forme. Vous verrez bien assez tôt. »

Équipés de respirateurs et enveloppés dans ce qu'on avait trouvé à bord du module médical pour faire face à la météo hostile, on sortit laborieusement au milieu de la tempête. La visibilité était de plus en plus réduite et les conditions climatiques empiraient. Le sable me piquait les yeux et irritait chaque centimètre carré de peau exposée. Une douleur cuisante irradiait ma jambe quand je lui faisais porter mon poids, et mes côtes me faisaient souffrir constamment, mais je n'avais pas le temps de m'appesantir là-dessus.

Non loin du module, à une cinquantaine de mètres,

se trouvaient deux gros véhicules terrestres. Ils étaient à demi dissimulés par une dune – était-ce une conséquence imprévue de la tempête ou un camouflage délibéré pour tromper les Krells ? Je n'aurais su dire. Même phares allumés, ils étaient à peine visibles avant qu'on ne soit juste à côté. Le char des sables de tête avait un châssis patiné et trois paires de roues énormes, associées à une suspension adaptée à un usage tout-terrain. Il s'agissait de modèles strictement civils. Les moteurs tournaient encore et émettaient d'épais panaches de fumée noire typiques de la combustion chimique.

C'était de ces véhicules qu'on utilisait dans les postes coloniaux avancés à travers toute l'Alliance – omniprésents, parfois fiables, toujours bon marché. Mais ce matériel n'avait rien à voir avec celui auquel on était habitués : non seulement ces transporteurs étaient civils, mais ils étaient vieux et mal entretenus.

Jenkins me fit un signe de la tête. « On dirait que nos sauveurs ont eu un accrochage avec les Krells il y a peu. »

Je vis que les flancs étaient grêlés d'impacts de hurleur et que le second véhicule avait été frappé par des dards.

« Et même trop peu à mon goût. J'espère seulement qu'ils savent ce qu'ils font.

— Je croyais que c'était nous les sauveurs ? » fit Kaminski.

Deacon, à côté de moi, aboyait des ordres en vue du chargement des chars. Il agita sa carabine dans ma direction.

« La tempête a un effet bloquant sur le signal de l'Artefact, expliqua-t-il. Ça leur rend une certaine maîtrise d'eux-mêmes, pour faire simple. Le prof a étudié ce phénomène. Ils viennent souvent dans cette direction quand les tempêtes arrivent, et quelquefois ils se mesurent à nos défenses. Dépêchez-vous de monter. »

D'autres gardes s'occupaient des chars des sables. Ils portaient des uniformes dépareillés ou des combinaisons adaptées aux environnements hostiles. Rien de tout cela n'était neuf et la plupart avaient été raccommodés plusieurs fois. Avec leurs visages dissimulés par des foulards et des respirateurs, ils ressemblaient à un gang de la Vieille Terre. Leurs uniformes étaient agrémentés d'une drôle de variété de badges et d'écussons évoquant des affectations sur nombre de planètes et d'avant-postes. Tous portaient le symbole de l'expédition Hélios, mais c'était à l'évidence une équipe expérimentée. Et des prestataires civils plutôt que des militaires.

« Rien que des foutus mercenaires, marmonna Jenkins.

— Pas de vagues pour l'instant », ordonnai-je.

On nous pressa de monter à bord du premier char, dans la cabine passagers. Des sièges s'alignaient parallèlement aux parois, de quoi accueillir une vingtaine de personnes. Une cabine de pilotage séparée se trouvait à l'avant, occupée par d'autres gardes.

« Amenez aussi le gros », gronda Deacon avec son accent texan. Deux hommes surgirent de l'épave, traînant le corps inerte d'Olsen. Ils le lâchèrent sans ménagement sur un siège à bord du transporteur.

« Laissez les cadavres – inutile de s'emmerder pour les morts. »

Des hommes et des femmes de bien qui sont morts pour rien, pensai-je. *Morts en essayant de nous conduire ici pour sauver votre peau*. On échangea un regard, Martinez et moi.

« C'est pas correct, *cuate* », murmura-t-il.

Je ne répondis rien. Il finit par baisser les yeux, furieux, comme décidé à percer un trou dans le plancher. Laisser les morts derrière soi, ce n'était pas la façon de procéder des militaires ni celle de Martinez. J'étais amer et j'aurais voulu m'opposer aux gardes, en discuter avec eux, mais je manquais d'énergie.

L'équipe de sécurité était entrée dans le module pour prendre l'équipement chirurgical et les cuves de simulation, mais elle paraissait surtout intéressée par les provisions en boîte et les rations de bord. Quand tout cela fut embarqué, les gardes vidèrent l'armurerie. En les observant depuis le sas ouvert du char, je me rendis compte qu'ils étaient en réalité très peu nombreux. Ils paraissaient capables de traîner et transporter beaucoup plus qu'on ne s'y attendait, et ils travaillaient avec détermination. *Ils ont peur*, conclus-je. *Peur qu'on les abandonne ici, peur de tomber sur une patrouille krelle*.

« Ils prennent tout, fit Kaminski, morose.

— Même les trucs les plus lourds, ajouta Jenkins. Ils ont dû transférer l'infirmerie complète dans l'autre char. Heureusement que j'ai gardé ça avec moi. » Elle tapota le fusil à plasma posé sur ses genoux.

« Laisse la sécurité enclenchée tant qu'on ne sait pas ce qui se passe ici », ordonnai-je en lui adressant un regard furieux. J'avais conservé mon pistolet, toujours sanglé à ma jambe, mais j'avais le sentiment qu'il ne me servirait à rien.

« Ils embarquent même les sims », remarqua Blake.

Effectivement, le groupe hissait les sims restants hors de l'épave. Deacon n'avait pas du tout l'air troublé par les corps désactivés, mais certains de ses hommes s'arrêtaient pour tapoter sur le verre des capsules. En l'absence de réaction, les gardes s'en désintéressèrent rapidement. Chaque capsule fut chargée dans les chars.

Bientôt, tout fut à bord. Deacon envoya le gros de son détachement dans l'autre transporteur puis s'installa dans la cabine de pilotage de notre char. Il ordonna à un autre type de jouer les chauffeurs et posta un garde à l'arrière avec nous.

« On ne va pas loin, nous lança-t-il de la cabine. Ne bougez pas. »

Les chars s'ébranlèrent à l'unisson et s'éloignèrent péniblement du site du crash.

Chapitre XIII

La vie dure

Le trajet vers la base me fut pénible. Le terrain accidenté provoquait des cahots, de sorte que j'avais sans cesse mal à la tête, à la jambe et au côté. Ce n'était vraiment pas la façon de voyager pour laquelle j'aurais opté dans mon état.

« Je crois que Martinez est dans le vrai », remarquai-je.

Il était affalé dans son siège, les yeux fermés, la bouche ouverte, profondément endormi. Ses lèvres luisaient de salive.

« Il est capable de roupiller n'importe où, commenta Jenkins en levant les yeux au plafond. Comment vont vos blessures ?

— Les antalgiques sont de moins en moins efficaces. » Je changeai de position sur mon siège. « Ma jambe me fait souffrir.

— Peut-être qu'un vrai médecin pourra y jeter un œil quand on arrivera à la base.

— Deacon a parlé de Kellerman. On dirait qu'il est encore vivant. »

Le garde chargé de notre cabine était installé plusieurs sièges plus loin, son vieux casque balistique ramené sur le visage. Il portait un gilet pare-balles tout simple qui n'était pas assorti à son casque et aux jambières fatiguées qui venaient couvrir ses bottes. À la mention de Kellerman, il s'anima soudain. Il serra sa carabine sur sa poitrine, tira sur la sangle en tissu qui retenait son épaule et me lança un regard noir.

« Parlez pas du professeur !

— Pourquoi ?

— Parce que je te l'ai demandé, connard. »

Et parce que c'est toi qui tiens le fusil, ajoutai-je en moi-même.

« Bien reçu. »

On resta un moment assis sans rien dire. Je voyais le paysage par le pare-brise avant. Dans le ciel couleur ocre s'enroulaient des nuages et une tempête de sable incessante. Deacon et les gardes du poste de pilotage discutaient, et je tendis l'oreille faute d'avoir mieux à faire.

« C'est encore loin ? demanda le chauffeur à Deacon d'une voix qui vibrait au rythme du moteur. Tout se ressemble ici. »

Deacon secoua la tête. « Arrête de t'inquiéter. On y sera bientôt. Tu connais suffisamment la route.

— C'est pour ça que je n'aime pas quitter la base. On sait jamais ce qui va se passer. On pourrait avoir une panne sèche, heurter un obstacle, tomber dans une embuscade. Comme Keres – tu as entendu ce qui lui est arrivé ? L'essieu moteur de son char a percuté un rocher ou autre chose. Elle s'est retrouvée coincée dehors, et elle s'est fait griller, à ce qu'on dit. D'après

Tyler, on n'a pu l'identifier que par une tache sur des pierres. »

Deacon faisait de son mieux pour ignorer son collègue et se concentrait sur le paysage.

« Est-ce que tu la sauterais, Tyler ? demanda soudain le chauffeur.

— Christo, t'as de ces questions ! Est-ce que je sauterais le seul petit cul de ce côté du Maelström ? Dur à dire. »

Le chauffeur grogna. « C'est une garce. Pas sûr que je lui donnerais l'heure si elle demandait.

— Depuis quand ça compte ? fit Deacon d'un air désabusé. Je ne te savais pas sensible à ce point. C'est peut-être une garce, mais j'ai un faible pour les blondes. Et, comme je disais, y a pas beaucoup de choix par ici. Bien que la nouvelle arrivée pourrait changer ça. » Il se retourna vers la cabine passagers et dévisagea Jenkins avidement. « Tout va bien, derrière, la Californienne ? »

Il eut un sourire mauvais et continua de la fixer assez longtemps pour que ses intentions soient claires. Elle le força à baisser les yeux.

« Comme je disais, répéta-t-il, y a pas beaucoup de choix par ici. »

N'essaye même pas, Deacon. Elle te mettrait en pièces.

Le chauffeur se concentra sur sa console de pilotage, et la conversation prit fin. Le trajet se poursuivit encore quelques minutes, puis on commença à grimper. D'immenses montagnes apparurent au loin. Le moteur changea de régime.

« Destination en vue », annonça le conducteur.

La base se profilait devant nous. Elle était jusque-là

masquée par la tempête de sable qui enveloppait le site de son linceul, mais le vent tomba pendant une seconde et je profitai d'une vue dégagée.

Un groupe irrégulier de bâtiments noircis, pour la plupart bas et sales. Bon nombre étaient inclinés selon des angles absurdes, comme de vieilles pierres tombales. Certaines structures avaient carrément disparu, mais celles qui restaient paraissaient à moitié en ruines, torturées par les éléments extrêmes. Très peu de lumières trahissaient une occupation humaine. J'avais étudié les plans, et je m'attendais à un avant-poste plus étoffé. On aurait cru que la planète s'efforçait d'aspirer les bâtiments et d'effacer toute trace des colons. La base se détachait devant les soleils jumeaux – Hélios Prime et Seconde –, silhouette sinistre.

L'installation s'entassait à l'intérieur d'un mur de sécurité bas et maltraité par les éléments, mais solide. Un mât se dressait en haut du mur, sur lequel je distinguai malaisément le drapeau de l'expédition et, en dessous, les couleurs de l'Alliance. Les deux drapeaux étaient en lambeaux – guère plus que des loques. Touche finale : le nom BASE HÉLIOS avait été peint au pochoir sur le mur d'enceinte. Les trois dernières lettres avaient été volontairement recouvertes, de sorte qu'on lisait désormais BASE HÉL – une description étrangement appropriée puisqu'elle évoquait l'enfer en standard américain.

« On a traversé des années-lumière pour *ça* ! me souffla Jenkins. On a perdu l'*Oregon* et failli se faire tuer pour de bon...

— On dirait bien. » Je partageais son sentiment.

Bordel, qu'est-ce que c'est que ce cloaque ? Le

Commandement nous aurait-il vraiment envoyés ici pour ce qu'il en restait ? L'impression que j'avais eue à bord de l'*Oregon* – que Kellerman n'était pas un homme à secourir mais un adversaire – refit surface. Sauf qu'à présent j'étais blessé, que j'avais besoin d'aide médicale urgente et qu'on était privés du soutien de notre vaisseau.

À notre approche, deux batteries laser montées sur le mur d'enceinte s'animèrent et se mirent à pister les chars. Je n'étais pas persuadé que ces machines seraient très dissuasives pour les Krells : elles avaient l'air si vieilles et usées que je me demandais si elles fonctionnaient seulement.

Deacon alluma un communicateur sur la console de pilotage.

« Tyler, ici Sécurité Un en approche, dit-il. Nous arrivons à portée. Désactivez les lasers et ouvrez les portes. »

La console crépita de parasites. Une femme répondit : « Je vous reçois, chef. »

Les portes sécurisées bosselées s'ouvrirent dans les gémissements et les grincements furieux du mécanisme endommagé.

« Sécurité Deux en approche », siffla le communicateur.

Les chars franchirent bruyamment la grille.

« Tout le monde dehors ! » ordonna Deacon.

Le transporteur s'arrêta dans un vaste hangar rempli de véhicules de travail en tout genre – foreuses à fusion, excavatrices, chars. Du matos réellement fonctionnel, un équipement de terrassement et de transport qu'on ne pouvait pas reproduire sur place.

Je descendis du char d'un pas raide en grognant de douleur.

« Qui est le responsable ici ? » aboyai-je. Ma voix résonna dans le hangar. « J'ai un officier scientifique qui a besoin de soins médicaux, et je veux parler au professeur Kellerman. »

Ma section se mit en formation autour de moi. L'équipe de sécurité s'arrêta soudain et se tourna vers Deacon, en quête d'instructions. Du coin de l'œil, je remarquai que certains portaient la main à leur arme. Jenkins avait dû le voir aussi.

« Je crois que monsieur vous a posé une question, et mon copain ici présent mérite une réponse », cria-t-elle en tapotant la crosse en métal de son fusil à plasma.

Deacon tourna vers elle un regard haineux, mais elle ne cilla pas. Son M95 s'alluma dans un gémissement aigu à peine audible. Je dégainai mon pistolet et en ramenai le chien en arrière. Je m'efforçai de masquer la douleur qui explosa dans ma cage thoracique : je ne voulais pas montrer la moindre faiblesse devant ces salopards. Le hangar resta silencieux quelques instants, en dehors des hurlements du vent en fond sonore. Personne ne fit mine d'attaquer aussitôt, mais personne ne fit non plus l'effort de me répondre. Impasse.

« J'ai besoin d'accéder à votre centre opérationnel ainsi qu'à votre équipement de communications », ajoutai-je en brandissant mon pistolet.

Encore une fois, aucune réaction du groupe rassemblé. Jenkins, près de moi, fit claquer sa langue, impatiente d'en découdre.

Une femme arriva en bousculant les officiers de

sécurité et en agitant ses mains ouvertes dans notre direction. Elle portait un débardeur noir et des pantalons de treillis. Ses cheveux blonds tirés en arrière étaient retenus par un bandana. La vingtaine déjà avancée, elle avait de minces bras nus maculés de cambouis.

« On dirait qu'on est tombés sur une chatouilleuse », dit-elle en riant. Une ceinture à outils autour de sa taille accompagnait ses mouvements de bruits métalliques. « Bravo, ma grande. Deacon, tâche d'être un peu moins con avec les nouveaux.

— Putain, un peu de respect quand même ! râla-t-il. Je suis le chef de la sécurité.

— Ouais, t'es les deux.

— J'ai été sergent dans l'armée.

— Eh ! tu l'es plus. »

Quelques hommes du groupe de Deacon partirent d'un rire nerveux – ils appréciaient le jeu entre ces deux-là.

« Des pertes ? s'enquit-elle.

— Pas chez nous. Mais nos invités en ont subi pas mal. »

La femme m'adressa un sourire caustique.

« Jenna Tyler. C'est moi qui dirige les opérations. Technicienne système de troisième catégorie pour l'Alliance, dit-elle en me tendant la main. Ça fait longtemps – très longtemps – qu'on n'a pas eu de visite. Vous avez apprécié la descente ? Ça devait secouer, avec cette tempête, j'imagine. Hélios a le don pour vous mener la vie dure. »

Je lui serrai la main sans rengainer mon pistolet. Au moins, c'était un accueil plus franc que celui que j'avais reçu de la part de Deacon et de ses hommes.

« Capitaine Conrad Harris, programme d'opérations simulantes de l'Alliance. Où est Kellerman ?

— Je suis le professeur Jarvis Kellerman, dit une voix depuis le fond du hangar. Bienvenue sur la base d'Hélios. »

Une silhouette ratatinée s'avança.

Voici donc le professeur en personne, songeai-je. Même pointe d'inquiétude, même pressentiment dans un coin de ma tête : ce type n'était pas fiable. Le groupe s'écarta devant lui, reculant par respect – ou par crainte.

Kellerman était maigre, buriné et aussi délabré que l'avant-poste. Le crâne dégarni, le visage marqué de taches sombres – sans doute dues aux radiations, suite à sa longue exposition sur Hélios. Il portait une combinaison bleu cobalt avec un badge d'identité et le logo de la base brodé aux épaules. *Il a l'air encore plus mal en point que sur les enregistrements 3D*. Ses yeux me frappèrent : vifs, bleu acier, déterminés. *Des yeux de fanatique*.

Le fauteuil flottant dans lequel il était engoncé avançait avec un bourdonnement électrique, et il y était bizarrement installé : penché en avant comme s'il voulait que l'appareil aille plus vite. Il s'arrêta devant moi, à côté de Deacon, qui serrait sa carabine contre sa poitrine.

« J'apprécierais beaucoup qu'on ne fasse pas usage d'armes dans l'enceinte de la base », dit-il d'un air irrité.

Jenkins resta de marbre. Elle était aussi frustrée que moi et n'avait sans doute qu'une envie : ouvrir le feu avec son fusil à plasma. Cela provoquerait toutefois un bain de sang inutile, et je devais pour l'instant m'atteler à nous garder en vie.

« Repos, caporal », soufflai-je.

La plainte aiguë de son arme baissa doucement, et Jenkins adopta une position plus relâchée. Tyler émit un long sifflement. Deacon s'efforça de demeurer impassible, mais même lui parut s'apaiser un peu. Ses hommes se détendirent visiblement.

« C'est mieux », commenta Kellerman. Il s'exprimait avec un accent américain indéfini. Du Midwest, peut-être, raffiné par une éducation sur la colonie lunaire de Chicago. « Capitaine Conrad Harris, c'est bien ça ? Dois-je comprendre que vous êtes le responsable de cette opération ? »

J'acquiesçai. « De ce qu'il en reste, oui.

— Nous avons suivi la descente de votre appareil, et nous n'avions pas de certitudes quant à votre allégeance. Nous avons entendu vos transmissions. Vous avez essayé de nous contacter. »

J'agitai le pistolet dans sa direction. « Alors pourquoi doutiez-vous de notre allégeance ?

— Le cerveau peut nous jouer des tours, répondit Kellerman. De toute façon, même si nous avions voulu répondre, nous sommes pour l'instant privés de capacités de communication orbitale. Nous avons rencontré quelques difficultés techniques, insurmontables étant donné notre éloignement.

— On nous a envoyés déterminer pourquoi cet avant-poste avait rompu le contact avec Cap-Liberté. Nous savons déjà que l'installation spatiale fonctionne – notre vaisseau l'a analysée avant l'embuscade.

— Peu importe – vous êtes ici à présent », trancha

Kellerman d'un ton sans appel. Il fit pivoter son fauteuil vers le char des sables rempli d'équipement. « Monsieur le chef de la sécurité, veuillez vous assurer que tout ce qui a été récupéré sur l'épave soit stocké de manière appropriée. Tout cela nous sera fort utile. »

Un autre garde s'attela à la tâche et entreprit de sortir des caisses du char. Débarrassé de son casque, il n'avait vraiment pas l'air en forme. Une luminosité extraterrestre, une atmosphère traitée et des rations militaires ne font pas une vie saine.

« Quel dommage ! se plaignit le professeur, contrarié, tandis que l'un des gardes passait près de lui avec une cuve de simulateur. Certains équipements semblent endommagés. S'agit-il de simulateurs ? Ils vont nécessiter une réparation avant d'être à nouveau opérationnels. » Il s'adressa directement au garde. « Ont-ils été abîmés au cours du crash ou du démontage ?

— Euh… du crash, répondit l'homme. Du crash, absolument. »

Sa voix trahissait sa crainte – la crainte que Kellerman lui inspirait.

« Très bien », dit le professeur, puis il lui fit signe d'avancer.

« Merci pour le ravitaillement, intervint Tyler en se plaçant entre le scientifique et moi. On n'a jamais trop de vivres ni de médicaments. Nous n'avons ni capacité d'intervention rapide ni soutien aérien, sans parler de vaisseau spatial comme de tout ce dont on aimerait disposer dans un environnement hostile. On n'a que dalle.

— Quelle négativité ! » cracha Kellerman. Son

visage était déformé par une grimace permanente. Difficile de l'imaginer travaillant en harmonie avec quiconque, et encore moins Tyler. « Comme je le répète toujours, il est essentiel de conserver un état d'esprit positif pour survivre sur Hélios. » Il se retourna vers moi. « Et vous aurez toutes les réponses que vous cherchez en temps voulu. D'ici là, je crois que nos installations suffiront à vos besoins. Nous avons du chauffage, à boire et à manger – ce qui est essentiel à la vie humaine. Votre section peut occuper l'une des unités d'habitation vacantes. Il y en a largement assez. »

Kellerman enclencha la marche arrière de son fauteuil et se renfonça dans le hangar.

« Quel effectif vous reste-t-il ? » lançai-je après lui. J'étais furieux qu'il nous traite de façon si cavalière : mon unité venait de subir de lourdes pertes, pourtant il n'avait montré ni inquiétude ni conscience de la gravité des événements.

« Pas plus que ce que vous avez vu. Peut-être quelques chercheurs qui traînent quelque part, mais tous les autres ont disparu. Comme dit miss Tyler : Hélios nous mène la vie dure. À présent, je dois retourner à mes recherches. Monsieur Deacon, trouvez un brancard pour l'officier scientifique blessé. Capitaine Harris, quand vous vous serez rafraîchi, vous voudrez peut-être venir me voir pour discuter de mes résultats. »

Je le regardai disparaître dans l'obscurité et contemplai la vingtaine de survivants de la base Hélios, tout ce qui restait des deux mille personnes qu'on y avait envoyées.

Chapitre XIV

Coincés

Sur les instructions de Kellerman, la sécurité nous escorta jusqu'à un module d'habitation abandonné. On trouva un brancard pour Olsen, et Martinez et Blake traînèrent sa carcasse molle sur le lit en lévitation. La machine capricieuse plongea en recevant son poids. Il était toujours inconscient. On nous fit parcourir une succession de polytunnels dont les parois en mauvais plastique étaient battues par le vent.

« Le professeur a dit qu'on viendrait examiner votre jambe quand on aurait le temps », annonça le responsable en partant, avec un sourire aux dents gâtées.

Je crois que je peux rêver longtemps.

Sans plus d'explications, les gardes nous enfermèrent dans l'unité et s'en allèrent.

On explora nos quartiers confinés. Le module abritait à l'origine cinquante à soixante personnes dans des box de deux. Certains avaient été réduits à leur plus simple expression (murs nus et couchettes), mais bon nombre semblaient avoir été récemment abandonnés. Le tout donnait l'impression d'une ville fantôme lugubre. Des tableaux de service figuraient encore sur les panneaux d'affichage. Des photos du pays étaient punaisées aux murs. Des tasses et des assiettes vides garnissaient des meubles. Un plaisantin avait fixé des images holo de paysages terrestres légendaires à un moniteur : la cité antarctique, l'opéra de Sydney à demi submergé, les canaux du centre de Londres. Ce décor nous invitait à imaginer que les anciens occupants n'allaient pas tarder à rentrer, épuisés de leur quart du matin. Au centre de l'unité d'habitation, abandonné aussi brusquement que le reste, se trouvait un réfectoire où s'alignaient des tables poussiéreuses et des marmites pleines de bouffe moisie. Un grand tableau trônait à un bout de la salle, proclamant fièrement : JOURS SANS PLUIE – 398. Des contrevents couvraient chaque fenêtre, nous protégeant des intempéries et nous piégeant à l'intérieur.

« Et moi qui trouvais les logements du Cap pourris… marmonna Blake.

— Il y a des lits, *cuate*, rétorqua Martinez en sortant d'une des chambres vides. C'est un début. Et puis on a de l'électricité et des vivres.

— On dirait que la situation ne te dérange pas », remarquai-je.

Martinez haussa les épaules. « Tant qu'on peut dormir, boss… On aura nos réponses plus tard, je suppose.

— Les contrevents sont verrouillés, déclara Kaminski. C'est une vraie prison, ici.

— Kaminski n'a pas tort, cria Jenkins, plus loin

dans le couloir. Ces salopards nous ont enfermés. Les portes ont une ouverture électronique. »

Je la suivis jusqu'à la seule sortie de l'unité, et elle me montra la porte verrouillée.

Je convoquai une réunion dans le réfectoire.

Blake était assis sur une caisse de vivres retournée. Il avait une barbe naissante et son uniforme était sale. À mon entrée, il sursauta légèrement comme pour reprendre une pose plus militaire, mais je lui soufflai de ne pas se donner cette peine. Rien de tout ça n'était nécessaire ici : le protocole était parti en cacahuète.

Kaminski passa près de nous. Il mangeait une RCIR – ration de combat individuelle réchauffable – qu'il enfournait à coups de cuiller en métal. C'est à peine s'il me remarqua.

« La bouffe est bonne ?

— Ça va, répondit-il. Steak et patates. »

À l'odeur, la ration paraissait indigeste et douce-amère, comme si la viande était avariée, mais il continua de manger.

Jenkins était assise à une table dans un coin de la salle, au milieu des pièces d'un fusil à plasma qu'elle avait démonté. Elle s'absorbait dans le nettoyage de chaque composant et le remontage du fusil, avant de répéter la même procédure depuis le début. Martinez la regardait en se parlant en espagnol. Je tirai une chaise et pris place près de Jenkins.

« Tout va bien, boss ? demanda-t-elle, toujours concentrée sur son fusil.

— Pas vraiment, non. »

Elle continuait le travail sur son arme. *La lunette de visée se place ici. La lentille se connecte à la batterie. La chambre doit être propre pour permettre la polarisation maximale de la charge. La goupille d'impulsion se glisse ici. Le chargeur se connecte à la crosse.* Elle n'oubliait jamais une pièce. Cette fois-ci ne fit pas exception.

Olsen était à moitié effondré sur un vieux matelas qu'on avait traîné dans un coin de la salle, la tête entre les mains. Il s'était réveillé peu après notre arrivée dans le module d'habitation. Le personnel scientifique travaille normalement dans les vaisseaux, les stations, à l'extrémité stérile de l'effort militaire allié. Il ne voit et ne ressent jamais de près la menace krelle. Il y avait goûté une fois, à bord du *New Haven*, mais se retrouver sur la planète en personne était un cauchemar éveillé. Je lui avais déjà expliqué la façon dont l'infirmerie avait été vidée et l'étrange présentation de Kellerman dans le hangar. Il avait une mine à faire peur et des propos pires encore.

« On est coincés ici ! » s'exclama-t-il, soudain agité. Une vilaine bosse noir et bleu s'était formée sur sa tempe gauche, si grosse que sa tête paraissait difforme. « Le professeur Kellerman est notre seule chance d'échapper à cette planète et, aux dires du capitaine, c'est un malade. Rien ne va, caporal. »

Jenkins inséra la batterie dans son M95 avec une précision froide puis regarda l'officier scientifique à travers la lunette de visée. Elle lui adressa un sourire de prédateur.

« Hé, Olsen, lança-t-elle à travers la salle, vous regrettez de ne pas avoir pris d'arme, maintenant ?

— Le petit homme n'a peut-être pas tout à fait tort », avança Kaminski. Il se tourna vers Martinez et Blake en quête d'approbation, mais aucun des deux ne l'appuya. « On est piégés sur ce caillou, au fin fond de la Galaxie.

— Du calme, Olsen, et toi aussi, 'Ski, dis-je de ma voix la plus sévère. Ce n'est pas en nous vautrant dans les idées noires qu'on résoudra quelque chose. Restons calmes. On est des soldats, et il faut qu'on dresse des plans en fonction de ce qu'on sait. Le fait est que l'*Oregon* est détruit. Toute balise de détresse embarquée est soit foutue, soit susceptible d'attirer les Krells vers notre position. Le crash a changé les paramètres de notre mission. Il n'était pas prévu qu'on se retrouve ici dans nos véritables corps, à poil ! Objectif immédiat : trouver un moyen de quitter Hélios. »

Mes gars s'entre-regardèrent. Puis l'équipe se concentra sur mes propos. Je suppose que ça faisait du bien d'avoir un but. On restait des militaires, et avoir un objectif aidait soudain à rassembler le groupe.

« Ouais, mon gars, fit Kaminski, dont l'humeur avait vite changé. On emmerde Kellerman. On les emmerde tous. Ils peuvent bien rester sur Hélios avec la poiscaille si ça leur chante. »

Faire quitter la planète à ma section était ma priorité – la seule désormais. Trop de gens de bien avaient déjà péri.

« Puisque Kellerman a expliqué dans le hangar qu'il nous avait observés en orbite, le satellite de communications de la base doit fonctionner. Avant que l'*Oregon* ne soit attaqué, le commandant a confirmé que le satellite était alimenté. »

J'évitai de mentionner qu'Atkins ainsi que son équipage étaient désormais condamnés au froid tombeau de l'espace.

« Et si le satellite est alimenté, il peut envoyer des messages hors du système, dit Kaminski entre deux bouchées. Mais il nous faudrait obtenir l'accès au centre opérationnel. »

J'approuvai de la tête. « Ce qui signifie que nous aurons besoin d'avoir la responsable des opérations de notre côté. Cette femme, Tyler, elle pourrait nous aider.

— Elle avait l'air un peu moins névrosée que l'autre, commenta Jenkins en marquant une pause dans le remontage de son fusil.

— On dirait qu'on a un plan », conclut Kaminski. Il hocha la tête avec enthousiasme. « On peut obtenir du renfort, un vaisseau, et se tirer ! »

Il cogna le poing de Martinez et de Blake.

« Et si on n'arrive pas à accéder au centre opérationnel ni au satellite de communication ? s'enquit nerveusement Olsen en clignant des yeux rougis. Combien de temps passera avant qu'on soit portés disparus ? »

Je me frottai le menton en me demandant s'il fallait lui répondre honnêtement.

« Je ne suis pas certain que vous ayez envie de l'entendre.

— Dites-moi quand même.

— Il se passera au moins six mois objectifs avant qu'on nous ait portés disparus. Il en faudra bien six de plus pour qu'un vaisseau arrive jusqu'à nous – à condition que la Flotte accepte de sacrifier un bâtiment rapide. Mais la réalité, c'est que le Commandement de l'Alliance pourrait bien ne jamais envoyer de secours.

— Dites-moi que je rêve ! gémit Olsen.

— C'est notre situation. On est dans le Maelström. Il y a tout bonnement trop de facteurs de risques à prendre en compte. »

Le groupe réfléchit en silence à ces mots. Les protocoles de sauvetage et de récupération étaient suspendus pour ce genre d'opérations. L'*Oregon* n'avait sans doute même pas envoyé de signal de détresse. Pour ce que le Commandement en savait, on avait pu connaître un problème technique à bord pendant le trajet vers Hélios. Si on y ajoutait le fait que Kellerman ne faisait plus de rapports au Cap, il était désespérément optimiste d'imaginer que quelqu'un viendrait à notre recherche.

« Sans parler du coût d'une opération de sauvetage supplémentaire, ajouta Jenkins, amère. C'est toujours à prendre en compte, avant qu'ils envoient quelqu'un d'autre. »

Je haussai les épaules. « Les faits sont là.

— Très bien, dit Blake en se levant pour arpenter la salle. Alors, comment procède-t-on ? Comment contacte-t-on Tyler et le centre d'opérations ? »

Olsen se manifesta de nouveau : « On devrait peut-être employer la force. Le caporal a un fusil.

— Inutile, murmura Martinez. Les gardes sont armés. Ils sont plus nombreux que nous, et le capitaine est blessé, objecta-t-il avec un signe de tête dans ma direction. On n'a qu'un seul fusil et le pistolet du capitaine.

— Je pourrais me les faire, déclara Kaminski. Donnez-moi seulement le fusil.

— Tous les dix ? Dans ton vrai corps ? Les simulateurs sont hors service, rétorqua Jenkins. Les gardes sont nerveux. Ils tireront à la première occasion. Une balle de leur carabine te tuera aussi aisément qu'une impulsion de fusil à plasma. Pauvre con. »

Kaminski haussa les épaules. « Je le dis comme je le pense. Je pourrais me les faire.

— Très utile, Kaminski, très utile. Comme toujours, tu es le cerveau de l'opération, commenta Jenkins en secouant la tête d'un air désabusé.

— Je me limite à tuer des trucs, globalement », répondit-il. Il se consacra derechef à sa conserve.

« Arrêtez, tous les deux, intervins-je. Personne ne va se faire tuer là-dehors. On ne prendra aucun risque.

— Je me contenterai de survivre, remarqua Olsen.

— Ouais, bah, vous êtes pas comme nous », répondit Jenkins.

Olsen se prit de nouveau la tête entre les mains.

« Jenkins, fous-lui la paix. Il faut qu'on attende le bon moment. Personne ne va sortir d'ici à coups de fusil. On reste tranquilles jusqu'à ce que l'occasion se présente. Y a rien d'autre à faire. Kellerman veut me parler, apparemment. J'écouterai ce qu'il a à dire, et après on décidera de notre mouvement suivant. »

Je me levai et grimaçai malgré moi en m'appuyant sur ma jambe. Je tentai de le cacher, mais Blake remarqua ma tête.

« Olsen pourrait peut-être jeter un œil à votre jambe, dit-il avec un signe de tête vers l'officier scientifique.

— Je me rendrais volontiers utile, répondit celui-ci. Si nous avons des fournitures médicales, j'aiderai avec plaisir.

— J'ai vu des pansements et du matériel de premier secours dans un des box vides, expliqua Blake. Venez avec moi, Olsen, je vous montrerai. Boss, je pense que vous devriez vous reposer. »

J'acquiesçai à contrecœur et repris place sur mon siège. « Vous devriez tous en faire autant. Faites un somme. Quand l'occasion se présentera d'agir contre Kellerman, il faut qu'on soit prêts. En attendant, je veux qu'on monte la garde dans cette unité d'habitation à chaque instant. »

La nuit succéda au jour. Pour les occuper, j'ordonnai à mes gars d'entasser les RCIR et les bouteilles d'eau. Ils fouillèrent les quartiers en quête de matériel utile, mais il s'agissait d'un habitat civil et rien n'avait de valeur offensive. Martinez et Kaminski tentèrent de forcer l'un des contrevents pour sortir. En vain. Finalement, la section se dispersa et chacun se trouva un box pour la nuit.

On s'était entendus pour établir des tours de garde, mais en fin de compte je n'arrivais pas à dormir et je m'en chargeai donc seul. Si les autres parvenaient à trouver un peu de repos, autant qu'ils le prennent.

J'arpentais les couloirs déserts du module. La tempête s'était calmée un peu plus tôt dans la journée, mais le vent n'avait pas faibli. Il produisait comme des hurlements de xénos mourants en passant dans les structures autour de nous. Il était parfois si violent que le module lui-même semblait trembler. Sûrement mon imagination qui faisait du zèle.

Quelques heures après le coucher du soleil, j'étais assis dans le réfectoire, seul. En dehors de mon vieux pistolet, le fusil à plasma de Jenkins était notre unique arme, et nous la partagions donc. Je vérifiai la batterie pour la centième fois. Le vent et la situation en général me pesaient. Je calai ma jambe blessée sur une chaise métallique en m'affalant sur une autre. La douleur dans mes côtes s'était muée en élancements sourds et, debout, assis ou couché, elle n'était jamais loin.

Quelque chose grinça derrière moi. J'attrapai aussitôt le fusil et me redressai à demi en visant l'obscurité. *Bon sang, que ce fusil est lourd !* Je ne pourrais sans doute rien toucher avec, de toute façon.

Blake se tenait à l'entrée du réfectoire, les mains levées, paumes en avant. « Ce n'est que moi. »

Je hochai la tête et balançai le fusil sur la table. Il atterrit bruyamment. « Désolé, Blake. »

Celui-ci gagna les contrevents et jeta un œil entre les lattes métalliques abîmées. « Je n'arrivais pas à dormir non plus, déclara-t-il brutalement. Le vent fait trop de bruit. À votre avis, comment le personnel supporte-t-il ça ?

— Ils s'adaptent, j'imagine. Comme nous.

— Vous voulez du café ? demanda-t-il en allant chercher deux tasses autochauffantes au coin de la salle.

— Si c'est toi qui régales. »

Il s'assit en face de moi dans l'obscurité. On ouvrit les tasses en mauvais plastique – des rations longue durée –, et les boissons se réchauffèrent instantanément. L'odeur des substituts de grains de café emplit la salle.

« Qu'est-ce qu'ils ont à nous laisser dans le noir ? demanda-t-il. Ça ne suffit pas qu'on soit à l'autre bout de la Galaxie et cernés par des hostiles ? Il faut que quelqu'un s'amuse à éteindre la lumière. »

Blake faisait allusion à la coupure du courant. Un peu après que les soleils s'étaient couchés – privés d'accès aux ordinateurs, on ne pouvait estimer l'heure planétaire qu'au mouvement de ses soleils –, l'alimentation électrique du module avait été coupée. Une décision délibérée, semblait-il, puisque le verrou électronique des portes fonctionnait toujours.

« Kellerman doit économiser l'énergie. Il la réserve sûrement à ce qu'il estime essentiel. En l'occurrence, ce n'est pas nous. »

Blake hocha la tête. Mais cette discussion ne concernait pas vraiment le courant ni la lumière : il parlait parce qu'il avait besoin de compagnie. Parce que cette situation le rendait nerveux et qu'il était plus facile de se concentrer sur des banalités que sur le tableau d'ensemble.

Un long moment passa. Je pris une lichette du caoua bouillant et sentis le liquide épais dans le fond de ma gorge. Cela représentait un semblant de normalité.

« Quelque chose te préoccupe ? demandai-je avec toute la douceur dont j'étais capable.

— Putain, qu'est-ce qu'on va faire, boss ? murmura-t-il. Je voulais pas faire mon cinéma devant les autres, mais on est pris au piège. Pas de sims, pas d'espoir. On est à poil. »

Tes simulants vont bien, pensai-je. *Il n'y a que les miens qui aient péri dans le crash*. Mais exprimer mes inquiétudes ne remonterait pas le moral de ma section, et il fallait que les troupes soient en forme si on devait agir contre Kellerman. Blake n'avait pas besoin d'entendre mes doutes à cet instant : il avait besoin d'encouragements. Je l'oubliais parfois à son sujet.

« Les cuves doivent pouvoir être réparées », assurai-je. J'espérais que c'était le cas, mais j'ignorais si c'était vrai. « On s'en sortira sans problème.

— Comment vous faites tout ça ? demanda-t-il. Je veux dire : mourir, vivre et recommencer sans cesse. »

Voilà donc de quoi il veut réellement discuter.

« Tu crois que j'ai le choix ?

— Je rêve de chacune de mes morts toutes les nuits, bordel. Chaque fois que je ferme les yeux, je me vois mourir. » Il tendit la main à l'horizontale devant lui. Elle tremblait. « Vous savez, si je me concentre, j'arrive à retrouver quel effet ça m'a fait d'être soufflé de la coque de l'*Oregon*. Je sens chaque atome de mon corps jusqu'au dernier se faire pulvériser.

— Ne ressasse pas, va de l'avant. On le fait parce qu'il faut le faire. »

Imperturbable et pas convaincu par ma réponse, Blake poursuivit : « Et ce n'est pas uniquement cette mort-là. C'est toutes sans exception.

— En as-tu parlé aux psys ? »

Il haussa les sourcils, l'air sceptique. « Comme s'ils apportaient quelque chose ! Et comment pourraient-ils ? Ils ne savent pas ce que c'est. Personne ne sait à moins de l'avoir vécu. Prenez Olsen, il nous a accompagnés sur une seule mission, et je parie que ça ne le quittera jamais.

— Je suis sûr qu'il n'oubliera pas. Écoute, je déposerai une demande de psychochirurgie pour lui à notre retour au Cap.

— Je crois que si un psy examinait Olsen tout de suite, pendant son sommeil, il serait en train de rêver du *New Haven*. Pas de ce qu'il vient de subir, mais de sa mort. »

J'eus soudain le sentiment que j'étais dépassé par cette conversation, que peut-être c'était Blake qui aurait eu besoin d'une psychochirurgie plutôt qu'Olsen. Il frissonna et parut se ratatiner devant moi, se frottant nerveusement les yeux de l'index et du pouce.

« C'est cette maudite planète, ajouta-t-il d'une voix mal assurée. Mes excuses. Je ne devrais pas dire tout ça.

— On se connaît depuis combien de temps, Blake ?

— Trois ans objectifs. Trente-sept opérations.

— Chaque fois que je t'ai emmené dans l'espace, je t'ai ramené en un seul morceau. Cette opé n'est pas différente des trente-sept précédentes.

— Je sais, dit-il en agitant la main comme s'il savait bel et bien déjà tout ça.

— Tu es le plus jeune de l'équipe, mais je sais que je peux compter sur toi. Je t'ai choisi. Je ne te l'avais jamais dit. Je t'ai *choisi*. »

Il se tut, mais son visage s'éclaira un peu à cette révélation. J'avais recruté Blake à la sortie de ses classes d'infanterie, dans le camp de l'armée alliée d'Olympus Mons, sur Mars. Il n'avait pas demandé à servir dans une équipe d'opérateurs de simulants, mais son profil psychologique était idéal pour ce boulot.

« Il y avait beaucoup de candidats pour cette place dans la section. En tant que chef d'équipe, j'ai dû tous les examiner. Tu savais que certaines huiles t'estimaient trop jeune pour le poste ? »

Il secoua la tête. « Non, boss.

— Mais pas moi. J'ai vu ton potentiel. Les rapports sur tes classes étaient exceptionnels. Je savais que tu ferais un opérateur parfait. Ces trois dernières années, tu as fait tes preuves. Tu ne m'as jamais laissé tomber.

— Merci. Mais il y a un truc que je voudrais vous dire.

— Je me rappelle maintenant – sur le Cap. Vas-y. »

Encore une fois, cela ne datait que de quelques jours pour nous – une nuit à boire dans le district. J'avais pourtant l'impression que ça remontait à une éternité : au revoir, les couloirs sûrs et confortables de Cap-Liberté. J'avais oublié cette conversation.

Blake marqua une pause, embarrassé, puis se lança : « J'ai pris une décision. Tout ça… ça m'a changé. »

Sitôt ces mots prononcés, je sus ce qui allait suivre. *Merde*. J'aurais dû reconnaître les signes. J'avais déjà vu ça chez d'autres opérateurs de simulants. *Quel imbécile de ne pas l'avoir remarqué !* Blake nous faisait un burn-out.

« Ne prends pas de décision tout de suite. On en reparlera quand ce sera fini, à Cap-Liberté.

— J'ai rempli les papiers nécessaires avant qu'on quitte la base. Le Commandement mettra un moment à me libérer du service, mais ça viendra. »

Sa décision était prise. Il voulait juste soulager sa conscience, me prévenir maintenant pour que je sache que c'était sans appel. Je grimaçai. *Cole était au courant.* Il était au courant lors de mon briefing sur le Cap. Il savait parfaitement ce que voulait Blake, ce qui allait se passer, mais il l'avait quand même envoyé ici. « *Chaque membre de votre équipe y trouvera son compte. Ils auront tous ce qu'ils veulent.* » Pour Blake, c'était le ticket de sortie du programme. Je ressentis soudain une grande colère et une grande déception. Non pas à cause de Blake, mais de la machine militaire. Tout ce foutu système.

Il secoua la tête. « Je suis fatigué. Je n'arrive pas à faire comme vous. Je ne peux pas continuer à mourir comme ça.

— On en parlera plus tard.

— Dès qu'on rentre au Cap, je quitte la force », dit-il. Il serra les dents, l'air plus déterminé que jamais. « Je veux me poser. Avoir une vie digne de ce nom. Mes parents veulent que je rentre. » Il haussa les épaules, comme gêné. « La Terre me manque. »

J'aurais bien voulu comprendre ça : regretter la Terre !

« Depuis combien de temps n'y êtes-vous pas allé ? me demanda-t-il.

— Pas assez longtemps. La Terre ne représente rien pour moi, si ce n'est de mauvais souvenirs. Je n'étais pas beaucoup plus jeune que toi quand je me suis engagé dans l'armée de l'Alliance, et je n'y suis pas retourné depuis. Je ne comprends pas ce qui te pousse à vouloir rentrer, mais c'est ton choix.

— Je veux voir ma famille avant de ne plus en avoir. »

Ça, je pouvais le concevoir, bien que sans rapport avec ma famille. Quelqu'un me manquait, oui, mais elle était déjà partie – on me l'avait déjà enlevée.

Un instant, je me demandai si peut-être il n'avait pas raison. Peut-être que, tout ça, c'était des conneries. Que ça ne voulait rien dire. Sauf – *sauf !* – que chaque Krell mort me rapprochait d'elle. D'Elena. Et je ne pourrais jamais renoncer à ce rêve-là.

« Je sais que les choses n'ont pas été faciles pour vous non plus, dit Blake comme s'il suivait ma réflexion. Mais je suis encore jeune.

— Prends ton temps. Ne parle pas aux autres de ta décision. Quand on sera de retour au Cap, on discutera encore.

— Les autres ne sont pas au courant et je ne leur dirai rien si vous pensez que je ne devrais pas. Comment va votre jambe ?

— Olsen a retiré des fragments métalliques de la plaie, mais d'après lui il en reste dans le muscle. Il n'a pas le matériel nécessaire pour les enlever. »

Je relevai mon treillis déchiré pour lui montrer ma blessure ouverte. C'était une vilaine entaille, même une fois nettoyée et badigeonnée de médigel. Elle ne saignait plus, heureusement, mais la chair avait pris une teinte grise peu engageante. J'avais déjà vu des blessures bien pires sur mon propre corps – mon corps de simulant – au fil des années de service. Celles-là ne m'avaient causé aucune émotion du tout, mais cette fois ça n'avait rien à voir. Ce n'était pas tant la douleur constante – même si c'était déjà terrible – qu'un rappel de ma propre mortalité. Personne dans l'équipe n'était formé aux premiers secours, pas comme dans l'armée classique, et on n'avait pas d'infirmier dans la section. En temps normal, on n'en avait tout bonnement pas besoin.

Blake fronça les sourcils. « Ça a l'air infecté.

— Christo, gamin, t'es d'un positif ! lâchai-je en riant. Rappelle-moi de ne pas te demander de bonnes nouvelles.

— Mais c'est vrai. J'espère que Kellerman vous aidera.

— Je ne suis pas certain que Kellerman nous aidera en quoi que ce soit. Il va falloir qu'on le surveille de près. » Je me levai en m'appuyant sur la table. « Maintenant, va te coucher un moment. C'est un ordre. Le vent s'est un peu calmé. J'ai besoin que tu aies la tête froide demain. »

Il acquiesça. « Merci pour votre soutien.

— Pas de problème, soldat. Je te dois un café. »

La conversation avec Blake m'avait mis sur les nerfs. À une époque, moi aussi je ressassais chaque transition. Pour la plupart des opérateurs de sims, c'était un cap à franchir. Ça l'avait été pour moi, au cours des premières années, en poste sur Azur. Dans le cas de Blake, je soupçonnais un problème plus profond. Je n'étais pas persuadé qu'il réussirait à le surmonter.

J'errai dans les couloirs comme un fantôme, comme le seul éveillé dans un vaisseau où tous les autres sont en hypersommeil. Contrairement à mon expérience sur l'*Oregon*, c'était bien réel.

Les nuits sur Hélios étaient terriblement longues. Noires, froides et bruyantes.

Mais ce n'était pas le vent qui me tenait éveillé. Je me mentais à ce sujet. Autre chose était tapi dans mon crâne.

Ma tête me faisait souffrir plus encore que mes côtes et ma jambe. Plusieurs heures après que Blake fut enfin parti se reposer, je dévalisai les armoires à pharmacie du module, à la recherche d'antalgiques.

Je trouvai une salle d'eau abandonnée. Les murs étaient poussiéreux, sales, et les cabines de douche avaient séché depuis longtemps. Ça puait la merde et la pisse. Le dernier nettoyage précédait largement son abandon. Appuyé sur le fusil, je boitillai jusqu'à l'un des lavabos noircis. Au plafond, une lampe électrique s'alluma en clignotant. Manifestement, on n'avait pas coupé toute l'alimentation de l'habitat. Mon reflet fracturé apparut dans un miroir brisé. Une centaine d'images minuscules de moi me contemplaient : voûté, tremblant, fatigué.

Quarante et un ans maintenant. Grâce aux congélos. Bien trop vieux pour ces conneries.

La douleur me vrillait la tête, presque incapacitante. L'espace d'un instant, je crus que j'allais vomir. Inutile d'appeler les autres et de les réveiller pour une bête migraine. *C'est sans doute une conséquence du crash*, raisonnai-je. *Ou peut-être un effet secondaire persistant de l'hypersommeil.* Ma sortie d'hibernation était encore récente.

Il me faudrait vraiment un petit verre. C'était sûrement ça : j'avais besoin d'un verre. Je n'avais pas bu depuis des jours, depuis le Cap.

J'ouvris l'un des flacons en plastique, à demi plein d'antalgiques, et en renversai le contenu au creux de ma main. Je les gobai rapidement, sans eau. Peu importait : il s'agissait de comprimés à l'ancienne et non de médicaments intelligents comme j'en avais l'habitude.

Je me regardai un long moment dans le miroir. Je ne cessais de me répéter que la douleur dans ma tête allait partir, que ce n'était rien de plus qu'une migraine.

Mais tu sais parfaitement ce que c'est.

Quand je fermais les yeux, j'entendais l'Artefact. Un son braillard et des parasites répétés en boucle. Il y avait quelque chose derrière ce bruit, quelque chose de terriblement familier mais que je n'arrivais pas à situer. Comme les vestiges d'un rêve qui me rongeaient intérieurement.

Une sonorité, une mélodie…

Voilà ce qui provoquait ma souffrance. Pas un obscur processus biologique. C'était plus profond, et aucun antalgique ne pouvait l'atteindre.

Ce n'est pas juste un bruit. C'est une transmission, un signal. Du langage.

J'ouvris les yeux et fixai de nouveau le miroir. Comme un œil d'insecte, il me renvoyait de minuscules images de tous ceux qui avaient péri sur l'*Oregon*. Atkins, Pakos, les collègues d'Olsen, les équipes de la passerelle et de la maintenance.

Et au centre du miroir, pris dans les plaques concaves argentées : mes simulants. Des reflets miniatures de moi-même, figés en dix poses mortuaires différentes.

Parfois, je me disais que mourir était la seule activité pour laquelle j'étais vraiment doué. Les fragments qui s'inséraient entre-deux, la vie, je ne m'en sortais pas. Les propos de Blake sur la famille m'avaient fait penser à Elena.

Au milieu du miroir, si petite que je devais plisser les yeux pour la voir, se trouvait son image.

Un souvenir – un mauvais souvenir – enfla soudain en moi.

Chapitre XV

Couvre-feu

Six ans plus tôt.

Je n'étais pas habitué à l'uniforme de parade, mais Elena avait insisté. Et puis l'officier responsable de tout le programme SimOps avait exigé la tenue de cérémonie pour l'événement. Même ainsi, ça me pesait : le col amidonné, les pantalons à pli. Je ne portais presque jamais le grand uniforme.

Elena et moi nous tenions au bord de la plateforme. On s'apprêtait à quitter Fort Rockwell. Le crépuscule approchait et la station de monorail grouillait de militaires. Fort Rockwell abritait désormais près de deux millions d'individus issus des rangs de l'armée et de la Flotte, ainsi que le personnel de soutien associé. Le camp possédait un réseau de transport interne qui s'étendait dans les quartiers civils.

« Tu es impatient ? » demanda Elena, pendue à mon bras.

Elle portait une robe noire courte – j'avais insisté. Si j'y allais en uniforme de parade, alors elle devait bien présenter elle aussi. Sa robe était taillée dans une soie fine scintillante importée d'une autre planète, et elle épousait toutes ses courbes. Elle avait enfilé un long manteau de velours noir par-dessus. Elle était intemporelle : une beauté classique au milieu des sourires faux et des corps bodysculptés.

« Impatient de quoi ? Je n'ai pas besoin d'un titre. Je n'ai jamais été un grand amateur de médailles et d'insignes honorifiques, tu le sais.

— Mais, une promotion, c'est quand même quelque chose, non ?

— Je n'en suis pas sûr. Je n'accepterai peut-être pas.

— Tu seras capitaine », dit-elle en faisant traîner les syllabes. Elle partit d'un rire rauque – son rire paillard. « Ce n'est pas rien. »

Ce soir devait être ma cérémonie de récompense, un dîner célébrant ma promotion. Organisé par le commandant O'Neil, il honorait non seulement mon travail mais aussi le succès du programme SimOps tout entier.

Elena avait raison, toutefois : cette promotion n'était pas rien. Elle était plus qu'honorifique. Je quittais les rangs des sous-officiers et ma solde faisait un bond. J'étais promu bien au-delà du cheminement de carrière habituel – une exception reconnue au règlement, qui découlait de mes résultats en tant qu'opérateur de simulant.

« Il y aura d'autres promus, dis-je en détournant de moi un peu de son attention.

— Je sais, je sais. Vincent Kaminski sera-t-il là ? »

Je fis non de la tête. « Il s'est fait choper à ramener de la compagnie dans ses quartiers, une fois de plus. »

Elena haussa un sourcil fin. « Donc encore six mois avant qu'il puisse être promu ?

— Encore six mois, oui. C'est son troisième… faux pas.

— Mais cela ne ternit en rien ta réussite. Quarante-trois transitions… » Elle secoua la tête, impressionnée. « Et plus de cent recrues dans le programme. La croissance sera exponentielle désormais. »

Je haussai les épaules. En réalité, ça me plaisait qu'elle fasse tout un plat de ma promotion. Je n'avais personne d'autre. Elle était tout mon univers. On s'était installés ensemble dans un logement de taille correcte, dans le quartier militaire – un T2, normalement réservé aux couples mariés.

Encore une exception à la règle – c'était l'un des avantages d'appartenir aux opérations simulantes. Ces dernières années, c'était devenu le projet chouchou de l'armée. L'argent et les ressources affluaient plus vite qu'on ne pouvait recruter.

« Je me demande comment sera la salle », dit Elena. C'est elle qui était impatiente : son visage rayonnait. « Pas, j'espère, comme le restaurant où tu m'as emmenée le jour de mon arrivée.

— Tu n'as pas aimé ? Tu aurais dû le dire.

— Je m'attendais à ce que tu me comprennes à demi-mot. Tu ne me connais pas encore assez bien ?

— Je ne crois pas te connaître aussi bien que je le voudrais, loin de là. »

À ce moment-là, le monorail fit son entrée en silence sur la plateforme et glissa jusqu'à s'arrêter. Blanc, lignes épurées, presque neuf. Une foule considérable s'était rassemblée, et les passagers se bousculaient en y montant. Bras dessus, bras dessous, on choisit l'une des voitures les moins chargées, à l'arrière.

Elena s'assit et émit un claquement de langue réprobateur devant le panneau INTERDICTION DE FUMER. Elle lissa le tissu irisé de sa robe et croisa les jambes ; puis elle se pencha vers moi, contre mon épaule.

« J'ai l'air grosse dans cette robe », souffla-t-elle.

Je me tournai pour l'examiner. Elle s'était débarrassée de ses lunettes, juste pour la soirée. Son maquillage et ses bijoux étaient discrets, naturels. Elle m'adressa un demi-sourire énigmatique, les joues soudain rouges. Je serrai sa main.

« Je ne crois pas t'avoir jamais vue aussi belle. Et je ne te trouve pas l'air grosse du tout. »

Le train démarra et quitta la station Rockwell centre en accélérant.

Les voitures se remplirent à mesure que nous prenions des passagers aux arrêts suivants, encore dans le périmètre de Fort Rockwell. Des militaires de toute sorte montaient et descendaient, mais j'étais absorbé par ma conversation avec Elena et je n'y prêtai guère attention.

« Ce coucher de soleil est fabuleux, tu ne trouves pas ? » dit-elle.

Elle regardait par-dessus mon épaule pour apprécier la vue. Tau du Centaure, bas dans le ciel, dardait des rayons éblouissants sur la ligne d'horizon découpée. Le paysage était baigné d'orange vif – sans pollution, accueillant.

« C'est dû à la composition des couches supérieures de l'atmosphère. Mais c'est joli, j'imagine.

— Conrad, ne gâche pas tout ! Profite du spectacle pour ce qu'il est. On est là, ensemble, sur cette planète. Il faut se montrer reconnaissant des petits plaisirs de la vie, et puis le reste viendra naturellement. »

Les lumières de la ville défilaient derrière nous tandis que le train roulait à pleine vitesse et franchissait le périmètre pour pénétrer dans la métropole environnante. Seules les tours illuminées bien reconnaissables ne changeaient pas. L'une d'elles était le Weskler-Trump international.

« Tu te rappelles quand on a dormi à cet hôtel ? À mon arrivée ? »

Le train arriva à la plateforme suivante. Une nouvelle fournée de militaires, une poignée d'ouvriers civils opprimés. Visages inexpressifs, mains abîmées, salopettes tachées – des employés du spatioport local. Deux petits enfants couraient dans les jambes d'un vieil homme. Une femme vêtue d'un hijab, un tout petit bébé vagissant dans les bras.

« Je me rappelle. On devrait y retourner un jour. »

Un homme monta dans le train, grand, en tenue militaire. Il scruta la voiture, croisa brièvement mon regard puis se détourna et gagna le fond.

Il avait des cheveux gris coupés en brosse, mais il n'était pas vieux. Grand et mince. Des yeux d'acier perçants. Il cilla légèrement quand nos regards se croisèrent à nouveau. Son visage était anonyme, peu mémorable, et je ne le reconnus pas. Il s'assit en me tournant délibérément le dos, une mallette sur les genoux, les mains posées sur la poignée en un geste protecteur. Au-dessus de sa tête, comme un ange gardien, s'étalait une affiche de l'armée de l'Alliance : ON RECRUTE SUR VOTRE PLANÈTE, DANS VOTRE VILLE, DANS VOTRE QUARTIER, menaçait-elle.

Qu'y a-t-il dans la mallette ?

Elena continuait à parler, mais j'avais cessé de l'écouter. Le train repartait, rapide, et prenait encore de la vitesse en traversant la métropole.

Je n'avais pas reconnu son visage, mais je connaissais son uniforme. *Opérations simulantes*. Quelque chose clochait. Il portait un treillis et non la tenue de parade.

Je connais les SimOps, pensai-je, *mais toi je ne te connais pas*.

Elena parlait, inconsciente de ce qui se jouait autour d'elle. Je me levai et me rattrapai à une barre pour ne pas tomber. J'écartai quelques indiges. Il fallait que je voie ce type de plus près.

« Conrad ! » s'exclama Elena. Elle voulut se lever. « Qu'y a-t-il ? »

L'homme déglutit à l'autre bout de la voiture – à dix, quinze mètres de moi. Il pivota dans ma direction, peut-être alerté par la voix d'Elena.

Je remarquai sa manche relevée légèrement...

Un tatouage sur le bras. L'image d'une hydre...

« Elena ! À terre ! » parvins-je à crier à travers la foule des passagers, en me tournant à demi vers elle. Je savais déjà que ce seraient peut-être mes derniers mots.

« Pour le Directoire ! » hurla une voix derrière moi.

Puis il y eut des cris, pendant une fraction de seconde, alors que le train basculait dans l'hystérie.

La mallette explosa.

Je gisais dans les décombres.

Mes sens ne me fournissaient aucune information en dehors du tintement constant dans mes oreilles. Une sensation atroce – une onde sinusoïdale diabolique enveloppait le monde et devenait mon unique réalité.

C'est ça qu'on ressent quand on meurt pour de vrai ?

Un néant infini – noir, profond, qui vous enveloppe. Mais ce son me disait que je n'étais pas mort. Alors je m'y accrochai, je l'encaissai.

J'aurais voulu paniquer, crier – pas pour moi, pour Elena –, mais je ne pouvais pas.

Étendu dans les vestiges tordus de la voiture, je réfléchis à ce qui venait d'arriver. Quelle était la véritable cible de cet attentat ? Le train ? Quelque chose ou quelqu'un d'autre ? Je rejetai l'idée que ç'ait pu être moi : je n'étais qu'un soldat, nonobstant ma compétence grandissante dans le maniement des sims. Impossible que le Directoire consacre des ressources à mon élimination. Mais était-ce une attaque contre les SimOps ?

Des lumières clignotantes troubles apparurent au-dessus de moi. Rouge, bleu. Le hurlement d'une sirène de police. Puis une vive clarté blanche qui tremblait quelque part en hauteur.

Des gens appelaient à l'aide tout autour de moi. Non loin, quelqu'un priait, marmonnant sans relâche dans une langue que je ne comprenais pas. Quelque chose ou quelqu'un brûlait tout près. Il planait une odeur de chair fumante.

« Elena ! »

Pas de réponse.

Impossible de m'orienter. J'étais cloué au sol par un morceau de métal. Je tentai de m'en dégager, de m'extraire des débris. Des bouts de verre s'étaient enfoncés dans ma poitrine. Ma chemise était tachée de sang, la veste de parade ridicule déchirée. Je ne ressentais pas la douleur – pas encore. Je ne voyais ni ne sentais l'étendue des lésions. Je ne voulais pas savoir.

Il y avait des longerons métalliques tordus au-dessus de moi. Noircis par la violence de l'explosion. Difficile de comprendre à quoi ils correspondaient : des pans de la structure de la fenêtre ou peut-être du plancher, puisqu'il s'agissait de tôle larmée ?

La lumière s'accrut plus haut. Des rayons brillants pénétraient l'obscurité, balayant lentement d'avant en arrière. Fouillant les ténèbres.

Une voix résonna haut et clair, quelque part à l'extérieur de l'épave. *« Un couvre-feu est en vigueur. Veuillez regagner votre domicile. Un couvre-feu est en vigueur. Des soldats de l'Alliance arrivent pour votre protection. »*

Cela venait d'un drone militaire, compris-je. Il planait bas et sondait les débris. Le projecteur ralentit et balaya de nouveau les lieux. On cria en arabe non loin. La lumière du drone se concentra sur notre position et je levai la main pour me protéger les yeux.

« Un couvre-feu est en vigueur. Veuillez regagner

votre domicile. Un couvre-feu est en vigueur. Des soldats de l'Alliance arrivent pour votre protection. »

« Survivants ! criai-je. Survivants par ici ! »

Des visages apparurent au-dessus de moi. Peau foncée, casquettes des forces de l'ordre. « On a des rescapés ici, fit l'un d'eux. Préparez l'ÉvaSan des victimes ! »

On me tira des décombres, ainsi que quinze autres survivants de la même voiture. Je ne me souviens pas de grand-chose, si ce n'est qu'un robot de la police a réussi à dégager les débris les plus lourds pendant que les infirmiers retiraient les cadavres et les blessés.

On m'emmena aussitôt par transporteur sanitaire jusqu'à l'hôpital de Rockwell.

L'aile de l'hôpital consacrée aux accidents et aux urgences était mise à rude épreuve par l'afflux de nouvelles victimes. Les couloirs blancs stériles étaient pleins de blessés capables de marcher. À mesure qu'on retirait des gens de l'épave, on plaçait ceux dont les lésions étaient moins graves dans les salles d'attente et les halls. Pas uniquement des soldats, des militaires de l'Alliance : des femmes, des enfants, jeunes et vieux. Tout autour, des gens pleuraient et serraient dans leurs bras des proches blessés. Une femme hurlait comme une folle en tenant un paquet de loques sanglantes. Un vieux borgne, dont le sang s'écoulait déjà de sous un bandage fraîchement appliqué. Et partout des troupes de l'Alliance qui patrouillaient les couloirs, carabine à l'épaule, observant d'un air détaché et méfiant.

J'occupais un fauteuil dans un couloir, toujours

vêtu des restes de mon uniforme. Commotionné était un mot faible.

Plus tard, on m'expliqua que trois cent vingt-cinq personnes avaient été gravement blessées à bord du monorail. Quatre-vingt-dix-huit avaient péri. Dont seize mineurs, vingt-trois femmes.

Elena n'était qu'une statistique.

Un terroriste solitaire, qui avait agi pour ses raisons propres. Quoi que j'aie vu et entendu, cela ne suffisait pas à prouver le contraire. Le Directoire asiatique niait officiellement toute responsabilité. L'agent s'était suicidé. On ne remonta jamais sa trace. Il ne restait pas d'indices pour l'identifier. Dans l'ordre naturel des choses, l'attentat contre ce train était un événement mineur.

Il fut classé comme l'un des incidents d'une série d'hostilités entre Alliance et Directoire. Il ne provoqua pas de déclaration de guerre officielle. Il fut aisément oublié, dans un univers consumé par des conflits permanents. Un jour comme un autre.

La plupart des gens ne s'en souviennent pas.

Moi si.

« Sergent Conrad Harris ? appela une jeune femme en lisant mon nom sur son infoplaque.

— Oui, c'est moi. »

Elle avait les cheveux blonds et courts, ce qui dégageait un visage déjà émacié. Elle portait une blouse bleue où sa plaque d'identité pendait de travers sur sa poitrine : KASHA, A. (INTERNE).

Même pas un vrai médecin.

« Je ne suis pas encore diplômée », dit-elle. Elle avait dû me voir regarder sa plaque. « Les médecins et les infirmiers sont accaparés par les cas les plus graves, ceux dont les blessures sont potentiellement fatales. » Elle haussa le sourcil. « Cela vous pose-t-il un problème que je m'occupe de vous ? »

Je fis non de la tête sans rien dire.

« Vous souffrez de lacérations sans gravité au torse. Nous avons retiré les morceaux de verre et pansé les plaies. Des contusions aux jambes. La radio ne montre pas de fracture. Vous vous remettrez complètement.

— Mes oreilles… J'entends encore l'explosion. »

Elle hocha la tête. « Ça va passer. Mais vous aurez sans doute une perte d'acuité auditive dans ces fréquences. » Elle me tapota la poitrine du bout de son crayon, à travers l'épaisseur des pansements. « Vos connecteurs sont intacts. Vous serez capable d'effectuer vos transitions.

— Ça n'a pas d'importance », grommelai-je.

Kasha me lança un regard incrédule. « Bien sûr que si ! Je vous connais, les opérateurs de sims. Vous y retournerez en moins de temps qu'il n'en faut pour le dire. Enfin, ça ne vous a pas servi à grand-chose cette fois-ci, hein ?

— J'étais avec une femme dans le train. Elle était assise à côté de moi…

— Son nom ?

— Marceau, Elena. »

Kasha baissa les yeux vers son infoplaque et fit claquer sa langue en lisant. « Elle est ici. Identité confirmée par l'ADN. »

Je fus soudain soulagé.

« Elle est vivante ? Elle est blessée ?

— Elle se trouve en ce moment en salle d'opération. »

Toute mon énergie m'abandonna. Je m'effondrai à nouveau dans mon fauteuil, la tête entre les mains. Je n'arrivais pas à réfléchir. Le tintement dans mes oreilles et dans ma tête m'écrasait. Si Elena était morte, si elle était vraiment partie…

« Attendez ici, dit l'interne en repartant vers les urgences tout en consultant son infoplaque. Et félicitations pour votre promotion, au fait. Votre dossier vient d'être mis à jour. »

Je restai donc assis à attendre, désormais capitaine.

Rien de tout cela ne m'importait.

Pas sans Elena.

Les heures passèrent.

Toujours les mêmes visages. Des conseillers militaires rendaient visite à des proches de victimes. Depuis le couloir, je les entendais se lamenter dans les salles attenantes, dédiées à la liaison avec les familles. Des « cellules d'information et de soutien », d'après la terminologie officielle.

Un immense tableau électronique dans le hall affichait la liste des patients qui recevaient encore des soins. Celle-ci évoluait constamment, avec des mises à jour telles que : EN SALLE D'OPÉRATION – INFORMATIONS À VENIR. D'autres indications avaient un caractère plus brutal : VOIR POMPES FUNÈBRES.

Malgré la fatigue et ma vision brouillée, je repérai son nom :

MARCEAU, ELENA
EN SALLE D'OPÉRATION : SOINS EN COURS
INFORMATIONS À VENIR

D'autres moniteurs muraux montraient l'étendue des dégâts. Des flux vidéo transmis par les drones qui survolaient le site de l'attentat. Le monorail tout entier avait déraillé, et la violence de l'explosion avait provoqué l'effondrement de bâtiments voisins. Les services de secours étaient sur place. Des aérocars de police, des vaisseaux ambulances, des véhicules de largage de troupes, des soldats qui se déversaient dans les rues adjacentes. Tous les autres moyens de transport à l'arrêt. Le ciel était bouclé : accès orbital suspendu pour vingt-quatre heures.

« Capitaine Conrad Harris ? »

Un petit homme d'un certain âge se tenait devant moi. La peau burinée, la moustache blanche tombante. Il était médecin : blouse blanche aspergée de teinture d'iode et de sang. Un vétéran de la longue guerre. Il plongea les mains dans ses poches. Gêné, mal à l'aise.

« Oui », répondis-je. J'avais l'impression de parler trop fort pour compenser le bruit dans ma tête. « Est-elle… ? »

Le docteur eut une grimace embarrassée.

Pitié, non…

« Nous n'avons rien pu faire. Elle a reçu un coup violent à l'abdomen.

— Je dois la voir. »

Il prit quelque chose dans sa poche : une cigarette. Il alluma son briquet d'une chiquenaude.

« Bien sûr. Vous permettez ?

— J'ai besoin de la voir – tout de suite. »

Il hocha la tête et tira sur sa cigarette.

Putain, non. Putain, non ! Putain, putain, putain !

Mon sang était aussi froid que le cryogène d'hypersommeil, mais mes connecteurs me brûlaient. Malgré tous mes exploits militaires, je n'avais rien pu faire. Rien de concret pour empêcher cette bombe d'exploser.

« Elle a subi une grave hémorragie interne. Nous avons tenté la chirurgie par nanites, mais les conséquences ont été très lourdes, dit-il en secouant la tête. Elle ne sortira pas avant au moins deux jours. Nous devrons la garder en observation. »

Ma vue s'éclaircit soudain, et le gémissement dans ma tête faiblit l'espace d'une seconde. Je déglutis.

« Elle n'est pas morte ? »

Le médecin plissa le front. « Non, mon capitaine. Mais le bébé si, je le crains. »

Elena n'était même pas installée sur un vrai lit. J'imagine qu'ils étaient réservés aux cas plus graves. Elle était donc recroquevillée en position semi-fœtale sur une table d'examen ; un scanner médical éteint la surplombait toujours sur un bras métallique. On l'avait mise dans un coin privé, juste à côté d'un couloir des urgences. L'intensité de l'éclairage fluctuait, croissant puis décroissant.

À l'entrée de la salle, j'écartai doucement le rideau de plastique qui séparait cette enclave des urgences. Je ressentais une telle émotion, des sentiments si profonds que je n'arrivais pas à tous les identifier. Ma tête m'élançait, mais mon cœur saignait pour elle – pour nous deux.

Elena flottait dans une robe d'hôpital vert pâle beaucoup trop grande pour elle. Ses cheveux étaient ébouriffés, son maquillage avait coulé le long de ses joues. Elle avait pleuré – elle pleurait encore tandis que je la regardais –, mais il ne s'agissait plus que de sanglots réguliers. Ce qui subsiste quand on n'a plus l'énergie de pleurer, quand on ne trouve plus la force de continuer à produire des larmes, par épuisement physique. Elle avait les pieds nus – sales, couverts de sang et de suie.

J'allai vers elle et la pris dans mes bras. Elle pleura un peu plus – avec des sanglots plus forts, qui venaient du cœur. Je ne l'avais jamais vue dans cet état, et chaque hoquet qui lui échappait alimentait l'incendie grandissant dans ma poitrine.

« Pourquoi est-ce que tu ne m'as rien dit ? » demandai-je. Ma voix me semblait guindée, formelle – étouffée de chagrin.

« Je ne savais pas. Je ne savais même pas ! »

On resta longtemps dans les bras l'un de l'autre, jusqu'à ce qu'Elena s'endorme à force de larmes et que le personnel de l'hôpital m'explique que je devais quitter les urgences.

Chapitre XVI

La priorité

Un nouveau jour se levait sur Hélios.

Un contingent de la sécurité vint me chercher au petit matin. À contrecœur, ma section resta au camp de base – j'étais seul sur ce coup. Sous bonne garde, on me fit traverser l'enceinte.

Le temps s'était bien amélioré, et Hélios Prime et Seconde brillaient à l'horizon. Il faisait chaud et il n'y avait pas de vent, par contraste avec la tempête de la veille. Difficile d'imaginer que j'étais sur la même planète.

Les quartiers de Kellerman étaient sûrement les plus grands de la base, et ils auraient pu se trouver sur n'importe lequel des mondes centraux. Un vieux bureau de chêne trônait d'un côté, entouré de fauteuils en cuir. *Du vrai bois dans un poste avancé si éloigné de l'espace de l'Alliance* : j'étais abasourdi de ce que cela impliquait en termes de coût. D'antiques lustres et appliques électriques ornaient le plafond et les murs. Des alcôves autour de la salle accueillaient des piles de paperasse et des infoplaques. Aux murs étaient fixées des plaques holographiques et des photographies aériennes de la surface de la planète. Bon nombre représentaient l'Artefact, mais celles-là étaient toujours légèrement obliques ou floues.

Le reste de la pièce continuait dans cette veine vintage. Une série de cadres étaient accrochés derrière le bureau. Chacun contenait de vieilles photos décolorées de l'actuel président de l'Alliance et de ses prédécesseurs – même un cliché terriblement daté du président Francis. Il faisait beaucoup plus jeune que la dernière fois où je l'avais vu. Ce petit détail bizarre me donna soudain le mal du pays en me rappelant par mégarde combien nous étions loin de Cap-Liberté.

Deacon me rejoignit à l'entrée et approcha un fauteuil du bureau de Kellerman. Il garda son arme en travers de la poitrine et me gratifia d'un bref salut. Puis il prit position près de la porte, immobile. Avec ses traits fatigués et son teint sableux, il avait l'air d'un golem vomi par le désert.

Je m'assis, et le cuir du fauteuil craqua. La salle avait trois grandes fenêtres voûtées qui offraient une vue panoramique sur le désert. Pour l'instant, le ciel avait une couleur rose-rouge foncé.

Kellerman entra lentement et glissa jusqu'à son bureau. Il s'y installa maladroitement en marche arrière.

« Foutu fauteuil, gronda-t-il. Toujours à se mettre dans le chemin. Acceptez mes excuses pour vous avoir fait attendre, mon capitaine. Il y a tant à faire et si peu de temps. Ma vieille carcasse n'est plus ce qu'elle était. J'espère que votre jambe a été examinée.

— Mon officier scientifique m'a prêté secours », répondis-je sans ambages. Et j'ajoutai en mon for intérieur : *Pas grâce à toi*.

Le professeur fronça les sourcils et inclina la tête. « Très bien. Comme vous pouvez le constater, la main-d'œuvre dont je dispose sur la base est largement amputée. Le personnel médical et scientifique, en particulier, se fait rare. Alors commençons par le commencement : pourquoi êtes-vous ici ?

— Vous avez cessé de rendre des comptes au Commandement de l'Alliance. Vous aviez ordre de transmettre un rapport toutes les semaines, or vous ne l'avez pas fait depuis douze mois. » Je déroulais les faits comme un acte d'accusation devant un tribunal. « Le Commandement estimait qu'une opération de sauvetage était devenue nécessaire. »

Ma réponse contraria Kellerman et il se renfrogna un peu plus. « Je sais tout cela. Arrêtez de me faire perdre mon temps avec des informations que j'ai déjà. Que *voulez-vous* ?

— Tout de suite ? Quitter ce foutu caillou, rétorquai-je en croisant son regard au-dessus du bureau. Mon équipe fera son rapport au Commandement dès que ce sera possible. J'ai besoin d'accéder à votre satellite de communications pour transmettre un message à Cap-Liberté. »

Mon interlocuteur hocha la tête d'un air absent, comme s'il pensait à autre chose. « Je suppose que le Commandement ne veut pas perdre de vue un investissement important. » Je ne savais pas trop s'il faisait référence à la base d'Hélios ou à mon équipe. « Après tout, nous sommes toujours en guerre. Ce n'est peut-être plus le conflit ouvert qu'ont connu nos ancêtres, mais il est tout aussi grave. Même avec le traité. »

Une lueur mauvaise passa dans son regard, juste une seconde, avant de s'évanouir.

« Vous aurez accès au centre opérationnel », dit-il. Il marqua une pause pour réfléchir à la suite. « Je suis un homme de parole, mon capitaine. Je suppose que vous méritez une explication. Je suis investi dans ma mission sur Hélios. Comme vous l'avez entendu hier, cette planète est une maîtresse exigeante. Les Krells sont partout. La base a essuyé une série d'assauts qui l'ont affaiblie, et j'ai perdu beaucoup d'hommes. Je prends très au sérieux ma responsabilité envers mon personnel.

— Où est le reste de votre effectif, dans ce cas ? » demandai-je. *Plus de deux mille hommes et femmes, tous disparus. Ça ne s'appelle pas prendre ses responsabilités au sérieux. C'est de la folie.*

« Peu importe.

— Sont-ils tous morts ? » Inutile de prendre des gants avec ce type : il m'avait tout de suite paru irrationnel.

Kellerman secoua la tête. « Rien de tout cela n'a d'importance. La priorité, aujourd'hui, c'est le site, l'Artefact. Il faut vraiment le voir pour le croire. Je peux expliquer mon défaut de communication avec le Commandement.

— Cela n'est plus prioritaire. Je veux juste protéger mes hommes.

— Je crois qu'il vaut mieux que je vous le dise malgré tout. Sinon, le Commandement ne fera qu'envoyer une seconde équipe enquêter. Il pourrait y avoir d'autres victimes inutiles. » Il soupira. « Les Krells se sont pris d'intérêt pour nos communications radio. En transmettant des messages régulièrement, nous les attirions pour ainsi dire sur nous. Nous avons constaté qu'en nous abstenant d'émettre nous réduisions significativement la fréquence de leurs raids. Monsieur Deacon, apportez-moi cette infoplaque. »

Deacon ramassa une plaque abîmée sur une table toute proche. Kellerman ouvrit des diagrammes biologiques et la glissa vers moi. La plaque détaillait des examens approfondis de spécimens extraterrestres ainsi que des notes extensives. Ondes cérébrales, concentrations dans le lobe frontal, dissections, examen des antennes de communication et des piquants trouvés sur les formes primaires.

« Certaines ondes radio – certains spectres d'émission – interfèrent activement avec les fonctions cérébrales des Krells. C'est probablement ainsi que les dominants imposent leur volonté aux xénoformes inférieures, dites primaires et secondaires. »

Il était enthousiaste à présent, emballé : c'en était fini du masque impassible. *Lequel est le véritable bonhomme ?* Il fit de nouveau signe à Deacon, qui récupéra une pile de papiers. Le chef de la sécurité n'avait pas l'air très content de devoir jouer l'assistant du professeur, mais celui-ci ne parut pas s'en apercevoir. Il étala les documents sur son bureau et sélectionna des feuilles qu'il fit glisser vers moi. Bientôt, un tas de papiers, plaques et dossiers fut réuni devant moi.

« Comme je le disais, ils sont attirés par certaines

bandes de fréquences, que des zones du cerveau extraterrestre interprètent, expliqua-t-il en désignant un schéma de la cavité crânienne d'une xénoforme primaire, et auxquelles il obéit comme s'il s'agissait d'une impulsion cérébrale directe de son organisme.

— Comment l'avez-vous découvert ?

— Grâce à l'Artefact, dit-il en détachant les syllabes. En écoutant simplement son signal et en observant la façon dont il affecte la population krelle d'Hélios. »

Je me reculai du bureau et parcourus très vite les documents, en soupirant profondément. Pour ma part, je trouvais qu'ils ne prouvaient rien de ce que Kellerman avançait. Je n'étais pas scientifique, mais ses preuves ressemblaient plus aux élucubrations d'un fou qu'à des conclusions raisonnées.

« S'il y a du vrai là-dedans, ce site pourrait causer la perte de l'Alliance ou faire le succès du Directoire, déclarai-je. Ces données ne doivent pas tomber dans de mauvaises mains. Vous aviez ordre de rester en contact avec le Commandement. »

Kellerman fit claquer sa langue, exaspéré. Son personnage précédent revint aussitôt. « Il s'agit de la découverte la plus déterminante de l'histoire de l'humanité. Elle importe davantage que les querelles politiques mesquines et la bureaucratie. Je suis certain que le Directoire ignore tout de l'Artefact. »

Je tiquai à cette affirmation. Qualifier les hostilités entre l'Alliance et le Directoire de querelles mesquines, c'était aller trop loin. Étonnamment, j'eus un accès de chagrin pour ma mère et pour une vie qui n'avait jamais pu s'épanouir. Le visage de Kellerman ne laissa pas paraître s'il avait noté le changement dans mon attitude.

« C'est l'Artefact la priorité, répéta-t-il. Il est remarquable, mon capitaine. Tout bonnement remarquable. Comprendre le signal de l'Artefact importe plus que de rester en contact avec le Commandement. » L'humeur du professeur bascula de nouveau et son visage se fit rayonnant. « Nous avons établi ce qu'il fait exactement et la raison pour laquelle il a été laissé ici. Mais *comprendre* le signal, c'est une autre paire de manches. L'Artefact est une antiquité, un objet si étranger que même les Krells ne le comprennent pas.

— J'en ai assez entendu, dis-je, calme mais sévère. J'ai besoin d'accéder au centre opérationnel. *Tout de suite*.

— Et, comme je l'ai expliqué, vous en aurez l'occasion. Mais nous avons le temps. Notre satellite ne sera pas en position optimale pour communiquer avec Cap-Liberté avant demain après-midi au plus tôt. Mettre sous tension l'antenne radio de la base exige une véritable débauche d'énergie électrique. Je préférerais que vous ne le fassiez que lorsque les chances d'établir le contact avec le satellite sont les meilleures. Je suis certain que vous comprenez.

— Tant que nous pouvons transmettre un message au Commandement.

— Vous avez ma parole, fit Kellerman en hochant affirmativement la tête. Mais cela nous laisse du temps à tuer. Je ne veux pas gâcher cette occasion. J'aimerais vous montrer quelque chose – afin que vous puissiez rapporter au Commandement un aspect de mes découvertes et expliquer la portée capitale de mes recherches. »

Je me doutais d'où il voulait en venir et je tentai de l'en détourner : « L'Artefact ? Nos paramètres de mission excluent expressément toute visite du site. » Et je souhaitais que cela reste acquis.

« Non, bien sûr que non, pas l'Artefact. Il serait quasi impossible de l'atteindre, de toute façon, vu la concentration de Krells dans ses parages. Il s'agit d'autre chose.

— Quoi donc ? » demandai-je, énervé. J'en avais assez des petits jeux du professeur.

« Ce sera plus simple de vous le montrer plutôt que d'essayer de vous expliquer, affirma Kellerman. Mais c'est une sacrée découverte. Demain matin, nous partirons en expédition dans le désert. »

Derrière moi, j'entendis Deacon grogner. Kellerman lui lança un regard noir.

« Nous prendrons un char des sables. Il y aura de la place pour quelques-uns de votre section, si vous le souhaitez. Amenez donc deux soldats. Les esprits guerriers apprécieront sans nul doute la trouvaille.

— Tant que j'ai accès au centre opérationnel », conclus-je en me levant pour partir.

Le professeur demeura impassible, mais une lueur passa dans ses yeux. « Demain, mon capitaine. Vous y aurez accès demain. En attendant, vous êtes libre de vous déplacer comme vous le voulez dans la base. Vous n'êtes pas prisonnier, mais je vous dis au revoir jusqu'à demain matin. »

De retour au module d'habitation, je convoquai en hâte une nouvelle réunion.

Je n'étais pas convaincu par la mise en scène et les explications de Kellerman. Il cachait quelque chose, j'en étais sûr. D'un autre côté, c'était lui qui détenait l'autorité sur Hélios, et lui seul pouvait approuver l'utilisation du système de communication longue distance. Pour l'instant, il fallait se plier à ses règles.

Je fis part à mon équipe de tout ce qu'il avait dit. Il m'appartenait de décider comment gérer la situation, mais je n'avais jamais été partisan de faire des choix sans consulter mes gars. Ils avaient un rôle modérateur.

« Donc, si on fait ce qu'il propose, on pourra utiliser le centre opérationnel ? résuma Kaminski.

— C'est ce qu'il dit.

— Vous lui faites confiance, à ce vieux taré ?

— Pas du tout. Mais il connaît mieux la planète que nous, et je ne crois pas qu'il mente à propos du satellite. Si notre meilleure chance d'envoyer un signal à Cap-Liberté consiste à faire un tour dans le désert pour voir ce qu'il veut nous montrer, alors allons-y. »

Kaminski acquiesça. « Ouais, j'imagine.

— Je ne le sens pas, intervint Jenkins sans autre explication. Est-ce qu'il vous a dit ce qu'il voulait nous montrer ?

— Ça, il l'a passé sous silence. Mais il a sûrement raison quant à notre rapport au Commandement. Si on organise une évacuation sans faire le moindre effort pour examiner ses recherches, on va nous poser des questions.

— Sûrement, dit Jenkins en faisant claquer sa langue.

— Il me faut deux volontaires pour m'accompagner demain. » Je pouvais leur ordonner de se joindre à l'expédition, mais je préférais de loin en emmener deux qui l'auraient choisi.

« Peux pas dire que j'aie envie d'y aller, fit Blake, mais c'est toujours mieux que de moisir dans le module toute la journée.

— Je viens », ajouta Kaminski.

Voilà qui me convenait : je voulais garder Blake sous la main après sa révélation de la nuit précédente, et un œil sur Kaminski, parce que. Il avait clairement fait savoir qu'il préférerait sortir à coups de fusil plutôt que de raisonner avec Kellerman, et je n'avais pas l'intention de rentrer à la base pour découvrir qu'il avait mis ce plan à exécution.

« J'aurais juste voulu qu'on puisse grimper dans les cuves et s'incarner dans les simulants, ajouta Blake. Ce serait logique.

— Ah, carrément, lâcha Kaminski. On est sur une planète hostile, entourés de poiscaille. On devrait peut-être attendre que les simulateurs soient réparés.

— On se calme. Vous savez tous les deux que les cuves sont hors service. » Je plissai le front et balayai le groupe du regard. « D'ailleurs, où est Olsen ? »

Jenkins soupira et secoua la tête d'un air désabusé. « Il a déjà jeté un œil aux simulateurs et il ne sait pas s'ils sont réparables. D'après lui, ça prendra au moins quelques jours. Il est parti avec des chercheurs de l'équipe de Kellerman en disant qu'il reviendrait plus tard.

— Ça règle la proposition de 'Ski, du moins pour l'instant, commenta Martinez.

— On n'est pas obligés de s'en réjouir pour autant », grommela l'intéressé.

Évidemment, je n'aurais pas pu me servir de mes sims même si j'avais voulu. Mes connecteurs me lancèrent inconsciemment quelques instants, et je me frottai la nuque.

« Alors c'est décidé. Kaminski, Blake, soyez prêts à partir demain au lever du soleil. Martinez, Jenkins, vous restez sur la base et vous gardez un œil sur le module d'habitation.

— Qu'est-ce qu'on fait d'ici demain ? s'enquit Martinez.

— On attend. Ça me plaît encore moins qu'à vous, mais, si on peut se tirer de cette situation sans verser davantage de sang, ça en vaut la peine. »

Je n'arrivai pas à dormir la nuit suivante non plus, et je montai donc à nouveau la garde. Mes côtes allaient beaucoup mieux – en tout cas, mes nerfs étaient suffisamment engourdis pour me permettre de fonctionner – mais je souffrais encore de la jambe.

J'allais tuer le temps jusqu'à l'aube et l'expédition du professeur. Ensuite, j'aurais accès au centre opérationnel et je pourrais au moins mettre le Commandement au courant.

Dès que je fermais les yeux, je voyais le visage d'Elena. Si je restais éveillé, j'avais l'impression d'entendre des voix dans les couloirs : Atkins et Pakos qui hurlaient des ordres au personnel de la passerelle.

« À tout l'équipage – paré à abandonner le vaisseau. Procédure d'évacuation d'urgence lancée. »

Rien que le vent.

Je n'avais pas envie de revisiter d'autres souvenirs douloureux, je ne voulais pas me rappeler. En revanche je voulais vraiment dormir un peu – j'en avais besoin. J'eus donc recours au reste d'antalgiques. Ils étaient secs et crayeux dans ma bouche. J'en pris assez pour émousser mon esprit au point d'éviter de rêver.

Finalement, je m'effondrai dans le lit d'un mort.

D'une morte, plutôt.

Une photo 2D froissée était punaisée à un mur près du lit défait. Elle représentait deux femmes dans les bras l'une de l'autre – pas l'étreinte de deux amantes, mais un moment complice entre amies ou sœurs – sur un fond bleu-vert. Elles se ressemblaient : l'une plus jeune, mais toutes les deux blondes aux yeux bleus. La plus vieille me parut familière. La technicienne du hangar ! Tyler, elle s'appelait Tyler.

J'espérais que sa sœur ne verrait pas d'objection à ce que j'occupe ce lit. Elle était sans doute morte et elle n'en avait donc plus besoin. Les deux femmes souriantes me regardaient tandis que j'essayais de dormir, les yeux pleins de promesses et d'espoir.

Hélios ne présentait aucune de ces qualités.

Quand tout était calme, que j'étais seul, c'est là que je percevais le plus clairement le signal de l'Artefact. Kellerman ne m'avait rien dit de ses effets sur l'esprit humain dans son bureau, mais je me rappelais que ses enregistrements à destination du Commandement les avaient évoqués.

J'avais préféré ne pas en parler à mes soldats. Ils croiraient sûrement que j'étais fou, que je prenais le même chemin que le professeur.

Peut-être l'entend-il aussi.

Peut-être que je devrais lui poser la question quand j'aurai l'occasion. Ou peut-être que je devrais le cacher, l'ensevelir en moi.

Peut-être que je perds la boule. J'en ai déjà tant enfoui. C'est à peine s'il reste de la place en moi pour autre chose.

Deux paires d'yeux m'observaient, allongé dans le noir. Leur sourire se moquait de moi, décidai-je.

J'ai besoin d'un verre. J'ai vraiment besoin d'un verre.

Non. C'est différent, cette fois.

Finalement, je m'endormis sous l'effet des médicaments.

Chapitre XVII

Les Bribes

On se retrouva dans le hangar le lendemain matin. Je n'avais réussi à dormir que quelques heures – un sommeil entrecoupé, angoissé –, mais je me sentais mieux. La douleur autour de mes côtes s'était calmée et ma tête était presque revenue à la normale.

Kellerman avait réuni Deacon, un chauffeur prénommé Ray, un météorologue qui se présenta sous le nom de Farrell et deux chercheurs. Kaminski et Blake m'accompagnaient.

Un char avait été chargé de provisions – assez pour tenir quelques jours dehors, selon moi, mais Kellerman soutenait que nous serions revenus en fin d'après-midi. Les scientifiques paraissaient emballés à l'idée de quitter la base, contrairement à Deacon. Celui-ci me salua d'un grognement puis entreprit d'effectuer des vérifications techniques sur le char.

« Faites plus attention, par Christo ! s'écria Kellerman à l'autre bout du hangar. Je suis un homme, pas un animal ! Vous autres, vous me traitez pire que les Krells ! »

On observa le déroulement de la scène. Les chercheurs avaient hissé le professeur hors de son fauteuil et le tenaient par les bras pour supporter son poids. Ils essayaient – en vain – d'insérer ses jambes dans le pantalon d'une combinaison conçue pour les environnements hostiles.

« Je suis navré, professeur », déclara l'un d'eux.

Sur la combinaison avait été greffé un système complexe d'atténuateurs et de pistons. Le tout paraissait archaïque et peu commode – un exosquelette bricolé à partir d'éléments hétéroclites. Lorsque Kellerman y fut enfin installé et connecté à son interface, ses jambes se mirent à remuer. Il se leva tout seul. Il jura à l'adresse du chercheur qui s'affairait autour de lui pour s'assurer qu'il était correctement raccordé. L'exosquelette émit un sifflement furieux quand il plia les jambes. Les scientifiques continuaient à brancher des câbles sur les connecteurs femelles de son cou pendant qu'il s'efforçait d'enfiler le haut de l'appareillage. On lui fixa une barre en Y dans le dos, entre les omoplates, avant d'ajouter d'autres composants sur les bras. Il les fit pivoter tour à tour et haussa les épaules.

Dès qu'on le touchait ou qu'on faisait mine de l'aider, il écartait furieusement l'importun. Son visage devint rouge de rage contenue tandis qu'il avançait d'un pas lourd dans le hangar. Sa démarche était gauche et irrégulière. Son exo n'avait rien d'une combinaison de combat, mais il savait interpréter le peu de capacité motrice que conservait Kellerman.

« Excusez-moi de vous avoir infligé ce spectacle, me cria-t-il. Mes imbéciles de collaborateurs n'ont pas l'air de se rendre compte que mon état est une terrible source d'humiliation. »

Rien de ce que j'avais vu ne laissait penser que les chercheurs le traitaient de manière irrespectueuse, mais ce n'était pas ce qu'il voulait vraiment dire. Il était furieux de devoir dépendre d'autrui, qu'on lui ait pris ses jambes. Je me remémorai les images visionnées sur l'*Oregon* : Kellerman allongé dans ce lit d'hôpital, soumis à une évaluation psy suite à l'incident quelconque qui l'avait privé de l'usage de ses membres inférieurs. Cette colère-là ne s'était guère dissipée malgré le passage des années.

« Matériel impressionnant, me contentai-je de répondre.

— Il a été fait pour moi sur mesure après mon accident. Il me permet de poursuivre les études de terrain, contrairement à mon fauteuil, même volant. En réalité, il se fonde sur la même technologie que l'armure de combat de vos simulants. »

Était-ce un commentaire en l'air ou bien en sait-il long sur les simulants ? Cela n'aurait pas dû me surprendre – Kellerman faisait partie de la communauté scientifique de l'Alliance –, mais, même ainsi, cela me gênait. Je n'avais pas envie qu'il connaisse la valeur stratégique des corps des simulants, pour une raison que je n'aurais pas su expliquer.

« Que tout le monde se harnache, ordonna Deacon. L'atmosphère extérieure est respirable, d'accord, mais il y a beaucoup de particules en suspension. Mieux vaut prévenir que guérir. »

On nous remit des tenues environnementales dépareillées – une technologie très ancienne. J'enfilai tant bien que mal une combinaison H trop grande ; elle n'était pas alimentée électriquement et elle intégrait un rembourrage protecteur. Un peu comme les combinaisons AEV portées par le personnel de maintenance des vaisseaux – ou celles des anciens astronautes. Elle avait été blanche autrefois, mais désormais beige sale.

« Je ne voudrais pas m'en servir dans le vide », murmurai-je en m'équipant. La combinaison était rafistolée aux poignets avec du ruban adhésif, et des trous aux genoux étaient reprisés – du travail d'amateur.

« Z'avez fière allure, mon capitaine, railla Blake.

— Comme si tu valais mieux, gamin. »

Mes deux coéquipiers portaient des combinaisons protectrices tout aussi mal ajustées et s'équipaient avec un sourire penaud.

« On est obligés de faire avec ce qu'on a ici », lança Kellerman.

Chaque combinaison était munie d'un réservoir d'oxygène personnel et d'un kit respiratoire, de quoi soutenir plusieurs heures de sortie extravéhiculaire si l'atmosphère devenait hostile. Kaminski, Blake et moi portions des kits montés sur sac à dos, très larges et encombrants. Le poids du sac me demanda tout de suite un effort important. Je ne me réjouissais pas à l'idée de le traîner pendant une opération de longue durée.

« Ça va ? fit Blake. Vous voulez un peu d'aide ? »

J'enfilai le harnais en me tortillant et serrai les sangles sur ma poitrine et mes épaules. Je fis un effort pour éviter de solliciter mes côtes. Je ne voulais pas d'aide, refusant d'admettre que j'avais du mal. *Exactement comme Kellerman*, songeai-je, contrarié.

« Je m'en sortirai.

— Attention aux sacs, prévint Deacon. Il s'agit de modèles strictement civils. Les réservoirs d'oxygène ne sont pas protégés. Si vous trouez le vôtre, il explose. » Il tapota le réservoir sur mon sac – écaillé, cabossé, garni d'un avertissement « matière dangereuse » si passé qu'il en devenait illisible.

« On est des militaires. On a déjà fait ça. »

Deacon hocha la tête d'un air dur.

« Vous avez des communicateurs, ajouta Kellerman en désignant les ordinateurs-bracelets, mais leur portée est très réduite. Ils sont isolés pour limiter les risques d'interception par les Krells et ne fonctionnent que de combinaison à combinaison. Réduisez les communications au minimum. Bien qu'il soit hautement improbable qu'on rencontre les Krells, restez prudents.

— Est-ce qu'on a des armes ? s'enquit Blake.

— Nous n'aurons pas besoin d'armement lourd pour cette expédition », répondit le professeur en fronçant les sourcils. Il s'exprimait lentement, avec mesure. « Il s'agit d'une simple étude exploratoire. Je vous assure que nous serons tout à fait en sécurité. Deacon et Ray cumulent suffisamment de puissance de feu pour tous nous protéger.

— Plus important que les armes, renchérit Farrell, il y a l'eau. Dehors, vous devrez rester hydratés. Les combinaisons emportent assez d'eau pour plusieurs heures, mais surveillez votre réserve. »

Farrell était plus âgé. Voûté, il avait un gros nez strié de capillaires éclatés. J'en pris note mentalement :

peut-être l'alcool n'était-il pas interdit sur la base. Je devrais voir si Farrell pouvait m'en procurer.

« Où allons-nous au juste ? demandai-je.

— Nous allons examiner un site archéologique de grand intérêt, répondit Kellerman. Il n'y a quasiment aucun risque de croiser une patrouille krelle par temps clair.

— Le professeur a raison, ajouta Farrell. Une météo clémente permet à l'Artefact de diffuser son signal sur la majeure partie du continent. Quand il atteint une telle clarté, les xénos se rassemblent autour de l'Artefact.

— J'ai pas du tout confiance, murmura Blake.

— On n'a pas vraiment le choix. Au premier signe de danger, on rejoint le char. C'est pas plus compliqué. »

Finalement, une fois tous les protocoles de sécurité détaillés, on monta dans le char. Kellerman et Deacon s'installèrent dans la cabine passagers avec mes hommes et moi. Ray prit le volant et Farrell joua les copilotes.

Le véhicule quitta la base dans un grondement de moteur menaçant et pénétra dans l'aube sombre d'Hélios. Hélios Prime offrait un point de repère, sa lumière perçant à peine la couverture nuageuse. Avec une aisance née de l'habitude, Ray se dirigea vers le désert. On dut subir la même procédure que lors de l'arrivée, et Tyler valida notre départ. Les vieilles batteries laser suivirent notre progression.

Kellerman se leva et alla jeter un œil dans la cabine de pilotage ; ses jambes ronronnaient et cliquetaient à mesure. Il était mal assuré sur ses pieds.

« L'antenne radio est-elle neutralisée ? demanda-t-il.

— Tout contact radio est suspendu conformément au protocole, professeur, répondit Farrell d'un air absent.

— Avez-vous vérifié qu'il n'y avait pas de fuite de signal ? Faites-le, s'il vous plaît. Nous ne pouvons pas nous permettre d'être suivis par ici.

— Vérification effectuée, aucune fuite », assura Farrell.

Manifestement satisfait, Kellerman se rassit et boucla son harnais de sécurité.

On roula pendant des heures.

On traversa des ravins plus ou moins larges, une architecture brutale créée par une planète où les saisons sèches n'en finissaient pas, cuite par deux soleils aliens. On se trouvait nettement hors de portée de la base, ce qui constituait un fardeau psychologique autant que géographique. Personne ne viendrait à notre secours ici. Heureusement, la route était déserte, et le monde autour de nous calme et silencieux.

« J'ai déjà fait ce trajet un paquet de fois, se vantait Ray depuis la cabine de pilotage. Trop pour les compter ! »

Je ne savais pas très bien si Ray était chercheur ou technicien de maintenance. Il était bronzé, les cheveux châtain clair ébouriffés. Un ventre bedonnant déformait sa combinaison, mais il ne paraissait ni mesquin ni vindicatif, contrairement aux hommes de Deacon. Il avait plutôt l'air de vouloir nous impressionner par sa connaissance de la topographie d'Hélios.

« Surveille-le », dis-je doucement à Kaminski en le montrant du doigt. Je me méfiais de son apparente assurance.

Blake et Kaminski acquiescèrent tous les deux.

Je me renfonçai dans mon siège et saisis l'occasion d'interroger Deacon et Kellerman. « Alors, où se trouve ce site, au juste ?

— Il n'est pas loin de la base. Il va beaucoup vous intéresser, promit le professeur.

— Ça fait des heures qu'on roule.

— Le terrain n'est pas propice au voyage par voie terrestre.

— Ce site est-il en rapport avec l'Artefact ?

— Soyez patient », insista Kellerman. Puis, dans un effort évident pour changer de sujet : « Je suis très intrigué par votre technologie simulante. J'ai examiné les corps que nous avons récupérés dans votre appareil. Si j'ai bien compris, cette technologie a été développée spécifiquement pour faire obstacle à la menace krelle. Corrigez-moi si je me trompe : vous êtes capable d'entrer dans un état de... de conscience suspendue... dans les simulateurs, et de vous connecter ainsi avec les corps simulants ?

— C'est à peu près ça, répondis-je, soucieux de ne pas trop en révéler.

— Le but étant que l'opérateur soit exposé à un risque limité. Le simulant meurt mais l'opérateur est indemne. Ces simulants, quelle capacité intellectuelle ont-ils ?

— Aucune. Ils sont produits pour ce boulot. Ils

possèdent une interface neurale adaptée qui nous permet de les investir. Pas de fonction cérébrale supérieure.

— Biotechnologie et ingénierie génétique avancées, associées à de la mécanique. Vous comptiez donc rester à bord de votre vaisseau et mener l'opération de sauvetage à distance ?

— Exactement. Ça ne s'est pas passé comme prévu.

— C'est rarement le cas, s'agissant des Krells. Pourriez-vous effectuer une transition vers un autre simulant ? Peut-être l'un de ceux prévus pour un autre membre de votre section ? »

Je fis non de la tête. « Les corps sont programmés individuellement pour ne servir qu'à un homme précis. Je ne pourrais pas m'incarner dans un sim produit pour Kaminski, Blake ou aucun des autres. »

Kellerman fronça les sourcils. « Il semblerait que certains simulants aient été endommagés, mon capitaine.

— En effet. Les miens ont été détruits au cours de l'atterrissage.

— Les cuves ont également été abîmées. Pendant notre absence, j'ai demandé à mes chercheurs de tenter de les réparer. Votre monsieur Olsen les assiste.

— Nous n'avons pas besoin des cuves. Ma section et moi… nous sommes toujours des soldats, même sans simulateurs.

— Bien entendu. Je me disais simplement qu'il pourrait être prudent de les réparer, au cas où. » Il haussa les épaules. L'exosquelette vrombit avec son mouvement. « Un certain temps pourrait s'écouler avant que l'Alliance n'envoie du secours. Notre effectif de sécurité est tellement réduit sur la base que l'apport d'un simulant opérationnel serait très apprécié.

— Je ne crois pas qu'Olsen lui-même puisse réparer ces cuves, dis-je en mentant de mon mieux. C'est une technologie très complexe, très spécialisée. »

Je ne voulais pas que Kellerman se serve des cuves. Recroquevillé dans son harnais de sécurité, enveloppé dans son exosquelette, il paraissait fini – vieux, faible, inoffensif. Et ses propos étaient toujours sensés, raisonnés. Mais ses yeux trahissaient la véritable nature de cet homme, et quand son regard se posa sur moi je sus la vérité. Ce type-là était capable du pire pour sa cause. *Deux mille personnes disparues sans explication*.

Et puis il y avait le fait que tous mes simulants étaient morts. Même si on réparait les cuves, je ne pourrais pas effectuer de transition. Je ressentis soudain la douleur lancinante de ma jambe blessée. Je me sentais vulnérable. Je n'avais pas fait la guerre dans ma propre carcasse depuis des années, et elle me paraissait pour l'instant extrêmement fragile. Physiquement, j'étais à peu près aussi utile que Kellerman.

« Tous ceux qui combattent les Krells me conviennent, intervint Deacon. Vous, vous ne le faites pas à l'ancienne, c'est tout. Moi, ce qui m'intéresse, c'est de les affronter sur le terrain. Putain, je déteste la poiscaille.

— Bien d'accord, mon frère », approuva Kaminski en cognant son poing contre celui de Blake.

« Veuillez excuser la grossièreté de mon collaborateur, dit le professeur. Monsieur Deacon, allez donc vérifier notre progression. »

Deacon se détacha de mauvaise grâce et gagna la cabine de pilotage d'un pas furieux en se retenant aux poignées fixées au plafond. Il avait tombé le haut de sa combinaison et arborait sur les omoplates et la nuque une collection de vilaines cicatrices. Sur son dos était tatoué : LA MORT DEPUIS LES ÉTOILES – XXe DIVISION.

« C'est un vétéran de la guerre des Marges, expliqua Kellerman, qui le suivait des yeux. Il a combattu le Directoire asiatique sur Epsilon Ultris et s'est retiré du service avec tous les honneurs. Ce poste lui a été accordé en récompense, pour ainsi dire, et il l'occupe en tant que civil. On peine à croire que tant de ressources ont été gâchées par une guerre entre deux factions humaines. Mais, bon, les temps sont plus durs aujourd'hui.

— Vous-même étiez sur Ultris, non ? » demandai-je. Son dossier, dans mon souvenir, mentionnait que c'était là-bas qu'il avait été blessé à la colonne vertébrale.

Il marqua une pause et plissa le front. « Oui, je crois bien. Tant de planètes, tant d'affectations – difficile de toutes se les rappeler ! »

A-t-il vraiment du mal à s'en souvenir ? À mon avis, un type comme lui n'oublierait pas où avait eu lieu un événement aussi décisif. Il ne réagit pas davantage à ma question, et je décidai de ne pas insister, mais sa réponse me parut étrange.

Deacon regagna la cabine passagers. Il devait nous avoir entendus parler, car il désigna une cicatrice repoussante sur son torse. Je grimaçai à sa vue. Sans doute la trace d'un hurleur krell.

« J'étais sergent dans l'armée de l'Alliance, dit-il avec une certaine autosatisfaction. J'ai effectué deux tours de service sur Ultris. Onze Coréens à mon tableau de chasse. Trois ans objectifs dans l'armée. Et je n'ai jamais eu une égratignure, pas une seule. Ensuite, j'ai été affecté sur Hélios. Au bout de quatre semaines, je me suis pris *ça*. Il y a eu une tempête très violente, et un dominant est entré dans la base. Il a tué seize de mes gars avant qu'on arrive à l'abattre.

— Vous avez eu de la chance de vous en tirer avec une cicatrice. J'ai vu de quoi ces armes sont capables : elles rongent la musculature d'un homme en moins d'une heure.

— Vous avez vu ce qu'elles peuvent faire à un sim », répondit-il, sarcastique. Il ignorait mon passé dans les forces spéciales de l'Alliance et je n'allais sûrement pas le détromper. « Vous n'imaginez pas la douleur qu'on ressent quand ça vous arrive à vous-même. Ce salopard n'était pas très gros, c'était juste un dangereux fils de pute. Il avait un de leurs canons. Il a tiré sur moi pile comme il mourait. Ça a traversé ma combinaison H. »

Le sourire de Deacon se figea et ses yeux devinrent vitreux à ce souvenir.

« S'il y a un truc que j'exècre plus que le Directoire, c'est ces foutus Krells », conclut-il.

On atteignit le site en fin de matinée, heure locale.

« Arrêtez-vous par là, ordonna Kellerman. À côté du cratère. Pas trop près du bord. »

Ray obéit et effectua la manœuvre voulue. Puis le char s'immobilisa, et les hommes du professeur entreprirent de déballer un canon autonome. Il s'agissait d'un petit modèle à quatre pattes – pour lui permettre de progresser en terrain accidenté. Doté d'une intelligence équivalente à celle d'un chien, il était renforcé par un blindage métallique et tirait des balles pleines de gros calibre. Le boîtier principal était occupé par divers dispositifs sensoriels destinés à la recherche des cibles. Celui-ci était un modèle de sécurité civile, mais des unités similaires étaient déployées par l'armée. Quelqu'un avait griffonné REX sur sa caisse.

« Monsieur Deacon, sortez pour une reconnaissance des environs immédiats, aboya Kellerman. Je ne veux prendre aucun risque. »

Deacon entrouvrit le sas. Aussitôt, un mur d'air suffocant me heurta. Il sauta du véhicule et disparut quelques instants, pendant que l'équipe continuait de préparer le canon autonome.

« Mieux vaut prendre nos précautions, me glissa Kellerman sans plus d'explications.

— Bien sûr. »

Deacon s'encadra dans le sas, carabine à la hanche. « Pas de danger », annonça-t-il.

Le professeur hocha la tête d'un air posé. « J'apprécie vos efforts, monsieur Deacon. Tout le monde peut débarquer, à présent. »

Ses hommes déployèrent le robot : ils le sortirent et le placèrent sur ses pattes. La machine s'activa et commença à patrouiller d'un pas lourd autour du char des sables. La pompe de ses membres métalliques gémissait à chaque mouvement et ses lentilles de vision multicolores scrutaient le désert.

Le reste du groupe quitta prudemment le char. Avant même d'en être sorti, je sentis la sueur perler à mon front. La combinaison H était dépourvue d'unité de contrôle atmosphérique, et les déplacements étaient laborieux.

« Comme je vous l'ai expliqué, les communications interpersonnelles en dehors du véhicule sont autorisées, dit Kellerman. Mais tâchez de rester groupés dans la mesure du possible. L'Artefact se trouve à une vingtaine de kilomètres à l'ouest, et les Krells ignorent donc cette région, comme vous pouvez le voir.

— Espérons », répondis-je.

J'enregistrai notre position : un cratère d'un kilomètre de diamètre environ, situé entre deux énormes montagnes. Le terrain était grêlé de structures rocheuses auxquelles les éléments avaient imposé des formes fantasques. Les deux soleils projetaient de longues ombres – des refuges précieux. Ici et là, des insectoïdes boursouflés voletaient dans les espaces plus frais. D'étranges formations simili-coralliennes acrobatiques, à peine identifiables comme des plantes, entouraient la cuvette sans l'envahir. Une brume de chaleur troublait l'horizon, et une température étouffante régnait sur le site, protégé des pires assauts du vent par la chaîne montagneuse.

L'équipe d'exploration se déploya. Je marchai pour étirer mes jambes et tester les capacités de ma combinaison H. Elle était équipée d'un masque respiratoire basique. Le vrombissement de mon réservoir individuel d'oxygène était un compagnon de chaque instant. Je me remémorai ma dernière opération

– accroché au cuir froid de l'*Oregon*, en orbite autour d'Hélios. J'étais un sim alors, capable de supporter les conditions extrêmes de la guerre. Plus maintenant.

Kaminski et Blake se plantèrent près de moi pour observer l'horizon. « Alors, qu'est-ce qu'on fait ici exactement ? dit Blake, la voix étouffée par le bruit de sa propre réserve d'oxygène. Je ne vois que du sable. »

Kaminski acquiesça. « Bien d'accord. »

Kellerman descendit maladroitement la pente, laissant le char derrière lui. Marcher dans le sable lui était encore plus difficile. Les moteurs de son exosquelette protestaient bruyamment.

« Un site magnifique, vous ne trouvez pas ? dit-il en désignant la cuvette déserte.

— Qu'y a-t-il à voir ? » demandai-je.

Il pointa sa main gantée vers le fond de la cuvette. « Là. »

De loin, on aurait dit une structure rocheuse comme les autres – une rangée de flèches dentelées qui jaillissaient du fond du cratère. Maculées de sable et donc de la même couleur que le désert alentour, elles paraissaient inoffensives. Mais Kellerman me plaça entre les mains une paire de vieilles jumelles électroniques. Devant l'image monochrome reconstituée, je me rendis compte qu'il s'agissait d'un édifice artificiel qui s'élevait à trente ou quarante mètres au-dessus du sol.

Je partis dans la pente, et le groupe me suivit. Malgré ma cuisse blessée, je me mis à courir. Je distançai Kellerman, qui faisait de son mieux avec ses jambes de substitution. Deacon filait devant, deux carabines sanglées sur le dos. En approchant, je vis qu'une petite tente avait été installée le long de la structure. La porte d'entrée battait paresseusement dans le vent contre les parois de tissu avachies.

Une construction à demi ensevelie s'élevait du sable. Comme la cage thoracique d'une bête extraterrestre titanesque, la structure semblable à un squelette avait été percée par endroits. Les longerons étaient indéniablement métalliques. Le plus gros de cette chose paraissait enterré.

« Qu'est-ce que c'est ? » Je ressentais une pointe d'excitation à cette découverte.

Kellerman se dirigea vers l'entrée de la tente. Elle protégeait l'ouverture la plus large. L'intérieur était sombre et menait directement dans cette ruine extraterrestre.

« Nous pensons qu'il s'agit d'un vaisseau spatial », déclara-t-il.

Les flèches étaient couvertes de hiéroglyphes complexes et tourbillonnants. Je reculai pour mieux appréhender l'imposante structure. Chaque surface visible était frappée de ces marques. Je ne pouvais pas me concentrer sur leur sens – cela me faisait tourner la tête. Mais cette architecture était inimitable : elle était sûrement due aux ingénieurs de l'Artefact.

« Alors ils ne se sont pas contentés de laisser l'Artefact… marmonnai-je.

— Oh putain, ouais, renchérit Kaminski. C'est du lourd.

— Ils ont laissé beaucoup plus, fit Kellerman. Mais la trajectoire de ce vaisseau donne à penser qu'il se dirigeait vers l'Artefact. Il s'est écrasé ici, peut-être sous le feu de l'ennemi. Je vous en prie, entrez.

Monsieur Farrell, monsieur Ray, vous monterez la garde. Je veux que vous guettiez les intrus et veilliez à la sécurité du char des sables. »

Ray et Farrell quittèrent le groupe. Les autres s'engagèrent prudemment dans le vaisseau.

L'intérieur tenait du labyrinthe. Les coursives étaient larges et nues, les parois faites d'une matière noire irisée – froide au toucher, même à travers les gants.

« Nous ignorons toujours de quoi cette structure est faite, expliqua le professeur. Certainement pas un alliage connu de nous. »

On progressait lentement et par à-coups ; Deacon ouvrait la voie et Kellerman indiquait le chemin. Les tunnels étaient ovoïdes, difficiles à parcourir et surtout à distinguer les uns des autres. Certains se terminaient brutalement par des murs de sable ou de pierre. Il y avait très peu de salles de contrôle, mais on traversa plusieurs espaces emplis d'ordinateurs morts depuis longtemps. Des motifs cunéiformes avaient été gravés sur toutes les surfaces possibles – murs, sols, plafonds. Une écriture serrée, complexe, imprimée en relief comme par une machine, à la façon des vieux circuits électriques. De temps en temps, quand je touchais une paroi de la main, l'écriture semblait s'illuminer, mais j'écartai cette idée comme une illusion d'optique.

Il n'y avait pas trace d'un équipage, pas même un cadavre. Ni de place pour du personnel, d'ailleurs : ni sièges ni postes. L'agencement de l'appareil ne paraissait pas adapté du tout à un équipage vivant.

Peut-être était-il automatisé. Une énorme intelligence artificielle et un équipage de robots.

L'endroit était protégé du vent extérieur, et un silence saisissant régnait dans ses niveaux inférieurs. Quand un écho résonnait dans les couloirs déserts, j'avais l'impression d'entendre une imitation du signal de l'Artefact. Personne d'autre n'eut l'air de le remarquer, et j'estimai qu'il valait mieux ne pas le mentionner. C'était sans doute un effet de mon imagination. Le crissement dans ma tête s'était tu, et j'étais sûr que ce son en ferait autant.

Je m'enfonçai dans l'épave à la suite de Kellerman. On utilisait des torches électriques et des globes lumineux scellés dans les murs pour se guider. Le professeur consultait régulièrement une infoplaque qu'il manipulait maladroitement à cause de ses gants. Parfois, quand le terrain devenait particulièrement difficile, l'un de ses hommes l'aidait. Et même si cela partait d'une bonne intention, Kellerman leur aboyait toujours dessus.

« Depuis combien de temps l'épave est-elle ici ? demandai-je en chemin.

— Sans doute plusieurs milliers d'années. Nous avons tenté de recourir à des techniques de datation au carbone, mais les matériaux qui ont servi à la construction du vaisseau sont très complexes. Si notre hypothèse est correcte, réfléchissez un peu à ceci : ce vaisseau très sophistiqué était le produit d'une civilisation spatiale. » Il secoua la tête. « Il s'est probablement écrasé alors que nous étions encore des singes arboricoles.

— Nous n'irons pas beaucoup plus loin, prévint Deacon. Nous devrions bientôt retourner au char.

— Pourquoi ?

— Certaines coursives inférieures se sont effondrées, répondit Kellerman. Le vaisseau devait être très grand. À mon avis, il s'est écrasé dans des conditions extrêmement violentes, et il a perdu beaucoup de segments. Durant son long sommeil, ces éléments ont été avalés par le désert. Nous n'avons cartographié qu'une toute petite partie de ce bâtiment.

— Le moteur fonctionne-t-il encore ? s'enquit Kaminski. On pourrait s'en servir pour quitter la planète. »

Kellerman lui lança un regard noir. « Non, il ne marche plus. Nous avons certes plus ou moins réussi à activer les systèmes de contrôle, mais réparer le moteur principal dépasse nos capacités.

— Ce n'est pas très étonnant, en fait, intervint Deacon, quand on imagine ce que cet appareil a dû traverser.

— Il s'en est mieux sorti que l'*Oregon* dans la descente, remarqua Blake.

— En effet, confirma le professeur. Mais, même ainsi, je redoutais que l'intégrité structurelle des ponts inférieurs ait été compromise. C'est là que se trouve le moteur. Du coup, j'ai interdit les excavations au-delà d'une certaine profondeur. Certaines salles ont été nettoyées de leurs débris et isolées de l'air ambiant pour permettre un catalogage correct de nos trouvailles, mais la plupart sont dans un état de délabrement avancé.

— Il faut qu'on se remette en marche, rappela Deacon à son supérieur.

— Avant de partir, je veux montrer au capitaine

certaines de nos découvertes, répondit celui-ci. Nous n'avons pas fait tout ce chemin pour ne pas présenter à nos militaires ce que nous avons trouvé. »

Deacon se contenta de grogner.

On arriva enfin dans une salle immense dont le plafond voûté culminait très haut. Elle mesurait à peu près vingt mètres de haut sur cinquante de large – de loin la plus vaste que j'avais vue dans le vaisseau extraterrestre. Elle était aussi plus décorée que la plupart des autres. D'immenses pupitres d'un noir d'obsidienne s'élevaient depuis les murs. Le sol était marqué de hiéroglyphes et de motifs cunéiformes plus grands. Tout était recouvert de poussière, mais cette pièce avait manifestement attiré l'attention des hommes de Kellerman il y avait peu. Des traces de pas et des sillons dans la poussière la traversaient et se croisaient par endroits. Le professeur suivit une des pistes jusqu'à l'autre bout de la salle et alluma des globes lumineux au plafond. Il y avait un système d'éclairage bricolé au-dessus de nous : des lampes pendaient de câbles connectés à un vieux générateur électrique.

Kellerman s'arrêta. « Monsieur Peters, miss Dolan, venez. »

Les deux chercheurs s'exécutèrent, rayonnants, ravis d'avoir quitté la base pour la journée. Le groupe de Kellerman se rassembla autour d'une bâche en plastique abîmée posée au milieu de la salle, où gisaient des composants électroniques et mécaniques qu'on avait amoureusement nettoyés et étiquetés.

« Monsieur Peters, à vous l'honneur de montrer au capitaine ce que nous avons découvert dans cette salle.

— Avec plaisir, professeur. »

Peters posa sur le sol une boîte métallique qu'il portait depuis la descente du char des sables. Il en ouvrit lentement les verrous et sourit en regardant à l'intérieur. Il en souleva le contenu à deux mains et se redressa doucement, prenant garde à ne pas faire tomber l'objet. Il l'inclina délicatement. C'était un instrument métallique pourvu d'une lame, long comme mon avant-bras. Fait du même matériau noir mat que le reste du vaisseau, il avait à l'évidence été consciencieusement nettoyé. Il était couvert de minuscules lignes d'écriture alien, à peine visibles.

Rien qu'une vieille relique. Mais il émanait de ce truc une malveillance qui dépassait sa présence physique – un phénomène que je ne parvenais pas à m'expliquer, qui n'était pas logique. Par contraste, Peters continuait à sourire béatement, sans remarquer ma réaction.

« Nous pensons qu'il s'agit d'une partie de l'unité de contrôle du vaisseau. »

Peters était jeune mais il avait le visage fatigué et marqué. Ses cheveux un peu trop longs encadraient ses yeux noirs. Il gagna l'un des pupitres et y inséra l'objet. Les lumières au plafond s'éteignirent, plongeant la salle dans l'obscurité. Blake et Kaminski sursautèrent, mais Kellerman leva la main pour les inciter au calme.

« Ne vous alarmez pas, s'il vous plaît. »

Une plainte grave s'éleva en fond sonore. Puis la salle s'illumina de nouveau. Les lampes du plafond s'allumèrent, de même que les glyphes gravés dans les murs et le sol. Les pupitres extraterrestres le long des parois s'activèrent. Bientôt, toute la salle ne fut plus que machines opérationnelles bourdonnantes et iconographie lumineuse. Cet endroit était *vivant* : les flux de données échangées par les machines autour de moi étaient presque palpables. L'image d'un vaisseau dirigé par une IA phénoménale me revint à l'esprit.

J'examinai le pupitre le plus proche, observant sa mise sous tension. Kellerman et ses hommes étaient émerveillés par ce lieu vivant, mais je me sentais moins enthousiaste. Ça n'allait pas : on se mêlait de choses qu'on ne comprenait pas, on réveillait une technologie ancienne et inconnue. Blake et Kaminski semblaient partager mon malaise.

« Cet endroit est sûr ? demanda Kaminski à la cantonade.

— Nous appelons les créateurs de ce vaisseau les Bribes, dit Kellerman, parce que c'est tout ce qui reste d'eux : des bribes de leur civilisation. Des bribes d'une espèce extraterrestre techniquement brillante. Vous n'avez rien à craindre d'eux. Miss Dolan, veuillez activer le pupitre principal.

— Bien, professeur.

— Kellerman... vous êtes sûr de votre coup ? Est-ce que vous comprenez... ? commençai-je.

— Contentez-vous d'observer. Regardez les murs. »

Ils étaient couverts de la même écriture extraterrestre troublante que j'avais vue dans tout le bâtiment.

« Pour moi, ça ressemble surtout à des kilomètres de pattes de mouche, commenta Kaminski. Pareil que le reste de... »

Sa phrase resta en suspens.

Une substance mercurielle brillante se répandait

dans les motifs en creux. Au lieu de perler sur une surface plane comme l'aurait fait du véritable mercure, le fluide se déversait dans chaque cannelure comme une entité vivante et vorace – elle s'infiltrait, grimpait le long des murs jusqu'au plafond et emplissait les motifs au sol.

« Ne touchez à rien ! » Ma voix résonna dans la salle. Je bondis de côté, m'éloignant de la grille mouvante sous mes pieds.

Blake et Kaminski en firent autant, mais il n'y avait plus nulle part où se réfugier. La substance était partout à présent.

« Tout va bien, assura Kellerman. Ce n'est pas nocif. »

C'était comme un arbre aux racines profondément enfoncées sous nos pieds et aux branches largement déployées vers le ciel. Une image précise et détaillée recouvrait chaque cloison, le sol, le plafond – elle emplissait la salle. Elle scintillait, et je repérai des milliers d'icônes minuscules, chacune annotée en écriture alien. Chaque élément isolé tournait et changeait, animé d'une vie propre.

« Une carte », devinai-je.

Kellerman eut un sourire exalté. « Une carte du Maelström. Bienvenue au planétarium. »

Je parvins très vite à reconnaître les diverses étoiles et formations constitutives du Maelström. Elles étaient imprimées dans ma mémoire, mais, debout au milieu de cette représentation fluide et tourbillonnante, j'avais momentanément perdu mes repères. Je passai un long moment à parcourir le planétarium.

« Les Bribes connaissaient très bien le Maelström, reprit Kellerman. Nous avons pu récupérer des données de cartographie du secteur tout entier – mieux qu'aucune astrocarte que j'aie jamais vue. Mieux encore, les Bribes connaissaient autrefois un certain nombre d'itinéraires de saut quantique permettant de traverser la région ou d'y entrer. »

Des fils argentés tremblotants – comme une toile d'araignée – partaient de certains mondes pour les relier à d'autres. J'en suivis quelques-uns, et le liquide mercuriel vira au rouge sous mes doigts. Chacun de ces capillaires évitait le bourbier de trous noirs et d'orages gravimétriques qui étaient la plaie de cette région. Extraordinaire !

Est-ce enfin la solution ? Une perspective fabuleuse m'apparut. Je me tournai vers Blake, l'attrapai par les épaules et le secouai. Mon cœur manqua un battement. Les possibilités qui s'ouvraient me donnaient le vertige.

« Tu entends ça, Blake ? Ce truc peut nous donner des cartes du Maelström ! »

Kellerman s'avança au milieu du planétarium. Lorsqu'il caressa certaines planètes, la substance argentée changea brièvement de couleur. Blake observait, déconcerté, sans comprendre mon enthousiasme soudain.

« En théorie, fit le professeur, il serait possible d'utiliser les points de saut en espace-Q déterminés par les Bribes pour se rendre en plein cœur de l'Empire krell.

— Voici la zone de quarantaine, dis-je en désignant le Grand Rift d'un côté de la salle. Quelle est cette étoile, au milieu ? »

Un énorme système stellaire vibrant trônait là – une étoile entourée de nombreuses planètes boursouflées. Un cœur de mercure battant, frémissant comme s'il était réellement en vie.

« Je crois qu'il s'agit du système mère des Krells. »

Je déglutis, essayant de digérer les mots de Kellerman. J'avais la bouche sèche, et soudain une détermination renouvelée. *C'est une seconde chance, un nouveau commencement.* Je lâchai Blake. Pour l'armée, pour l'Alliance, ce planétarium promettait plus encore. Une flotte pourrait frapper la planète mère, porter la guerre sur le terrain des Krells.

« Monsieur Peters, si vous voulez bien, dit le professeur avec un geste de la main. Expliquez donc le reste.

— J'ai appliqué un algorithme de déchiffrement sur l'une des unités de contrôles mineures du vaisseau », commença Peters. Je n'écoutais qu'à moitié, encore étourdi par ce qui venait d'être révélé. « Puis le professeur Kellerman – le véritable cerveau ici – a démontré que les inscriptions sur cet objet correspondaient à celles dont est couvert un des pupitres là-bas. » Il désigna une machine encastrée dans une paroi proche. « Nous sommes tombés dessus par hasard. Nous avons découvert que chaque pupitre agissait comme une clé pour activer certaines fonctions du bâtiment. » Il laissa échapper un long soupir. « Il y a encore tant à faire. De vastes sections du vaisseau nous demeurent inconnues. Nous n'en avons exploré qu'une fraction infime.

— Où sont-ils ? demanda Blake à Kellerman. Les xénos qui ont construit ce vaisseau ? »

Le professeur lui lança un regard réprobateur. Apparemment, il n'appréciait pas que mes équipiers s'adressent directement à lui.

« Ils sont morts de longue date. Retournés en poussière.

— Mais comment le savez-vous ? insista l'opérateur.

— Parce que, comme je l'ai dit, ce bâtiment s'est écrasé il y a des milliers d'années.

— Vous avez dit que la datation carbone lui donnait plusieurs milliers d'années. C'est différent.

— La distinction est subtile au mieux, répondit l'autre. Je pense que l'équipage a péri dans le crash. Cette conclusion est confirmée par toutes les données scientifiques disponibles.

— Vaudrait mieux pour vous que les Bribes ne reviennent pas chercher leur vaisseau, intervint Kaminski. Parce que je vous parie qu'ils vont salement fumer en découvrant que des primitifs comme nous ont fouillé l'épave.

— Je suis tout à fait certain que cela n'arrivera pas », trancha Kellerman.

Blake et Kaminski échangèrent un regard lourd de sens. Je partageais leur inquiétude mais, pour l'instant, je m'en fichais. Je continuais à parcourir la salle dans un effort pour enregistrer tout ce que je voyais.

« Je pense que vous devriez raconter le plus beau au capitaine, dit Peters à Kellerman avec un sourire enfantin.

— Nous avons trouvé la clé dans l'une des salles les plus basses, reprit celui-ci. Nous avons réussi à déchiffrer des éléments de la langue alien – certaines inscriptions sur les murs. Nous sommes dans ce qui était certainement un vaisseau de guerre, et je soupçonne que les Bribes étaient autrefois en conflit armé avec les Krells. Il existe des instructions assez précises concernant cet objet – la clé.

— Qu'avez-vous découvert ? demandai-je.

— Elle porte des marques identiques à celles trouvées sur l'Artefact et sur certaines des reliques extraterrestres plus petites autour du site. » Il agitait les bras en parlant, et ses moteurs gémissaient. « Nous avons examiné l'Artefact depuis l'espace. Nous avons même envoyé des drones survoler la région qu'il occupe. Je peux vous montrer les preuves. Ces inscriptions sont parfaitement identiques. Nous pouvons le faire – nous pouvons activer l'Artefact. »

La révélation du scientifique n'eut peut-être pas sur moi l'effet escompté. Je me fichais d'activer l'Artefact – je ne m'intéressais qu'aux cartes astronomiques. Je n'arrivais pas à détacher mon regard des parois.

« Imaginez donc, mon capitaine, poursuivit Kellerman en s'efforçant d'exciter ma curiosité, qu'on exploite l'Artefact, qu'on comprenne son signal et l'influence qu'il exerce sur les Krells. La clé activera l'Artefact.

— Raison de plus pour mettre le Commandement au courant de vos découvertes.

— N'avez-vous donc pas compris, mon capitaine ? Ne trouvez-vous pas peu probable que j'aie pu parvenir à ces conclusions avec le modeste équipement scientifique dont je dispose ici ? » Il scrutait nos visages. « Le Commandement ne vous a pas dit toute la vérité concernant votre mission. L'existence des Bribes est connue de longue date. Mes recherches sont bâties sur les épaules de géants. »

Je plissai le front tout en continuant d'inspecter le planétarium. J'aurais voulu pouvoir mémoriser les itinéraires de saut-Q – un réseau de navigation insensé qui s'étendait dans tout l'espace krell.

« Hélios fait partie d'un ensemble de sites d'intérêt scientifique notable, déclara le professeur, dont la voix trahissait la frustration. Ce n'est qu'un des lieux laissés derrière eux par les Bribes. »

Voilà, on y est, compris-je enfin.

Le pire, malgré la folie de Kellerman, c'était que ça devait forcément être vrai. Il était bel et bien impossible qu'il ait accompli tout cela seul, indépendamment du soutien scientifique dont il bénéficiait. Des objets extraterrestres, des révélations de cartographie stellaire, la découverte du système mère des Krells – c'était trop. *Trop de questions. Lui-même est peut-être incapable d'y répondre.*

« Je vous dis tout, poursuivit-il. Tout ce que je sais. Posez-vous la question : le Commandement aurait-il vraiment risqué une équipe SimOps, vous aurait-il envoyés si ce site n'avait d'intérêt que purement théorique ? »

Kaminski soupira. Blake avait l'air sonné. *Tu es bien jeune, gamin.*

Je savais que je ne pouvais pas me fier à Kellerman, mais mes renseignements à propos de cette planète étaient manifestement faux. L'Alliance connaissait la valeur de l'Artefact. La valeur des découvertes de la base. Les mots de Jostin me hantaient : *« Imaginez que nous parvenions à l'exploiter. À en faire une arme. »* Ils savaient déjà, et ils nous avaient envoyés pour ramener Kellerman. Voilà pourquoi il avait tant de valeur. J'eus alors la certitude que le Commandement se foutait des deux mille personnes disparues, de l'équipe de sécurité et de la valeur monétaire de la base d'Hélios. Mes supérieurs voulaient le professeur et ce qu'il avait dans le crâne. Ma section et moi n'étions que des rouages de la machine.

Deacon s'imposa soudain dans la conversation en tirant la manche de Kellerman. Il était pâle, son respirateur pendait à son cou et sa barbe était maculée de sable.

« J'ai perdu la liaison avec Farrell et Ray. On devrait repartir vers la surface.

— C'est sûrement le vaisseau qui crée des interférences, répondit le professeur. Ne vous inquiétez pas en vain. Mais vous avez raison, nous devrions partir.

— Nous n'irons nulle part sans les données astronomiques, dis-je en levant la main pour imposer le calme. Quoi qu'ait fait le Commandement, j'en ai besoin.

— Nous les avons déjà, décodées et prêtes pour la transmission », fit Kellerman en hochant la tête.

Sur ce, Peters désactiva le dispositif. Le bourdonnement cessa et la salle s'assombrit. La substance argentée se retira peu à peu des symboles cunéiformes, se contractant au lieu de se répandre. D'abord le plafond, puis le sol, enfin les murs – comme un organisme vivant qui aurait disparu aussi vite et mystérieusement qu'il était apparu. Les motifs complexes s'étaient effacés, et il était impossible de deviner la carte au milieu des marques aléatoires sur les parois.

Mais je ne pouvais pas me la sortir de l'esprit. Elle était de toute beauté, et elle représentait bien plus encore. Je ne l'avais pas ressentie depuis si longtemps que j'eus du mal à reconnaître l'émotion qu'elle déclenchait en moi.

L'espoir.

Deacon ouvrait le chemin, et on atteignit finalement les niveaux en surface.

« Ray ! aboya-t-il dans son communicateur. Ici le chef Deacon ! Réponds ! »

Comme cela ne donnait aucun résultat, il réitéra l'appel avec Farrell. On n'entendait que des parasites sur les deux canaux.

« Sans doute un problème de transmission », insista Kellerman. Il haletait à force d'avancer à pas maladroits et torturés dans son exosquelette. Il refusait néanmoins toute forme d'aide de la part de ses collaborateurs.

La sortie fut bientôt en vue devant nous, et j'avançai au milieu des débris. Des rayons de lumière vive passaient à travers les brèches dans la coque du vaisseau. Il avait fait si noir jusque-là qu'il fallut un moment à mes yeux pour s'adapter aux nouvelles conditions de visibilité. La température augmentait à mesure qu'on progressait : dehors, midi approchait. Un calme absolu régnait sur le désert – les formes de vie d'Hélios, si primitives fussent-elles, savaient qu'il fallait éviter les chaleurs extrêmes de la mi-journée.

Ray et Farrell se tenaient côte à côte et hochaient la tête, comme en pleine conversation. Ray consultait une infoplaque. Farrell manipulait l'appareil en montrant quelque chose. On arriva sur eux avant qu'ils ne se rendent compte de notre présence. Ils se trouvaient juste devant le trou dans la coque, à l'ombre de la tente. Le panneau d'accès était encore ouvert, et les soleils au zénith si brillants que leurs rayons traversaient le tissu.

Christo merci, me dis-je. *Pas de Krells*.

« Hé, bandes de cons ! hurla Deacon. Et si un de vous deux répondait au putain de com ? »

Ray pivota vers nous, tournant le dos au désert. Il eut un faible sourire.

« Pas de problème, chef. On discutait le coup avec Farrell.

— On échangeait des histoires sur la base, renchérit Farrell.

— Rien à signaler ? aboya le chef de la sécurité. Dites-moi au moins que vous avez fait le guet.

— Tout va bien ici, assura Farrell. Le canon autonome garde le char. »

Ray le soutint à nouveau : « Ouais, rien à signaler du tout. C'est calme comme une tombe, voilà… »

Boum !

La tête de Ray explosa soudain en une masse de sang, d'os et de cervelle.

Puis le monde sombra dans la confusion, les cris et le feu.

Chapitre XVIII

Pour de vrai

L'instinct prit le relais.

Je fus aussitôt à terre, à plat ventre dans la poussière. En mouvement pour me mettre rapidement à couvert. Une douleur atroce explosa dans ma jambe et ma cage thoracique, mais je devais l'ignorer. Il y avait une dune devant, juste au-delà de l'entrée du vaisseau en ruine et de la tente. Pendant les quelques secondes qu'il me fallut pour l'atteindre, je déterminai que l'attaque venait de la direction du char des sables.

« Blake, Kaminski ! Identification ! »

Je les cherchai éperdument du regard derrière moi. Kaminski m'avait suivi et Blake n'était pas loin.

« Affirmatif, répondirent-ils en chœur.

— Qu'est-ce qui se passe ? » cria quelqu'un.

Je me tortillai pour voir Kellerman et Deacon plus bas dans la pente, toujours dans l'ombre du vaisseau. Les deux hommes étaient livides. Deacon restait collé à terre et la panique dominait son regard. Une volée de dards passa au-dessus de nos têtes. Des grondements percussifs résonnèrent, typiques des hurleurs krells. Des tirs frappèrent le vaisseau alien, perçant la coque.

« Restez à terre et silencieux ! ordonnai-je. On est attaqués.

— Des greffons, ajouta Kaminski. Ils doivent être à deux cents mètres de l'épave, plus ou moins.

— Au moins, ce n'est pas l'équipage qui vient récupérer son vaisseau », commenta Blake. Ce n'était pas de l'ironie, je le savais. « Les Krells, on connaît. »

De nouveaux tirs nous passèrent au-dessus. J'entendis Peters maugréer et se plaindre des dégâts que subissait le vaisseau bribe. Le réseau de communication était ouvert de combi à combi. Nos transmissions devaient nous trahir comme une mauvaise odeur, des flux de données s'élevant de notre position. Les Krells ne comprenaient pas ce qu'on disait, mais ils détectaient les émissions.

« Venez par ici et abritez-vous, ordonnai-je à Kellerman et aux autres. Réduisez le trafic radio au minimum. Ils écoutent. »

Manifestement inquiets, Kellerman, Deacon et les autres s'éloignèrent prudemment du vaisseau extraterrestre et s'aplatirent contre la dune derrière laquelle je m'abritais. Le professeur progressait très lentement et ses jambes vrombissaient furieusement à chaque mouvement. Sa combinaison n'était pas conçue pour ce genre d'exercice. Deacon tenait précieusement un fusil et en gardait un autre sanglé dans son dos. Sa barbe portait les traces du sang de Ray.

« Ray est mort ! haleta Farrell, qui rampait en dernière position dans la file. Il vient de mourir ! Il est parti ! Comme ça : soufflé ! »

Des sanglots déchiraient sa voix, et ses paroles se muèrent en gémissements. Je lui fis signe de la main pour qu'il reste allongé bien à plat. *Faut rester caché.*

Du coin de l'œil, j'aperçus le corps torturé de Ray. Il gisait à la manière d'une étrange marionnette, pris dans les os métalliques du crâne bribe fendu. Sa combinaison était percée de trous sanglants et noircie d'impacts de hurleur.

« Ne regardez pas en arrière, ordonnai-je. Concentrez-vous sur l'idée de sortir d'ici vivants. Restez derrière cette arête. Il faut déterminer combien ils sont et établir un plan pour regagner le char. »

Farrell renifla en réponse mais se figea sur place, à plusieurs mètres encore de l'arête. Des hurleurs résonnèrent à nouveau. Des particules de biomatériau criblèrent le sol non loin de là. Kellerman lui fit signe de le suivre.

« Vous prétendiez avoir vérifié l'antenne radio, Farrell ! siffla-t-il. Vous êtes un imbécile ! Vous les avez conduits droit sur nous !

— Mais je l'ai vérifiée ! C'est vrai. Je… je suis certain de l'avoir fait après la dernière rotation du véhicule. J'ai effectué les diagnostics sur l'antenne la dernière fois qu'il est sorti.

— Pas la dernière fois – cette fois-ci ! cracha le professeur. La dernière rotation date d'il y a deux semaines. Ce char aurait dû être vérifié aujourd'hui !

— Il n'a pas besoin de contrôles si fréquents », répondit Farrell d'une voix faible. Il peinait à se convaincre lui-même de la valeur de son argument, et plus encore son supérieur.

« Vous m'avez juré que vous aviez vérifié !

— Eh ! bah, je l'ai pas fait ! pleurnicha-t-il en réponse.

— Stop ! intervins-je. Ce n'est pas le moment de porter des accusations. »

De nouveaux coups sifflèrent en hauteur. Les tirs de hurleur laissaient des sillages rouge et vert en enflammant l'atmosphère. Kellerman s'énervait à côté de moi – il ne pouvait tout bonnement pas lâcher l'affaire.

« Bon sang ! » fulminait-il en serrant les dents. Il s'adressait à Farrell. « Vous méritez de mourir ici. J'ai perdu mes jambes sur Ultris par la faute d'incompétents de votre acabit ! »

Pas le temps d'écouter vos conneries, Kellerman, pensai-je. Mais le fait était qu'il se rappelait avoir séjourné sur Epsilon Ultris. Pourquoi feindre l'amnésie plus tôt dans la journée ? Ça n'avait pas de sens, mais ce n'était pas non plus le moment de s'arrêter là-dessus. Je jetai un regard en coin à la vieille carcasse de Kellerman, à plat ventre, rouge d'une rage difficilement contenue, la bave aux lèvres. Il croisa mon regard et détourna la tête. *Il sait qu'il en a déjà trop dit.*

« Combien de tireurs, 'Ski ? demandai-je.

— Six au maximum.

— Peut-être davantage de xénoformes primaires », murmura Blake.

Je savais exactement ce qu'allaient faire les Krells : nous coincer ici, hors du vaisseau, où nous n'avions nulle part où nous réfugier. Ils nous bloqueraient jusqu'à ce qu'ils puissent recevoir des renforts et nous encercler. Ils nous déborderaient et réduiraient notre petit groupe en pièces.

« Je ne resterai pas ici ! » déclara soudain Farrell.

Il escalada péniblement la dune avant que j'aie eu le temps de réagir. Ses bottes s'enfonçaient dans le sable, et il tituba une fois, puis deux, en tentant d'atteindre le sommet. Je tendis le bras pour attraper son pied.

« Revenez ici, Farrell ! beuglai-je. On se fout de savoir qui est responsable. Revenez et planquez-vous. »

Il s'était tourné à demi pour me faire face mais continuait à se hisser sur la pente.

« Ouais, et puis rester ici dans cette chaleur ? On va tous mourir déshydratés plus vite que vous ne pouvez tuer ces machins. Je vais essayer de gagner le char. »

Avec une vigueur inattendue, il libéra sa cheville d'une torsion. Je m'efforçai de le rattraper, mais il était déjà en haut de la dune. Il se hissa par-dessus le sommet avec un grognement épuisé. Puis ses jambes disparurent de l'autre côté.

« Revenez ! » hurlai-je en essayant de le suivre.

Je ne vis ce qui s'étendait au-delà qu'une fraction de seconde. Farrell, debout, fit un pas à découvert. Hors d'haleine, il traînait sa vieille combinaison environnementale. Le poids supplémentaire le ralentissait et le rendait vulnérable. Il se tourna vers le char – distant, bien loin de là où nous étions coincés – et fit un pas de plus, la tête baissée, déterminé.

« À terre, putain ! » m'écriai-je.

Une salve de dards partit de derrière le véhicule – une position surélevée qui dominait le cratère tout entier. Il y avait au moins six xénos, Kaminski ne s'était pas trompé. Trois ou quatre dards se plantèrent dans le technicien.

J'avais étudié de près les armes krelles. Vu toutes sortes d'armes biologiques, des lance-flammes cultivés sur des membres aux munitions vivantes conçues pour vider un homme de l'intérieur. Le dard était l'arme extraterrestre la plus commune – un simple lanceur biologique était chargé de fléchettes creuses. Ces dards emportaient une charge explosive mais étaient aussi bourrés de poison. Destiné à vous mettre hors de combat, à vous affaiblir.

Le premier dard lui perça l'abdomen ; les suivants visaient ses jambes. Il s'effondra en étouffant un cri. Sa combinaison s'ouvrit brusquement et répandit un sang précieux. Il roula de côté, s'éloignant du sommet, et s'arrêta à quelques pas de notre position, proprement cloué au sol par les dards.

Les autres tireurs nous prirent pour cibles. Des tirs de hurleur sifflèrent en passant près de moi, et je replongeai de l'autre côté. Kaminski et Blake en firent autant, accrochés à l'arête.

Mais Farrell n'était pas mort. Il braillait, assez fort pour me permettre de comprendre qu'il souffrait atrocement. Il s'égosillait littéralement dans des cris à peine humains, mais on arrivait encore à discerner des mots.

« Christo... pitié, non ! Je... j'ai... j'avais un fils ! Pitié, pas comme ça. Quelqu'un, s'il vous plaît... venez m'aider. Putain ! Ça fait... tellement... mal. »

Je ne connaissais pas Farrell, mais il appartenait à l'espèce humaine et ses supplications m'affectaient forcément. Il avait peut-être condamné toute l'expédition, mais il ne méritait pas pour autant de mourir de cette façon. *Personne* ne méritait de mourir ainsi.

« On… ne voulait pas… » Il s'étouffait. « Aurait… pas dû… Pitié, aidez-moi ! »

Je sentais le sable sous mes gants : brûlant, implacable.

« Devrait-on l'aider ? » s'enquit Kellerman.

J'aurais voulu. J'aurais vraiment voulu – ne serait-ce que pour lui coller une balle dans le crâne et abréger ses souffrances. Ç'aurait été un geste de miséricorde. Mais le cratère était couvert par les snipers krells, et entrer à leur portée exposerait le reste de l'expédition au même sort.

Je secouai la tête. « Il est foutu. »

On attendit quelques minutes. Les Krells tirèrent un ou deux coups de semonce pour nous contraindre à rester à notre place. Après ce qui était arrivé à Farrell, aucun des hommes du professeur ne tenta de bouger.

Les hurlements du technicien continuaient, de plus en plus mouillés. Les supplications se firent plus pressantes. Il criait un nom, je crois, mais je ne l'entendais plus très bien. Je serrai les dents en m'efforçant de filtrer le bruit.

« Ils ne voulaient pas le tuer, lâcha Deacon. Ils voulaient lui faire mal. »

J'acquiesçai.

J'ignorais quelle horreur biologique contenaient les dards. On ne savait jamais – à croire que c'était toujours différent. Parfois ils brûlaient – avec des produits corrosifs, de l'acide qui se répandait dans le sang. D'autres fois ils étaient porteurs d'agents ralentisseurs, de composés toxiques complexes. Toujours douloureux, rarement foudroyants. J'avais moi-même éprouvé cette sensation bien trop souvent. *Dans mon corps simulé*, rectifiai-je intérieurement. Farrell finit par suffoquer. Le poison circulait dans tout son organisme à présent. Les organes, la peau, le cœur. Je fermai obstinément les yeux et sentis une sueur froide perler à mon front. Ses hurlements étaient terrifiants.

« Farrell avait raison sur un point, dis-je. Il faut qu'on retourne au char. Il va faire très chaud ici. Ensuite, à la tombée de la nuit, ça va devenir froid, très froid. Quand les soleils se coucheront, la température va chuter.

— Si nous sommes exposés pendant plus de deux heures après le coucher du soleil, l'hypothermie est inévitable, confirma Kellerman.

— Alors combien de temps reste-t-il avant le crépuscule ?

— Six heures, répondit Deacon. Plus ou moins.

— Ce sera amplement suffisant. Donnez-moi les fusils. »

Le chef de la sécurité se traîna sans poser de questions jusqu'à ma position et me tendit le fusil qu'il portait sur le dos. Je le pris et le retournai entre mes mains gantées. Ma combinaison n'était pas faite pour le combat – les gants étaient vieux et très rembourrés –, et l'arme n'était pas non plus modifiée pour servir en combinaison. J'allais être maladroit et lent. *Et plus lent encore dans ta propre carcasse*, insista une voix dans ma tête. Je consultai l'afficheur numérique : cent cartouches. *Il va s'enrayer en un rien de temps ; je n'aurais pas rempli le chargeur à fond*, pensai-je. Il s'agissait d'un vieux modèle de sécurité civile, destiné à des forces de défense. J'inspectai brièvement son mécanisme et me convainquis qu'il fonctionnait. La crosse était recouverte de chatterton et le bloc de détente était usé.

« Vous avez des munitions ? »

Deacon hésita. « Il y en a une boîte entière dans le char. »

Ça ne va pas beaucoup nous aider ici.

« Et l'autre fusil ? »

Deacon me tendit son autre arme. Je la vérifiai également. Il s'agissait d'un ancien modèle de l'infanterie alliée, beaucoup plus vieux que le premier mais en meilleur état. Un fusil de tireur d'élite vieillot, équipé d'un télémètre sur la crosse et d'une lunette de visée. Son canon était plus long que l'autre, sa portée sans doute supérieure. Les deux tiraient des projectiles pleins – c'était moins bien que des armes à énergie comme nos fusils à plasma, mais il faudrait faire avec.

Je regardai Blake et Kaminski. Deux bons tireurs, rapides, mais ce n'était pas le genre d'affrontement auquel nous étions formés. Blake était un tireur d'élite reconnu : il serait plus efficace. Je lui fis signe d'approcher et lui confiai le fusil à lunette.

« Je vais y arriver, boss, dit-il spontanément. C'est un bon vieux fusil. Ruversco 950. Un vrai bijou de famille. »

Il prit l'arme et en caressa le canon avant de regarder le vaisseau alien à travers la lunette. Je restai un instant indécis – Blake avait-il jamais tiré en situation réelle dans son propre corps ? Je déglutis. Il n'avait jamais fait la guerre pour de vrai.

« Pas mal pour une arme aussi vieille, commenta-t-il. Lunette correcte, portée honnête.

— Tire à bon escient, gamin. Je sais que je peux te faire confiance. » Inutile d'exprimer mes doutes : j'avais besoin que Blake sache que je croyais en lui. Je me tournai vers Deacon : « Des grenades ? D'autres armes ? »

Il fit non de la tête en silence.

« On ne pensait pas en avoir besoin, expliqua Kellerman.

— On en parlera plus tard. Blake, tir de barrage, on débusque les tireurs. Je couvre la dune, ensuite on les élimine un par un. Ils sont au-delà du char, en hauteur par rapport au bord du cratère. »

Il acquiesça. « Je vais y arriver, boss. »

Il m'adressa un sourire timide : il avait une frousse bleue. Je me contentai de hocher la tête. C'était un bon gamin.

Je fis glisser mes coudes jusqu'à la limite du monticule de sable et m'abritai derrière un rocher. Je calai le fusil sur l'arête. Je scrutai les bords du cratère pour absorber le plus d'informations possible. Blake choisit un poste et fit de même. Kaminski s'installa entre nous pour jouer les guetteurs.

« On en voit un, on le tue, murmurai-je.

— Carrément ! répondit Kaminski.

— Les xénos seront rapides, poursuivis-je. Et ne t'attends pas à ce qu'ils s'arrêtent si tu les touches. » Ces fusils n'étaient pas une technologie anti-Krells – je n'avais pas vérifié le type de munitions mais je doutais qu'elles fussent perforantes. J'aurais préféré de vraies balles antiblindage à pointe explosive. Et même des balles traçantes, avec les soleils qui produisaient une brume de chaleur. « Ils pourraient bien lancer l'assaut. Dans ce cas, élimines-en autant que tu peux.

— Affirmatif.

— Et quand je dis qu'ils seront rapides, je ne plaisante pas. Dans les simulants, on est à égalité. Ici, ils ont l'avantage. »

Rien ne bougeait dans le désert sans fin. J'identifiai les cachettes possibles. Des formations rocheuses offraient des planques basses et solides pour les xénos. Il y avait ce qu'il fallait d'ombre pour permettre à un groupe d'assaut de se déplacer…

« Flanc gauche, à trois cents mètres ! » s'écria Kaminski.

Je pivotai vers la gauche, canon pointé vers le désert. Vision fugace d'une carapace – camouflage adapté au sable – entre deux affleurements rocheux. Une xénoforme primaire aux longues pattes grêles, dont la queue se balançait pour plus d'équilibre. Elle prit de la vitesse en couvrant la distance qui séparait les deux zones protégées. Elle devint floue tant ses pattes se mouvaient vite.

« Contact ! »

La carabine se redressa comme je tirais une salve. À grande distance, elle manquait cruellement de précision. Chaque balle se perdait, mais le vacarme déconcerta l'alien. Le bruit rebondissait sur les structures voisines – un aboiement sec – et l'être réagit en se tournant vers nous. Ses yeux impassibles cherchaient notre position. Il portait une biocombinaison, et des tuyaux organiques couvraient son dos et sa gueule. Avant que j'aie pu enregistrer plus de détails, il se remit en mouvement.

Blake tira. Le canon de son fusil lança un éclair. Le xéno fut touché à la jambe et partit à la renverse. Blake tira de nouveau. Cette fois, il mit dans le mille : une balle frappa à la tête. Elle traversa l'armure et fit exploser le crâne. Une fleur de sang noir s'épanouit brièvement, puis le corps s'effondra, hors de vue.

Menace neutralisée.

« Cible abattue », fit Blake à voix basse. Il se lécha bruyamment les lèvres. « Un partout.

— Deux à un, en réalité. Mais bon boulot, gamin. »

Bien meilleur que je ne m'y attendais.

Notre succès ne dura pas. Un autre xéno sortit de sa cachette.

« Greffon sur la même trajectoire ! » annonça Kaminski.

Tête baissée, l'alien était équipé d'un fusil à fléchettes noir. Je tirai une salve, et il regagna sa cachette. *Instinct de survie – une réaction inhabituelle de la part d'une forme primaire.* Ils se savaient peut-être autant en danger que nous ici, et ils rechignaient à se sacrifier bêtement. La tête du xéno se tourna vers la droite et il nous regarda tout droit.

Blake tira de nouveau. La balle heurta un rocher à proximité. La créature se replia d'un bond.

« À terre ! » beuglai-je.

Instinctivement, Blake et Kaminski obéirent. Un déluge concerté de tirs de hurleur se déchaîna au-dessus de nous. La dune absorba le gros des salves. Le sol tremblait doucement à chaque impact.

Un Krell hurla au loin. Son cri modulé portait bien dans l'atmosphère ténue d'Hélios, et j'eus un mouvement de recul. Ils viendraient bientôt nous chercher.

Le temps passait.

La même manœuvre se répéta plusieurs fois.

Pas de victimes d'un côté ni de l'autre. Mon compteur annonçait vingt-six balles.

Blake avait l'air fatigué, mais il ne se plaignait pas. J'imposai au groupe de couper les communicateurs pour rester le plus discret possible.

« Tu te rappelles Proxima IV ? soufflai-je au gamin.

— Comment l'oublier ? Ma première mission avec la section, ma première opération simulante.

— Là, c'est pareil. En plus froid. »

Il se mit à rire, mais il resta posé et continua de couvrir le désert depuis son poste d'observation. Proxima IV était une planète à la végétation tropicale et à la touffeur accablante de jour comme de nuit. Son souvenir se détachait vivement au milieu des miasmes des autres opérations.

« Gavantis Prime, murmura-t-il en réponse.

— Yabaris, ajouta Kaminski à voix basse.

— La station Québec.

— L'étoile de Kavaris », dit Blake.

Et on continua longuement à énumérer ces missions, à inventorier les opérations, à nous remémorer des heures moins difficiles.

Elles avaient toutes un point commun : elles s'étaient soldées par notre mort.

Les civils manquèrent d'eau les premiers. Je fus le second. Puis Blake épuisa sa réserve peu après.

« Quelqu'un pourrait retourner dans le vaisseau

prendre la gourde de Ray », proposa Kaminski. Sa voix se fêlait, sa gorge paraissait sèche. « Ou peut-être que vous pourriez canarder un peu pendant que, Deacon et moi, on ramène le corps de Farrell.

— Je ne perdrai aucun de vous deux sur ce terrain. C'est hors de question.

— Laissez-moi partager ce qui me reste, dit-il.

— Occupe-toi des civils d'abord. »

Le crépuscule descendait vite. Hélios Prime s'enfonçait à l'horizon et l'autre soleil avait également commencé à se coucher. Trois petites lunes vaporeuses se levaient et jetaient une clarté jaune pâle sur le désert. La douleur dans ma jambe blessée s'était muée en un véritable calvaire. *Blake a peut-être raison et c'est infecté.* Puis je me remémorai le corps torturé de Farrell, et je fis aussitôt passer ma propre souffrance à l'arrière-plan. Inutile de s'appesantir sur ce qui n'était pas immédiat, ce qui ne se passait pas ici et maintenant.

Mais une idée me tourmentait. Pourquoi les Krells étaient-ils là ? Il n'y avait pas eu de tempête. Nos renseignements assuraient que le secteur était dégagé. Ils auraient dû rester sous l'influence de l'Artefact. Quelque chose clochait.

Là, dans l'obscurité de ce désert extraterrestre, une question s'imposait : *Est-ce la fin, cette fois ?*

Je n'avais pas la réponse.

Ma tête me lançait à nouveau : le signal était de retour.

En contrebas, le groupe avait de plus en plus froid. La chaleur sèche et étouffante de la mi-journée n'était plus qu'un rêve évanoui. Mon ordinateur-bracelet m'indiquait, comme si je ne le savais pas déjà, que la nuit était tombée. Le thermomètre baissait à une vitesse inquiétante : moins cinq degrés Celsius, puis moins dix. Je commençais à trembler dans ma combinaison.

Cochonnerie d'équipement civil.

Mon estomac grondait, affamé.

Je gardais la carabine en main – posé, paré. Je conservais la même position depuis si longtemps que j'avais mal jusque dans les bras. À l'exception de coups de semonce épisodiques, les Krells ne s'étaient pas montrés et n'avaient pas lancé l'assaut.

Que font-ils ? me demandais-je. *Attendent-ils des renforts ? Ou que le froid nous épuise ? À moins qu'ils ne comptent nous abattre par une salve de dards ou un coup de hurleur de temps en temps.*

Cela importait peu, en réalité. Que l'environnement ou les Krells aient notre peau, on était morts de toute façon.

Au bout d'un long moment, Deacon se glissa près de moi. Le sable crissait doucement sous lui.

« On ne tiendra plus très longtemps », dit-il.

Je me repositionnai sur la dune, à l'affût du moindre mouvement. La zone qui s'étendait au-delà du sommet était déserte et silencieuse. Je lui répondis sans quitter des yeux l'abri des xénos.

« Je sais.

— Il commence à faire vraiment trop froid. Si on veut agir, il faut le faire maintenant. »

Il avait raison. On manquait de temps. Le froid s'infiltrait dans mes os, et mes muscles me faisaient souffrir. Je consultai mon ordi. *Moins quinze degrés Celsius*. Il fallait que je révise notre stratégie.

« Changement de programme », annonçai-je en glissant au bas de la dune.

Le reste du groupe se rapprocha, rampant à plat ventre ou à genoux. Seul Blake resta à son poste.

« Ces xénos font durer le plaisir. Ils veulent nous débusquer. Ils savent que nos ressources sont limitées. Que nous ne pouvons survivre ici qu'un temps donné.

— Ce n'est pas un comportement typique de leur part, fit observer Peters. Les fois précédentes, ils ont lancé l'assaut. Ils ont envoyé des formes primaires à la rencontre de nos forces de sécurité. »

Peters donnait l'impression de s'être vidé de toute humidité. Sa peau était mate à force de poussière et de sable. Sa voix évoquait une friction déplaisante. Rien que l'entendre parler me rappelait combien j'avais soif.

Kellerman hocha la tête. « Les xénos se méfient peut-être du vaisseau bribe. Ils ne veulent pas s'en approcher. C'est un comportement intéressant : il est possible que l'épave les repousse instinctivement. »

Mais tu peux pas arrêter cinq minutes, Kellerman ? On est en train de crever, et toi tu ne penses qu'à ta prochaine hypothèse !

Je me contentai de répondre : « Quelles que soient leurs raisons, cela n'a pas d'importance. Ils forment un petit groupe, comme dit Kaminski. Il y en avait six. On en a éliminé un. Reste cinq. Je vais tirer une nouvelle salve dans le désert. Blake, tu observes la manœuvre et, quand les Krells réagissent, tu descends toutes les cibles exposées. Quand ils commencent à riposter, on bouge. »

De vagues hochements de tête et des murmures approbateurs accueillirent ces mots.

« Je veux que vous vous dégourdissiez tous. Dénouez vos membres, dégelez-vous. Quand on ouvrira le feu, faites le tour du bâtiment bribe. Ne vous retournez pas. Kaminski, tu accompagnes Kellerman et Deacon. »

Il acquiesça.

« Blake et moi, on suivra une fois qu'ils répliqueront. Restez près du vaisseau puis traversez la cuvette en direction du sud.

— Ça me semble affreusement loin, fit la scientifique. Quelqu'un ne pourrait pas aller chercher le char et revenir ? »

Je soupirai. Ce n'était pas un plan, c'était une opération suicide. Je me souvenais de la dernière. La mission sur le *New Haven* paraissait appartenir à une autre vie. *Parce que c'est le cas ; et n'oublie pas que tu es mort dans cette dernière opé.* Je ne voulais pas expliquer à la chercheuse que la distance entre le bord du cratère et le véhicule était trop grande pour qu'on y arrive tous. Ou, pire, qu'en multipliant les cibles qui courraient vers le char on augmenterait les chances que l'un de nous s'en tire, au moins. Non, révéler tout cela porterait un coup fatal au moral du groupe, or j'avais besoin que tous restent concentrés.

Je déclarai donc : « Ce sera plus simple si nous avançons tous ensemble. Si les Krells essayent de prendre notre position, nous pourrons nous servir des fusils. »

Elle hocha la tête, au moins partiellement satisfaite de ma réponse.

« Et le professeur ? demanda Peters.

— L'un de vous va devoir l'aider. »

Le visage de Kellerman s'empourpra aussitôt. Même là, face à la mort, il s'obstinait et résistait.

« Je suis suffisamment mobile.

— Non, c'est faux. Juste pour cette fois, laissez vos collaborateurs vous aider. Le trajet retour est long, et je n'abandonnerai personne derrière moi. Si vous ne voulez pas de l'assistance de vos scientifiques ou de Deacon, alors Kaminski peut s'en charger. »

Le professeur me lança un regard assassin, les yeux plissés – éclats de blanc dans le noir. *J'essaye de nous tirer d'ici en vie, pauvre con !* Son visage trahissait une violente animosité. Mais il se tut et, en ce qui me concernait, le sujet fut clos.

« Communicateurs activés, ajoutai-je. Au cas où. » Puis, après coup, alors que j'avais failli l'oublier dans le chaos de l'embuscade : « Qui a la clé ? »

Dolan, la chercheuse, fit signe de la tête. « Moi. Elle est en sécurité.

— Faites en sorte qu'elle y reste. »

Je remontai en haut de la dune en m'aidant de quelques rochers, et je me préparai. Le compteur de munitions du fusil affichait un avertissement : il était presque à sec. Près de moi, Blake se mit à l'aise et retira son chargeur avant de le réenclencher dans son fusil. Kaminski descendait la dune en courant, toujours à couvert. Les civils, dont Deacon et Kellerman, suivaient mes conseils et pliaient et dépliaient bras et jambes.

« T'es prêt ? » demandai-je à Blake.

Il eut un léger sourire. « Toujours prêt. J'ai pas eu mon insigne dans une pochette-surprise.

— Si tu réussis ce coup-là, je veillerai à ce que tu en reçoives un autre.

— Je ne suis pas sûr que les insignes et les médailles comptent encore beaucoup pour moi.

— Qui a parlé de médaille ? »

On se mit à rire tout bas, d'un rire futile. Celui d'hommes conscients que leur heure pourrait bien être venue. Je fermai les yeux une seconde et sentis mon pouls accélérer. Deacon avait raison : c'était maintenant ou jamais.

« Vas-y ! »

On se leva. Je tirai en direction du désert. Des salves courtes maîtrisées. Deux, trois fulgurances noires tandis que des Krells s'exposaient pour répliquer. Blake était à mon côté et tirait sans à-coups. Il y eut un éclair, et une cible disparut.

« Foncez, foncez ! » hurlai-je.

Kaminski se mit en mouvement tout en criant lui aussi des ordres. Je me concentrai sur mes tirs et ne prêtai qu'à moitié attention à la progression du groupe.

« Rocher gauche au bord du cratère ! » beuglai-je.

Blake pivota. Il cracha des balles dans cette direction. Un Krell s'effondra en travers du rocher. Puis deux autres émergèrent de leur couverture – on ne voyait que leurs yeux scintillants.

« J'en ai eu un ! » s'écria Blake.

Ma carabine tremblait. Le canon chauffait d'être trop sollicité, de la vapeur s'en élevait. C'était peut-être un effet de mon imagination ou un besoin pathologique de chaleur. Je marquai une pause, soucieux de ne pas dépenser plus de munitions que nécessaire. Blake tirait encore et encore…

Des tirs de hurleur dépassèrent notre position, illuminant l'atmosphère. Des dards frappèrent tout autour de nous.

« À terre ! À terre ! »

Blake voulut plonger derrière la crête.

Un dard passa près de sa tête et il l'esquiva d'un mouvement latéral. Trop lent. Un autre projectile, qui prenait sans doute en compte sa réaction au premier, vint percuter son épaule.

Pendant un long instant, il resta sans réaction. Il était figé, incrédule.

Puis il glissa en arrière dans la pente. Je baissai mon fusil et le rattrapai. Il se mit à hurler.

« Ça va bien, marmonnai-je. Ça va bien ! »

Je savais que c'était faux.

Blake avait pris le dard de plein fouet dans l'épaule droite. Une esquille d'os noir enduite de gel caustique en saillait. Elle avait traversé sa combinaison, et sous le tissu déchiré je vis du sang et de l'os humain. Il cessa brutalement de hurler et se mit à hyperventiler.

Son visage était blême. Je savais que ses techniques de gestion de la douleur allaient bientôt faire effet. Après tout, il avait déjà vécu ça – dans un autre corps. Il avait été formé à faire face à la souffrance, à la surmonter pour rester opérationnel. Il serra les dents, les yeux exorbités. Il frissonnait dans mes bras.

« Homme à terre ! » criai-je sans trop savoir à qui je m'adressais ni même pourquoi je criais. Il n'y avait personne pour nous porter secours, ni maintenant ni jamais. *Merde – c'est pas possible ! Pas Blake. Pas le gamin.*

« Ils m'ont eu », murmura-t-il. Sa voix était déjà lointaine et ses lèvres mouchetées de sang.

« Ça va aller », assurai-je. Une fois encore, le mensonge me vint facilement.

C'est alors seulement que je me rendis compte que Kaminski essayait de me joindre – sa voix se faisait de plus en plus pressante sur le communicateur. J'avais dû le mettre en sourdine tellement je me focalisais sur Blake, car je l'entendis soudain hurler. Je tâtonnai pour replacer l'oreillette puis baissai les yeux vers Kaminski et son groupe. Ils avaient atteint l'autre extrémité de la dune et s'apprêtaient à piquer le dernier sprint à découvert en direction du char. Kaminski, en tête, restait accroupi et faisait signe à ses compagnons de l'imiter.

« Qu'est-ce qui se passe ? insistait-il.

— Blake est à terre », répondis-je. Les mots étaient sans appel, irrévocables. « Kaminski, j'ai besoin que tu arrives jusqu'au char. Ouvre le kit médical. Reviens vite vers le vaisseau. Demande à Deacon de te couvrir par un tir de barrage avec ce dont il dispose à bord du véhicule. »

Blake grogna et tenta de se redresser, le fusil toujours en main. Il secoua la tête.

« Négatif », intervint-il. Il toussa violemment et cracha du sang. « Suivez-les. Je tiendrai le fort en votre absence.

— Je ne partirai pas sans toi, Blake. Kaminski, exécution. Tout de suite. »

Kaminski acquiesça – ce n'était qu'une petite silhouette à l'autre bout de l'épave du vaisseau bribe. Mais Blake leva la main.

« Ignore cet ordre, Kaminski, dit-il dans son communicateur en mobilisant une bonne partie des forces qui lui restaient. Ne ramène pas le véhicule. Va-t'en. Boss… s'il vous plaît, partez avec lui.

— Je ne te laisserai pas ici !

— Ça va, fit-il. Ça va. Rien de tout ça n'est réel. On se réveillera dans les cuves. Je vous le promets.

— Je ne t'abandonnerai pas ! On va retourner au véhicule et…

— *Allez-vous-en* », insista Blake d'une voix soudain dure. Il toussa de nouveau et se redressa un peu plus. « Je vous couvrirai avec le peu qui reste dans mon chargeur. »

Il tâtonna pour ôter quelque chose de son cou puis me le remit. Ses plaques d'identité biométriques. Dans un effort phénoménal, il leva l'avant-bras et consulta son ordinateur-bracelet. C'était un vieux modèle usé, désormais maculé de sang. L'afficheur clignotait de façon erratique.

« Mon réservoir d'oxygène est à moitié plein. Vous vous rappelez ce qu'a expliqué Deacon ? S'il est percé, il explose. Aidez-moi à l'installer sur ma poitrine.

— Non, reste assis. C'est un ordre !

— Alors je le ferai moi-même si vous ne… m'aidez… pas. »

Il essaya de déconnecter le tuyau du réservoir en tripotant le mécanisme de fixation. Il n'y arriverait pas tout seul. Des volutes de fumée éphémères commençaient à monter de sa blessure.

« Tu n'es pas obligé de faire ça.

— C'est mon choix, mon capitaine. Maintenant, s'il vous plaît… aidez-moi. »

À contrecœur, je détachai le réservoir de son dos et déclipsai le tuyau.

« Voilà », dit-il.

Il le serra contre sa poitrine et repositionna le fusil. C'était maladroit et difficile, mais je comprenais son intention.

« S'ils m'approchent, je ferai sauter le réservoir, dit-il. Pour en éliminer… autant que je peux. Me faire toucher… erreur de débutant. »

J'acquiesçai, comme anesthésié.

« Rendez-vous de l'autre côté. » Ces mots… Ils prenaient un nouveau sens à présent, plus poignant. « Remettez mes plaques biométriques à ma famille.

— Tout ce que tu voudras, Blake.

— Maintenant, partez. »

Il se préparait à viser, mais il désigna Kaminski d'un signe de tête en arrière. Celui-ci attendait au bord de la dune, les civils en rang d'oignons derrière lui.

« Kaminski, prends soin de Jenkins pour moi, dit-il sur le communicateur d'une voix rocailleuse et mouillée. Assure-toi qu'elle se maîtrise. Et une dernière chose : j'ai… vingt… vingt-trois ans standard. »

Kaminski hocha la tête. « À plus, Blake. »

Puis le gamin fut de nouveau sur la crête, à la recherche de cibles.

J'avais regardé Michael Blake mourir trente-sept fois. J'avais vu et entendu mourir Kaminski, Jenkins et tous ceux de ma section. Mais c'était différent.

C'était pour de vrai, hors simulation. Ça arrivait à Blake, pas à une lointaine copie de chair. Je me détestais d'être incapable de l'aider. Ce serait sa dernière mort. En regardant une dernière fois mon équipier agonisant – dans le seul corps qui lui restait –, quelque chose se brisa en moi aussi.

J'étais creux. Si glacé dedans comme dehors que je n'avais plus rien à donner.

Je me baissai et courus aussi vite que je pus vers Kaminski. Mes jambes protestaient contre cet effort, et je lui hurlai de se mettre en route.

Devant moi, Kaminski bondissait entre les inégalités du terrain. Il guidait les civils. Deacon, le bras passé autour de Kellerman, l'aidait à avancer. Les chercheurs faisaient de leur mieux pour ne pas se laisser distancer.

Je progressais plus lentement. Toutes les blessures que j'avais encaissées ces deux derniers jours se manifestaient de plus belle. Je serrai les dents et fis un pas de plus tandis que la douleur explosait dans ma jambe.

À travers le vent tourbillonnant chargé de poussière, je distinguais la forme noire et massive du char. Le nid de Krells se trouvait sur ma droite, en hauteur par rapport au bord du cratère. Ils s'étaient établis derrière un groupe de rochers et profitaient de la protection que ceux-ci offraient pour descendre aussi vite que possible dans la cuvette.

Quelque part derrière moi, Blake continuait de tirer, bien que moins souvent. Par contraste, le feu en retour de l'ennemi se faisait plus féroce, plus concerté. Dès que Blake s'interrompait, je voyais les Krells descendre d'un cran dans le cratère. La poiscaille se concentrait sur lui.

Je marquai une seconde de pause, cherchant mon souffle, et je consultai mon ordinateur-bracelet. J'étais désormais hors de portée de com avec Blake, et je bredouillai donc des ordres au reste du groupe. « Continuez ! » criai-je à Kaminski.

Il ne s'arrêta à aucun moment, n'émit aucune protestation.

Le char des sables était devant nous. Le canon autonome gisait tout près, en morceaux, noirci par les munitions corrosives des Krells.

« Kaminski, fais embarquer tout le monde et mets le moteur en marche ! »

On fut soudain devant le sas du véhicule, et je poussai tout le monde à entrer. Dans notre dos, le ciel s'illuminait de bleu et de rouge : des hurleurs s'acharnaient sur Blake.

« Mets ce truc en route. On retourne chercher le gamin.

— Affirmatif, boss », cria Kaminski depuis la cabine de pilotage, où il mettait sous tensions les systèmes inactifs.

Deacon ferma brutalement le sas, nous isolant à l'intérieur. Le véhicule s'éveilla en bourdonnant. Kellerman ouvrit fébrilement des caisses de munitions et répandit des chargeurs sur le plancher de la cabine.

« Fais-nous descendre dans le cratère. Deacon, prenez une arme et couvrez le sas. Quand on rejoindra Blake, couvrez-moi. Je sortirai pour le récupérer. »

Je pénétrai dans la cabine de pilotage en trébuchant et activai les systèmes secondaires. C'*est trop lent, trop lent ! Il faut qu'on descende là-dedans*. Le char se mit en mouvement par saccades tandis que Kaminski en testait les commandes. Il était muni d'un équipement de détection sommaire, que j'activai également. Des signaux pressants apparurent tout autour de nous.

« On a des Krells au cul, annonçai-je tout en regardant par le pare-brise avant. Faisons ça vite et…

— Christo, souffla Kaminski. Oh, Christo. »

Un éclair venait de fulgurer dehors, sur la position de Blake. Dans le véhicule, je n'entendis pas l'explosion, mais je savais qu'elle était impressionnante.

Kaminski arrêta le char. Il regardait droit devant lui, dans l'obscurité tourbillonnante du dehors.

La litanie des capteurs se fit plus régulière et hostile. *Ils viennent nous chercher*. La tête me tournait et je quittai la cabine en chancelant.

« J'espère bien que l'explosion n'a pas endommagé le vaisseau bribe », lâcha la chercheuse.

Je dus me retenir pour ne pas réagir. Je pris sur moi et fixai mon regard sur le pare-brise. Kellerman n'eut pas tant de scrupules.

« Faites preuve d'un peu de respect, par Christo ! » s'écria-t-il.

Il traversa en titubant la cabine passagers, mû par une force indomptable. Les servomoteurs de son exosquelette hurlèrent comme il armait son bras et assénait à l'indélicate une gifle du revers de la main. La femme recula brusquement, la main sur la joue, mais elle n'émit pas un son. Une traînée de sang atterrit sur le plancher – rouge vif.

« Faites preuve de respect, bordel, répéta-t-il dans un murmure haletant.

— Je… je suis navrée, balbutia la femme.

— Laissez tomber, Kellerman », dis-je en le tirant par le bras.

Je ne pouvais pas m'occuper de ça pour l'instant. Blake était mort ! Ce n'était pas le moment de jouer les médiateurs entre ces fanatiques.

Quelque chose heurta le char. La chercheuse qui avait été l'objet de la colère du professeur se mit à geindre. Les capteurs s'emballaient.

« Boss, il faut qu'on se tire, me fit Kaminski. À moins… À moins de vouloir finir comme lui. »

Merde !

« Vas-y, Kaminski. Sors-nous de là. »

Le voyage de retour se fit dans le silence. Dehors, l'obscurité était impénétrable, et Deacon aidait Kaminski à choisir la trajectoire. Les hommes de Kellerman restaient assis, hébétés – à la fois horrifiés et impressionnés. Horrifiés au souvenir de l'embuscade krelle, impressionnés par l'accès de rage de leur chef.

Quelqu'un suggéra qu'on attende la fin de la nuit en se retranchant dans le char jusqu'au lever du soleil, mais l'idée fut vite abandonnée. Personne n'avait envie d'être coincé dans le noir avec des Krells.

Je n'avais pas la force, tant mentale que physique, d'aider en quoi que ce soit. J'ouvris une gourde et bus de l'eau, mais le liquide tiède ne put étancher ma soif.

Rien ne va.

Blake était devenu un membre irremplaçable de

mon équipe. Sa perte nous affecterait tous. Il était mort par ma faute, parce que je nous avais emmenés dans le Maelström.

« Plus qu'à ajouter son nom sur la note du boucher », fis-je pour moi-même.

J'avais tout perdu. J'avais envie de réveiller ma colère, ma haine des Krells, mais, même ça, je n'y arrivais pas. Cela dépassait mon entendement limité, voilà tout. Le sentiment de vacuité que j'avais éprouvé après la perte de Blake menaçait de me submerger, de m'engloutir.

Kellerman était assis en face de moi dans la cabine passagers, affalé dans un siège. Il avait fallu des heures pour qu'il s'adoucisse, que sa fureur s'apaise. Peut-être était-il en colère contre moi pour l'avoir contraint à accepter de l'aide dans le cratère, ou parce que j'étais intervenu afin qu'il cesse de frapper sa collaboratrice. Celle-ci était seule dans un coin de la cabine, la main sur sa mâchoire déjà enflée et désormais d'un bleu-noir douloureux. Pendant un long moment, on resta muets, le professeur et moi ; je n'avais pas envie de faire la conversation. Je me fichais un peu de ce qu'il pensait de moi et de son état d'esprit à mon égard.

« Je ne connais pas ma force dans cette combinaison, quelquefois », dit-il enfin. Sa voix n'était guère plus qu'un murmure. « Je n'aurais pas voulu que vous soyez témoin d'une scène pareille. »

Je ne répondis pas. Trop à penser, trop de fantômes. *L'aurait-il tuée ?* Il avait certainement l'air prêt à la frapper de nouveau. L'exo était gauche et disgracieux, mais Kellerman possédait une force largement augmentée une fois dedans. C'était un détail à retenir. Quelque chose était en suspens entre nous ; comme si le professeur avait soudain envie de parler, de se confier.

« J'ai perdu mes jambes sur Epsilon Ultris. Un souvenir très douloureux. Je m'efforce d'oublier ce qui s'est passé. Ce n'est pas facile. Il est parfois plus aisé de faire comme si je n'y avais jamais mis les pieds.

— Si vous le dites. » Cela ne m'intéressait plus.

Il ajouta brusquement : « Je suis certain que votre collègue était un valeureux soldat et qu'on ne l'oubliera pas.

— Vous ne le connaissiez pas. »

Assis dans la pénombre, je discernais tout juste la lune pâle de son visage. Il hocha brièvement la tête.

« Vous étiez très intéressé par le planétarium, à bord du vaisseau bribe. Pourquoi donc ?

— Quelque chose qui m'est arrivé autrefois. »

J'avais ressenti de l'espoir pour la première fois depuis trop longtemps. Je pourrais la suivre. La retrouver. Son visage, sa voix, elle tout simplement : je n'arrivais pas à me la sortir de la tête.

Mais l'espoir était une chose terrible. Il m'avait coûté Blake. J'étais la proie d'un tel tourbillon d'émotions que cela m'épuisait. Avec une culpabilité écrasante, je tournai le regard vers la caisse qui abritait la clé. Elle reposait, intacte, inoffensive, sur l'un des sièges inoccupés. De la puissance émanait de cette caisse fermée. Je ne pouvais pas me laisser aller à l'excitation ni à la joie de cette découverte. Ces émotions m'étaient étrangères. Je ne méritais pas de les éprouver.

« Quand on sera de retour à la base, je veux ces

données astronomiques », déclarai-je. Si elles ne m'étaient pas librement fournies, alors j'irais les prendre.

Kellerman acquiesça. « Vous les aurez.

— Vous savez ce qu'est l'Artefact, n'est-ce pas, Kellerman ? »

À son tour, le professeur resta muet. Il passa sa main gantée sur son menton et prit un air pensif.

« Oui, déclara-t-il lentement. Je le sais depuis longtemps.

— Alors dites-le-moi. J'ai perdu un homme de valeur, aujourd'hui, et je mérite de savoir.

— Il s'agit d'une balise. » Il hésitait encore à révéler ce qu'il savait, il restait le gardien de connaissances secrètes. Ce type me dégoûtait. « Son fonctionnement reste obscur, mais j'apprends. C'est une balise spatiale capable d'émettre un signal dans tout le Maelström.

— Des salves de neutrinos ?

— Sans doute pas. C'est autre chose. Beaucoup plus pointu. On peut le détecter de la même façon, mais le signal est d'une nature différente, que nous ne comprenons pas encore. Ce signal cache quelque chose, une méthode d'émission distincte sur laquelle les Bribes se reposaient. Notre science est faillible, elle ne peut pas tout expliquer.

— D'après le Commandement, on l'a repéré à plusieurs systèmes de distance, pas à l'autre bout du Maelström.

— Et c'est là que la clé entre en jeu. L'Artefact n'est pas totalement opérationnel. Il existe une source d'énergie quelque part dans la structure ou en dessous.

Nous l'avons détectée grâce à notre satellite de com. La clé activera l'Artefact, pour émettre ce signal dans toute la région. Pour permettre à d'autres vaisseaux – bribes voire humains – de l'utiliser comme point de saut-Q. Imaginez une lanterne visible de tous ceux qui la chercheraient. »

Son visage s'éclaira une fois de plus, et je fus témoin de ce changement d'humeur instantané qui paraissait être devenu sa caractéristique principale. Il m'adressa un rare sourire.

« Et les Krells ? demandai-je.

— Quoi donc ? Le signal de l'Artefact est assez puissant pour les attirer ici alors qu'il n'émet pas à son maximum. Il est déjà presque incapacitant pour eux. Imaginez un peu l'effet qu'il aurait sur eux à pleine intensité. »

Je me surpris malgré moi à hocher la tête avec le professeur. Le signal les détruirait sûrement – il l'emporterait sur le collectif, les ferait basculer dans la folie. Tous les Krells d'une même planète détruits d'un coup cruel. Peut-être plus, à l'échelle d'un système solaire…

Comme tous les virus mortels, sa ferveur était contagieuse.

« Je sais que vous l'entendez vous aussi », dit-il soudain en se penchant vers moi. Son visage était lugubre.

J'aurais voulu le nier, lui mentir, mais la réponse m'échappa : « Quelquefois.

— Je l'entends également. Tout le monde n'est pas aussi réceptif. Mes recherches suggèrent que le son est différent pour chaque sujet. Je ne comprends pas bien pourquoi. Sachez que ce n'est pas sans inconvénients. Ceux qui l'entendent en subissent les conséquences. »

Kellerman finit par s'endormir, toujours calé dans son siège. L'exosquelette n'était pas fait pour la position assise ni le repos. Peters plaça soigneusement une couverture sur ses jambes après avoir ouvert une caisse d'équipement de secours. Le calme s'installa dans la cabine.

Tout le monde a ses démons.

Je tentai de rester éveillé. Je ne voulais pas rappeler davantage de souvenirs. Mais j'étais si fatigué, si profondément épuisé que je savais le sommeil inévitable. Au bout de plusieurs heures de trajet, je ne pus plus résister.

Chapitre XIX

Pas un écho

Cinq ans plus tôt.

On était sur Azur depuis trois ans.

Je ne me rappelle que trop bien ce jour-là, avec une clarté que j'aurais voulu voir diminuer au fil du temps, mais qui s'est en fait amplifiée.

Notre dernier jour.

J'étais en opérations depuis trois semaines d'affilée. À cette époque, le programme SimOps rencontrait un succès sans pareil, et mon record de missions effectives était inégalé. J'avais dirigé une grande opération simulante dans les Marges, mis hors d'état de nuire un cuirassé krell et sauvé l'équipage naufragé d'une base spatiale alliée. La frontière avec le Maelström était le théâtre d'une guerre totale, mais lentement, très lentement, le programme SimOps faisait la différence.

La route entre les logements des officiers et le centre d'opérations simulantes était courte, mais je traversai Fort Rockwell dans un état second. Mon propre corps me semblait peu coopératif, impitoyable. Le ciel s'éclaircissait à présent – les premières lueurs de l'aube arrivaient de l'est. Dans l'enceinte, les rues dessinaient une grille avec une précision toute militaire.

J'allai droit à l'économat de la base. Il était ouvert à toute heure, et je serais entré par effraction dans le cas contraire, à n'en pas douter. Un tout jeune soldat me servit deux bouteilles de scotch terrien importé ; il haussa le sourcil en faisant le compte.

« La nuit a été dure ? » demanda-t-il en emballant les bouteilles avant de les placer dans un sac en papier brun. Il avait un petit air suffisant et des rougeurs acnéiques sur le front.

J'acquiesçai. « On peut dire ça. Permets-moi de te poser une question : as-tu déjà combattu pour de bon ?

— Non, mon capitaine », répondit-il. Son visage se figea comme il avisait le badge des SimOps au revers de ma veste.

« Alors tu ne t'es jamais retrouvé nez à nez avec le canon d'une bioarme krelle, tu n'as jamais vu la lueur dans les yeux d'un alien qui te met en charpie ? »

Le gamin déglutit. « Non, mon capitaine. Et je ne suis pas certain d'en avoir envie, d'ailleurs.

— Bien ce que je me disais. Évite de préjuger. J'étais au boulot. Tu me croyais ivre, je parie ? »

Le caissier baissa nerveusement les yeux. « Mes excuses, mon capitaine. Je… je ne me suis pas rendu compte que vous étiez un SimOp. »

Je passai mon unicarte dans le lecteur et quittai le magasin.

Évidemment, le gamin avait raison.

Elena m'attendait à mon retour.

Notre domicile était séparé en deux niveaux, dans un bâtiment occupé par vingt autres suites pour officiers. Il était orienté vers le soleil levant et nous offrait une jolie vue de Tau du Centaure chaque matin. Elena l'avait choisi pour son calme – il se trouvait à l'opposé du spatioport principal. Deux chambres. L'une d'elles n'avait jamais servi, mais la logistique ne nous avait pas demandé de partir.

« Bienvenue chez vous, capitaine Harris, gazouilla l'IA domestique comme j'entrais en titubant. Vous avez seize nouveaux messages à approuver. Je peux les transmettre sur votre ordinateur-bracelet si vous…

— Chhhhhut ! sifflai-je. Moins fort. Et je t'ai dit de m'appeler Conrad.

— Comme vous voudrez, mon capitaine », répondit l'IA un peu moins fort mais encore trop pour cette heure matinale.

« Je suis déjà debout – ou encore, selon le point de vue », lança Elena depuis la chambre. Sa voix était mordante, accusatrice. « Es-tu ivre ? »

Je ne répondis pas, mais je m'arrêtai près de la porte d'entrée et regardai le miroir encastré dans le mur. J'avais demandé des centaines de fois à Elena de le retirer, et je me rappelai exactement pourquoi en le contemplant. J'étais fatigué, j'avais des cernes sous les yeux, mais ce n'était pas la raison pour laquelle je n'aimais pas ce miroir. C'était parce que je ne reconnaissais pas le visage qu'il me renvoyait. Parce que je ne voulais plus le reconnaître.

Je traversai l'appartement d'un pas raide et pris

un verre dans la cuisine. Elena s'était tue ; elle ne m'avait pas suivi. Je ne sus pas immédiatement si c'était bon ou mauvais signe. Je devais affronter la tempête. J'entrai dans notre chambre.

Les stores vénitiens étaient ouverts et la pièce s'emplissait de pâles lamelles de lumière matinale. Des rais distincts balayaient la chambre et illuminaient les poussières en suspension.

« Tu n'arrivais pas à dormir ? demandai-je en remarquant vaguement que le lit était encore fait et qu'elle était assise dessus plutôt que dedans.

— Non, répondit-elle fermement. Je n'ai pas dormi. Je t'ai attendu. » Elle tordait ses mains posées sur ses genoux. C'était une autre de ses habitudes, révélatrice. « Tu as dit que tu finissais ton service à vingt heures zéro zéro. Je t'ai posé une question : es-tu ivre ?

— J'ai bu un verre.

— Où étais-tu ? Il est presque cinq heures du matin.

— Et alors ? Je n'étais nulle part. » J'espérais que ça ne finirait pas encore en dispute. On en avait beaucoup trop, ces derniers temps, toujours pour les mêmes raisons. « J'évacuais un trop-plein d'énergie. J'ai une permission dans deux jours. Plus qu'une opé. »

Elena refusait de croiser mon regard. Elle savait que les permissions ne signifiaient rien pour moi, et je crois qu'elles commençaient à représenter moins encore pour elle. Elle restait assise, bien droite, rigide. Elle portait une combinaison intelligente d'allure stricte et ses cheveux étaient tirés en arrière.

« Et que feras-tu de ta permission ? s'enquit-elle.

— Tu veux dire : que ferons-nous ? Écoute, on en parlera plus tard. Je suis fatigué. Il est tard, ou tôt, enfin bref. »

Je posai la bouteille de scotch sur la table de chevet et la déballai. Le bouchon s'ouvrit avec un cliquetis, et j'en versai un doigt dans le verre.

« Tu m'écoutes ? relança-t-elle. À quoi servent tes permissions ? Quand tu ne travailles pas, tout ce que tu veux faire c'est travailler. Tu seras absorbé par des vérifications diverses et la perspective de ta prochaine période opérationnelle. »

Je descendis le scotch. Me concentrai sur la caricature 3D au flanc de la bouteille : un cow-boy noir et blanc qui dansait, et les mots YANKEE MALT. Un cendrier sur la table de chevet débordait de mégots : Elena avait dû fumer toute la nuit.

« Tu ne prends toujours que le repos minimal entre deux transitions, poursuivit-elle. Et ne crois pas que je n'aie pas vu tes évaluations psy.

— Elles sont confidentielles. Entre le technicien et moi.

— Je fais partie du programme, Conrad ! Je peux voir ce qui me chante. Et j'ai consulté ton dossier. Je ne suis pas une imbécile, alors ne me traite pas comme telle, s'il te plaît. Ton dernier rapport psy recommande une mise au repos de douze à dix-huit mois, une cure de désintoxication et de réajustement. »

Je me rendis soudain compte qu'Elena avait perdu du poids ces dernières semaines. Cela me peinait de ne pas l'avoir remarqué plus tôt. Elle avait pleuré. Il y avait des marques rouges sur sa peau pâle – toujours pâle malgré la chaleur. Même ainsi, je n'avais pas envie d'en parler, je n'avais envie de rien si ce n'est de penser à la prochaine transition, à la prochaine incarnation.

« Il y a trop de lumière ici, décidai-je. Ces stores devraient être fermés. »

En passant devant elle, je vis qu'elle frottait la bague à son doigt. Elle l'ôta doucement en dissimulant son geste de l'autre main, comme si elle s'en excusait. C'était l'anneau que je lui avais offert quand elle m'avait rejoint sur Azur. Je ne l'avais pas vu depuis des mois, mais le souvenir de son arrivée me submergea. Je le réprimai, l'ensevelis. Les stores s'ajustèrent, et la lumière dessina comme des rayons d'arme à énergie sur les jambes de ma compagne.

« J'ai quelque chose à te dire, murmura-t-elle.

— Ça ne peut pas attendre ? J'aurai une vraie période de repos après la prochaine opé. Huit heures zéro zéro demain. Un raid de plus contre un cuirassé. D'après le Commandement, ça brisera la seconde avancée…

— Ça ne peut pas attendre, non. »

Je me versai un autre verre et le descendis. La chaleur du scotch dans mon œsophage, qui se propageait à mon estomac, contrastait violemment avec le froid grandissant de mon cœur. Une révélation terrible me paralysa : *ce n'est pas une simple dispute de plus. C'est autre chose, c'est plus grave.*

Elena soupira et détourna son regard pour fixer un point précis sur le mur nu devant elle. Notre habitat était devenu étrangement impersonnel : il ne restait ni décoration ni objets intimes. *Depuis combien de temps est-ce comme ça ?* Le changement était-il récent ou Elena les avait-elle retirés depuis des mois ? Même les images holo de chez elle, en Normandie, avaient disparu des murs.

« Je ne suis pas heureuse ici. J'ai tout lâché pour te suivre. Que sont devenus nos projets de mariage, d'installation, d'enfants ?

— Qu'est-ce qu'un contrat de mariage changerait à notre relation ? Tu sais bien qu'on ne demanderait pas la permission d'avoir un enfant, sans parler de plusieurs. C'étaient des paroles en l'air. Un jour, peut-être.

— Un jour, ce sera trop tard !

— Ce n'étaient que des mots. Tu n'as jamais voulu de ça, de toute façon.

— Et comment le saurais-tu ? Je le voulais, cet avenir-là. Et, à une époque, toi aussi. » Elle leva brusquement les mains au ciel, s'animant à nouveau. « Quand est-ce que ça a changé ? »

Je suivais de l'index le bord de mon verre. Sans rien dire. Je pouvais peut-être m'en sortir en la laissant se défouler un peu ; quitter l'habitation, revenir demain…

« On le sait tous les deux, quand ça a changé. Et aussi pourquoi.

— Combien de fois devrai-je le répéter ? » Sa voix montait dans les aigus et son visage s'empourprait. « Je te le redis : je n'étais pas au courant. Tu crois que je t'aurais caché ça ? »

On n'avait pas appris grand-chose des médecins après l'attentat. Elena était enceinte de deux mois, encore à un stade de grossesse précoce. Est-ce que je lui reprochais notre deuil ? Je ne voulais pas, je ne voulais vraiment pas. Mais j'avais besoin de trouver un responsable.

« Peu importe si tu étais au courant, elle est morte de toute façon, lâchai-je sans penser au mal que ma réponse causerait.

— Quoi ? Et tu m'en rends responsable ? rugit-elle en se levant du lit. Je ne savais pas que j'étais enceinte. Voilà, c'est dit. Je n'aurais rien pu faire ce soir-là. »

Je claquai mon verre à grand bruit sur la table de chevet. Il se brisa sous la violence de l'impact. Un tesson m'entailla le pouce. *Concentre-toi sur la douleur. La douleur est bonne.*

« Et je n'ai rien pu faire non plus. Rien pour te sauver, toi, ou elle. Tu imagines ce que j'ai ressenti, Elena ?

— Je t'interdis de t'en servir contre moi ! Qu'est-ce que ça aurait changé, ce soir-là, si tu avais su ?

— La bombe... le monorail..., balbutiai-je. On n'aurait jamais pris ce train. On aurait commandé un taxi ou on n'aurait pas assisté à la cérémonie.

— Tu parles.

— Je voulais faire une différence. Je voulais rendre le monde plus sûr pour toi...

— Tu es surtout accro à la guerre, trancha-t-elle en me tapant du doigt sur la poitrine. Et si tu n'arrives pas à surmonter les événements de ce soir-là, comment suis-je censée faire ? J'ai tout abandonné pour toi. Le résultat ? Vérifie dans ton dossier personnel : sur les douze derniers mois, tu as passé plus de temps dans un foutu simulant qu'en toi-même.

Tu n'es jamais là. Toujours loin, dans le Maelström, à mener une guerre qu'on ne gagnera jamais. En tout cas pas comme ça. »

Elle tremblait.

Laisse-la se défouler, me répétais-je. *Ça lui passera. On réglera ça demain…*

« Quand tu es ici, tu ne penses qu'à retourner là-bas ! Et quand tu es là-bas, tu es vivant ! Je t'ai perdu au profit de la guerre. Je ne peux plus le supporter. Je m'en vais. »

Je restai muet. Je n'avais pas de réponse intelligente à lui opposer. La voix dans ma tête, qui me répétait que tout s'arrangerait, s'était soudain irrévocablement tue.

« J'ai décidé de m'engager dans un nouveau projet de longue haleine. » Les mots sortaient de sa bouche comme si elle lisait un discours : je voyais bien qu'elle s'était entraînée, qu'elle avait travaillé dessus un certain temps. « Je vais partir comme psychiatre embarquée dans le cadre d'une nouvelle initiative de l'Alliance.

— Très bien. Fais-le si tu en ressens le besoin, et ensuite reviens…

— Ce n'est pas si simple.

— Si c'est en espace local, même avec la dilatation temporelle, tu peux être de retour dans quelques mois. Prends ce boulot – ça pourrait te faire du bien. »

Bien sûr, je ne voulais pas qu'elle prenne un poste de ce genre. Mais j'étais bien trop fatigué pour argumenter et, si ça la calmait, c'était peut-être mieux.

« Ça ne va pas te plaire, ajouta-t-elle, mais il faut que je le fasse. »

Je compris à la fermeté de sa voix qu'il ne s'agissait pas du tout d'un poste classique, que c'était différent. Elle se rassit sur le lit, exactement comme avant, et elle se tortilla, mal à l'aise. Elle me cachait autre chose.

« Le VAU *Ariane* va quitter l'espace cartographié. Je serai partie longtemps.

— Dis-le-moi. *Tout de suite.* » La panique s'emparait de moi.

« Je ne peux pas. C'est classé secret. »

Je tapai du poing contre le mur ; la douleur dans mes articulations me fit soudain du bien.

« Dis-le-moi. Tu me le dois bien. »

Elle déglutit et passa la langue sur ses dents. « L'Alliance cherche à conclure une trêve avec les Krells. Un traité. Le Commandement est en contact avec des membres haut placés du collectif...

— Vous voulez faire la paix avec ces monstres ? m'écriai-je.

— Je suis désolée de t'avoir entraîné là-dedans. Le programme t'a détruit ! répondit Elena sur le même ton. Tu n'es heureux que dans ton sim. J'ai besoin de toi. J'*avais* besoin de toi. J'ai besoin d'être avec toi. Pas avec un écho ni une simulation ! »

J'abattis de nouveau mon poing sur le mur. Il y laissa une empreinte sanglante.

Elena poursuivait en mode automatique, pressée de me livrer les détails du projet. « C'est top secret. Une délégation humaine va rencontrer les Krells pour tenter d'établir une zone de quarantaine – entre le Maelström et nous. Il faudra un psychiatre résident pour évaluer la performance de l'équipe loin des mondes centraux. J'ai posé ma candidature pour le poste, et je l'ai obtenu. »

Ses mots furent autant de coups de couteau. Chaque syllabe un direct à l'estomac, chaque phrase un coup de feu. La colère prenait le dessus sur toute réflexion logique et oblitérait mes voies neuronales.

« C'est une promotion pour moi, dit-elle, en larmes. Je serai dans le Maelström pendant douze mois objectifs, peut-être plus. Ensuite l'équipe regagnera les systèmes centraux. Le projet sera très bientôt dévoilé au public. Ce sera un immense pas en avant pour tout le monde.

— Nous n'aurons jamais la paix avec les Krells. Entends-moi bien. Si tu franchis cette porte, je ne te reverrai plus jamais. Je peux te l'assurer. »

Elle baissa la tête, mais sa décision était déjà prise. Bouillonnant de colère et de douleur, je la regardai empoigner un sac. Elle passa tout près de moi ; je sentis son odeur et le contact de ses cheveux contre mon visage. Elle laissa lentement tomber sa bague sur la table de chevet.

Elle se retourna vers moi une dernière fois, puis elle partit.

Je pris les deux bouteilles de scotch et allai tout droit au centre d'opérations simulantes. J'entrai sans difficulté et le trouvai désert. Il se passerait encore plusieurs heures avant que l'équipe du matin ne commence, et la salle était tout à moi.

Il y faisait noir et froid. Je m'assis en prenant mon temps, face aux cuves de simulation vides. Les sims inertes se trouvaient derrière moi ; ils m'observaient, les paupières tombantes.

Puis je bus à même la bouteille. Je biberonnai le liquide râpeux et fumé. Je le siphonnai goulûment. J'en renversai sur ma main et grimaçai lorsque l'alcool entra en contact avec la plaie.

Je hurlai de toutes mes forces. Je lançai la bouteille contre ma cuve. La regardai se briser et arroser le sol de scotch et de bouts de verre. J'ôtai mes bottes et sentis le verre mordre la plante de mes pieds. C'était si bon de *ressentir* quelque chose.

Je souffrais atrocement, dans tout mon être. On m'avait enlevé la femme que j'aimais, et je n'avais rien su faire pour l'empêcher. Rien du tout, bordel.

Comment peut-on pleurer la perte de ce qu'on n'était même pas conscient d'avoir ? me demandai-je en m'envoyant la deuxième bouteille.

L'enfant. *Mon enfant*. Disparu, enlevé à Elena et moi par une bombe qui ne nous était sans doute pas destinée. Je me déchaînai à nouveau et me jetai contre les simulateurs, rebondissant sur le plastique sans provoquer de dommages.

Abreuvé d'alcool et de haine, j'enlevai ma chemise de treillis. Elle était déjà tachée de sang, inutilisable. J'en déchirai le tissu et la jetai de côté. Et j'effleurai les connecteurs de mes avant-bras, de ma nuque et de mon torse.

Chapitre XX

Mort

On arriva à la base pile au moment où les deux soleils se levaient. En dépit des inquiétudes de l'équipe, il n'y avait pas eu d'embuscade krelle. Rien qu'un long trajet sans histoire à travers le désert, avec mes souvenirs pour seule occupation.

Je rassemblai Jenkins, Kaminski et Martinez dans le mess. J'avais toujours redouté ce moment, j'avais espéré qu'il ne viendrait jamais. Je n'avais pas fait ça depuis mon engagement dans les SimOps. Mais j'étais le commandant du groupe et c'était mon devoir de les informer de ce qui s'était passé. Et il faudrait que je reprenne mes explications depuis le début quand on rentrerait à Cap-Liberté.

Jenkins et Martinez écoutèrent en silence mon compte rendu. Kaminski faisait doucement les cent pas derrière moi, sans rien ajouter ni retrancher à mon rapport.

« Où est son cadavre ? » demanda Jenkins. Je savais qu'elle le prendrait très mal. « On ne peut pas le laisser là-dehors. »

Je secouai négativement la tête en évitant de croiser son regard. La regarder était trop douloureux. Elle d'habitude si forte, la pierre angulaire de ma section, elle était brisée. Je ne l'avais jamais vue dans cet état.

« On a dû se replier. Les Krells ont pris sa position. »

Un espoir impossible et fou flamba dans ses yeux.

« Alors il y est peut-être encore ! » dit-elle. Sa voix se fêlait sous l'effet de l'émotion. « Il faut qu'on y retourne. Il le faut. On ne laisse jamais personne derrière nous. »

Kaminski abattit la paume de sa main sur la table et soupira.

« Tu n'étais pas là, Jenkins. Le gamin est mort. Mort.

— Va te faire foutre, 'Ski ! rugit-elle en se levant pour l'affronter.

— On n'aurait rien pu faire. Il est mort. Il nous a sauvés – il a emporté les Krells avec lui pour nous permettre de partir. Dès qu'on est remontés dans le char, on les a eus sur le dos. Si on était restés, ils nous auraient éliminés nous aussi.

— Alors vous vous êtes tirés en laissant le gamin gérer tout seul ?

— Ça ne s'est pas du tout passé comme ça ! » dis-je en me levant péniblement. Je voyais bien la tournure que prenait la discussion, et je n'aimais pas ça du tout.

Jenkins fronça les sourcils en dévisageant Kaminski. « Comme si perdre le gamin signifiait quelque chose pour toi, de toute façon. Tu passais ton temps à l'emmerder. T'es content qu'il soit mort ?

— C'est n'importe quoi ! m'écriai-je. Tous les deux, arrêtez vos conneries. Martinez, viens m'aider. » J'empoignai Jenkins par le bras et voulus l'éloigner de la table, mais elle me résista. Martinez obéit au quart de tour et plaça un bras en travers du torse de Kaminski.

« Comment peux-tu dire ça ? » beugla Kaminski. Il repoussa violemment Martinez. « Je me suis toujours occupé de lui.

— En le vannant sur son âge ? Je n'appelle pas ça s'occuper de lui. » Jenkins partit en avant d'un coup, et je ne fus pas assez rapide pour la rattraper. Elle se retourna, me foudroya du regard et pointa l'index vers mon visage. « Et vous ne valez pas mieux. C'est vous qui l'avez amené là-bas ! Pas de simulants, pas d'armes. Où aviez-vous la tête ?

— Stop ! aboyai-je. Ne tiens pas des propos que tu regretteras plus tard. Je suis le commandant de cette expédition…

— Quelle expédition ? ricana-t-elle. On est coincés sur ce rocher, des opérateurs de simulants privés de simulants, cernés par la poiscaille et un fou à lier aux manettes. Je ne vous vois pas faire quoi que ce soit pour nous sortir de ce putain de merdier !

— Bon sang, mais qu'est-ce qui te prend ? Il n'y avait rien à faire ! Tu crois pouvoir me faire culpabiliser davantage ? Il ne me reste rien. Je suis fini. Je n'ai plus rien à donner.

— Allez vous faire foutre », gronda Jenkins entre ses dents, la mâchoire crispée ; ses joues se contractaient convulsivement.

« Ne parle pas comme ça au capitaine, fit Kaminski

en repoussant Martinez pour se rapprocher d'elle. T'étais pas là, et tu sais pas ce qui s'est passé.

— Je sais *exactement* ce que Blake a enduré, répondit lentement Jenkins en articulant avec précision. Je sais *exactement* quel effet ça doit faire de mourir là-bas. » Elle balaya notre groupe du regard. « On a tous connu des morts par les dards et par tirs de hurleur. On a senti ces merdes dans notre sang, on a vu ce que ça faisait. Seul Blake l'a vécu pour de vrai, et ce n'était qu'un gamin. Vous êtes responsables ! »

Kaminski bomba le torse, et son regard passa de moi à Jenkins puis d'elle à moi. L'espace d'un terrible instant, je crus que l'un risquait de frapper l'autre tant la tension était vive. Je ne pouvais pas le tolérer. Pas dans mon équipe.

« Vous arrêtez, tous les deux ! criai-je en les séparant moi-même.

— C'est ça, ouais. » Jenkins céda et recula de la table. Ses yeux ardents débordaient de colère. Elle fit claquer sa langue puis quitta le mess en furie.

« Va te faire foutre, Jenkins », lança Kaminski derrière elle, et ses mots résonnèrent dans la salle vide.

Notre unité venait de se déchirer, comme ça, et elle ne serait plus jamais la même.

Le lendemain, on organisa une cérémonie informelle dans l'un des hangars. Entre-temps, ceux de ma section ne s'étaient pas adressé la parole – à ce moment-là, je n'étais pas certain que la fracture entre Jenkins et Kaminski se réduirait jamais, mais j'étais trop épuisé avec toutes ces conneries pour faire moi-même un effort. Réfléchir plus loin que notre situation actuelle était impossible.

Néanmoins, j'ordonnai à tout le monde d'y assister, et ils s'y plièrent par respect pour Blake. Kellerman, Deacon et une poignée d'employés de la base firent aussi une apparition, mais ils veillèrent à maintenir une distance respectable.

La cérémonie se déroula dans un hangar de stockage sombre et utilitaire, celui où nous avions débarqué quand Deacon nous avait ramenés à la base. Toujours bondé d'équipement d'exploration et de terrassement – chars des sables, excavatrices, deux énormes foreuses à fusion. Pas du tout le décor adapté à des funérailles.

Je scellai l'armure de combat de Blake dans une caisse militaire dont Kaminski souda le couvercle avec un outil à main. L'armure était faite sur mesure pour ses simulants et ne pourrait servir à personne d'autre.

De sa propre initiative, Olsen avait rassemblé les sims que Blake aurait utilisés lors de futures opérations. Ils étaient également inutiles à tout autre opérateur, puisque seule sa signature génétique pouvait les activer. Une capsule après l'autre, le scientifique débrancha les systèmes de régulation vitale qui maintenaient les corps en animation suspendue. Il lança le cycle de purge de chaque capsule. On les regarda en silence se remplir de fluides caustiques noirs qui juraient avec le liquide amniotique bleuté dans lequel les sims étaient préservés. Malgré toute leur puissance militaire, ils n'opposèrent pas de résistance – ils ne moufetèrent même pas au moment de mourir.

Une quinzaine de visages froids baissaient les yeux vers les cercueils. Je savais que j'étais censé dire quelques mots. Je n'avais pas la force de faire un discours public, alors je me contentai de dire ce que je ressentais.

« Recueillons-nous quelques instants. Le première classe Michael Blake était un soldat respecté du programme d'opérations simulantes. Mais, plus encore, c'était un ami. Il est irremplaçable. J'ai eu le plaisir de le connaître pendant trois ans. J'aurais voulu que ce soit plus. »

Martinez vint se planter à côté de moi et posa la main sur la capsule la plus proche. Il plaça l'autre sur son cœur. Tous en firent autant.

« Christo tout-puissant, dit-il, veille sur mon *compadre* pendant son ultime voyage. Et veille également sur nous, en ces temps de danger. Veille sur tous ceux qui sont prêts à donner leur vie pour la cause, pour assurer la protection de l'Alliance. Rappelle-nous non seulement la mort de Michael Blake, mais aussi ceux qui ont péri à bord du VAU *Oregon* : le capitaine Atkins, ses officiers, son équipage et l'équipe scientifique. Permets-nous de défendre les valeurs de la Constitution de l'Alliance. Rends-nous vertueux dans notre indignation contre les Krells et contre tous tes ennemis. Guide-nous dans les heures sombres pour que nous fassions le bien, pour que nous fassions le bon choix. *La gracia de Dios*. Amen.

— Amen », résonnèrent les voix dans le hangar.

Je n'avais jamais entendu de prière de ce genre, mais elle suffirait. Martinez se tut et inclina la tête pour présenter ses derniers respects au défunt. Jenkins restait au garde-à-vous, les yeux embués mais le visage impassible.

Je n'avais pas de mots pour adoucir sa perte. Je n'avais de mots pour aucun d'eux.

« Il devrait y avoir un drapeau et tout le toutim, dit enfin Martinez. Vous savez, sur un cercueil.

— Si on avait sa dépouille, on pourrait le ramener au Cap, lâcha Jenkins d'un ton accusateur. Il y aurait une cérémonie digne de ce nom. C'est ce qu'aurait voulu sa famille. »

Jenkins ignorait que le gamin voulait quitter le programme. Il ne servirait à rien de le lui révéler maintenant. *Il y a des choses qu'il vaut mieux taire.* Je fermai les yeux et imaginai le nom de Blake sur le mur du mémorial – rien qu'un nom de plus gravé sur l'acier froid. Ses parents s'y rendraient-ils tous les ans pour commémorer la perte de leur fils ?

« Le corps n'a pas d'importance, assurai-je enfin à Jenkins. Aucune importance. »

Elle allait répondre, mais elle se ravisa. Le regard noir dont elle me gratifia suffisait.

Je savais que c'était un mensonge. Je devais pleurer Elena et je n'avais pas de corps à qui dire au revoir. Était-ce pour ça que je n'arrivais pas à lâcher prise ?

Non seulement ça, mais mon corps à moi importait aussi. J'avais mal partout. Ma jambe irradiait de douleur à chaque pas. Mon activité dans le désert avait aggravé mes blessures et renforcé la souffrance que j'éprouvais déjà depuis notre crash, quelques jours plus tôt seulement. Je me sentais vieux et fatigué, trop fatigué pour regarder des hommes jeunes mourir sous des soleils extraterrestres, trop pour expliquer à des collègues et amis que leur camarade ne rentrerait pas à la maison.

Et puis il y avait le signal de l'Artefact. C'était sûrement lié au manque de sommeil, mais son gémissement inhumain semblait résonner dans ma tête pendant la journée aussi, à présent. *Est-ce que ça empire ?* Je n'avais personne à qui en parler, à qui me confier.

Il n'y eut pas d'office ni de cérémonie pour Ray et Farrell. Je n'entendis même personne commenter leur mort. Apparemment, on était parvenu à la conclusion tacite qu'ils étaient responsables de ce qui s'était passé. Je me demandai s'ils avaient des conjoints ou de la famille ailleurs, s'ils manqueraient à quelqu'un, mais la colère mit rapidement un terme à ce questionnement.

Je réfléchis à la réaction de Deacon à notre cérémonie – sa tête basse, ses yeux maussades. Il n'avait pas essayé de minimiser la perte de Blake. Pas de comparaison prétentieuse entre la perte de tant de ses propres officiers et celle d'un seul soldat de mon équipe. Son détachement de sécurité se résumait à présent à une poignée d'hommes à peine. Quand il n'en aurait plus assez pour opérer efficacement, il demanderait sûrement à ce que des transfuges d'autres services viennent lui prêter main-forte. Au final, réduite à un effectif anémique, la base cesserait complètement de fonctionner. Alors Kellerman n'aurait plus d'autre choix que de quitter cette maudite planète. Il n'y aurait plus assez de chercheurs, de scientifiques et de techniciens pour l'y retenir.

On toussa derrière moi, et je me retournai pour découvrir Tyler debout à la porte du hangar. Elle avait l'air presque aussi gênée que Deacon. Ses cheveux s'échappaient de son bandana aux couleurs passées, et ses bras minces et musclés étaient croisés sur sa poitrine. Elle m'adressa un sourire embarrassé. Nous étions seuls dans le hangar, réalisai-je. Tous les autres avaient quitté les lieux, et j'étais resté perdu dans mes pensées. Ma main reposait encore sur le cercueil du sim de Blake.

« Je suppose que vous voulez vous aussi me dire que vous êtes navrée.

— Pas tout à fait. Votre section vient de Cap-Liberté, pas vrai ? J'imagine que vous êtes mieux au courant de l'actualité que nous autres ici.

— Je n'ai pas envie de discuter tout de suite. »

Mais elle tint bon. Une énergie nerveuse fourmillait autour d'elle comme une aura. Elle se tenait dans l'ombre d'une énorme foreuse à fusion – un véhicule à chenilles assez semblable à un char des sables, avec un immense foret au bout du capot. Le foret était recouvert d'une épaisse couche de sable local, mais les éléments chauffants – des lasers industriels capables de percer même la roche dense – avaient été nettoyés.

« Je suis fan de speedball, expliqua Tyler en montrant un emblème passé sur son foulard : SENTINELLES DE SAN-ANG. Je me demandais si vous – ou peut-être quelqu'un de votre section – pouviez me dire comment les Sentinelles s'en sortent cette saison. On ne reçoit pas beaucoup de nouvelles. »

Elle m'irritait. *Une foutue équipe de speedball dans*

un moment pareil ? Je n'étais pas d'humeur à parler sport avec elle.

« Je sais qu'ils ont joué dans la vingt-deuxième série d'il y a… combien… trois ans ? insista-t-elle.

— Cherchez vos infos sportives auprès de quelqu'un d'autre.

— Il va vous manquer, hein ? dit-elle soudain.

— Évidemment, oui.

— Ça arrive souvent sur Hélios. Les gens meurent. Ça se passe comme ça, ici. Hélios finit toujours par avoir votre peau. »

Sa réaction aurait dû m'exaspérer un peu plus – c'était une civile, elle n'avait aucune idée de ce que signifiait la perte d'un type comme Blake –, mais quelque chose me poussa à marquer une pause avant de répondre. En la regardant dans les yeux, mon animosité parut lentement se dissiper. Puis, soudain, ce moment étrange passa, et Tyler retrouva le sourire.

« Kellerman m'a dit de voir avec vous pour contacter Cap-Liberté par le centre opérationnel, dis-je. On veut quitter ce caillou. On lui laisse volontiers ce qu'il trouve ici. »

Tyler porta un doigt à ses lèvres, si brièvement que je le remarquai à peine. Ses yeux restèrent plantés dans les miens.

« Écoutez, si vous cherchez un cadre plus chaleureux sur la base, n'hésitez pas à passer me voir à l'occasion, dit-elle. On pourra discuter sport. »

Elle tortilla sa botte sur le sol puis haussa les épaules et sortit. Je la regardai partir, le front plissé, perplexe devant son comportement. Peut-être s'intéressait-elle à moi. Elle ne m'attirait pas, mais cela faisait trop longtemps que je ne m'étais pas senti désiré. C'était une jolie fille, j'étais flatté.

Il y avait quelque chose par terre, dans la poussière. Tyler avait laissé un dessin.

M11.

Module onze. Elle voulait me voir. Je passai le pied sur les caractères pour les effacer, et je regardai prudemment autour de moi. Le hangar était toujours désert. Tyler avait choisi son moment pour m'approcher, et elle tenait à me parler sans témoins. Elle s'était exprimée en code : il n'y avait pas de vingt-deuxième série au speedball. Elle faisait référence à une heure.

Je restai debout, silencieux, à tourner les plaques d'identité de Blake dans mes mains et en tâter le métal embouti et les puces biométriques saillantes. Je passai la chaîne autour de mon cou et glissai les plaques sous ma chemise.

La journée de la veille avait été si agitée que j'avais failli oublier que je voulais me servir de l'équipement de com du centre opérationnel. C'était ma chance de prendre contact avec Cap-Liberté, de mettre en sécurité le reste de ma section. J'allais m'assurer que personne d'autre ne mourrait sur Hélios, pas sous mon commandement.

La section se languissait dans l'habitat. Je n'expliquai pas aux autres que Tyler voulait me rencontrer et je m'éclipsai comme la nuit tombait. Tout le monde étant drapé dans son chagrin personnel, il était facile de sortir sans se faire remarquer.

En treillis, équipé d'un masque de fortune, je

bravai les vents tourbillonnants et les températures en baisse. Vingt-deux heures approchaient selon le cycle circadien de la base. Un mélange de crainte et d'excitation dans les tripes, j'avais enfin l'impression de bien agir – pour la première fois depuis notre arrivée sur Hélios.

Le reste de la base était sombre et désert. Je me rappelais l'emplacement du module onze grâce à la reconnaissance effectuée à bord de l'*Oregon*, et je m'y dirigeai tout droit. Les portes sécurisées étaient ouvertes. *Me faire traverser la base discrètement fait-il partie du plan de Tyler ?* Je me sentais guidé. À moins qu'on ne cherche à m'attirer.

Au cas où, mon Smith & Wesson était sanglé à ma cuisse. L'étui me rassurait, et j'avais ôté la sécurité. Je ne prenais pas de risques. Je me fiais à Tyler à peu près autant qu'à Kellerman.

Des appliques murales rondes éclairaient le chemin jusqu'à un croisement. Des câbles et des tuyaux gisaient dans le couloir, et la coque du boîtier de surveillance le plus proche avait été arrachée. Il jeta des étincelles pendant quelques secondes avant de s'éteindre. Je passai près de l'unité endommagée et sursautai comme elle revenait à la vie dans un sifflement.

Le flash qu'elle produisit suffit à éclairer le mur du couloir : SECTION RÉGULATION VITALE – T5 À T8.

Un bruit de pas sourd se fit entendre derrière moi, et je me retournai pour faire face à mon agresseur. Je réagis aussi vite que je le pus. Quelqu'un était sur moi. Une douleur renouvelée explosa dans mes côtes. Les mains rêches d'un deuxième assaillant me saisirent la mâchoire. Une odeur de graisse et d'huile. Je lançai mon coude droit en arrière et il percuta une surface dure. Il y eut un craquement encourageant – le coup avait porté sur une cage thoracique ou un sternum – suivi d'un grognement de douleur. L'individu partit à la renverse. Je fis le dos rond tout en luttant contre mon deuxième adversaire. Il s'efforçait de ne pas lâcher prise, mais il parut hésiter lorsque le premier s'effondra, comme sonné par ma réaction.

J'en tirai aussitôt parti : d'un seul mouvement, j'attrapai son bras à deux mains, le fis basculer sur mon épaule et tirai un grand coup. Il s'envola dans les airs puis s'écroula devant moi.

Je m'emparai sans attendre de mon pistolet : je le sortis de son étui et le braquai vers mon agresseur.

« Harris ! Harris ! Stop ! C'est nous... »

J'examinai la silhouette qui geignait à terre et me rendis compte qu'il s'agissait d'un technicien. Il était vautré sur un tas de rebuts, dans une position très inconfortable. Il se redressa à demi en se frottant le flanc des deux mains. Je me retournai pour découvrir Tyler. Elle levait les mains, sur la défensive, collée au mur.

« Drôle d'accueil. On ne vous a jamais appris à dire bonjour ? » marmonnai-je en pivotant de nouveau vers le technicien.

Il avait à peu près le même âge que Tyler, la tignasse blonde, et il portait une combinaison de l'expédition Hélios. Le nom R. FLYNN figurait sur sa poitrine. Il grimaça en s'asseyant. Je tendis la main pour l'aider, et il la prit lentement. Tyler parut se détendre, mais ça ne dura pas. Elle partit en courant dans la direction d'où je venais et inspecta le couloir.

« Personne en vue, dit-elle à voix basse.

— Je voulais vous empêcher de crier, expliqua Flynn, qui continuait à se frotter ostensiblement les côtes. Tyler, ça ira toute seule ici ? Il faudrait vraiment que je retourne au centre d'opérations. »

La jeune femme acquiesça. « Je crois que je serai en sécurité avec ce vieux tigre. Il est un peu tard pour les présentations, mais voici Flynn. Il est dans le coup, on peut lui faire confiance.

— Arrêtez de me traiter de vieux », répliquai-je, mais la douleur insistante dans ma jambe suite à l'effort soudain n'allait pas dans mon sens. « Et de quel "coup" s'agit-il au juste ? Pour info, je ne suis dans aucun coup tant que je ne l'ai pas décidé, et je ne fais confiance à aucun de vous deux.

— Je peux comprendre. » Puis elle s'adressa à Flynn : « Retourne au centre d'opérations. Tu nous seras plus utile là-bas de toute façon. Je ne prends mon service que dans plusieurs heures – couvre-moi. »

Flynn acquiesça et suivit Tyler dans le couloir. Elle lui fit signe de partir et revint aussitôt.

« Suivez-moi », dit-elle.

Elle m'emmena dans un couloir dépourvu d'éclairage. À première vue, il était soit abandonné, soit en cours de construction. Elle décrocha une lampe torche de sa ceinture porte-outils pour trouer l'obscurité. On passa devant des salles vides plongées dans le noir, on en traversa d'autres qui abritaient des installations de régulation vitale bruyantes. Le vrombissement de ces machines complexes était parfois assourdissant, et la chaleur insupportable. De la sueur perlait dans ma nuque et ma chemise me collait à la peau.

Au moment où je me disais que je ne pouvais plus la suivre sans exiger une explication, elle s'arrêta. Appuyée contre un mur, elle scruta cette section du couloir. De l'éclairage de secours avait été installé aux murs, et du plafond pendait un ensemble de ventilateurs à recyclage d'atmosphère. En tournant paresseusement, leurs pales faisaient pulser la lumière. Le visage de Tyler luisait de sueur dans les éclats lumineux. Elle semblait hors d'haleine et épuisée.

« On est arrivés, dit-elle. Il ne nous entendra pas ici.

— Qui ça ? Kellerman ?

— Qui d'autre ? Il surveille toute la base. Il voit et entend tout. J'ai besoin de raconter à quelqu'un ce qui se passe ici – de vous le raconter.

— Je vous écoute.

— Je n'ai personne d'autre vers qui me tourner. Kellerman est un malade mental.

— Très bien, alors racontez-moi. Commencez par le commencement : pourquoi la base a-t-elle cessé d'envoyer des rapports ?

— Kellerman a simplement décidé un beau jour qu'on ne devait plus émettre. C'était sa décision à lui seul. Je dirige le centre opérationnel, bordel, et il ne m'a jamais expliqué pourquoi. Je ne sais pas ce qu'a cette planète, ni à quoi servent l'Artefact et le vaisseau bribe, mais on se mêle de phénomènes qu'aucun de nous ne comprend, et lui encore moins.

— Prenez votre temps. » Je voyais bien que Tyler trouvait cette discussion difficile, qu'elle avait beaucoup à me dire et qu'elle hésitait sur la façon de s'y prendre.

« Je comptais parmi les deux mille trente-deux employés originels de la base.

— Que leur est-il arrivé ? J'ai posé la question au professeur, mais il a refusé de me répondre.

— Il a fait une croix dessus. Il les a sacrifiés. Comme il a sacrifié Sara. »

Elle se mit à faire les cent pas, nerveuse, en jetant de temps à autre un regard dans ma direction comme pour jauger ma réaction. J'écoutais tout ce qu'elle disait en me demandant si je la croyais.

« Kellerman est obsédé par l'Artefact. Il ne sait pas ce qu'il fait.

— Il m'a dit que c'était une balise capable d'émettre un signal à travers tout le Maelström. Le vaisseau bribe pourrait bien constituer une véritable percée. J'ai vu ce que les chercheurs y ont découvert.

— N'importe qui et n'importe quoi pourrait se servir de cette balise pour effectuer un saut en espace-Q. Des Krells, des humains, voire les Bribes s'ils existent encore. Voulez-vous que notre premier contact avec une autre espèce extraterrestre s'opère sous la houlette du professeur Kellerman ? Sans compter que, si l'effet sur les Krells est conforme à ses prédictions, alors celui qui contrôlera l'Artefact disposera d'une arme tueuse de planète : un bouton rouge à effet immédiat. »

Je soupirai intérieurement. Kellerman m'avait montré une partie de ses recherches, soit, et sa mission sur Hélios consistait à étudier l'Artefact. Mais qu'il en prenne le contrôle pour servir ses propres objectifs, voilà qui ne faisait pas partie du projet. L'idée qu'un seul homme puisse exercer son pouvoir sur l'espèce krelle tout entière me terrifiait.

« Parlez-moi des employés qui ont disparu, insistai-je.

— Kellerman ne pense qu'à activer l'Artefact. Il a envoyé à leur mort Sara et tous les autres sur ce foutu poste avancé.

— Qui est Sara ?

— Ma sœur. » Sa voix était tendue, chargée d'émotion. « On est arrivées ensemble sur Hélios. On était des gamines. Imaginez : Sara avait vingt et un ans et moi vingt-trois. On était toutes les deux diplômées en technologies de colonisation, et le commandement de l'Alliance nous a incitées à déposer des candidatures. Ce devait être une grande aventure – un truc à raconter à nos enfants plus tard. On a signé un engagement de responsabilité, le grand jeu. Ce machin – l'Artefact – devait être la prochaine grande découverte. » Tyler marqua une pause. « Sara est morte l'année qui a suivi notre arrivée.

— Je… je crois que j'ai vu sa photo », dis-je en me frottant les tempes. Ma tête me lançait férocement. « Dans le module d'habitation. Elle était au-dessus d'une des couchettes.

— C'est bien possible. Votre section est cantonnée dans son ancienne unité. Ils ont tous disparu. »

Suis-je cet homme-là ? Le sauveur de Tyler ? Je n'en étais pas certain. Tout ce que je savais, c'est que je voulais quitter Hélios avec ma section. Bien sûr, je compatissais avec elle – j'avais perdu Blake comme elle avait perdu Sara –, mais elle n'était pas mon problème. La situation tactique sur Hélios avait été bouleversée par le crash de l'*Oregon* puis par la mort de Blake. Je devais me concentrer sur mes troupes. Pour autant, pouvais-je l'ignorer ? Elle s'opposait à Kellerman. Cela suffisait peut-être à faire d'elle une alliée.

« Comment est-ce arrivé ? » J'étais sûr qu'elle allait me le dire de toute façon.

« Le professeur a entrepris de mener des incursions en char des sables jusque dans l'Artefact. Ça a commencé par des opérations automatisées – des canons autonomes ou des caméras de sécurité sur des véhicules. Aucun d'eux n'a réussi à s'approcher de l'Artefact. Si vous l'avez vu depuis l'espace, vous savez qu'il est entouré de poiscaille. »

Elle se mordit la lèvre, et ses yeux se perdirent dans le vague. Comme si elle se remémorait un souvenir trop douloureux pour le regarder en face.

« Vous n'en avez jamais vu autant. Ils occupent le désert comme autant de grains de sable. Des formes primaires, secondaires, tertiaires. Des dominants, des greffons et tout l'éventail entre les deux – tous rendus fous par l'Artefact.

» Il a commencé à envoyer des chars "habités". Il voulait voir jusqu'où il pouvait approcher. Chaque fois qu'une équipe partait, elle recevait l'ordre d'avancer davantage. Et chaque fois l'équipe devait affronter de plus en plus de Krells.

— Pourquoi ont-ils accepté d'y aller si c'était dangereux à ce point ? Il est évident qu'en traversant le désert on va rencontrer une forte résistance.

— L'Artefact ne rend pas fous que les Krells. Les

employés ont fini par perdre les pédales. Dormez-vous correctement depuis votre arrivée sur Hélios ?... Non, c'est bien ce que je me disais. »

Merde. C'est en train de m'arriver. Je déglutis. *N'admets rien. Il est plus facile de le cacher, de faire comme si ça n'existait pas.*

« Tout le monde n'est pas affecté. Certains sont davantage touchés que les autres par le signal. Pour beaucoup, ça se limite aux insomnies. Pour d'autres, il est synonyme de folie. Il y a eu plus de cent suicides sur la base. Sans doute davantage. Ajoutez-y les accidents et les disparitions inexpliquées. »

Cela confirmait les propos de Kellerman. Cela expliquait aussi pourquoi l'ensemble de ma section ne se plaignait pas des mêmes symptômes que moi. Par malheur, j'étais le seul touché par la folie. *Est-ce que ça va empirer ? Vais-je sombrer dans la démence comme Kellerman ?* Si son aliénation mentale était alimentée par une transmission extraterrestre, quelles étaient les limites de son ambition ? Je l'avais identifié comme dangereux, mais c'était bien pire.

« Votre sœur est morte dans le désert, comme Blake ?

— Non. » Tyler secoua la tête. « Sous l'Artefact, la planète ressemble à une ruche criblée de tunnels. Naturels ou percés par les Bribes. Quelle importance ? Ils sont assez larges pour un char des sables, et ils ont donné une idée à Kellerman. Il a ordonné à des équipes d'y entrer et d'approcher l'Artefact par en dessous. Sara faisait partie d'une de ces équipes. Elle est allée dans les tunnels de son plein gré. Elle *voulait* y aller, elle voulait faire ça pour lui.

— Qu'a-t-elle trouvé ?

— Rien. Plus on se rapproche de l'Artefact, plus son chant devient puissant. Nous avons suivi sa progression grâce à une balise sur le véhicule, mais nous avons perdu le contact radio avec son unité avant qu'ils n'arrivent à l'Artefact. À ce moment-là, ils avaient déjà tous perdu la tête. J'ai... j'ai cessé d'écouter leurs transmissions. »

Tyler tremblait de rage et de chagrin. Elle se refusait à pleurer. Elle restait là, à me regarder de ses grands yeux rougis. Je passai maladroitement un bras autour de son épaule.

« En fin de compte, les opérations avec les chars se sont arrêtées parce que Kellerman arrivait à court de personnel, conclut-elle.

— Tout ce que je veux, c'est ramener ma section à Cap-Liberté. Vous pouvez venir avec nous. J'ai juste besoin d'accéder au centre opérationnel pour envoyer un message au Commandement...

— Vous croyez que Kellerman vous laissera faire ? Il ne vous permettra jamais de partir. Deacon est de son côté.

— Alors que voulez-vous que je fasse ?

— Votre équipe et vous pourriez le renverser. »

Je méditai sa proposition. Tyler me regardait fixement en attendant ma réponse. J'avais le pressentiment que cette décision-là serait une de plus à justifier à mon retour. Je ne devais pas la prendre à la légère. Le Commandement exigerait davantage que les dires de la directrice du centre opérationnel. Il me fallait du concret.

« S'il vous plaît, vous devez m'aider, murmura-t-elle.

L'Artefact est un danger entre les mains de Kellerman. Je peux vous le prouver. Il garde le centre opérationnel sous surveillance constante. Il va me chercher. Je ne crois pas qu'il me fasse confiance, de toute façon, mais pour l'instant il ne se doute pas de ce que nous projetons. Flynn peut le duper quelques heures.

— D'accord. Allons-y. »

Tyler se redressa et me fit signe de la suivre. Dans l'effet stroboscopique créé par les ventilateurs au plafond, on avait l'impression qu'elle bondissait hors de la réalité pour y revenir ensuite. J'avais le sentiment d'être moi aussi décalé du réel, mais je la suivis.

« Il faut qu'on fasse vite. Ce secteur n'est pas espionné, et j'ai demandé à Flynn de couper la surveillance du silo également. Si on agit maintenant, je peux vous montrer toutes les preuves dont vous avez besoin. »

CHAPITRE XXI

Seconde chance

Pliés en deux face au vent froid chargé de poussière, on traversa l'enceinte en courant. Tyler paraissait avancer au hasard : elle se déplaçait entre les bâtiments et se cachait derrière de vieux véhicules. Elle s'accroupit près d'un mur et passa la tête au coin d'un croisement pour évaluer la route devant nous. Satisfaite de ce qu'elle avait vu, elle me fit signe de continuer. On gagna l'intersection suivante, où elle répéta la même procédure.

« Il y a des caméras sur certains bâtiments », expliqua-t-elle en désignant l'angle d'un module un peu plus loin. Un globe noir brillant pendait d'un câble. « Flynn les a provisoirement désactivées, le temps qu'on atteigne le labo. »

Elle m'emmena jusqu'à un énorme silo. Un unique canon autonome était vautré comme un chien endormi devant une cloison double. La porte était entrouverte, juste assez pour qu'on s'y glisse.

« Toujours Flynn », dit-elle.

On passa prudemment près du canon. Je gardai

les yeux dessus – il avait assez de puissance de feu pour nous tuer tous les deux –, mais il resta inerte. Je marquai une pause à la porte et j'eus soudain le sentiment très net que je me trouvais au point de non-retour, qu'en franchir le seuil changerait tout. Tyler se tourna vers moi et m'adressa un faible sourire.

« Voici ce que je voulais vous montrer. »

Il y avait là un immense laboratoire. Je m'efforçai d'enregistrer tout ce qu'il m'était possible, conscient que, plus tard, on me demanderait un compte rendu de ce moment. Des cabines étanches dotées de manipulateurs robotiques attendaient patiemment de nouveaux utilisateurs. Je passai entre des tables de travail serrées dédiées aux moniteurs et afficheurs holographiques. L'intérieur du silo était obscur, exclusivement éclairé par des écrans d'ordinateurs et des terminaux en veille. Tyler ferma manuellement les portes derrière nous.

« Ceci est le centre de recherche principal de Kellerman.

— Et qu'y fait-il ?

— Voyez par vous-même. »

Elle enfonça un bouton, et un angle du labo s'illumina sous une rangée d'ampoules suspendues. Je partis lentement dans cette direction.

L'odeur me frappa comme un mur : musquée, marine, corrompue. Caractéristique.

Il y avait des carcasses de Krells partout. Clouées aux tables et aux murs. Tyler gagna le fond de la salle, occupé par d'énormes squelettes extraterrestres. Ces spécimens avaient démesurément grandi et leurs crânes épineux étaient rigides. Ils étaient morts et j'en avais combattu des légions dans ma vie, pourtant je sentis un frémissement inconfortable me parcourir le dos.

Tyler activa un rideau métallique sur l'un des murs. Celui-ci se souleva sans heurt, révélant une autre chambre. J'en scrutai attentivement les profondeurs obscures.

Oh, putain !

Un Krell avait jailli des ténèbres. Il s'agissait d'une forme primaire évoluée – corps noir luisant, semé de saillies acérées. Ses yeux se fixèrent sur moi, et il agita ses pattes antérieures ravisseuses. Je reculai involontairement et grimaçai au cri perçant qu'il poussa en attaquant.

« Tout doux, le tigre, dit Tyler en me stabilisant d'un bras autour de l'épaule. Ça va s'arrêter très vite.

— Si vous pouviez me prévenir, la prochaine fois... », fis-je en reprenant mes esprits.

Le xéno était enfermé dans un petit box de verreplast à peine assez grand pour le loger, et il percuta la fenêtre d'observation, inoffensif. Il y avait une série de box derrière le rideau. Chacun abritait un spécimen krell différent.

Tyler enfonça des boutons sur un panneau de contrôle tout proche. Des projecteurs éclairèrent les box un par un. Plusieurs étaient vides.

« La pièce est isolée, fit la jeune femme. Ils n'attireront pas l'attention des autres.

— Qu'est-ce qu'il en fait ? demandai-je en secouant la tête. C'est terriblement imprudent. C'est de la folie ! »

Kellerman devait avoir risqué la vie de ses hommes

pour capturer ces xénoformes – et il mettait en danger ce qu'il restait du personnel de la base en les gardant sur place.

« Honnêtement, je n'en suis pas sûre, dit Tyler en haussant les épaules. Il chiffre tous les fichiers concernant ses recherches. Au début, je pense qu'il effectuait des tests de réactivité biologique classiques. Mais je n'ai pas pu accéder à ses travaux depuis des mois, et je ne sais pas ce qu'il fait d'eux. »

Les Krells se débattaient dans leurs cages. La plupart étaient attachés à des chaînes rudimentaires. Ils étaient dans une rage meurtrière – des boules de haine hurlantes et crachantes. Beaucoup avaient réagi avec fureur à l'allumage des projecteurs et tentaient à grands gestes d'atteindre les lampes, en vain.

Je reculai devant le mur de cages et embrassai du regard le reste du labo. Cette partie de la salle était réservée à une autre sorte de recherches. Sur les murs sales s'étalaient des images du vaisseau bribe. Des reliques gisaient en pièces détachées sur des établis. Quand il avait eu épuisé sa réserve d'infoplaques, Kellerman – car je ne doutais pas que ce fût lui le responsable – s'était mis à gribouiller ses résultats sur le mur.

« Ce sont des cartes stellaires », compris-je en examinant les dessins. Plus je les regardais, plus ils me devenaient familiers. « Je les ai déjà vus. Ce sont des représentations du planétarium – des données astronomiques de la clé. »

Tyler haussa seulement les épaules. « Je ne sais pas d'où ça vient, mais il a beaucoup de données sur le Maelström.

— Pouvez-vous les copier ?

— J'imagine, oui. »

Le même espoir impossible me vint à nouveau.

« J'ai besoin que vous téléchargiez les recherches de Kellerman pour moi – *tout*. Il me faut ces données astronomiques. » J'adressai un grand sourire à la jeune femme. « Je peux la suivre ! »

C'est une seconde chance.

Tyler fronça les sourcils, comme Blake l'avait fait dans le vaisseau bribe. Elle ignorait la raison de mon enthousiasme ; je la lui révélerais quand ce serait possible. Peut-être se demandait-elle si elle devait me faire confiance – si je n'étais pas aussi taré que Kellerman.

« Pas si vite. Le téléchargement des recherches devra attendre. Dès que je lancerai la procédure, il saura que nous agissons contre lui. Nous serons démasqués. Comme je le disais, Deacon et la sécurité le soutiennent. Et de toute façon, je ne vous ai pas encore tout montré.

— Il faut qu'on le fasse dès maintenant – je ne peux pas attendre. Je vous expliquerai le moment venu, mais ces données astronomiques sont cruciales… »

Sans m'écouter, Tyler gagna l'un des pupitres et enfonça un bouton. De nouvelles lampes s'allumèrent, éclairant les derniers recoins du silo. J'avais encore le vertige à l'idée de retrouver Elena…

Il y avait un vaisseau spatial au fond du silo.

Je fis le tour de l'appareil pour l'inspecter. C'était un petit bâtiment ramassé, posé sur ses jambes d'atterrissage comme un insecte attendant de s'envoler. Rien que sa silhouette évoquait une menace. C'était un modèle très sophistiqué, il paraissait en parfait état – on ne s'en était certainement pas servi sur Hélios depuis longtemps, et encore, si c'était arrivé – et la tôle brillait sous l'éclairage du silo.

« Putain de Directoire… », murmurai-je.

Le nom *Fierté d'Ultris* était inscrit en standard américain à la proue, sous le module de passerelle, ainsi que quelques caractères chinois. Ceux-là étaient si récents que la peinture aurait pu être encore fraîche. Une icône avait été ajoutée sous le nom du vaisseau : une hydre à plusieurs têtes enroulée autour d'une épée.

Mon sang se glaça. J'avais vu ce symbole dans le train, sur Azur. Un souvenir indélébile. Je l'avais revu de nombreuses fois depuis. Et voilà que le Directoire était ici. Il m'avait suivi à travers l'espace et le temps.

« Opérations spéciales du Directoire, marmonnai-je. Deacon m'a dit qu'il avait combattu sur Epsilon Ultris. Kellerman y était aussi – c'est là qu'il a perdu ses jambes. »

Quel est le rapport ? Est-ce là que le Directoire a acheté Kellerman ? Ou l'ont-ils retourné grâce à ce qui s'est passé sur Ultris ?

À cet instant, je me retrouvai. Je n'étais plus vidé : j'étais déterminé, motivé, gonflé de colère. Je détestais Kellerman plus que jamais. J'avais envie de le détruire et non simplement de le tuer. Le souvenir d'Elena qui sanglotait de douleur à l'hôpital de Rockwell menaça un instant de me submerger, et je me mordis le poing pour ravaler ma fureur. Je perçus brièvement le signal de l'Artefact dans mon crâne – ce gémissement aigu.

Tout devint clair.

C'était ça, le son que j'entendais, baigné dans les parasites extraterrestres. Un son dans le son, le bourdonnement dans mes oreilles suite à l'attentat contre le train. C'était ce que j'entendais quand l'Artefact m'appelait. Le signal me provoquait, il me rappelait mon échec.

La jeune femme me suivit autour de l'appareil.

« Ça va ? demanda-t-elle. Vous n'avez pas l'air en forme. »

Je ne voulais pas lui expliquer, et je me contentai de secouer la tête. À présent, je savais que j'aiderais Tyler ; à présent, je savais que je *devais* éliminer Kellerman. L'emploi de la force létale était justifié. C'était un agent de l'ennemi, et ses partisans ne valaient pas mieux.

« Je ferai ce que vous me demandez, Tyler. Je neutraliserai Kellerman. Mais j'ai besoin des données astronomiques, et il nous faudra des armes. Combien de civils se sont rangés à vos côtés ?

— Peut-être quatre.

— Il faudra bien préparer cette opération. Nous devons planifier notre départ. Mes hommes sont des soldats, pas des pilotes. Je ne suis pas certain qu'on saurait faire décoller cet appareil, sans parler de lui faire quitter la planète. Connaissez-vous quelqu'un qui ait une expérience de vol ?

— Je suis un pilote aérospatial qualifié, répondit fièrement Tyler. Permis de vol de classe onze. J'ai appris pendant mes études. J'ai piloté des remorqueurs commerciaux. »

Je hochai la tête et désignai les moteurs – quatre propulseurs surdimensionnés. « Les remorqueurs sont différents des bâtiments militaires. Celui-ci est un Interceptor T-89. Conçu pour de petits sauts à travers l'espace et le combat rapproché de vaisseau à vaisseau. Il est équipé d'une propulsion-Q, mais il sera lent à atteindre la vitesse de la lumière.

— Je sais sur quels boutons appuyer. Et je suis à peu près persuadée d'être capable de lui faire quitter la planète. »

Je haussai le sourcil. « À peu près persuadée ou bien persuadée tout court ?

— Suffisamment persuadée. » Elle désigna les missiles alignés sous l'une des courtes ailes. « Je peux m'occuper du pilotage, mais vos hommes et vous devrez faire le reste. Les systèmes d'armement dépendront de vous. »

J'éclatai de rire. « Ils n'en font pas de ce type dans l'Alliance. Ceux-là sont des ogives à plasma. Il y en a douze. Et l'arme sous le nez de l'appareil est un canon laser H-28.

— Ce qui signifie ?

— Que ce vaisseau pourrait détruire la moitié d'Hélios. » C'était un peu exagéré, mais ces ogives étaient du matériel militaire très puissant. « On parle là de détonations de plusieurs kilotonnes. De l'artillerie très lourde. Le canon est un laser anti-infanterie – il taillera des hommes – ou des Krells – en tranches.

— Ah, d'accord », fit Tyler d'un air absent. Les armes n'étaient à l'évidence pas son truc.

« Pourquoi Kellerman a-t-il besoin d'un appareil comme celui-ci ?

— Peut-être pour quitter la planète si les choses tournaient mal. Ou pour s'assurer que le Directoire obtienne sa livre de chair. Il est sans doute là depuis l'établissement de la base. Je l'ai trouvé il y a quelques mois, mais il n'y a pas eu de trafic aérien de ce genre depuis notre arrivée.

— Si Kellerman est à ce point obsédé par l'Artefact, pourquoi ne vole-t-il pas jusque-là pour l'activer ? Il essaierait sûrement.

— Kellerman a beau être fou, il n'est pas stupide. Il a un instinct de conservation très développé. L'Artefact est la grande inconnue. S'il se sert de son propre appareil pour s'y rendre et qu'il fait partie de l'expédition, alors c'est sa peau qu'il risque. S'il en envoie d'autres et qu'il reste à la base, il met en danger son moyen de quitter la planète.

— J'imagine. » Je finis un dernier tour du vaisseau. Il y avait un grand sas d'accès sur le flanc tribord de l'Interceptor pour permettre le déploiement immédiat de troupes au sol. « Êtes-vous montée dedans ?

— Une fois, quand je l'ai découvert. Il y a des capsules d'hypersommeil et des couchettes pour un équipage de vingt personnes.

— Alors c'est bel et bien notre ticket de sortie. On n'aura pas besoin d'envoyer un signal du centre opérationnel – on peut se servir de cet appareil pour s'échapper. »

Je tapotai l'aile. L'alliage métallique utilisé dans la construction du vaisseau était fin et avait été traité avec une technologie furtive. Le corps de l'appareil donnait une impression rassurante de solidité. J'étais certain que c'était ce qu'il fallait faire, et au fond j'avais même hâte d'affronter Kellerman. Était-ce la vengeance vertueuse de Martinez qui m'emplissait ? Qui polluait mon sang et m'affermissait face à l'adversité ?

Tyler grimaça. « Mais vous devrez quand même éliminer Kellerman. Il contrôle le ciel. Il pourrait nous abattre dès que nous quitterons l'espace aérien de la base. »

Je dépassai la courbe de la coque. « Je vous promets de m'occuper de lui…

— *Fermez-la ! À genoux !* »

Les mots avaient été criés avec une hostilité extrême et résonnaient autour de nous.

Les lumières au plafond crépitèrent.

Je bondis vers le labo, réagissant avant d'avoir bien compris ce qui se passait. *Tyler m'a piégé*, conclus-je aussitôt. *Elle m'a trahi*. Mais elle se mit à hurler, et j'entendis un coup porter quelque part dans mon dos. Elle se tut.

Des gardes envahissaient les lieux.

« Les mains en l'air ou je tire ! »

C'était Deacon, qui venait de me plaquer le canon d'un fusil incapacitant sur la poitrine. Je levai mon arme en essayant de me donner un peu d'espace pour faire feu.

Il me prit de vitesse. Il tira. Un éclair blanc illumina la salle, et je m'effondrai, secoué de spasmes et hurlant. Le fusil était réglé pour étourdir, mais c'était déjà douloureux : une décharge de cinquante-cinq mille volts. J'étais paralysé et je convulsais irrésistiblement. Les choqueurs étaient des armes de sécurité civile conçues pour neutraliser sans tuer, mais en être la cible n'était pas une expérience agréable pour autant. Le pistolet me tomba des mains et claqua au sol un peu plus loin. J'essayai de l'attraper, de surmonter la réaction naturelle de mon corps à la décharge reçue.

« Assurez-vous qu'il reste hors d'état de nuire ! » aboya un autre. Kellerman. Rien que sa voix me mit en rage et me donna une énergie renouvelée...

Deacon était de nouveau au-dessus de moi, le fusil levé. Il gronda, l'air parfaitement déterminé. J'ordonnai à mes bras de bouger, mais le pistolet était encore hors de portée. Deacon brandit son arme et en abattit la crosse sur ma tempe.

En l'espace de dix minutes, on m'avait tout promis et tout repris aussitôt.

Chapitre XXII

Assassin

L'obscurité recula.

Je ne m'en réjouis pas, car la conscience et la douleur revenaient de concert. Par grandes vagues, dans tout mon corps.

Ensuite venaient les questions. Toujours les questions.

« *Comment active-t-on les simulants ?*

— *Combien de temps avant que le Commandement n'envoie une équipe d'intervention ?* »

C'était Deacon. Je ne voyais rien en dehors de vagues formes, mais je le reconnaissais sans mal. Son visage en feu, chargé de colère, juste devant le mien. Son haleine brûlante.

« Je suis le capitaine Conrad Harris, programme allié d'opérations simulantes, armée de l'Alliance, récitai-je encore. Matricule 93778.

— *Donne-nous des réponses !* »

Je répétais mes nom, grade, corps et matricule en boucle. Les mots devenaient un mantra, parfois mêlés de cris de dénégation et de hurlements de protestation. J'étais parfaitement formé aux techniques de résistance à la torture. Ils n'auraient pas le plaisir de me briser. J'étais prisonnier de guerre, à présent.

Puis les coups volaient à nouveau, et la douleur explosait dans mes côtes, mon dos et mes membres. Ils tapaient assez fort pour faire mal mais pas assez pour tuer. Ils auraient facilement pu m'éliminer, mais ils me voulaient sans doute en vie.

Je crachai du sang à plus d'une occasion. Ma jambe blessée était désormais insensible, au-delà de la souffrance. *Je vous emmerde tous. Je peux supporter vos coups indéfiniment. J'ai vécu pire.* De nouvelles côtes furent fêlées.

« Ceci n'est pas une base militaire et tu n'es pas sous la protection de la loi militaire. Le professeur peut faire ce qu'il veut de toi. »

J'avais vaguement conscience que d'autres hurlaient aussi, sans doute dans des salles attenantes. Je crus reconnaître Jenkins qui criait, mais ç'aurait pu être Martinez. J'entendis distinctement Tyler, qui hurlait si fort que sa voix rebondissait sur les murs. Elle suppliait que la douleur s'arrête. J'aurais voulu l'aider.

Un instant, cette voix sonna comme celle d'Elena. Appelant au secours, implorant que je l'écoute. Me demandant de l'empêcher d'entrer dans le Maelström. J'aurais voulu pouvoir l'aider elle aussi.

L'obscurité revenait, et le cycle se répétait.

Une minute j'étais sanglé sur une chaise, attaché par les chevilles et les poignets. La suivante je gisais sur le sol d'une cellule. Le reste aurait aussi bien pu n'exister que dans ma tête, créé peut-être par mon subconscient pour emplir les blancs. Je n'aurais su dire si la torture durait depuis des heures ou plusieurs jours : le temps avait perdu sa pertinence.

« *Arrêtez !* cria enfin une voix. *Je vous ai dit que je le voulais vivant !* »

Kellerman encore. Assis dans son fauteuil, à la porte de la cellule. Un rectangle lumineux parfait l'encadrait, perçant l'obscurité de la salle de torture.

Tout cessa à son arrivée. À présent, je discernais le visage moite de Deacon. Il y avait deux gardes avec lui, torse nu, la peau couturée et grêlée par leur séjour sur Hélios, bouffis de colère et de haine.

Je ris, mais je finis par m'étrangler douloureusement, et la toux me secoua. *J'ai si froid.* Mon front, mon torse étaient humides. *Du sang. Ce n'est que du sang.*

« Ça suffit. Nettoyez-le et attachez-le. Amenez-le dans mes quartiers. »

J'avais un sac en tissu sur la tête, fermé autour du cou – serré. Pas au point de me suffoquer, mais assez pour me faire comprendre que mes ravisseurs étaient sérieux. Le tissu était imprégné d'une odeur fétide de sang et de sueur séchée. Le sac avait déjà servi à de nombreuses reprises – d'autres, sans doute aussi déloyaux que moi envers le professeur, s'étaient trouvés dans la même position.

Tyler s'est peut-être trompée. Tous ceux qui sont partis dans les tunnels ne l'ont pas forcément fait de leur plein gré.

« Enlevez le sac. »

On était chez Kellerman. Il était assis derrière son bureau, et moi devant – une reconstitution perverse de notre rencontre quelques jours plus tôt, avec Deacon dans mon dos. Cette fois, mes poignets étaient attachés aux bras du fauteuil. J'essayai de me dégager, mais un métal froid mordit ma chair sans que cela fasse aucune différence. J'avais un œil bouffi, presque fermé, et l'autre meurtri. Ma vue tremblotait un peu – j'avais besoin de soins médicaux.

« Vous l'avez tué, Kellerman, éclatai-je. Vous avez tué Blake ! »

Il me regarda froidement et croisa ses doigts noueux. Son absence de réaction me mettait en rage. Je grondai et tentai de nouveau de me libérer. Les pieds de la chaise claquèrent contre le sol. Kellerman observait.

« Vous avez tué Blake ! »

Je crachai par-dessus le bureau. *On va voir si tu apprécies*. Un mollard sanglant atterrit sur la joue du professeur. Enfin, sa façade se fissura et il se renfrogna. Il essuya ma salive et secoua sa main salie avec mépris. Derrière moi, j'entendis Deacon bondir et son choqueur cliqueter et me braquer.

« Pas de quoi s'inquiéter, assura Kellerman en levant la main. Le capitaine Harris est en colère. Il y a beaucoup de tension dans l'air.

— Allez vous faire foutre ! Vous êtes un traître, Kellerman. Un putain d'espion du Directoire !

— Le Directoire m'a offert une belle occasion.

— Vous nous avez délibérément attirés sur Hélios !

— Pas vous-même en particulier. J'ai cessé de transmettre mes rapports au Commandement dans l'espoir qu'on nous envoie une équipe de sauvetage. Je ne pouvais pas me permettre de perdre davantage de personnel, et pourtant j'avais besoin de monde… pour entrer dans l'Artefact. Je n'avais aucun moyen de savoir qu'on missionnerait une équipe de simulants.

— Allez vous faire foutre ! » J'enrageais. Je savais que je gâchais le peu d'énergie qu'il me restait, mais je ne pouvais pas rester assis en face de ce fantôme – ce traître – sans réagir. « Blake n'était qu'un gamin. Il ne méritait pas de mourir. Ni Sara, ni aucun des autres… »

Pas plus qu'Elena ou notre enfant…

« J'avais espéré vous convaincre de m'aider. J'avais l'intention de vous effrayer par cette rencontre dans le désert. Les Krells que nous avons affrontés étaient des sujets d'expérience, lâchés dans le secteur à ma demande et privés de leur communicateur biotech par chirurgie. La mort du soldat Blake n'était pas prévue. Même ainsi, je pensais que cela renforcerait votre animosité envers les Krells. Miss Tyler a tout fichu en l'air. Elle m'a contraint à adopter une approche plus directe. »

Je sus à cet instant qu'à la première occasion je tuerais Kellerman. « Vous êtes fou. Vous ignorez ce qu'est l'Artefact et ce dont il est capable.

— Je suppose que c'est ce que vous a dit miss Tyler, fit-il d'une voix doucereuse. Je vous ai déjà expliqué que l'Artefact est une balise et que l'Alliance est au courant de l'existence des Bribes depuis longtemps. Tout cela est vrai. Une fois activé, l'Artefact donnera accès à un empire extraterrestre indicible qui s'étend dans tout le Maelström. En ayant connaissance des points de saut-Q partout dans la région, imaginez la technologie alien qu'on pourrait récupérer. C'est ce que veut le Directoire, et c'est ce que je lui offre.

— Putain, mais je vais vous tuer ! Je vais prendre ces données astronomiques…

— L'accès principal à l'Artefact est gardé par une présence krelle phénoménale, poursuivit le professeur en ignorant mon éclat de voix. Je ne crois pas que même vos simulants seraient capables d'affronter pareil niveau de résistance. Grâce à miss Tyler, vous savez déjà qu'il existe des tunnels sous le désert. J'ai réussi à identifier un chemin possible vers l'Artefact à travers ces tunnels. L'équipe simulante sera parfaite pour entreprendre cette mission. Quand je vous l'ordonnerai, vous suivrez le trajet identifié et vous activerez l'Artefact grâce à la clé.

— Vous êtes un imbécile, répliquai-je en souriant. Ma section ne vous aidera jamais. Vous ne savez même pas vous servir de la technologie simulante. »

Le masque placide de Kellerman ne bougea pas. « Il est difficile de vous faire parler, vos hommes et vous, mais monsieur Olsen n'a pas opposé la même résistance. Vous êtes des soldats bien entraînés ; lui, non. »

Il se tourna vers un ensemble de moniteurs et en alluma plusieurs. Mon sourire s'évanouit quand des images apparurent sur les afficheurs 3D. Ils montraient des cellules comme celle où j'étais détenu. Mes gars étaient enfermés dans une seule, affalés, tabassés, abîmés. Les images étaient monochromes et grenées, mais on distinguait des taches sombres par terre – sûrement des flaques de sang. Je fus soudain soulagé de les voir. L'équipe était en triste état, mais ils étaient tous vivants, au moins.

Le dernier holo montrait Olsen qui se tordait nerveusement les mains et tournait en rond comme un animal en cage. Il leva des yeux injectés de sang vers la caméra.

« Monsieur Olsen m'assistera. Il s'assurera que votre équipe effectue la transition. »

Maudit Olsen ! C'était un lâche. Je l'avais toujours su. Sa vie était une monnaie d'échange, et il nous avait tous vendus. Son choix ne m'étonnait pas. Il n'était pas fait du même bois que moi : il préférait se coucher plutôt que se dresser pour lutter.

« Quel pauvre imbécile vous faites, Kellerman ! Quoi qu'Olsen vous ait dit, l'équipe ne peut pas effectuer la transition. Mes simulants ont été détruits au cours du crash. Vous m'avez posé la question vous-même. Je ne peux pas faire ce que vous exigez de moi, peu importe combien de temps vous me torturez ou vous me maltraitez… »

Il leva le doigt pour m'imposer le silence.

« Je sais que vous ne pouvez pas vous incarner, dit-il tout bas. Mais vous irez quand même dans l'Artefact. »

Je restai un moment à réfléchir à cette suggestion. Pas une suggestion – un ordre. J'avais derrière moi un type armé et devant moi la seule autorité à des années-lumière.

« Vous accompagnerez votre équipe dans l'Artefact. Ils utiliseront leurs simulants, vous non. J'observerai depuis le centre opérationnel. Malgré la proximité immédiate de l'Artefact, je pense que les simulants resteront insensibles à ses transmissions. Vous serez le sujet test. Votre section vous escortera dans l'Artefact même, et vous l'activerez. Nous verrons comment il vous affecte.

— Et si mon équipe se retourne contre vous ? dis-je d'un air de défi.

— Les véritables corps de vos hommes resteront à la base. Je peux les exécuter d'ici s'il le faut. Si je comprends bien le fonctionnement de la technologie en jeu, cela entraînera la perte du simulant correspondant. Il y en aurait un de moins pour vous protéger, capitaine Harris, pendant que vous avancez en territoire occupé par les Krells. »

Il fit de nouveau pivoter son fauteuil vers les moniteurs.

« Miss Tyler restera également sous ma garde. Il ne m'en faudra pas beaucoup pour la tuer. »

Un holo montra Tyler étendue dans une autre cellule. Elle avait été salement amochée. Des bleus marbraient ses bras nus. Elle était immobile, silencieuse. Au moins inconsciente, peut-être morte. Mon regard passa d'elle au professeur et retour.

Encore une que j'ai laissée tomber – pas seulement sur Hélios, mais dans la vie.

Non. Je ne laisserais plus tomber personne. C'était fini.

« Allez au diable, Kellerman ! hurlai-je. Je veux ces données astronomiques *tout de suite* ! Et, si vous refusez de me les remettre, je vous les prendrai ! »

Il resta impassible. C'était une coque vide. Son

obsession lui avait tout pris. Ses yeux mi-clos étaient noirs ; comme ceux des Krells. Ses joues étaient creuses et tristes. Il se réduisait à une idée, et sa fixation sur cette idée était devenue si envahissante qu'elle l'avait dépouillé de son allégeance nationale, de sa personnalité, de son âme.

« Pourquoi voulez-vous tant ces données ? Qu'est-ce qui vous motive ? »

Le souvenir d'Elena brillait de tous ses feux. Au moins, il ne savait rien d'elle. Au moins, elle m'appartenait encore. *Je ne te dirai rien.*

Je luttai encore contre mes sangles. Cette fois, la chaise bascula et je tombai, percutant le sol de l'épaule droite. Je me débattis en encaissant la douleur. Mon œil s'emplit de sang, mais je m'en fichais.

Kellerman se pencha vers moi, parfaitement indifférent à ma démonstration. Il n'y avait pas trace de crainte ni d'inquiétude dans son regard.

« Si vous refusez de me le dire, je ne peux pas vous aider, conclut-il. C'est votre choix, mais nous avons davantage en commun que vous ne pourriez le croire. Nous entendons tous les deux le signal de l'Artefact. Nous sommes tous les deux des idéalistes, à notre façon. » Il se redressa dans son fauteuil – il était désormais le colonel s'adressant à ses troupes, le prêtre soignant son troupeau. « Et je vous donnerai donc ce que vous désirez. »

Je marquai une pause au milieu de ma rage et de ma fureur. Que voulait-il dire ? Un espoir fugace, impossible, me vint à nouveau. *Elena ! Je m'en veux tellement – mais je peux te sauver. Je peux te suivre.*

« Vous aurez l'honneur de transporter la clé. Elle

activera l'Artefact et elle contient les données astronomiques de l'épave bribe. »

Je respirais bruyamment. Je luttais pour maîtriser mes émotions et m'efforçais de réfléchir à une façon rationnelle de me sortir de ce merdier. Cette annonce était-elle destinée à calmer ma rage de faire son sale boulot ? À m'encourager je ne sais comment à aller jusqu'au bout malgré tout ?

Kellerman ignora mon indécision. « Je tiens de monsieur Olsen que vous avez un surnom auprès de vos pairs : Lazare. Peut-être reviendrez-vous de cette expédition. Peut-être serez-vous ressuscité. Espérons. Je suis persuadé que vous êtes l'homme idéal pour cette tâche. » Il serra les dents et fit un signe de tête à Deacon. « Préparez-le pour l'insertion dans le char des sables. »

Deacon me remit le sac sur la tête.

Chapitre XXIII

Impossible

Trois ans plus tôt.

Elle était partie depuis deux ans.

Un barman aux yeux de fouine trônait à un bout du comptoir visqueux, moi à l'autre. Les lumières étaient tamisées et la plupart des tables vides en attendant la fin du huit des mineurs. Ce serait sans doute agité l'heure venue ; les militaires n'étaient pas les bienvenus dans ce bar, un bouge minable surnommé « le repos du Yankee », fréquenté par les mineurs d'astéroïdes et les transporteurs civils. Le drapeau de l'Union nord-américaine était drapé au-dessus du miroir derrière le bar. Apparemment, personne ne s'était donné la peine d'expliquer au propriétaire que l'Union avait disparu depuis longtemps.

J'avais pris une navette civile du Cap jusqu'au poste avancé habité le plus proche : une station d'extraction minière au nom accrocheur : XV-78. C'était une destination si impopulaire qu'on n'avait pas fait l'effort de la baptiser. Peut-être que personne ne restait assez longtemps pour lui choisir un nom. Soit on allait vers les mondes centraux, dans l'espace de l'Alliance, soit on prenait le premier vaisseau-Q vers le Cap. Je n'étais jamais venu et je ne comptais pas revenir. Mais O'Neil avait suggéré qu'on se retrouve ici, et cela m'avait suffi.

Pas juste O'Neil, mais le colonel O'Neil. Je devais me rappeler qu'il était colonel à présent. À la tête du programme SimOps tout entier, et à une marche seulement du vieux Cole en personne. Il avait fallu faire jouer tous les services qu'il me devait, toute notre histoire commune pour arranger cette rencontre.

Un vieil holoviseur au-dessus du bar diffusait un bulletin d'information tout frais. Les mots EN DIRECT DE LA BOA CAP-LIBERTÉ défilaient sur l'écran clignotant. Le Cap était assez proche pour que le délai de diffusion reste infime.

Un présentateur civil animait un programme de la tranche du soir.

« *Cela fait bientôt dix-huit mois que le traité avec l'Empire krell a été ratifié. Grâce à ce que le président Francis qualifie de plus grande réussite de l'histoire humaine, l'Empire krell est enfin en paix avec l'Alliance.* »

Bien sûr, ce n'était pas tout à fait vrai : la paix n'était pas sans entorse. Des escarmouches frontalières avaient opposé à l'occasion des équipes de simulants et des commandos krells, mais la guerre totale paraissait suspendue. Je m'appliquais à faire mon devoir : j'allais où on me disait, quand on me le disait.

« *Bien que le commandement de l'Alliance ait déclaré cette mission couronnée de succès, elle demeure une terrible tragédie humaine car l'équipage de l'expédition n'a pas été récupéré. Nos spectateurs se souviennent sans doute que seize vaisseaux étaient engagés dans cette opération d'envergure dont le vaisseau amiral était le VAU* Ariane. *Ce bâtiment, avec son équipage de plus de cinq cents personnes, a continué d'émettre pendant un an après son arrivée dans le* Maelström, *mais on n'a pas eu de nouvelles de ce vaisseau infortuné depuis. Les recherches pour retrouver l'*Ariane *ont officiellement pris fin aujourd'hui. L'équipage est porté disparu.* »

Aucun des cinq cents n'était revenu. Nul ne savait pourquoi – du moins le Commandement refusait-il d'expliquer leur disparition. J'avais ma propre théorie : l'Alliance considérait Elena et ses collègues comme quantité négligeable et les avait tout simplement trahis.

Je me voûtai et bus une gorgée de bière dégueulasse dans une bouteille sale. Je m'étais habillé de la manière la plus discrète possible – en civil plutôt qu'en treillis, pour la première fois depuis des mois.

« Vous aimez boire seul ? » fit une voix derrière moi. Au même moment, une grosse main s'abattit sur mon dos.

Je me redressai lentement et pivotai. Ma réaction immédiate fut de saluer, mais O'Neil me lança un regard pour me signifier que je ne devais pas prendre cette peine.

« Content que vous ayez réussi à venir », dit-il d'un ton solennel.

Le colonel Patrick O'Neil s'assit près de moi. Il avait une carrure plus imposante et quelques années de plus aussi. Son visage était couturé des cicatrices de décennies de service actif, et ses cheveux gris coupés court se raréfiaient. Il portait également une tenue civile – une vieille veste d'aviateur en cuir et un jean. Il avait l'air bien plus à l'aise que moi en civil, comme s'il avait une vie en dehors de l'armée. Il fit signe au barman, montra un billet et commanda une bière. L'employé indifférent fit glisser une bouteille sur le bar.

« C'est immonde, hein ? dit O'Neil. Vous savez, plus on s'éloigne de la Terre, plus la bière est dégueulasse.

— C'est prouvé ? Alors je suppose que Cap-Liberté sert la pire de toutes.

— Et XV-78 arrive juste derrière, répondit-il. Comment ça va, Conrad ?

— On a vu mieux. » Je désignai l'holoviseur. « Vous avez choisi un putain de jour pour me rencontrer. C'était volontaire ?

— Avec toute l'agitation que ça provoque au Cap, ça me paraissait le bon moment pour m'échapper. Un peu d'anonymat, vous voyez ? Là où personne ne connaît mon nom.

— J'imagine que vous serez occupé, ou je ne sais quoi, avec les interviews et tout. Que donne votre nouveau boulot ? »

O'Neil but une longue gorgée de bière sans mordre à l'hameçon. Il commandait les Opérations simulantes et avait eu la responsabilité d'envoyer une équipe dans le Maelström en escorte.

« Je sais que vous avez autorisé la mission de l'*Ariane*. J'imagine que le Commandement veut avoir l'opinion publique de son côté, après tout, et votre approche de franc-tireur sur la question de la paix avec les Krells a payé. »

Pour tout le monde sauf moi.

« Écoutez, dit-il en soufflant par le nez, j'ai seulement fourni une présence militaire.

— Et je sais que, sans elle, le Commandement n'aurait jamais autorisé l'opération.

— Ce n'était pas… Ce n'est pas si simple. »

Je hochai la tête. « Ça ne l'est jamais. » Je devais serrer la bride à ma rancœur, m'efforcer de l'afficher moins ouvertement. Je ne voulais pas complètement m'aliéner O'Neil. « Merci d'avoir accepté de me voir.

— Christo, vous m'avez assez harcelé. À combien de transitions en êtes-vous ? »

Je haussai les épaules. « Je ne sais pas. Cent cinquante ? »

Il reprit un peu de bière. « C'est plus que quiconque au sein des SimOps. Vous commencez à vous tailler une sacrée réputation, Conrad.

— Je ne veux pas de réputation, répondis-je sur un ton que j'espérais inflexible. J'ai besoin d'un service.

— Ah bon ?

— Vous savez ce que je veux. »

O'Neil sourit puis se mit à rire, sans humour dans les deux cas. Il secoua la tête d'un air désabusé et s'affala sur le comptoir comme s'il était un mineur d'astéroïde épuisé – de retour d'une longue journée au puits – plutôt qu'un colonel de l'armée de l'Alliance.

« Oui, je sais ce que vous voulez. J'ai lu votre requête en vue d'une opération. J'ai lu vos nombreuses projections de mission. Vos courriers non seulement à l'armée, mais aussi à la Flotte.

— Je veux partir à la recherche du VAU *Ariane*. À sa recherche à elle.

— Le docteur Elena Marceau était une femme bien. Vraiment très bien. Mais elle savait parfaitement dans quoi elle s'engageait quand elle a signé pour cette mission.

— Ah bon ? Et dans quoi s'est-elle donc engagée, alors ? » demandai-je en haussant involontairement le ton. La colère me fit rougir et je me tournai vers O'Neil en le fixant du regard.

« Le docteur Marceau sera portée disparue dès ce soir. Vous avez vu les infos. Rien de ce que vous dites ou faites n'y changera rien.

— Alors pourquoi avoir accepté de me rencontrer ? demandai-je en me levant et en enfonçant mon doigt dans son épaule.

— Parce que, même si ça vous paraît difficile à avaler, je tiens à vous en tant qu'ami et que collègue. Vous faites partie des SimOps depuis le début et j'apprécie beaucoup votre contribution. Mais il faut tourner la page. Elle est partie.

— Vous pourriez autoriser une autre mission, me permettre de m'insérer dans le Maelström pour y mener des recherches sérieuses !

— Je ne peux pas. Le vieux Cole lui-même n'en a pas le pouvoir. Je sais que vous n'arrêterez pas tant que vous n'obtiendrez pas la réponse désirée, mais cela n'arrivera pas. Même si nous voulions aller la chercher, nous ne pouvons pas.

— Comment ça, nous ne pouvons pas ? Il doit y avoir un moyen. Ces gens ont donné leur vie pour décrocher la paix avec les Krells, et le Commandement n'a fait que les trahir.

— Le Commandement n'a rien fait de tel. Elena connaissait les risques quand elle s'est portée volontaire. Nous ne disposons pas de données astronomiques. Même si nous avions quelque chose de fiable, les points de saut-Q nous restent un mystère. Son vaisseau est allé plus loin qu'aucun bâtiment humain…

— Il suffirait de suivre l'*Ariane* jusqu'aux coordonnées de rendez-vous, insistai-je.

— L'*Ariane* n'y est plus, répliqua-t-il. Je vous en révèle davantage que je ne devrais, mais, si ça me débarrasse de vous, ça en vaut la peine. L'*Ariane* a disparu des radars pour ainsi dire. Il est parti ailleurs dans le Maelström, mais nous ignorons où.

— Alors l'équipage pourrait encore être en vie ! Vous savez aussi bien que moi que les Krells font des prisonniers.

— La réponse est *non*. Elle est perdue. Nous ne sommes pas capables de suivre l'*Ariane*. Si nous avions des données astronomiques, des cartes fiables du Maelström, alors cela pourrait être différent. Mais, très franchement, je ne crois pas que cela se produira de votre vivant.

— Vous êtes d'une grande aide, O'Neil.

— Vous connaissiez ma réponse avant de venir à cette rencontre.

— Je vais démissionner.

— Nous savons tous les deux que ça n'arrivera pas. Vous ne le ferez pas parce que vous ne pouvez pas. Vous êtes accro. »

Je me tassai de nouveau sur le tabouret du bar. Il avait raison. Elena avait vu juste aussi, et maintenant elle était perdue à jamais.

« Allez voir un psychochirurgien, marmonna O'Neil. Je peux vous en conseiller une compétente, une civile, si ça vous aide. Offrez-vous peut-être un effacement psy – ils font des merveilles de nos jours : ils retirent des souvenirs sélectifs, ils font ce qu'il faut. C'est une repentie du Directoire, mais elle m'a aidé il y a deux ans, quand Sandra m'a quitté. Maintenant, buvez votre bière, et on prendra la prochaine navette pour le Cap.

— Hors de question ! Je ne vais certainement pas aller voir un psy du Directoire, et je ne vais d'ailleurs nulle part. Je ne veux pas oublier !

— D'accord, à votre guise. » Il prit quelque chose à tâtons dans sa vieille veste en cuir. « Ceci soulagera peut-être votre chagrin. » Il sortit une enveloppe froissée, qu'il me tendit sans l'ouvrir. « Je ne devrais pas faire ça. Mais, comme je vous le disais, vous êtes un ami et un collègue. Cela pourrait vous aider à faire votre deuil, à trouver la paix, je ne sais pas. »

Puis il vida sa bière, me tapota le dos comme si on était de vieux potes et quitta le bar.

Je fixai longuement l'enveloppe avant d'enfin rassembler assez de volonté pour l'ouvrir. Mes doigts tremblaient tandis que je décollais l'étui de plastique.

Il contenait une seule feuille, frappée d'un en-tête de transmission militaire, avec de nombreux avertissements de sécurité, restrictions et rappels de confidentialité.

Quatre mots imprimés. Une communication

du VAU *Ariane*. Datée de quelques mois, expédiée depuis les coordonnées d'origine du vaisseau, le fameux site de rendez-vous.

NE M'OUBLIE PAS.

Le message avait été certifié par l'empreinte biométrique d'Elena. Je n'avais aucun doute quant à son authenticité. Il m'était expressément adressé, même si elle devait savoir que ce n'était pas une communication privée.

Je restai assis là pendant des heures à lire et relire son message.

Chapitre XXIV

Sacrifiable

J'imaginais ce que je ne voyais pas.

Un labo bricolé où s'entassaient des cuves de simulation et d'autres équipements récupérés dans l'infirmerie de l'*Oregon*. Peut-être le labo que Tyler m'avait montré : ces murs sombres, gribouillés d'un antique langage qu'aucune bouche humaine ne saurait jamais parler, et de connaissances qu'aucun esprit humain ne devrait jamais posséder.

Jenkins était introduite de force dans sa cuve ; elle se débattait et hurlait des obscénités à l'équipe de sécurité.

Kaminski criait à Jenkins que tout irait bien, puis aux salopards qui les contraignaient à faire ça qu'il reviendrait leur régler leur compte.

Martinez, stoïque, calme, attendait son heure et murmurait une prière dans sa barbe tandis qu'on l'installait de force dans sa cuve.

On ne faisait preuve d'aucune compassion ni sympathie pour leur situation. Les gardes riaient et se moquaient pendant qu'on plaçait mes gars dans les simulateurs. Au centre de l'attention, le professeur Kellerman. Il agrippait si fort les accoudoirs de son fauteuil que ses vieilles articulations viraient au blanc sous la pression.

« Mettez-les tous dans les simulateurs, aboyait-il. Pas de temps à perdre. Je veux que les cuves soient opérationnelles et qu'on établisse les liens neuraux. »

Olsen suivait ses instructions avec inquiétude. Il n'était pas habitué à cette façon de faire : procéder en toute hâte avec du matériel de seconde main. Mais la peur de la mort le poussait – existe-t-il meilleure motivation ? Sa blouse médicale était sale et déchirée, maculée de sang au cou et aux épaules.

Les simulateurs attendaient patiemment. Tous les opérateurs furent enfin scellés à l'intérieur. Aucun des hommes de Kellerman ne prêtait attention aux cuves vides – la mienne et celle de Blake. Les deux restaient abandonnées, témoignages de mon échec.

Des écrans permettaient un lien visuel avec le centre opérationnel. Le personnel de la base observait en silence, fébrile.

« Bonne chance, disait Kellerman.

— Tous les opérateurs sont-ils prêts à la connexion ? demandait Olsen, hésitant.

— Opérateurs engagés, répondait un technicien.

— Établissement de la liaison distante avec le char des sables, ajoutait un autre. Liaison O.K., je répète, liaison O.K.

— Les opérateurs sont-ils prêts pour le transfert ? »

Jenkins tapait du poing sur la vitre de sa cuve et

adressait un doigt d'honneur à Kellerman, lequel ignorait ce geste vain. Olsen vérifiait chaque simulateur tour à tour, puis levait la main et parlait dans son communicateur.

« État de préparation de tous les opérateurs confirmé. Commencez le transfert quand vous serez prêt.

— Paré, je répète, paré. Début du transfert dans T moins dix secondes. »

Je me réveillai en sursaut.

J'étais assis dans le compartiment passagers d'un char des sables, sanglé dans mon siège. Un casque sphérique en verre reposait sur mes genoux. Je portais une vieille combinaison H aux gants trop grands et un réservoir d'oxygène sur le dos – le même équipement que dans le désert, à peine deux jours plus tôt. Je pliai bras et jambes et découvris que je n'étais plus attaché. Un vilain mal de crâne explosa derrière mes yeux au premier mouvement. Je portai prudemment la main à ma tête et découvris que mes blessures avaient été traitées – un medipack était collé sur mon front.

Suis-je tout seul ici ? Je paniquai soudain.

Mais je me rendis compte que ce n'était pas le cas. Deux colosses en armure étaient assis face à moi dans la cabine, figés. Un troisième occupait la place du pilote à l'avant. Eux aussi étaient sanglés dans leur siège, mais leur corps était bien trop grand pour eux. Ces choses n'étaient pas humaines – elles étaient au-delà de l'humain : c'étaient des simulants. Ils étaient beaux et monstrueux dans la même mesure. Peau d'albâtre, presque marbrée à force de clarté. Des êtres humains poussés au-delà de la perfection. Des imitations de leur opérateur – de Jenkins, Martinez et Kaminski. Deux mètres dix de haut, une musculature incompatible avec le corps humain. Parfaits pour un seul objectif, conçus pour la guerre.

Je les regardai s'éveiller à la vie. Durant toutes mes années d'opérateur de sim, je n'avais jamais vu de simulants au moment où le transfert s'effectue. Des voyants d'alimentation s'allumèrent à l'intérieur des visières blindées, éclairant les parodies humaines contenues dans les armures de combat. Leur équipement était vierge de toute décoration. Personne ne l'avait individualisé, personnalisé avec les insignes honorifiques et les grades.

Ce fut d'abord Jenkins, qui battit des bras comme l'activité de son véritable corps se transférait vers le simulant. Puis Kaminski, dont les yeux papillonnèrent sous l'effet de la transition. Enfin Martinez, secouant la tête dans son casque au réveil.

Je veux être comme eux. Je veux m'échapper de ce corps torturé.

« Identification ! » lançai-je par réflexe.

J'avais un communicateur personnel autour du cou et une oreillette. Chaque membre de la section répondit à l'appel, mais j'entendais d'autres voix en fond sonore.

« Transition confirmée. Nominale pour le caporal Jenkins.

— Confirmée pour le première classe Kaminski.

— Nominale pour le première classe Martinez. Transition réussie. »

Jenkins et Kaminski procédèrent à la même

inspection rituelle de leur personnage : taper des pieds, lever bras et jambes. Dans la cabine de pilotage, Martinez maîtrisait déjà le sien et étudiait les commandes du char. Kaminski ôta son casque, révélant une caricature de son vrai visage.

« Bordel, mais qu'est-ce qui se passe ? » demanda-t-il d'une voix qui tenait du bang supersonique adouci. Il scruta la cabine et écarquilla les yeux en me découvrant. « Qu'est-ce qui vous est arrivé ?

— Je survivrai, grommelai-je en réponse. On est dans un char des sables. Kellerman… Il veut qu'on aille activer l'Artefact.

— Hors de question ! » s'écria Jenkins. Elle suivit l'exemple de Kaminski et enleva son casque pour le jeter violemment contre la paroi. « Martinez, fais demi-tour et qu'on en finisse.

— Jenkins, du calme ! » la tançai-je.

Les haut-parleurs du véhicule carillonnèrent.

« Capitaine Harris, ici le professeur Kellerman. Je m'exprime sur le canal général de votre section à travers le char. » Sa voix était limpide ; je ne sais pas ce que ses gars avaient installé dans notre antenne, mais c'était assez performant pour filtrer le bruit environnant. « Je vous prie de garder le contrôle de votre équipe.

— Allez vous faire foutre, Kellerman ! » répliqua Jenkins en collant son visage à la caméra de Kaminski. Chaque combinaison en était équipée, la mienne y compris.

« Cette mission est enregistrée via l'équipement vidéo de vos combinaisons de combat, poursuivit le professeur. Nous recevons les données audio et vidéo en temps réel à la base. Tout m'est transmis par l'antenne de com du véhicule. Celui-ci est équipé de manière appropriée pour votre expédition. Vous trouverez vos armes dans les compartiments de stockage.

— Et qu'est-ce qui nous empêche de retourner à la base et de vous éliminer, votre équipe de sécurité et vous ? gronda Jenkins. Manifestement, vous n'avez jamais vu de quoi les sims sont capables.

— Capitaine Harris, veuillez rappeler à vos troupes que j'ai leur corps d'origine près de moi. Rien ne m'empêche de les exécuter. »

Le masque confiant de Jenkins se fissura. Elle me regarda puis fixa de nouveau la caméra, hésitant soudain sur la conduite à adopter. Je lui fis signe de s'asseoir.

« Comme je vous l'ai dit, votre survie dépend de celle de votre section, ajouta Kellerman. L'Artefact sera activé. Vous trouverez la clé dans le char. »

Une boîte de stockage sécurisée se trouvait sur le plancher de la cabine, celle-là même qu'on avait rapportée du vaisseau bribe. Sans y regarder, je sus que la clé était à l'intérieur.

« Merde ! » cria de nouveau Jenkins.

Sa colère était brûlante, explosive. La mienne avait refroidi. Kellerman me croyait sans doute abattu ; il devait se dire que ma situation déplorable augmentait les chances que je me plie à sa volonté. Il se trompait sur ce point : ma colère était souple, et j'allais m'en servir. Je jetai un regard noir à la boîte de stockage métallique et songeai à ce que la clé représentait : *les données astronomiques*. Je complotais déjà en réfléchissant aux limites des capacités de surveillance de mon bourreau.

« Transition réussie, marmonnai-je.

— Je préfère ça, fit la voix de Kellerman. Nous vous recevons cinq sur cinq. D'après votre signal, vous êtes en train de quitter le voisinage du poste avancé. Sachez que vous devriez avoir le champ libre sur les prochains kilomètres. Les conditions atmosphériques prévues sont optimales entre ici et l'entrée des tunnels. On dirait que les dieux vous sourient. »

Je suis donc sacrifiable, pensai-je.

Je coupai la connexion bidirectionnelle sur mon ordinateur-bracelet. Dans la cabine passagers, j'échangeai avec Jenkins et Kaminski un regard éloquent et sombre. Maintenant que la connexion audio avec Kellerman et le centre opérationnel était coupée, Jenkins s'adoucit. Une tristesse indicible passa sur ses traits simulés comme elle baissait les yeux vers moi. Ces corps n'étaient pas faits pour de telles émotions : c'étaient des instruments tranchants, des outils de guerre, rien d'autre.

« Ça va. Ce n'est qu'une mission de plus.

— Je suis vraiment désolée, Harris, dit-elle. Je le pense sincèrement. »

Je secouai la tête. « On s'en sortira. Il n'y aura plus de pertes. Je vous le promets. »

Kaminski poussa un profond soupir. « On fera notre possible, boss. On vous protégera.

— C'est exactement là-dessus que compte Kellerman. » Je déglutis involontairement. « On dirait qu'on n'a pas vraiment le choix. On ne peut pas regagner la base – il vous assassinerait dans vos cuves.

— Et si on fait ce qu'il veut et qu'on entre dans l'Artefact, alors… » Jenkins laissa sa phrase en suspens. Elle n'avait pas besoin d'ajouter *« vous êtes mort »*.

« On trouvera une solution. Je ne suis pas dans un simulant, mais je reste votre commandant. Je veux que vous gardiez tous les trois votre sang-froid. »

Jenkins et Kaminski acquiescèrent sans enthousiasme. Martinez se retourna dans la cabine de pilotage et en fit autant.

« Bon, qu'est-ce qu'on a sur ce char ? » lui demandai-je.

Martinez eut un sourire absent. « On dirait que les types de Kellerman ont bossé dur. Ce machin est un veau à conduire, mais il a du piquant. » Il tapa de la paume le plafond : « Il y a des tourelles sur le toit. Ils ont dû dépouiller quelques-uns des canons autonomes de la base. »

Kaminski désigna les hublots sur les flancs du véhicule. « Des volets à fente d'observation aussi. Ils ont ajouté du grillage très résistant sur les hublots. Ça ressemble plus à un transporteur blindé qu'à un char des sables. »

Est-ce que ça suffira ? Kellerman avait beau avoir fixé ses merdes sur le char, ça restait un véhicule civil. On était censé lui faire traverser un territoire occupé par les Krells. Mes troupes enjolivaient un peu, dans un effort pour que ma situation me semble moins désespérée.

« Va-t-on réellement faire ce qu'il demande ? » laissa tomber Martinez.

J'acquiesçai avec fermeté. On nous observait

toujours. « Ça va marcher, les gars. Contentons-nous d'amener le char à l'intérieur de l'Artefact, de l'activer et de ressortir. En attendant, on discute le moins possible. »

Je veux qu'il entende tout ce que j'ai dit. Et je veux qu'il y croie. Il me fallait juste du temps pour réfléchir à un plan. Déjà, les éléments commençaient à se mettre en place. J'allais veiller à ce que Kellerman paye pour tout ce qu'il avait fait ici.

Je croisai délibérément le regard de chacun de mes équipiers, et ils hochèrent la tête en retour : ils comprenaient très bien mes intentions. Je devais leur parler du vaisseau du Directoire, mais pas tant que Kellerman écoutait. J'allais me sortir de cette opération, mais pas de la façon dont il s'y attendait. Oui, c'est moi qui allais m'enfoncer dans les tunnels, mais il était déjà mort, même s'il ne le savait pas encore.

« On restera avec vous jusqu'au bout, dit Kaminski.

— On est des méchantes machines à tuer, ajouta Jenkins avec un sourire mauvais. Et les meilleurs putain de gardes du corps que vous trouverez jamais.

— Martinez, statut ? demandai-je.

— Les systèmes d'armement sont opérationnels. Pas de cible à suivre pour l'instant, répondit-il. On dirait que des cartes souterraines et de surface ont été chargées dans le système de navigation.

— Combien de temps avant qu'on atteigne l'entrée du réseau de grottes ?

— Quelques heures au plus. Je n'ai qu'à suivre l'itinéraire fourni par Kellerman.

— Balayages scanner constants, ordonnai-je. Armes parées et chargées pour usage immédiat. »

Le groupe émit des grognements attestant que les ordres étaient compris.

À travers les tourbillons de poussière, dans la vaine lumière des soleils d'Hélios, nous avancions vers les grottes souterraines.

Chapitre XXV

Point de non-retour

Une fois sortis de la région montagneuse autour de la base, on traversa sans mal les plaines stériles. La section était en état de vigilance constante, pourtant on ne rencontra aucune résistance krelle.

Je parcourais la cabine, observant les diagnostics du scanner et surveillant les balayages des biocapteurs. Le désert était nu. Notre unique compagnon restait le mugissement furieux du vent.

Ça et le chant de l'Artefact.

« Vous pensez que ce vent pourrait rendre fou ? demanda Kaminski.

— Seulement si tu le laisses faire. »

Il acquiesça de la tête. Il tenait son fusil M95 sur les genoux comme un petit enfant. Kellerman avait équipé le char d'un arsenal respectable : toutes les armes de classe sim récupérées à l'infirmerie. On s'était réparti les fusils, armes de poing et grenades. Je baissai les yeux vers mes mains et les sentis trembler dans mes gants. Les fusils à plasma étaient bien trop lourds pour que j'en porte un de façon prolongée, et j'avais donc choisi un pistolet PPG-13.

« Sauf qu'il ne s'arrête jamais, pas vrai ? reprit Kaminski. Imaginez rester ici pour toujours. Les gens de la base doivent en avoir ras le bol de ce bruit.

— C'est comme des hurlements, renchérit Jenkins. Des hurlements de femmes et d'enfants, peut-être de tous ceux qui sont morts ici. La voix de Blake s'est peut-être jointe au vent. »

Le visage de Kaminski se plissa, réprobateur.

« Aucune chance. Blake est dans un endroit chaud et humide. Comme il aimait ses femmes. »

Martinez hulula son adhésion à cette perspective.

« Je ne sais pas pourquoi je supporte ces conneries, lâcha Jenkins. Quand on rentrera au Cap, je demanderais bien mon transfert. »

C'était une boutade, mais je repensai aussitôt à la demande de transfert de Blake. *Et si sa démission avait été acceptée avant cette opération ?* Il serait en route vers les systèmes centraux, en train de faire des plans d'avenir. J'étouffai cette idée et préférai ne pas aborder le sujet avec la section.

« Alors vous avez enterré la hache de guerre, tous les deux ? demandai-je à Jenkins et Kaminski.

— Quelle hache ? répondit Kaminski. Je ne vois que des armes à feu, ici.

— Exactement, mon frère », acquiesça Jenkins. Ils entrechoquèrent leurs gants armés, provoquant comme un coup de tonnerre dans la cabine close.

« Content de le constater. »

Le vent reprit de plus belle et la conversation

s'arrêta. Je sentis un poids bizarre dans l'une des cartouchières à ma ceinture et l'ouvris.

Dedans se trouvait le pistolet de mon père, nettoyé et prêt à l'usage. Des chargeurs avaient été scotchés à la toile de ma combinaison.

Quelle délicate attention de la part de cet enfoiré…, songeai-je.

Kaminski passa à l'avant pour faire le point sur notre progression avec Martinez, et je les entendis discuter de l'itinéraire. Jenkins était assise en face de moi, immobile. Elle m'adressa un sourire fatigué, découvrant ses dents neuves.

« Pour ce que ça vaut, dit-elle d'une voix à peine audible par-dessus le vacarme du moteur, je sais que ce n'était pas votre faute. La mort de Blake, je veux dire.

— Merci, Jenkins.

— C'est juste qu'il était… vous savez… si jeune, dit-elle en butant sur les mots. J'ai eu un frère autrefois.

— J'ai le sentiment que tu n'as jamais envie de parler de ta famille. » En dehors d'une allusion occasionnelle entre deux opérations, Jenkins ne paraissait pas vouloir partager grand-chose de son passé avec moi ni personne de la section.

Elle haussa ses puissantes épaules en armure. « Rien à dire. Il est mort.

— Tu n'es pas obligée de m'en parler.

— C'est bon. Ça ne me dérange plus. Il n'était pas beaucoup plus vieux que Blake. Il se trouvait à San Angeles quand la bombe a explosé. Foutu Directoire. Je crois que j'ai toujours vu Michael – Blake – comme mon frère. »

Je mourais d'envie de lui parler de l'Interceptor du Directoire. J'aurais voulu lui expliquer que Kellerman était un traître, remuer sa haine sincère envers le Directoire. Mais ce n'était pas le moment, pas alors que le professeur pouvait nous écouter et nous observer. La caméra sur l'épaule de Jenkins me fixait sans ciller.

« Et qu'est-ce que ça fait de moi ? demandai-je en souriant.

— Un connard. Je vais voir Martinez. Si vous avez besoin de quelque chose, criez. »

Elle passa dans la cabine de pilotage et je la regardai partir. Elle se déplaçait sans effort, et je me sentis terriblement jaloux. Elle était faite pour la guerre ; j'étais un homme usé.

Derrière mes yeux, si loin sous mon crâne que j'avais l'impression que ç'avait toujours été là, je sentais encore le même tintement. Je secouai la tête et tentai de surmonter une vague de nausée.

L'Artefact m'appelait.

La lumière du jour finit par baisser. Les deux soleils brillaient encore haut dans le ciel, mais leur luminosité diminuait. J'observai le phénomène avec un mélange d'anxiété et de résignation. À chaque minute qui passait, le ciel s'assombrissait. La couverture nuageuse devenait de plus en plus dense. Martinez finit par devoir conduire en se fiant à sa vision infrarouge et aux scanners de la combinaison.

« Tout ira bien, *jefe*, dit-il pour me rassurer. Avec moi, vous êtes en sécurité. »

Je tâtonnais dans la cabine et je me crispais à

chaque pas. J'avais l'impression d'avoir de la fièvre. Peut-être une infection. Je tapotai ma blessure à la jambe. Je ne pouvais pas retirer la combinaison H pour y jeter un œil, mais elle me paraissait humide, même à travers le tissu protecteur.

Les haut-parleurs carillonnèrent.

« Ici le professeur Kellerman. Je suis navré de vous informer qu'un front orageux est en train de se développer juste au-delà de votre secteur. Nous sommes incapables de prévoir son évolution et ses déplacements. »

Cette fois, la section resta silencieuse. Il était inutile d'argumenter avec Kellerman, inutile de le contrarier davantage. Tout le monde comprenait qu'il valait mieux attendre.

Je soupirai, résigné. *Faut jouer le jeu.* « Nous procéderons comme prévu. Tenez-nous au courant de la progression de la tempête. Nous avons besoin de savoir si elle atteint l'Artefact ou si elle se dirige vers la base.

— Je n'y manquerai pas. Bon voyage. Professeur Kellerman, terminé.

— Harris, terminé. »

Comme je mettais fin à la communication, je vis que le ciel était noir. Des traînées rouge vif déchiraient l'horizon. Si parfaitement étrangères que la vue en devenait presque magnifique.

« Ça va être une putain de tempête », marmonna Kaminski.

Je ne l'aurais pas mieux dit moi-même. La soudaineté de son apparition paraissait surnaturelle, mais peut-être en allait-il ainsi sur Hélios.

« Vous croyez ce que Kellerman nous raconte ? demanda Jenkins. Parce que moi pas. Une tempête se lève dès qu'on s'écrase sur Hélios. Et voilà qu'une nouvelle tempête surgit alors qu'on se dirige vers l'Artefact. À mon avis, c'est plus qu'une coïncidence. »

Les cumulonimbus se tordaient et tourbillonnaient en réaction, bloquant toute la lumière.

« T'as peut-être pas tort.

— Objectif en vue », interrompit Martinez en levant la main.

Il alluma les phares du véhicule. Des rampes de projecteurs fixées au toit et à l'avant percèrent les bouffées de poussière et de sable pour éclairer un chemin devant nous : l'entrée des tunnels. Il y avait un gros rocher près de la grotte, peint d'une tête de mort colorée. Une flèche pointait vers le bas et les ténèbres. *Le point de non-retour*.

« Fais-nous entrer, Martinez. »

Le char changea doucement de vitesse et entama sa descente vers l'inconnu.

Chapitre XXVI

Rendez-vous de l'autre côté

Après la mort de mon père, on se retrouva entre les mains d'une tripotée d'oncles et tantes, Carrie et moi ; généralement bien intentionnés, souvent malavisés, jamais pour longtemps. Ma mère ayant disparu elle aussi, il ne restait plus personne pour prendre soin de nous. On ne bougea jamais loin – toujours dans Détroit-Métro, d'une tour à une autre.

C'est sans doute avec tante Ritha qu'on passa le plus de temps, ou bien mon souvenir d'elle reste le plus vif. Je n'ai jamais vraiment su comment on avait atterri entre ses mains, mais il est difficile de rompre un serment prononcé dans le dénuement, or Ritha avait promis à ma mère qu'elle veillerait sur nous si cela devenait nécessaire. C'était une matrone noire de plus d'un mètre quatre-vingts qui se tenait bizarrement voûtée du fait de sa taille. Elle portait un tablier – toujours le même, couvert de taches brunes et jaunes – et pourtant je ne l'avais jamais vue cuisiner. Ritha était arrivée d'Haïti dans la Métro, disait-elle, et son histoire compliquée d'immigration illégale aux

Amériques-Unies la rendait vaguement exotique et attirante pour les gangs locaux. Ça et le fait qu'elle était accro à la scolometh – un dérivé chimique de la scopolamine. Elle passait la majeure partie de ses journées sur le canapé de son minuscule T1, abrutie devant le visionneur 3D. De temps en temps, elle allait ouvrir la porte à tel ou tel dealer dans ses chaussons usés, puis elle retournait en traînant les pieds se caler dans le creux de son sofa tout aussi fatigué.

Cela dit, c'était une gentille femme. Pas une parente, à l'évidence – aucun de ces oncles et tantes ne l'était, à mon avis –, mais elle faisait de son mieux. Elle vendait un peu de drogue pour se faire de l'argent et s'assurait toujours qu'on ait des tickets de rationnement pour mettre à manger sur la table.

J'aimais bien Ritha.

Le problème, c'était son compagnon : un connard à face de rat nommé Leeroy.

Il était beaucoup plus frêle, né et élevé à Détroit, si pâle qu'il en devenait transparent. Rasé, le crâne comme une tapisserie de tatouages de gang, le nez droit. Comme pour Ritha, je ne me souviens de lui que dans une seule tenue : un marcel estampillé « Siffleurs de Détroit », à l'encolure si basse qu'elle découvrait quasiment ses pectoraux, et un pantalon de combat trop large volé à un soldat de l'Alliance en permission. Leeroy ne touchait jamais à la scolometh – et il en était assez fier –, mais sa drogue de prédilection était tout aussi facile à obtenir. Il buvait dès qu'il pouvait, tout ce qu'il trouvait.

Leeroy et moi n'avions pas la même vision des choses et, quand il buvait, nos divergences paraissaient grandir jusqu'à ouvrir un gouffre entre nous. Il détestait tout ce qui se rapportait à Carrie et moi. Il ne comprenait pas pourquoi Ritha devait s'occuper de nous. Pourquoi elle voulait le faire. Ritha n'était pas femme à chercher la dispute : elle le laissait palabrer et fulminer pendant que le reflet des images 3D jouait sur les verres épais de ses lunettes – des antiquités.

Les cris, bon, je pouvais supporter. Les cris ne faisaient pas mal.

Les coups, si.

Ils commencèrent à pleuvoir peu après notre arrivée chez Ritha.

Sans aucune raison, Leeroy trouvait un objet et me frappait avec. Son outil préféré était une batte de baseball qu'il gardait sous le lit à des fins de protection – tachée de sang datant de précédents usages ; les mots AMERICA'S FINEST se devinaient encore sur la poignée. Il visait en général les jambes ou le dos. Je me souviens surtout qu'au visage c'était douloureux.

En grandissant, je me mis à fuir l'appartement. Ritha ne s'intéressait guère à ce que faisait Leeroy, quand elle le remarquait, mais elle était parfois assez charitable pour me confier de petites corvées. Remettre de l'argent dans un immeuble voisin, apporter un paquet à un de ses dealers. Je me réjouissais de ces occasions de m'éloigner de l'atmosphère étouffante du minuscule appartement.

Leeroy me suivait souvent, et on jouait au chat et à la souris pendant une heure. Je devins assez fort à ce jeu, à la longue. Les meilleures planques se trouvaient dans les taudis abandonnés ou bombardés : ces coquilles vides noircies, traversées de couloirs étroits et sinueux, riches de cachettes. Je m'accroupissais au milieu des débris de l'ancien monde et tendais l'oreille pour repérer Leeroy qui me suivait.

« Sors de là, pauvre merde ! hurlait-il d'une voix étrangement aiguë, frémissant de rage. J'ai dit à Ritha de ne plus vous donner de tickets de rationnement, à toi et ta connasse de sœur. On a un budget limité, pauvre merde, et cet argent est à moi ! »

Je courais pour lui échapper. Et, comme je le disais, je finis par être doué pour me cacher. Je l'observais depuis des portiques de grue ou des cages d'escalier effondrées, cette maigre silhouette blanche qui rôdait dans les couloirs noircis. L'accélération de mon rythme cardiaque quand je plaçais mal mon pied : alors la fuite recommençait. Ses hurlements de protestation tandis que je décampais pour gagner une cachette plus sûre.

Il ne m'attrapa jamais. Je pense que, s'il avait réussi, hors de l'appartement, loin des yeux de Ritha, il m'aurait tué. Cette peur me poussait de l'avant, me rendait meilleur dès qu'il s'agissait de me planquer et de courir – le meilleur.

Je n'avais pas repensé à Ritha et Leeroy depuis longtemps. Je revisitais rarement cet épisode de mon histoire, non sans raison, mais là, dans les tunnels sous le désert, il me vint spontanément à l'esprit.

C'était exactement la même sensation : *pourchassé dans le noir par un être malfaisant, à travers des couloirs étroits et sinueux*.

Je regrettais seulement qu'aujourd'hui ce ne soit pas Leeroy à mes trousses plutôt que les Krells. Mais impossible de me débarrasser de cette impression d'être observé.

Le char descendait. Notre progression devint lente et difficile. En suivant les cartes théoriques de Kellerman, on se retrouva dans des culs-de-sac ou face à des chutes de pierres là où on aurait dû trouver la voie libre, et Martinez dut rebrousser chemin par deux fois.

« Ce gruyère est gigantesque, commenta-t-il alors qu'on avançait.

— J'essaye de deviner les mouvements possibles de l'ennemi à travers ce réseau, dit Kaminski. Il y a tellement de planques !

— Normalement, c'est la partie facile, répondis-je. Ces tunnels ont apparemment été explorés. »

Martinez engagea le véhicule dans un boyau plus étroit que la plupart de ceux qu'on avait déjà rencontrés. Une vaste caverne se révéla devant nous. Elle se perdait dans l'obscurité loin au-dessus de nos têtes. Le char avançait comme un chat, contournant des stalagmites hautes comme dix hommes. Plus loin, des stalactites plus grosses encore gouttaient. De l'eau coulait franchement de certains et formait peu à peu des flaques dans les recoins de la grotte en contrebas. De grands insectes voletaient au milieu des gouttes du fluide vital. Tandis qu'ils plongeaient pour boire aux flaques, une lueur vive les illuminait de l'intérieur.

« Il pleut là-haut, dis-je. L'eau a commencé à ruisseler dans les cavernes. Si l'orage a éclaté, alors les Krells sont libres en surface.

— Dans ce cas, c'est ici qu'ils devraient être », fit Jenkins d'un air pensif.

On resta tous assis en silence pendant quelques instants. Évidemment, elle avait raison. Les Krells aimaient l'eau, les environnements humides. Le désert était une abomination pour eux – ils n'occupaient le territoire autour de l'Artefact qu'à cause de la fascination qu'il exerçait sur eux. Le réseau de tunnels, sombre, humide et fétide sous la terre – voilà quel était leur habitat préféré.

Alors pourquoi ne les a-t-on pas encore vus ?

Je me frottai les yeux. J'étais fatigué de cette surveillance constante.

« À quelle profondeur sommes-nous ? »

Kaminski fit claquer sa langue, indécis. « Je ne saurais pas dire, mais il y a pas mal de roche au-dessus de nous. Les capteurs n'arrivent pas à la pénétrer. »

Les capteurs du véhicule projetaient un holo de notre environnement immédiat, que j'étudiai attentivement. Épaisse strate rocheuse. Elle devait être dense, probablement capable de bloquer les transmissions radio, ou du moins de les perturber gravement. Je n'avais pas besoin d'une analyse chimique pour me dire que c'était notre meilleure chance de rompre le contact avec Kellerman.

« Martinez, vérifie la qualité du signal qu'on envoie à la base. »

Il y eut une pause comme Martinez m'obéissait. « On émet toujours, mais le signal s'est dégradé. Pas certain qu'on pourra continuer quand on s'enfoncera davantage. »

Ça me convenait. Le moment était venu de mettre mon plan à exécution. Je ne connaissais pas les capacités de transmission exactes du char ni des caméras individuelles sur nos combinaisons, mais la tempête et les roches au-dessus de nous interféreraient avec les communications, de même que l'Artefact, plus on s'en rapprocherait.

Je me frottai ostensiblement le menton et me penchai sur le pupitre de commande. *Il faut que je lui joue ma grande scène*.

« On doit donc passer par là ? demandai-je en désignant l'itinéraire sur la carte holo. Si les Krells essayent de nous suivre jusqu'ici, ils vont sans doute emprunter le même point d'accès que nous. Arrête tout, Martinez. On va sceller ce tunnel. »

Le char se figea aussitôt.

« Mais vous aurez besoin d'une sortie », protesta Kaminski. Les contraintes de notre situation lui apparaissaient soudain. « Nous, on peut s'extraire des sims, mais, vous, vous serez pris au piège.

— Il faudra que je trouve une autre issue si ça se produit », dis-je en articulant de nouveau d'une voix claire. *Pour la galerie.* « Il nous reste peu de temps avant que les Krells repèrent notre position. Kaminski, Jenkins, harnachez-vous. Je veux que vous sortiez. »

Jenkins prit l'une des charges de démolition stockées dans la cabine passagers. « Je suis prête, boss. »

Kaminski, moins convaincu, me regardait en fronçant les sourcils, à deux doigts de refuser cet ordre pour mon bien. *Ne fiche pas tout en l'air, 'Ski – ne discute pas*.

« Exécution, Kaminski ! »

Comme je m'y attendais, le communicateur lâcha soudain une volée de parasites.

« Capitaine Harris, ici le professeur Kellerman.

J'espère bien que vous n'avez pas l'intention d'utiliser cette charge de démolition. Il s'agit d'un engin nucléaire !

— C'est exactement ce que nous allons faire. Si quelque chose veut nous suivre dans les souterrains avec la tempête qui se déchaîne, il arrivera par le même chemin que nous.

— Mon capitaine, il s'agit de la route principale vers l'Artefact ! Et si une expédition avait besoin d'emprunter le même chemin plus tard ?

— Eh bien, elle devra trouver une autre entrée. Il faut que nous scellions ce boyau. C'est notre meilleure chance de parvenir jusqu'à l'Artefact.

— Ne scellez pas les tunnels, Harris, intima Kellerman.

— Tâchez de comprendre : si les souterrains sont inondés, les Krells vont pulluler. Nous ne sommes que quatre. »

Kellerman ne répondit pas immédiatement, comme s'il réfléchissait à mon argument. Me croyait-il ? Que savait-il au juste de cet endroit et de la présence de Krells dans les parages ? Il avait déjà envoyé des expéditions dans ces ténèbres, mais rien de tel.

« Limitez les communications, Kellerman – chaque transmission que nous effectuons est susceptible d'attirer des Krells, ajoutai-je avant qu'il ait réagi. Kaminski, Jenkins, au boulot. »

Je coupai la connexion. Je déglutis et gardai les yeux fixés sur mes troupes, en priant pour qu'aucun des deux ne s'effondre après s'être pris une balle dans la tête au labo. Ils ne soupçonnaient pas ce que je projetais, ni le risque énorme que je prenais. Mais les secondes passèrent sans extraction. Mon plan était trop périlleux pour que je me sente soulagé pour autant – pas encore, du moins.

Jenkins ferma sa combinaison de combat et sangla une charge de démolition sur son dos. Elle glissa un pistolet dans un étui contre sa cuisse. Avec un plaisir évident, elle arma son fusil à plasma M95 et son lance-flammes. La veilleuse sur la gueule du lance-flammes s'alluma aussitôt.

« Martinez, je veux que les deux canons du véhicule soient prêts à faire feu. Coupe le moteur.

— À vos ordres, mon capitaine.

— Je m'occupe du sas, ajoutai-je. Balayages scanner constants pendant qu'ils sont dehors, tirs de couverture si besoin.

— On sait ce qu'on fait », répondit Kaminski. Jenkins et lui enfoncèrent leur casque, dissimulant leur visage derrière des visières réfléchissantes anonymes.

« Parés, déclara Jenkins.

— Faites-moi ça vite et bien », ordonnai-je.

J'ouvris le sas du char et me réjouis aussitôt de ne pas être celui qui devait sortir. La grotte était immense, sans doute large de plusieurs centaines de mètres, et je me sentais tout petit. Sans l'assistance des capteurs du véhicule, il y faisait aussi un noir d'encre. Mes oreilles me picotaient à cause du changement de conditions atmosphériques, et l'odeur de moisi et de mort qui emplit la cabine me prit à la gorge. Je saisis mon respirateur et inspirai de l'oxygène froid.

Je me remémorai aussitôt l'opération alliée sur Torus Seigel IV. C'était la dernière fois où j'avais combattu dans mon propre corps, alors que j'appartenais aux forces spéciales. Les conditions à l'époque étaient similaires : une nuit sans fin en surface, un réseau de tunnels sans limites sous la terre. Dix ans avaient passé. C'était une autre vie que je revisitais soudain.

Jenkins et Kaminski sautèrent du char. Ils activèrent leur torche d'épaule, projetant une lumière vive sur les verts et gris pâles de la grotte. Grâce à une alimentation en eau régulière en sous-sol, la faune et la flore étaient plus denses qu'en surface. Outre les insectoïdes étranges, des champignons colorés et bioluminescents polluaient les bassins creusés dans la roche. Des sortes de crustacés couverts d'épines couraient en tous sens. On entendait distinctement le *plic-ploc* de l'eau qui gouttait ainsi qu'un bouillonnement au loin.

C'est forcément là qu'ils devraient être. Et pourtant c'est désert.

Jenkins scanna les alentours avec son fusil, en quête de signes d'activité hostile. Le plafond était si haut qu'il était impossible de découvrir ce qui s'y trouvait.

« Retournez à l'intérieur, mon capitaine, dit-elle sur le com. Vaut mieux que vous surveilliez avec Martinez.

— Affirmatif. »

Elle avait raison. Je fis glisser la porte du sas et rejoignis Martinez à l'avant. Il était toujours penché sur le pupitre de commande, à guetter les données des scanners et des caméras extérieures. On formait un îlot de lumière dans le noir : les faisceaux des projecteurs du char se perdaient quelque part avant le mur de la grotte.

« Éteins les rampes. On est trop exposés ici. N'importe quoi pourrait nous observer.

— Okay, boss. »

Les lampes s'éteignirent. Dans leur combinaison, Kaminski et Jenkins jouissaient d'une perception sensorielle complète – la lumière ne servirait qu'à faire de nous une cible facile et vulnérable.

Je baissai les yeux vers le chrono. L'équipe était dehors depuis moins d'une minute, mais cela me paraissait une éternité. Le temps semblait s'étirer, devenir élastique.

Jenkins partit en courant dans la direction d'où le char était arrivé. Elle pointa son lance-flammes vers le tunnel. Kaminski, derrière elle, décrivait des arcs de cercle de droite à gauche avec son arme.

Mon pouls s'emballait. Mon plan était extrêmement risqué. Je devais couper les communications entre la base et ma section. Boucher le tunnel empêcherait les Krells de nous suivre sous terre mais perturberait également le signal qu'on envoyait à la base. Kellerman avait certes prévu la première conséquence, mais peut-être pas la deuxième. Il se pouvait qu'il réagisse en exécutant un de mes gars, pourtant j'avais le sentiment qu'il ne le ferait pas. Il ne montrait aucun scrupule à sacrifier nos vies, mais j'avais encore la clé. Éliminer un membre de l'équipe revenait à me priver d'un garde du corps et à réduire mes chances d'arriver jusqu'à l'Artefact.

Je mourais d'envie d'expliquer tout cela à la section. Les autres m'en voudraient-ils d'avoir fait ce pari ?

Peut-être, mais je ne pouvais pas en discuter avec eux : pour l'instant, on émettait toujours. C'était un risque que je devais prendre – que *nous* devions prendre.

« Branche-nous sur les caméras des combinaisons. »

Les flux vidéo directs de Jenkins et Kaminski apparurent sur le pupitre du char. Martinez manipula les commandes et activa la vision nocturne pour augmenter la qualité de l'image. C'était exactement ce que Kellerman voyait depuis la base.

« En approche de l'entrée du tunnel », annonça Kaminski sur le canal ouvert avec le véhicule.

Ils étaient à cinquante mètres de l'objectif. Jenkins fit signe à Kaminski de se lever, et elle couvrit encore quelques mètres en courant dans les flaques. L'écho de ses pas résonnait au loin, si fort que le bruit me fit tressaillir.

« C'est carrément flippant, ici, haleta-t-elle.

— Je détecte des mouvements possibles, fit Martinez. Mais c'est peut-être seulement de l'eau. Il y en a beaucoup qui coule par ce côté. *Mucho movimiento.* »

Jenkins atteignit l'entrée du tunnel et ôta la charge de son dos tout en tenant son lance-flammes d'une main. C'était une arme encombrante et peu commode, mais elle la maniait en experte. Kaminski arriva derrière elle et s'accroupit près de la paroi rocheuse. La situation était extrêmement tendue. Mes yeux ne cessaient de revenir aux écrans du char et aux profondes ténèbres qui nous entouraient.

« Le meilleur endroit pour boucher le tunnel se trouve à quelques mètres plus loin, déclara Jenkins. Si je règle les charges sur un délai de trois minutes, on peut se tirer avec le véhicule avant que ça ne saute. Vous êtes sûr que vous voulez que je le fasse ? »

J'eus un instant d'hésitation. Je ne savais rien de la viabilité structurelle des grottes et je doutais qu'aucune expédition précédente ait jamais effectué de test de démolition. Kellerman ne l'aurait pas permis.

« Vos ordres, boss ? me relança Jenkins.

— Vas-y – dix mètres à l'intérieur du tunnel, détonateur sur trois minutes », décidai-je.

Elle s'agenouilla pour préparer la charge. Kaminski lui fit signe d'avancer, fusil braqué pour la couvrir.

Une plainte aiguë s'éleva au loin. Comme un hurlement de banshee, assez fort pour être détecté par les récepteurs des combinaisons et relayé au véhicule.

« Attends ! » m'écriai-je.

Jenkins s'arrêta.

« Vous entendez ? Montez le volume de vos récepteurs audio externes. »

J'observai à travers la caméra de Kaminski : Jenkins plissait le front derrière sa visière.

« On dirait le bruit du vent, fit-elle. Il passe peut-être entre les rochers.

C'est l'Artefact. Pas dans ma tête, non, mais qui résonne dans les souterrains. Reprends-toi, bordel ! Ces gens comptent sur toi.

« N'y fais pas attention. Exécute l'ordre de démolition. » Mais cela confirmait une chose : aucun des autres n'entendait le signal comme moi.

Jenkins fixa la charge à la paroi du tunnel. La roche était glissante à cause de l'eau et des algues, et la charge se décrocha la première fois. Elle la fixa de nouveau. Le panneau d'affichage s'éclaira.

« C'est fait. La charge est en place.

— Je vois des échos tout autour de nous, intervint Martinez. Je n'aime pas ça du tout. Le scanner montre du mouvement, c'est certain.

— Revenez au véhicule, ordonnai-je. Tout de suite. »

Jenkins partit en courant.

Je fixai le scanner du regard. Il montrait une forte augmentation indéniable de présences hostiles. Des échos intermittents qui se déplaçaient rapidement tout autour de la grotte.

« On quitte le tunnel ! » souffla Kaminski. Il se retourna vers le char des sables – si éloigné sur son flux vidéo et que l'assistance visuelle de son casque rendait dans un vert vibrant.

Devant lui, la tête si proche qu'elle touchait presque sa visière, se dressait une énorme forme primaire krelle. Elle était en équilibre sur un rocher, ses pattes puissantes repliées sous elle, ses griffes acérées levées et prêtes à frapper. Peut-être l'image se figeat-elle une seconde, ou bien se tenait-elle réellement immobile, comme une sculpture extraterrestre malsaine. Sa gueule s'ouvrait en grand, révélant des rangées de dents, et elle hurla au visage de Kaminski, l'éclaboussant de salive – lui et la lentille de la caméra, si bien que ma vue en fut brouillée.

Je me visualisai là, dans l'étreinte mortelle de la forme primaire ; je reconnus aussitôt la pose du xéno et sus ce qu'il s'apprêtait à faire.

Je rugis : « Kaminski ! »

Mes réflexes étaient lents : humains.

Ceux de Kaminski améliorés, surhumains.

Il réagissait déjà. Son fusil était levé et tirait. Le Krell fut pris au dépourvu, et deux impulsions plasma le frappèrent au torse, juste sous la cage thoracique. Dans un vif éclat de lumière – assez violent pour aveugler momentanément la caméra –, le monstre partit à la renverse. Il battit violemment des pattes, arrosant les environs d'eau et de flore extraterrestre.

« En mouvement ! lança Kaminski. En mouvement !

— Ils sont autour de nous ! » ajouta Jenkins, qui le suivait.

La grotte s'emplit soudain des cris caractéristiques des formes primaires. Elles se laissaient tomber du plafond, compris-je, en se servant des stalactites pour guider leur descente.

« Suivi de cibles multiples », s'écria Martinez.

Quelque chose de lourd cogna sur le toit du char. Je saisis mon pistolet sans réfléchir et en ôtai la sécurité, tout en sachant qu'il ne me servirait à rien vu le rapport des forces.

« Prépare-toi à partir, Martinez, ordonnai-je. Moteur en marche. Dès qu'ils sont à bord, on se tire. Active les armes ! »

Les tourelles du char s'animèrent. Il y avait deux pièces d'artillerie sur le toit – des armes d'assaut à canons multiples et munitions pleines. Automatisés, ils sélectionnaient les meilleures cibles et ouvraient le feu. Ils étaient également équipés de caméras. J'observais tandis que chaque canon, la gueule chauffée à blanc, fauchait nos assaillants. D'autres tombaient de haut, plus ou moins blessés.

Le vacarme était phénoménal : les parois de

l'immense grotte répercutaient le fracas des armes et les cris des Krells qui descendaient sur nous. Écrasant, même à l'intérieur du véhicule.

Fébrile, je me tournai de nouveau vers le flux vidéo de Jenkins. Les événements se succédaient trop vite pour que je les suive, et je maudis une fois de plus mon corps si faible. Elle tirait de la hanche avec son lance-flammes. Kaminski, devant elle, transperçait des corps. Deux énormes xénos atterrirent près de lui dans une gerbe d'eau. Ils avancèrent. Réagissant à la vitesse de l'éclair, il arma une grenade et la lança.

Une fraction de seconde plus tard, elle explosa. Des fragments de cadavres et du sang alien douchèrent mes deux équipiers. Partout, les Krells en approche et la lueur des armes projetaient des ombres dentelées.

Dans cet instant d'illumination parfaite, je vis que le plafond de la grotte était tapissé de Krells. Il y en avait des centaines perchés là-haut. Et, tandis qu'ils se dirigeaient vers notre transporteur, d'autres émergeaient d'hibernation.

« Lance-flammes à gauche », réclama Kaminski.

Jenkins fit volte-face en chargeant son arme. Un jet de combustible chimique arrosa la zone et prit feu instantanément. Un autre groupe d'aliens descendit et brailla des ordres à ceux qui se trouvaient au-dessus. Avec une fascination morbide, je regardai Jenkins activer son lance-flammes sans relâche, et le feu blanc orangé se déverser sur les corps rassemblés.

Kaminski et Jenkins arrivèrent enfin au sas.

« Ouvrez ! » cria Jenkins en tapant de la main contre le cadre métallique.

Je me précipitai vers les commandes de la porte et

trébuchai sur ma jambe de plus en plus douloureuse. La grotte grondait des tirs d'armes à feu alentour. Je me forçai à avancer, attrapai la porte du sas et l'ouvris de toutes mes forces. Une nouvelle vague de puanteur m'atteignit, mais différente cette fois : l'odeur de chair extraterrestre rôtie, les effluves âcres de plastique brûlé sur les combinaisons endommagées. L'épaisse fumée du lance-flammes de Jenkins me piquait les yeux, et je m'étouffai en voulant respirer.

Jenkins se laissa tomber dans le véhicule. Elle était couverte de sang alien et continuait d'arroser de flammes la masse de xénos rassemblés devant le sas.

Les yeux larmoyants, j'observai le chaos qui régnait dehors. Quelque chose émergeait du napalm brûlant projeté par l'arme de Jenkins – une ombre en loques, encore embrasée. La bête était déjà morte, mais elle continuait sur son élan. Kaminski trébucha sur un autre cadavre…

J'imaginais ce qu'il voyait sur sa visière : tant de cibles repérées que sa visée automatique n'arrivait sans doute même plus à décider laquelle éliminer la première.

La xénoforme qui se consumait tituba, les pattes antérieures levées. On aurait cru un épouvantail de chair fondue par le combustible, noircie et desséchée. Kaminski ne la vit qu'à ce moment-là, avec sa gueule béante et ses bras terriblement dangereux terminés par des lames.

L'alien le surplombait, et il cessa de tirer. Une lame lui transperça le torse, passant à travers la combinaison de combat. Quatre couches d'alliage plastique-acier ablatif et renforcé. Comme dans du beurre. Une autre brisa le plastique de sa visière. Le corps simulé de Kaminski devint aussitôt flasque dans l'étreinte ferme de l'alien. Son fusil tomba bruyamment, piétiné par son énorme assaillant.

« Il est mort », fit Jenkins d'une voix monocorde.

Je reculai en vacillant, entre déni et horreur. Des réactions si humaines, des émotions si débilitantes ; elles m'étaient devenues étrangères depuis tant d'années, et elles revenaient à présent en force.

Pas de sim pour me planquer, ici. Je vais finir comme lui.

Sans plus de cérémonie, Kaminski était éliminé. Maintenant que sa liaison neurale était coupée, il allait s'éveiller à la base, sans doute en hurlant de douleur. Je ne connaissais que trop bien cette sensation. On n'avait pas le temps de le pleurer.

« Reculez ! » me cria Jenkins sans se retourner.

Je m'éloignai du sas, et elle lâcha encore un tapis de flammes. Le xéno et Kaminski y disparurent. Même ainsi, deux autres Krells bondirent de leur cachette et chargèrent à travers les flammes vers le véhicule. L'un s'accrocha à l'encadrement de la porte, griffes crissant contre le métal. Le second voulut se ruer dans le char. Je tentai de prendre mon pistolet.

Jenkins me repoussa plus loin et ferma violemment le sas en écartant les aliens. Les xénos se retrouvèrent dehors et se mirent à cogner contre le sas, frustrés.

« Go, go ! lança Jenkins à Martinez. La charge saute dans trente secondes ! »

Elle était pleinement renseignée sur la situation. Elle savait exactement, en temps réel, combien il restait avant que la charge ne détone.

Sur le toit, les tourelles tiraient en continu, ébranlant le véhicule. Deux ou trois xénos – peut-être davantage – s'y trouvaient aussi à présent. Le char tanguait violemment.

« Ils essayent de nous retourner. Sors-nous d'ici ! dis-je en attrapant une poignée en hauteur pour me stabiliser.

— Avec plaisir », répondit Martinez.

Le char bondit en rugissant. Les projecteurs inondèrent le secteur de lumière. Partout, en nombres invraisemblables, les aliens descendaient du plafond. Le scanner trillait en continu.

Je comptais les secondes dans ma tête, sans véritable régularité. Il y eut une explosion sourde derrière nous et un instant de doute : elle pouvait nous coincer dans la grotte avec ces monstres ou les décourager de nous poursuivre.

Il y eut un second grondement grave, qui résonna différemment. Le char balançait, indécis. Martinez luttait avec les commandes pour nous maintenir droits.

« Qu'est-ce qui se passe ? hurlai-je.

— On dirait qu'un pan du plafond s'effondre, dit-il en consultant une carte topographique 3D sur le pupitre. Ces tunnels ne vont pas résister… »

Quelque chose de massif heurta le flanc du véhicule. Les Krells ? Un rocher ? Je n'aurais pas su dire. Puis autre chose percuta le toit, qui se déforma sous l'impact.

Je tombai de côté comme le char faisait une embardée et me cognai la tête contre un casier. En chutant, j'aperçus l'écran. Il n'y avait plus de chemin, plus d'itinéraire visible. Rien qu'une avalanche de pierres, d'eau et de poussière.

Je fus de nouveau projeté sur le côté, mais cette fois Jenkins me rattrapa. Elle me tint serré contre sa grande carcasse en armure et se raccrocha à un casier pour rester debout.

On tombait sans fin.

« Tout va bien, me murmura-t-elle. Tout va bien se passer. »

S'il y avait des Krells dehors, ils étaient en train de se faire ensevelir comme nous. L'éboulement paraissait généralisé et produisait tant de bruit qu'on n'entendait plus rien d'autre. Je n'aurais même pas su dire si les tourelles tiraient encore. Tué par les Krells ou écrasé dans un éboulement, ça revenait au même pour moi – et, dans mon corps d'origine, ce serait vite arrivé.

Une fracture du crâne ou de la colonne vertébrale.

Je fermai les yeux.

Je me réveillai en sursaut et enregistrai ce qui m'entourait.

« Le ciel a connu une guerre il y a des siècles. Peut-être des millénaires. Il y a si longtemps que cela n'a plus d'importance. Il est malaisé d'exprimer le temps en mesures humaines alors que les étoiles brillent à jamais. »

La voix était si voilée de parasites qu'il était impossible de l'identifier.

Martinez avait ôté une bonne partie de son armure de combat. De la sueur fraîche luisait dans son dos. D'où j'étais assis – dans un siège passager –, j'entendais sa respiration haletante et irrégulière. Comme un chien sauvage qui se contrôle à peine.

Lorsqu'il parla, ce fut d'une voix rauque. « Comment savez-vous ça ? Que sont ces choses ? »

L'orateur, qui ne pouvait être que Kellerman, continua son monologue comme si personne n'avait posé de question.

« Les Krells et les Bribes sont tout ce qu'il reste de cette guerre. L'organique contre le mécanique. Ce conflit a déchiré la Galaxie, et ces deux espèces assez fortes pour survivre ont grappillé le peu de ressources restantes. Les Bribes ont la mémoire longue, même s'ils n'ont laissé qu'une épave et de la poussière.

— Est-ce pour ça qu'ils s'obstinent à rester ici ? demanda Martinez avec une insistance presque agressive. Répondez-moi, *padre* ! »

Kellerman se mit à rire. « Peut-être ce qui reste des Bribes n'est-il qu'une infime fraction du tout. Un fantôme de ce que l'espèce fut autrefois, si vous voulez. Les Krells ont l'air en bien meilleure forme. Ils ont dû gagner la guerre, je suppose. »

Martinez serra les poings et martela le pupitre de commande. Le véhicule tout entier tanguait à chaque coup. Je fronçai les sourcils et voulus me lever. J'étais coincé sous une poutrelle de soutien qui barrait mes jambes et ma poitrine.

Puis je me rendis compte que le plus grand désordre régnait à l'intérieur du véhicule. Du matériel brisé gisait sur le plancher. Des caisses endommagées, cabossées. Je luttai un peu plus pour me libérer.

... au fond de l'infirmerie, au milieu de capsules de

stockage brisées et de métal tordu, gisaient des parodies de mon corps...

Jenkins se trouvait en face de moi, dans une drôle de position : les jambes arquées en arrière, les bras écrasés sous son torse. Sa tête formait un angle anormal avec son corps, et ses cheveux couvraient son visage pâle. Du sang coulait en fils épais au coin de sa bouche. Sa poitrine était transpercée par un débris – une poutre qui émergeait de son dos.

... des longerons métalliques tordus au-dessus de moi. Noircis par la violence de l'explosion. Difficile de comprendre à quoi ils correspondaient : des pans de la structure de la fenêtre ou peut-être du plancher, puisqu'il s'agissait de tôle larmée ?...

J'appelai Martinez en criant. Le véhicule continuait de tanguer. Ma voix me paraissait étrangère, déformée par des parasites.

« Martinez ! Ramène-toi et éteins l'antenne ! »

... une voix résonna haut et clair, quelque part à l'extérieur de l'épave. « Un couvre-feu est en vigueur. Veuillez regagner votre domicile. Un couvre-feu est en vigueur. Des soldats de l'Alliance arrivent pour votre protection »...

Martinez bougea dans son siège et tourna son cou musculeux vers moi. Son visage était couvert de tatouages cunéiformes qui dégoulinaient de ses yeux comme le sang de la bouche de Jenkins.

« Martinez, éteins ce communicateur ! »

... « Quand tu es ici, tu ne penses qu'à retourner là-bas ! »...

Chapitre XXVII

Déjà morte

Je me réveillai en sursaut, hurlant le nom de Martinez. L'appel plaintif de l'Artefact effleurait encore mon cerveau et se retira à regret comme je reprenais conscience.

Le char avait atteint un sol ferme. Il continuait de progresser, mais très lentement. Un crissement régulier venait de quelque part sous la caisse – un frottement, métal contre métal.

Martinez mugissait – de frustration ou de joie. Mais la scène à l'intérieur du véhicule n'était pas conforme à ma vision : les cabines étaient intactes. J'étais serré contre Jenkins en armure. Elle m'écarta et m'observa lentement. Elle fixait sa visière, à mi-distance, et examinait mes signes biologiques sur son VTH. Son visage se peignait de projections holo à l'intérieur de son casque.

« J'ai… j'ai perdu conscience, balbutiai-je.

— Vous survivrez, déclara-t-elle. Pas de lésions internes. Rien de neuf, en tout cas. »

Je m'éloignai en titubant. « Et toi ? »

Elle sourit. « Je suis née déjà morte. »

Trois dards saillaient de sa cuisse gauche et libéraient déjà un vilain fluide noir. Ils avaient percé sa combinaison de combat pour polluer son sang des toxines de prédilection de ce collectif. Elle retira brutalement les dards de sa jambe. Elle avait dû être blessée dans la grotte, ce qui ne l'avait pas empêchée de continuer à se battre.

« Merci pour ton efficacité.

— De rien.

— Le char est foutu, annonça Martinez. La transmission transaxe est morte. » Le crissement se fit plus sonore, de mauvais augure. « Les cartes sont sommaires, mais on est assez loin sous terre à présent. Impossible de réparer dans ces conditions. » Le transporteur s'arrêta brusquement. Une pièce mécanique chuinta dehors – un système hydraulique ou peut-être la direction, peu importait. « Mais les Krells nous ont lâchés. Il n'y a plus rien sur le scanner. »

C'était l'instant de vérité. Je tendis l'oreille, à l'affût du carillon signalant un message com entrant. Puis je scrutai le visage de Martinez et de Jenkins. Si Kellerman les exécutait, ils s'effondreraient dans le véhicule, le lien neural entre le sim et son opérateur étant aussitôt rompu. Quelques secondes passèrent : rien. Jenkins me rendit mon regard, le front plissé, troublée par mon comportement.

« Tout va bien, Jenkins. J'ai un plan ou quelque chose qui s'en rapproche. Martinez, quel est le statut du mât de communication ? »

Il procéda à une vérification des systèmes du véhicule. « Hors service. Pas de contact avec la base.

L'antenne radio a aussi été endommagée pendant l'assaut.

— Bien. Et les relais des combinaisons ?

— Négatif également. Ils étaient programmés pour passer par l'antenne. Sans ça, ils ne peuvent pas émettre.

— On n'est donc plus en contact avec la base ?

— Autant que je sache. »

Jenkins croisa les bras sur la poitrine. Elle avait toutes les raisons de se méfier. « Qu'est-ce qui se passe, là ?

— Il fallait que je sois sûr que le contact était rompu. J'aurais voulu vous le dire plus tôt, mais j'ai des infos importantes. Kellerman et Deacon travaillent pour le Directoire. Et Kellerman a un vaisseau spatial. »

Jenkins écarquilla les yeux.

« C'est un Interceptor du Directoire. Haut de gamme, du matériel des services secrets.

— Le salaud ! » s'exclama Martinez en abattant le poing sur le siège vide du copilote.

Je lui fis signe de se calmer. « Doucement, Martinez. Il garde le vaisseau dans le labo. Il a l'air quasiment neuf et il emporte une réserve complète de missiles air-sol.

— Il est équipé d'une propulsion-Q ? demanda Jenkins.

— Oui. C'est Tyler qui me l'a montré.

— Elle sait le piloter ? Il est en état de marche ? poursuivit-elle. On peut s'en servir pour quitter ce caillou ?

— Affirmatif pour les trois.

— Oh, c'est bon, ça ! commenta Martinez.

— Il faut que vous accédiez à l'Interceptor.

— Et vous ? fit Jenkins. Les tunnels sont bloqués. On ne pourra pas vous suivre jusqu'ici.

— J'ai pris le risque, Jenkins. Il n'y avait pas d'autre moyen de couper les communications avec la base. Pour l'instant, Kellerman doit nous croire en chemin vers l'Artefact – il pense que j'exécute ses ordres. Tant qu'il en est persuadé, on est en sécurité, et Tyler et Kaminski aussi, j'espère.

»Je ne quitterai pas Hélios sans la clé. Dans le vaisseau bribe, Kellerman m'a montré une carte stellaire. J'ignore qui étaient les Bribes, mais ils connaissaient bien le Maelström. Ils avaient cartographié des points de saut-Q stables. Ils savaient éviter les tempêtes stellaires. La clé contient ces données astronomiques.

»On va quitter Hélios. Alors voici ce qu'on va faire. Tôt ou tard, vous devrez tous les deux vous extraire de votre sim. Ces tunnels grouilleront de Krells à mesure que la tempête se développera. Après l'extraction, prenez le dessus sur la sécurité, quittez la base et venez me chercher. »

Martinez partit d'un rire amer. « À vous entendre, ça paraît simple. Mais où est-ce qu'on va vous récupérer, boss ? Les tunnels se sont effondrés. Impossible qu'on se fraye un chemin dans les grottes à poil.

— Servez-vous de l'Interceptor. Récupérez-moi sur une hauteur, quelque part où vous me trouverez facilement. »

Ils s'entre-regardèrent. Ils avaient bien compris ce que je proposais et, à en croire leur mine, ils n'étaient pas très convaincus. Martinez enfonça quelques touches sur le pupitre de contrôle du char, et un hologramme à structure filaire apparut, baigné d'une pâle lumière verte.

« Je ne pense pas qu'il faille vous approcher d'une hauteur, boss, dit-il d'un air sombre. À mon avis, il faut même l'éviter à tout prix. »

L'holo pivota, montrant l'Artefact et ses environs. Si Kellerman avait raison quant au réseau de tunnels, celui-ci nous mènerait – me mènerait directement au pied de l'Artefact, sur une hauteur surplombant le désert.

Un désert qui grouille de Krells de tous les types imaginables…

Je hochai la tête. « Peut-être en d'autres circonstances, mais là c'est la couverture idéale. Les communications locales seront sûrement impossibles dans le secteur. J'aurai la clé, et vous pourrez utiliser l'Artefact comme balise de navigation. »

Je m'efforçais de présenter la chose sous un jour simple et facile, comme s'il s'agissait d'une opération de sauvetage ordinaire. Je taisais le fait que tout dépendait d'un ensemble démesuré de variables : se feraient-ils éliminer après extraction ? Réussiraient-ils à maîtriser les gardes de la base ? Seraient-ils capables de piloter l'Interceptor au beau milieu de la tempête, jusqu'au pied de l'Artefact ?

« À défaut d'arriver à me retrouver, récupérez la clé. Ramenez-la au Commandement et assurez-vous qu'on envoie une équipe de secours – pour Elena.

— Inutile. Vous allez vous en sortir », dit Jenkins. Elle refusait tout bonnement d'envisager une issue sans appel à cette opération.

Je secouai la tête. « Il ne s'agit plus tellement de moi, désormais.

— Et Kellerman ? intervint Martinez. Vous croyez réellement qu'il va vous laisser tout seul ici ? Il pourrait bien envoyer des troupes à vos trousses.

— Tant mieux : plus il y aura de monde à me chercher dans le désert, moins il en aura gardé sur la base pour vous surveiller au moment de l'extraction. Vous avez vu comme il lui reste peu de personnel. Une dizaine de gardes à peu près ? Je ne pense pas qu'il enverra quelqu'un. Il ne voudra pas risquer sa peau, et, pour autant qu'il sache, je suis en train de faire exactement ce qu'il m'a ordonné. Espérons que Kaminski s'est extrait sans problème.

— Je n'arrive pas à croire qu'on l'ait perdu, fit Jenkins, désabusée. Mais les Krells étaient tellement nombreux… »

Pas de débrief post-extraction, cette fois.

Martinez posa le poing sur son cœur, et son gant épais cogna contre son blindage de poitrine ablatif. « Que Christo veille sur lui. On fera la prière plus tard.

— Rendez-vous de l'autre côté, 'Ski », ajouta Jenkins.

Je n'aurais pas ce luxe, mais j'espérais qu'elle avait raison. *Maintenant que Kaminski est mort, je risque un peu plus de devoir me battre tout seul, dans ma propre carcasse*. Tous les opérateurs de simulants finissaient par nourrir la même crainte : être contraint de combattre dans leur corps naturel imparfait. Kaminski le faisait peut-être en ce moment dans la base. J'étais dans le même cas, mais au cœur des tunnels obscurs sous le désert d'Hélios.

« Alors, qu'est-ce qu'on fait maintenant ? demanda Jenkins.

— On continue. À quelle distance se trouve l'Artefact ? »

Martinez consulta les commandes du char. « Un kilomètre, je dirais. Mais ces souterrains… ils ne sont pas correctement cartographiés. »

La perspective de parcourir un kilomètre à travers les grottes m'angoissait. Si je ne m'effondrais pas, c'était parce que j'avais encore confiance en moi et aucune solution de rechange valable.

« Il n'y a pas d'autre moyen, expliquai-je à mon équipe. Si je reste dans les tunnels, les Krells viendront tôt ou tard. Au moins, si j'arrive à sortir, je serai en meilleure position pour une évacuation. Ne te méprends pas, Martinez. Je n'ai pas du tout envie d'y aller. Je sais qu'il n'y a aucune certitude à la surface. »

Ils restèrent silencieux un long moment. Je ne voyais tout simplement pas d'autre issue et, quoi qu'il advienne, je ne pouvais pas abandonner la clé. J'avais terriblement besoin des informations qu'elle contenait, je les désirais plus encore que la prochaine transition. N'importe quel risque, n'importe quel pari en valait la peine s'il y avait la moindre chance que je quitte Hélios en possession de ces données astronomiques.

« Vous êtes absolument certain de vouloir aller jusqu'au bout ? demanda Jenkins. On doit pouvoir faire autre chose…

— Non. Si ça marche, je peux m'enfuir avec la clé et les données astronomiques. Sinon, vous pouvez vous en sortir avec ces données. C'est tout ce qui compte à présent.

— D'accord, boss, fit Jenkins en hochant solennellement la tête. Comme vous voulez. »

Martinez soupira et acquiesça lui aussi.

« Alors, faites des réserves de munitions, repris-je. Rassemblez tout ce qu'on peut porter. On va faire le chemin à pied. La grotte ne restera pas bouchée éternellement. Il faut qu'on agisse vite. »

J'ouvris une caisse de munitions et sanglai des batteries de rechange pour le pistolet PPG-13 sur ma combinaison H. Les autres suivirent mon exemple. Jenkins cala sur son épaule les charges de démolition restantes et les batteries du lance-flammes. Martinez s'occupa des grenades.

Je vérifiai une dernière fois nos réserves, puis je me tournai vers mon équipe. Ils étaient survoltés – un curieux mélange d'impatience et de réticence.

Jenkins contrôla ma combinaison environnementale, s'assurant avec une attention toute maternelle que j'avais mes réservoirs d'eau et d'oxygène. J'étais trop fatigué pour protester. Je me mordis la lèvre lorsqu'elle tâta les jambes de la combi au niveau de ma blessure. Le seul contact de sa main à travers le tissu me valut une décharge de douleur. Puis elle inspecta les tuyaux de mon respirateur. Loin des particules de poussière en suspension dans le désert, l'atmosphère convenait mieux à nos poumons, mais le risque de toxicité atmosphérique demeurait à cause de l'arsenal que nous transportions. Son lance-flammes pouvait contaminer une grotte tout entière par les émanations liées à la combustion.

« Tout a l'air en ordre, dit-elle. Portez votre casque

pour plus de protection. Vous avez besoin d'autres antalgiques avant qu'on parte ?

— J'ai liquidé tout ce que Kellerman m'avait laissé », dis-je en désignant du pouce les casiers vides.

Il ne restait que la clé. Je saisis la boîte dans laquelle elle était rangée et j'ouvris les verrous d'une pichenette. Je la sortis et la retournai entre mes mains. Elle était anormalement lourde et froide. Je la glissai dans un étui à ma ceinture.

Martinez ouvrit le sas. Il passa le premier et je suivis ; Jenkins fermait la marche.

Le char était complètement fichu. La tôle était tordue et comme rongée, le blindage percé de gros trous trempés d'acide. Des dards étaient fichés dans le toit. Une épaisse fumée noire s'élevait des tourelles.

« Cette vieille carne va me manquer », commenta Martinez.

On progressa aussi vite que possible dans une succession de passages plus étroits. Toujours en file indienne, les armes couvrant chaque ombre, chaque crevasse. Il faisait complètement noir en dehors de l'éclat occasionnel d'un insecte extraterrestre courant sur le sol. Martinez et Jenkins étaient mes yeux : ils voyaient via l'équipement de détection de leur combinaison de combat et l'assistance d'une IA embarquée. Ils avaient été contraints de désactiver leur système de camouflage, sans quoi ils m'auraient été parfaitement invisibles. Ma combinaison H était munie d'une petite torche d'épaule faiblarde, juste sous la caméra, qui ne suffisait pas à éclairer à plus de deux pas devant moi. J'aurais rêvé d'un VTH et d'informations tactiques dignes de ce nom.

Je consultai l'horloge incrustée au bord de mon casque, accessible de l'intérieur de ma combi. Quatorze heures s'étaient écoulées depuis mon réveil dans le char des sables. En des circonstances différentes, ç'aurait été la chronologie normale de la mission. Là, j'avais l'impression que chaque seconde m'était accordée à crédit. Quelque chose me tordait les tripes – soit la peur, soit la faim. Je n'avais pas mangé depuis notre départ de la base. Je n'en avais pas ressenti l'envie, mais de toute façon Kellerman n'avait pas placé de rations dans le véhicule.

Tu n'as pas de plan, me murmura une voix à l'oreille. *Tu n'as rien. Abandonne tout de suite – à quoi bon continuer ?*

Je passais les rochers à quatre pattes alors que Martinez et Jenkins marchaient sans effort près de moi. Ils ne ressentaient pas la faim ni la fatigue.

« Le terrain s'élargit, déclara Martinez. Encore une grande grotte. »

J'augmentai l'amplification de mes capteurs audio et m'en servis pour estimer la taille des lieux en fonction du *plic-ploc* lointain de l'eau, de l'humidité qui tombait goutte à goutte du plafond. Je devais me fier à mes oreilles plutôt qu'à mes yeux.

Martinez leva la main – une forme floue devant moi. Il s'accroupit, prêt à bondir. Quelque chose avait changé : la sonorité du goutte-à-goutte était devenue plus dure.

« Boss, il faut que vous voyiez ça, murmura-t-il.

— Positions défensives. Jenkins, tu couvres notre retraite.

— Affirmatif, mon capitaine », répondit-elle. Sans ajouter : *« Pour ce que ça va servir. »*

J'avançai maladroitement jusqu'à Martinez. Il recula à ma rencontre et me guida par le coude. J'avais envie de le repousser, de protester que je n'étais pas infirme, mais un coup d'œil dans les ténèbres me fit y réfléchir à deux fois.

Je deviens Kellerman. On est brisés tous les deux.

Je ricanai pour moi-même. Sur la base, il m'avait prévenu que lui et moi avions plus de points communs que je ne le croyais. Je réagissais exactement comme il l'aurait fait.

« Lâche-moi, Martinez. Je vais y arriver.

— D'accord. Je vais nous donner un peu de lumière. »

Il prit des fusées éclairantes dans les sangles de son armure, les activa une à une et les lança dans la grotte. Elles crépitaient vivement, en rouge et vert, illuminant une large zone d'une lueur intermittente multicolore. C'était une expérience assez déstabilisante : je voyais soudain de nouveau, pourtant la grotte était si vaste que je n'en apercevais pas le fond. Je clignai des yeux sous la luminosité.

« Merci, Martinez. Que suis-je censé voir ?

— Là-bas », dit-il en pointant le doigt.

Je scrutai le décor, à une centaine de mètres de nous. Le sol était jonché de chars des sables ravagés. Ils différaient du transporteur que nous venions d'abandonner : il s'agissait de modèles civils non modifiés – désormais des épaves carbonisées.

« J'ai effectué un bioscan, annonça Martinez. Rien.

— Ce doit être les pionniers de Kellerman, dis-je pour moi-même. En formation autour du char le plus proche : je veux l'inspecter.

— Pourquoi ? s'étonna Martinez. Cet endroit est mauvais. Imprégné d'*espíritu malign*. Il faut continuer pour profiter de notre avance. Les Krells doivent être à nos trousses…

— Tu remets en cause mes ordres, Martinez ? » Soudain, pour une raison obscure, il était capital que j'examine ce char.

Martinez haussa ses larges épaules.

Les deux me suivirent jusqu'au véhicule. Il était largement noirci, sans doute par des tirs de hurleur. À la différence de bon nombre des autres chars, celui-ci au moins était encore sur ses roues.

« Ça m'a l'air mort, fit Martinez. Ils ont dû prendre un chemin plus long pour descendre ici. »

Ils cartographiaient les tunnels, exactement comme l'a expliqué Tyler.

Un bruit – un grattement, comme un animal qui cherche à se dégager – monta de l'intérieur du véhicule. Le sas d'entrée avait été scellé par le feu, mais le bruit était assez fort pour qu'on l'entende de l'extérieur. Je grimpai vers le char, par-dessus des rochers, à travers des flaques d'eau fétide. Les fusées brûlaient encore d'un éclat vif et projetaient des ombres dansantes sur la carcasse fracassée.

« J'entre.

— Négatif, boss, protesta Jenkins. Laissez-moi passer la première. »

Il fallait que je pénètre dans ce véhicule, même si je

ne savais pas pourquoi. J'ouvris le sas sans grande difficulté, et le cadre métallique céda en grinçant. Il était à peine nécessaire de passer par là : le blindage extérieur était percé de trous assez gros pour me permettre de m'y introduire, et tous les hublots avaient éclaté.

« Au moins, laissez-moi entrer avec vous », insista Jenkins en me suivant. Elle alluma les torches de sa combinaison pour inspecter l'intérieur. « Christo... »

La scène était effroyable et pourtant étrangement apaisante.

La mort nous rattrape tous, murmura une voix à mon oreille. *Même ceux qui cherchent à la tromper.*

Il y avait six cadavres dans le compartiment passagers, harnachés pour l'éternité. Ils portaient des combinaisons adaptées aux environnements hostiles, comme la mienne, et des casques couvraient leur visage. Ils n'avaient pas été figés en pleine fuite, dans un effort désespéré pour quitter le char, mais dans une attitude inexplicablement sereine. Comme s'ils savaient ce qui allait advenir quand leur véhicule s'était enflammé et qu'ils avaient accueilli la mort sans lutter.

« Ils sont canés depuis longtemps, commenta Jenkins.

— Le char a brûlé. La fumée a dû les suffoquer...

— *Tu me manques.* »

Je me tournai vers Jenkins, même si ça ne ressemblait pas à sa voix. Elle s'était arc-boutée dans le sas, réticente à entrer complètement. Elle faisait la grimace derrière sa visière.

« Tu as dit quelque chose ?

— Non, répondit-elle en secouant la tête. Vous entendez des voix, boss. »

Je posai mon pistolet sur les cuisses du cadavre le plus proche. Il était bien droit, enfoncé dans son siège, calme, comme au repos plutôt que mort. Ses mains gantées reposaient sur ses genoux. Son casque s'était voilé pendant l'incendie, et sa combinaison H blanc cassé avait viré au noir sale cendré.

« Ils se sont sanglés alors qu'ils savaient qu'ils allaient y rester.

— Ça craint, insista Jenkins. On devrait sortir. »

Pile à ce moment-là, ses torches révélèrent un message griffonné sur la paroi de la cabine. Je lui fis signe de continuer à l'éclairer.

Juste quatre mots.

Quatre mots familiers.

NE M'OUBLIE PAS.

Je déglutis et reculai.

Est-ce que je deviens fou ? C'est impossible.

« Est-ce que tu vois ça ? » demandai-je à Jenkins. C'était elle ma pierre de touche, ma garantie contre la folie.

« Affirmatif. Ça ne signifie rien pour moi. »

Non, bien sûr, mais ça voulait dire quelque chose pour moi. Quelque chose que Kellerman ignorait. *C'est impossible*, me répétai-je.

« Quelqu'un l'a écrit avant de mourir, dis-je à Jenkins.

— On dirait bien. » Elle observait, impassible, indifférente. « Il vaudrait vraiment mieux qu'on reste en mouvement – les Krells pourraient débarquer à tout instant… »

Mais je ne pouvais pas l'écouter. Il y avait là quelque chose d'extraordinaire. Forcément. Personne ne connaissait ces mots, personne à part Elena. Je devais examiner le char, quoi qu'en pensent Martinez et Jenkins. Avec une résolution irrationnelle, je tendis la main et soulevai le casque du cadavre le plus proche.

Elena me regardait. De grands yeux morts. La bouche ouverte sur un cri. Elle était morte depuis des années. Le visage tordu, ratatiné ; carbonisé – jusqu'à l'os noirci par la température extrême. Les cheveux plaqués sur le crâne.

Putain, non ! Pitié, ne me dites pas qu'elle est morte comme ça ! Elle n'est jamais allée sur Hélios…

Je frémis et reculai.

Ce n'était pas le visage d'Elena. Je frottai la combinaison à hauteur de la poitrine, en quête d'un moyen d'identifier le corps. Un nom était imprimé sur un badge cousu : S. TYLER.

« La sœur de Tyler. Elle est donc arrivée jusqu'ici. »

Avec une détermination inexplicable, j'arrachai le badge. Jenkins m'observait avec une grimace crispée, mais je l'ignorai. Je fourrai le bout de tissu dans un autre sac à ma ceinture.

Tu deviendras fou comme Sara et ses collègues. Ce n'est qu'une question de temps.

« Boss, on devrait y aller, implora Jenkins.

— Ça ne lui a servi à rien, dis-je en balayant la cabine une dernière fois du regard. Il faut qu'on retire le corps, qu'on fasse quelque chose pour consacrer son décès. »

Mais il n'y avait rien à faire dans ces circonstances. *Je reviendrai*, me dis-je, *et je veillerai à ce qu'elle ait des obsèques. Elle mérite un enterrement digne de ce nom.* Alors même que cette pensée se formait, je sus que cela n'arriverait pas.

« Pas le temps. Il faut qu'on bouge.

— Magnez-vous là-dedans, lança Martinez sur le com. Je capte des échos fantômes sur le scanner. »

Sa voix me ramena brutalement à la réalité. On était en territoire hostile, entourés d'ennemis en puissance. Jenkins et lui avaient raison : il fallait rester en mouvement. Je me conduisais de manière irrationnelle sans pouvoir le justifier.

« Affirmatif, on se retire », dis-je enfin en faisant signe à Jenkins. Elle parut soulagée à cet ordre. « On repart. »

On sortit du char. Jenkins en sauta la première et ses bottes projetèrent des nuages de poussière. Elle balaya du regard les formations rocheuses proches et les arrangements naturels du terrain, à l'affût de cibles, ponctuant son mouvement de petits coups de menton. Quand elle fut certaine que la voie était libre, je descendis maladroitement du transport et la suivis. Martinez s'était déployé à distance du véhicule. Il avait lancé de nouvelles fusées, créant un vaste périmètre éclairé autour des transporteurs ravagés.

« Saint Christo », marmonnai-je.

Il y avait des cadavres comme ceux du char partout. Beaucoup gisaient face contre terre, et tous fuyaient quelque chose en rampant. Dans la même direction, remarquai-je : celle d'où nous arrivions.

« Les combis viennent de la base », dit Martinez en s'accroupissant pour examiner l'un des corps.

Toutes les combinaisons H portaient des badges d'équipage et de poste en provenance de la base. Il y en avait des centaines, mais ils n'avaient pas l'air d'avoir tous péri en même temps. Certains cadavres étaient très anciens, friables, alors que d'autres, quoique vieux, demeuraient plus récents.

« Ça continue comme ça sur une certaine distance, expliqua Martinez en désignant l'obscurité au-delà des fusées éclairantes. Ils ont dû opposer une belle résistance. Ils fuyaient probablement quelque chose.

— Mais ils n'avaient aucune chance. Regarde leurs blessures. »

Les causes de décès étaient multiples. Certains corps avaient été taillés en pièces par les armes krelles – criblés de dards, gonflés par l'exposition à des biotoxines et aux tirs de hurleur, carbonisés par les lance-flammes extraterrestres. Jenkins poussa du bout du doigt l'un des cadavres les plus desséchés : tissu et os s'effritèrent à son contact.

« Essentiellement des armes krelles, mais certains ont succombé à une technologie standard », dit-elle en se redressant de toute sa hauteur. Son visage était pâle. « Les blessures d'entrée évoquent des tirs de carabine ou de pistolet.

— Ils se sont tiré dessus. » Au milieu de l'enchevêtrement de corps, il y avait même des armes humaines : du matériel civil comme ce qu'on avait vu sur la base. « Soit ils sont devenus fous, soit ils ont décidé qu'il valait mieux mourir ici plutôt que continuer. »

Martinez se signa. Un geste insolite en combinaison de combat. *« La misericordia de Dios.* »

Puis j'aperçus autre chose. Je grattai le sol avec mon gant, écartant des siècles de poussière et de petits débris. Il était lisse, usiné. Même dans la lumière changeante des fusées, je voyais bien qu'il s'agissait d'un alliage métallique sombre.

« Ces grottes ne sont pas naturelles.

— C'est encore pire plus loin, déclara Martinez en pointant du doigt l'obscurité. Pas de roche du tout. »

Je le rejoignis en traversant le champ de cadavres. Je veillais à ne pas toucher leurs bras tendus, à ne pas regarder leurs visages terrifiés.

Il avait raison. Les tunnels se resserraient franchement, et les parois creusées dans le roc faisaient place au même métal.

« Quelque chose a creusé ces tunnels, murmurai-je en examinant prudemment notre chemin à travers la grotte.

— Quels sont vos ordres ? » demanda Martinez. Il était juste devant Jenkins et moi, baigné de la clarté tremblante des fusées : rouge d'un côté, vert de l'autre. « Je ne le dirai qu'une fois : je pense que vous devriez revenir en arrière, *compadre*. On prend le vaisseau, on vole jusqu'à l'Artefact, et vous pouvez attendre tranquillement ici – voire retourner au char…

— On continue dans les tunnels, le coupai-je. On ne peut rien faire d'autre. »

Il y avait du danger là-bas, dans le noir, je le savais. Je savais aussi que la proposition de Martinez tenait debout. Mais *quelque chose* me poussait à avancer – quelque chose d'indescriptible, qui dépassait la terminologie humaine.

« En avant. »

Chapitre XXVIII

En paix

Chrono mission : quinze heures.

Les tunnels devinrent plus étroits. Il aurait été impossible d'y faire passer un char des sables. *L'Artefact est une dent gâtée. Sous la gencive, les immenses racines sont infectées.* Nous nous trouvions dans ces racines, quelque part sous la structure gâtée.

J'avais l'impression que ma tête allait exploser et je devais me concentrer sur ce que Jenkins et Martinez me disaient, sinon mon esprit tombait sous l'emprise du signal de l'Artefact. Le caractère irréalisable de mon plan – le projet d'arriver jusqu'à l'Artefact – m'apparut pendant qu'on marchait.

On ne peut pas abandonner. On reste calme.

Tant de cadavres. Pas assez pour expliquer les deux mille disparus de la base, mais suffisamment pour prouver que ces tunnels avaient été témoins d'un véritable massacre. On ne s'arrêtait même plus pour les examiner.

« Je déteste cet endroit, murmurai-je. Il m'a tant offert et il a tout repris.

— Que voulez-vous dire ? » demanda Jenkins en balayant nos arrières de son fusil.

Quand elle se détourna de moi, je paniquai d'un seul coup et cherchai désespérément Martinez du regard pour vérifier qu'il était toujours là.

« Elena. Il m'a offert Elena.

— Ne vous inquiétez pas de ça pour l'instant », répondit Jenkins. Sa voix trahissait de la compassion. Cela me mit en colère – pas précisément contre elle, mais contre Kellerman et tout le foutu cosmos. J'étais vidé à force de colère.

« Il y a longtemps, j'ai essayé de la suivre », continuai-je. Il était plus facile de réciter mes exploits passés, de me remémorer ce qui venait avant que de penser à ce qui allait se produire ensuite. « Le Commandement n'a pas autorisé la mission. Trop cher. Trop risqué. Impossible sans données astronomiques. »

J'avais envie de poursuivre la discussion. La voix de Jenkins dans le noir, c'était du réconfort, du réel au milieu de ce cauchemar.

« C'est là que j'ai commis une erreur. J'ai laissé partir Elena. J'aurais dû essayer de l'en empêcher, j'aurais dû lui dire que je l'aimais.

— On doit tous faire des choix, répondit Jenkins. Mais ce ne sont pas les bons choix ni les faciles qui nous définissent. Ce sont les mauvais, les décisions difficiles.

— Le recul, quelle chose merveilleuse.

— Sans doute. Parfois, une mauvaise décision n'apparaît comme telle que lorsqu'il est trop tard. »

Aujourd'hui, je payais cette décision, ce choix. Elena était partie dans les étoiles froides et voraces.

Je l'avais laissée s'en aller. Elle avait connu la solitude, le désespoir, retranchée de l'espèce humaine. Et maintenant c'était mon tour.

« C'est ironique, remarquai-je : Elena a toujours voulu que je mène une vraie vie, que je profite de la réalité non simulée. Il y a toutes ces années, j'en étais incapable. »

Elle se reprochait sûrement de m'avoir injecté dans le programme SimOps. Elle avait peut-être le sentiment que c'était son mauvais choix. Elle se trompait à ce propos : elle m'avait certes recruté, mais c'est moi qui étais devenu accro. Je retournais sans cesse dans l'espace pour la seule raison que j'en avais soif.

L'impatience de la transition.

La fébrilité de s'incarner dans un nouveau simulant.

Le plaisir de faire ce dont aucun être humain naturel n'était capable.

Et, oui, même l'horreur de l'extraction. Même la douleur de mourir à répétition avait fini par devenir ma drogue.

« Elena savait que rien de cela n'était réel, dis-je en secouant la tête. Elle a essayé de me mettre en garde contre les risques d'addiction. Elle a tenté de me prévenir que je perdais contact avec la réalité, que je la perdais, elle.

— Rappelez-vous juste qui vous êtes, Harris. *Lazare*. Vous revenez toujours. On va tous se sortir de ce merdier. »

Elle n'en avait pas du tout l'air convaincue.

Les tunnels devinrent plissés, gravés d'antiques symboles cunéiformes. Des pupitres d'obsidienne s'alignaient le long des parois. J'approchai de l'un d'eux, et les commandes se mirent à briller d'une lueur verte en réaction. Martinez et Jenkins voulurent en faire autant, mais ils n'obtinrent pas le même résultat.

J'avais plus mal à la tête que jamais auparavant. Même la mort par le vide avait été moins pénible que cette sensation. Ce que Kellerman m'avait donné pour surmonter la douleur du passage à tabac subi sur la base ne faisait plus du tout effet. Je connaissais les affres d'une descente chimique. J'avançais en claudiquant. Mes connecteurs me brûlaient. Je n'avais jamais ressenti ce genre de douleur dans un simulant, encore moins dans ma propre carcasse.

Une alerte se mit à clignoter en rouge sur l'afficheur de mon ordinateur-bracelet. Je le fixai un long moment. SUIVI PAR TRANSPONDEUR ACTIF. *Je suis donc toujours entre les griffes de Kellerman, même à présent.*

Je m'abstins d'en informer mes compagnons.

Le bioscanner de Martinez émettait un avertissement régulier : il y avait des présences hostiles dans le noir.

Il faisait ce bruit depuis des heures.

Les Krells nous suivaient.

Chrono mission : vingt heures.

« On commence à monter », dis-je aux autres.

Martinez et Jenkins le confirmèrent d'un signe de tête. La pente était quasi imperceptible, mais le tunnel s'enroulait et nous ramenait vers la surface.

Au site de l'infection.

« À votre avis, quelle distance nous reste-t-il à

couvrir ? » demandai-je. Articuler exigeait un effort démesuré.

« Peut-être quelques centaines de mètres, fit Martinez. Mais c'est difficile à dire... »

Soudain, son bioscanner se mit à triller avec insistance. J'imaginais ce que lui montraient ses capteurs : une masse d'hostiles en approche rapide, convergeant vers notre position. Une tache informe, indistincte, impossible à quantifier. Derrière moi, Jenkins tomba sur un genou, le fusil braqué. J'empoignai mon pistolet à plasma.

Dans le noir, Martinez fit volte-face, le fusil levé, en quête de cibles. Je sentis un picotement de trouille dans mon dos : les Krells étaient là, même si on ne les voyait pas encore.

« Couvrez toutes les approches ! hurlai-je d'une voix qui résonna dans le tunnel. Surveillez l'arrière !

— Conta... », commença Martinez.

Quelque chose d'énorme descendit du plafond dans un crissement de griffes sur le métal. La forme primaire venait d'un conduit au-dessus de Martinez, et elle était restée cachée jusqu'au moment de son choix. Elle enfonça ses antérieurs dans la poitrine de mon équipier. Les deux lames percèrent sa combinaison de combat et le soulevèrent de terre. Tout arriva très vite, trop pour que mes sens ordinaires l'assimilent, sans parler de réagir. Le xéno tomba du conduit et heurta le sol à grand bruit.

« Aidez-moi ! gueula Martinez.

— Jenkins ! Il a eu Martinez ! »

Je suis le suivant...

Je me mis à tirer. Sans assistance, en rage. Les

impulsions plasma crevèrent la carapace du xéno. Le monstre hurla et tenta de se rattraper sur le sol lisse, les pattes toujours plantées dans Martinez, que des spasmes secouaient. Elle n'allait pas le lâcher quoi que je fasse.

Jenkins unit aussitôt son feu au mien. Il fallut deux salves de son M95 pour neutraliser la chose : une au corps, une à la tête. Des tripes et de la cervelle coulaient des plaies cautérisées, et les deux cadavres s'écroulèrent.

Martinez était mort. Prostré, de profondes blessures tordant ses organes internes. Sa visière brisée. Aucune chance qu'il récupère : extraction terminée.

« Bon voyage, *compadre* », murmurai-je.

J'espérais quand même qu'il avait réussi son extraction là-bas, sur la base. Comme pour Kaminski, il était impossible de deviner si elle augmentait ou réduisait la probabilité de sa mort réelle.

« Oh, merde ! » hurlai-je.

Un xéno sortait du conduit. Je reculai en titubant, m'éloignant de l'assaillant. Il atterrit sur ses pieds et s'élança aussitôt vers Jenkins.

Puis deux autres glissèrent du plafond. Dans le tunnel d'où nous venions, j'entraperçus des formes humides dans le noir. Des dards et des tirs d'énergie de hurleurs cognèrent violemment les parois et le sol métalliques.

« À terre ! » cria Jenkins. Derrière sa visière, elle était la détermination incarnée : les dents serrées, les yeux écarquillés.

Elle arma le lance-grenades de son fusil. Je baissai la tête et me couvris la figure. Je plaquai même mes mains sur mes oreilles – pourtant je portais un casque et cela ne servirait à rien.

Une grenade incendiaire fila dans le couloir. Elle explosa presque aussitôt – lumineuse comme une étoile, éparpillant des morceaux d'aliens. Ce n'était pas assez pour Jenkins. Elle arma de nouveau le fusil et tira une nouvelle grenade. Qui explosa à son tour. Le vacarme était terrible, amplifié par les parois et le sol métalliques.

Putain ! Putain ! C'est pour de vrai !

Je tremblais dans ma combinaison. Même en me reposant sur la réserve d'air du respirateur, l'odeur de la sueur et de la peur me prenait à la gorge.

« On continue dans le couloir, aboya Jenkins. Tout de suite ! Restez derrière moi. »

Je m'abritai derrière elle. Je n'étais pas en situation de protester. C'est elle qui avait l'autorité, à présent. Elle tira et tira encore. Malgré son agilité et sa force immenses, elle passait d'une position à la suivante avec la plus grande prudence.

Ils continuaient d'arriver, de plus en plus nombreux. Toujours depuis les conduits du plafond et de couloirs secondaires sans usage apparent. Chaque ombre en accouchait.

Une xénoforme primaire se jeta sur Jenkins.

Boule de dents, de griffes, de serres et de muscle.

Puis boule enflammée de tissus morts.

J'avançais à croupetons. Je tirais quand je pouvais, les deux mains sur la crosse de mon pistolet. La douleur dans ma tête était accablante, le chant de l'Artefact si clair qu'il me paralysait.

« Restez avec moi, Harris ! » appela Jenkins. Elle

avait perdu son casque, arraché et rejeté dans la masse d'aliens qui nous envahissaient.

Le tunnel se rétrécit encore. Les parois étaient couvertes d'écriture dont les caractères coulaient comme de la cire fondue sur le métal, gouttant et ruisselant. J'effleurai une paroi de la main, et des icônes s'éclairèrent soudain.

Mais il y avait aussi de la lumière au bout du tunnel, remarquai-je. Au début, je ne la vis que dans les derniers reflets de la gueule du fusil de Jenkins, qui rougeoyait encore de l'affrontement.

Elle tomba de nouveau sur un genou et lança une autre grenade. Le couloir trembla violemment. Je me tournai dans la direction d'où nous venions.

Je n'osais pas imaginer combien de Krells s'entassaient là-bas. Hurlant et griffant, impatients d'éventrer Jenkins, de l'éviscérer.

Et, une fois qu'elle sera morte, ce sera mon tour.

Des dards passèrent au-dessus de nos têtes, percutèrent les parois et y laissèrent des souvenirs plantés.

Jenkins en prit un de plein fouet dans la poitrine. Il transperça net son armure de combat.

« Oh, merde ! » fit-elle en laissant échapper un grognement surpris. Elle se tourna à demi vers moi. « Courez ! Sortez d'ici, bordel ! »

Elle parvint à rester droite ; son armure compensait certainement le déluge de toxines dans son sang. Un seul de ces projectiles empoisonnés suffirait à me tuer, à m'arracher toute vie, à ratatiner le cœur bien réel dans ma poitrine.

Elle saisit son harnais à grenades, tâtonnant de ses puissantes mains en quête d'un explosif…

Tous les tunnels secondaires et les conduits débordaient d'aliens, et ils obstruaient déjà le couloir dont nous venions. Ils nous encerclaient – si proches à présent qu'ils nous repoussaient. Impossible de repartir en arrière : la seule issue permise était la lumière au bout du tunnel.

Une forme primaire se détacha du collectif et bondit vers Jenkins. Déployée de toute sa hauteur, elle frappa très vite, comme une mante : les lames de ses antérieurs la traversèrent à hauteur des épaules.

« Jenkins ! » m'écriai-je, paralysé.

Deux ou trois autres assaillants s'abattirent sur elle, excités par l'odeur du sang, requins à la curée. Dans un espace si confiné, elle ne pouvait pas les mettre en joue, et elle lutta en vain pour se libérer de leurs griffes.

Elle est déjà foutue. Je ne peux rien pour elle.

« Filez ! » parvint-elle à crier. Sa voix était brisée et mouillée, comme celle de Blake avant qu'il ne crève dans le désert.

J'observais, terrorisé, hypnotisé, détaché de la scène. J'avais vu faire les Krells si souvent : tuer Blake, Martinez, Kaminski. Même ma propre mort, sur des enregistrements vidéo. Pourtant, c'était différent – cette fois, les Krells avaient un nouveau but. Quelque chose qui tenait du rituel.

Comme des piranhas déchaînés à l'heure du repas, ils réduisirent Jenkins en pièces. Avec des cris inhumains, assourdissants dans cet espace clos, l'assaillant principal déchira sa combinaison de combat. Son corps fut coupé en deux. Les autres formes primaires s'en prirent à son torse et lui arrachèrent les membres.

Du sang artificiel éclaboussa les murs et recouvrit les carapaces extraterrestres. Puis le simulant de Jenkins disparut sous une marée de Krells.

Le carnage fut achevé en une fraction de seconde. Alors les Krells se désintéressèrent de Jenkins et entreprirent de m'encercler. Chaque xénoforme, chaque variété mutante imaginable. Je sentais leur haleine chaude et humide à travers mon casque, quand bien même c'était impossible. J'étais complètement cerné.

Est-ce ainsi que ça se termine, cette fois ?

Une grande xénoforme se profila de façon menaçante au-dessus de moi. Des fils de mucus alien animés d'une vie propre assombrirent ma vision. Des mouvements banals tels que lever mon arme exigeaient tant de force mentale que j'arrivais à peine à me concentrer…

On m'appelait Lazare. Sauf qu'il n'y aura pas de résurrection après ça.

… et le chant dans ma tête : si terrible et glorieux, si puissant que je serrais les dents pour le supporter – chaque crissement faisait vibrer les os de mon crâne…

L'explosion dans le train. Cette même fréquence oubliée.

« Va te faire foutre ! » hurlai-je à l'intention de l'univers en général.

Je fus arraché de terre dans les serres d'un dominant. C'était un vieil alien couturé de cicatrices et recouvert d'une épaisse couche de poussière. Ses yeux brûlaient comme de noirs charbons – parfaitement extraterrestres. Cette chose savait-elle – à travers une mémoire collective partagée avec son espèce – que j'étais responsable de la mort de tant de ses congénères ? Je crois que oui – d'une manière insondable pour moi et à jamais incompréhensible pour l'homme.

Je me débattis avec mon pistolet à plasma, décidé à lutter jusqu'à mon dernier souffle. Hors de question que je tombe sans combattre. Je visai sous la cage thoracique du dominant, le doigt sur la détente, et je serrai les dents. Je pressai la détente à plusieurs reprises.

Rien ne se produisit. Aucune réaction de l'arme, aucun retour d'information quant à la raison pour laquelle elle ne marchait pas.

Pitié, non !

La batterie était déjà vide, et l'afficheur à LED clignotait en guise d'avertissement. Depuis quand ? Je lançai le pistolet sur le dominant, et il rebondit sur sa carapace, inoffensif. Mes deux bras étaient libres et je tâtai ma combinaison à la recherche de quelque chose – *n'importe quoi* – qui puisse servir d'arme.

Il n'y a rien pour me venir en aide ici. Il n'y a jamais rien eu, et maintenant c'est la fin.

Je fermai les yeux, me retirai en moi-même. Je me représentai le visage d'Elena. La couleur de ses cheveux. L'odeur de sa peau. J'attendais le coup de grâce, le geste fatal du Krell dominant.

Mais il ne vint jamais.

Au bout de longues secondes, j'ouvris les yeux ; j'étais toujours dans les griffes de ce xénosalopard, les pieds à près d'un mètre du sol. Il était figé. Tous les Krells s'étaient arrêtés. Les plus proches reculaient. Ils formaient un large cercle autour de moi et, lentement mais sûrement, ils se retiraient.

Cela ne ressemblait pas au repli planifié et résolu vu sur l'*Oregon*. Les Krells reculaient devant moi. Ils connaissaient la peur.

Je me rendis compte que, dans ma quête d'une arme, j'avais bel et bien trouvé quelque chose : la clé. Je la tenais comme un couteau. Inconsciemment, je l'avais levée, montrant la relique à mes ennemis rassemblés.

Avec une grâce et une délicatesse que je n'avais jamais vues chez des Krells, le dominant me reposa. Je me mis aussitôt en garde en brandissant l'objet bribe.

Le dominant m'observait avec une curiosité non dissimulée. Il inclina sa tête massive pour me regarder. Une certaine tristesse se peignait sur ses traits.

Je tremblais de la tête aux pieds. J'arrachai mon casque et inspirai des bouffées d'atmosphère toxique. Ma peau luisait de sueur.

On se défia du regard, le dominant et moi.

Un vrombissement grave emplit l'espace. Quelque chose autour de moi s'activait, s'éveillait.

Le xéno pencha la tête. L'espace d'un instant, nous fûmes en paix : figées dans le temps, deux espèces impressionnées par cette antique technologie extraterrestre – quoi que fût réellement la clé bribe.

Puis les détonations sèches d'armes à feu – des armes humaines – me tirèrent de ma stupéfaction, et le dominant explosa.

CHAPITRE XXIX

Jamais si loin

Une zone de mon cerveau dont j'avais oublié l'existence prit soudain le dessus.

Carabine Wessler-Haslake. Modèle standard des forces de sécurité civiles. Calibre 9 mm, munitions perforantes.

Les tirs étaient intenses et féroces. Bon nombre de Krells furent déchiquetés. Des balles ricochaient sur le métal des parois et du sol. Des cadavres d'aliens s'empilaient devant moi.

Je me plaquai contre le mur concave. Par pure chance, je n'avais pas été touché. Les mains tremblantes, je sortis de son étui mon arme restante – le vieux revolver de mon père – et le levai sans bien savoir qui ou quoi viser.

« Capitaine Harris ! » lança une voix par trop familière au-dessus du vacarme. *Kellerman*. « Rendez-vous ! »

Cette voix seule fit enfler ma colère et manqua me submerger sous un flot de souvenirs. Le chant de l'Artefact monta en même temps que ma rage : il m'encourageait à me battre, à le déchiqueter. Dans mon esprit, je vis ses os se briser comme des allumettes, son sang inonder le tunnel…

Reprends-toi !

Les tirs cessèrent. Avec une fluidité d'anguilles, les Krells s'enfuirent dans les conduits des murs et du plafond.

Kellerman approcha à travers la fumée, avançant péniblement au milieu des morts et des mourants. *Est-il vraiment là ou mon cerveau dérangé me joue-t-il des tours ?* Mais les fantômes ne portent guère d'exosquelette, et Kellerman était équipé du sien. Il était paré pour la bataille : son exo avait subi des modifications considérables, à l'aide de pièces prélevées sur une combinaison de simulant. Des plaques de blindage en tapissaient le torse et les membres, et de nouveaux servomécanismes couvraient ses jambes, pieds et mains.

Deacon l'accompagnait, balayant l'obscurité de sa carabine. Le peu qui restait des effectifs de la base était à leur remorque : des chercheurs aux yeux durs de fanatiques religieux et des gardes au visage renfrogné. Une dizaine à peu près.

Kellerman tendit la main tout en brandissant une arme de poing. Un Klashov-45 – un modèle semi-automatique standard pour le Directoire. Il voulut sourire dans la semi-pénombre du tunnel, mais il n'obtint pas mieux qu'un rictus de cadavre.

« Ça ne vous va pas, Kellerman, criai-je.

— Quand nous avons perdu le contact avec le char des sables, nous avons craint le pire, dit-il. Il a fallu recourir à une foreuse à fusion pour franchir l'éboulement. Heureusement, j'ai équipé vos combinaisons de transpondeurs – une fois entrés dans les tunnels, nous n'avons pas eu trop de mal à vous retrouver. »

Le traceur dans mon ordi-bracelet. Une idée si simple.

Les propos de Kellerman me rassuraient d'une façon qu'il n'avait pas anticipée. Il m'avait suivi jusqu'ici en laissant la base inoccupée. *A-t-il déjà exécuté Kaminski ?* Jenkins venait tout juste de mourir – sa conscience avait dû parcourir la surface d'Hélios aussitôt pour réintégrer son véritable corps – et, compte tenu du temps qu'il avait mis pour me trouver, il devait avoir quitté la base avant qu'elle n'y retourne. Il s'était servi d'une foreuse à fusion pour me rejoindre, pas de l'Interceptor du Directoire.

« Nous sommes venus vous prêter main-forte, reprit-il. Donnez-moi la clé.

— Restez où vous êtes ! » Mon pistolet était toujours braqué : un seul coup à cette portée percerait un trou dans le professeur et mettrait fin à son obsession dévorante.

Deacon arma bruyamment sa carabine ; le cliquetis du mécanisme de sécurité traduisit sa détermination. Le bruit se répercuta vingt fois et m'atteignit comme une balle. Le message était simple : *Tu le butes, je te bute*.

« Qui est le plus rapide, Deacon ? » lançai-je.

Le chef de la sécurité haussa les épaules. « On essaye pour voir ? Vous êtes blessé et lent. À mon avis, je peux vous battre. Et une chose est sûre : j'en ai méchamment envie. »

Il portait un brassard sur le biceps gauche. Un bout de chiffon noir qui couvrait les écussons de l'Alliance et de la base d'Hélios. Remplacés par l'insigne des opérations spéciales du Directoire : l'hydre et l'épée. Tous les hommes de Kellerman arboraient le même symbole. De nouvelles recrues, sensibles à son idéalisme scientifique tordu.

« L'armée n'est pas là, alors ? demandai-je. Pas de troupes du Directoire sur Hélios ? Rien que des agents dormants – des traîtres.

— Tu sais que dalle, aboya Deacon.

— Qui est-ce qu'ils ont acheté en premier ? Vous ou bien Deacon ? »

Kellerman s'avança en traînant les pieds, toujours le même sourire mort aux lèvres.

« Nous avons perdu des hommes en descendant, mais vous avez bien nettoyé les tunnels, dit-il d'une voix calme et apaisante.

— Restez en arrière, putain ! criai-je entre mes dents serrées. Qu'est-il arrivé à ma section ? Sont-ils en vie ? »

La lumière joua sur quelque chose au-dessus de la tête de Deacon. Deux yeux humides braqués vers lui. Les Krells n'étaient pas partis loin ; ils attendaient l'occasion de frapper. Je me demandais s'il y avait aussi des xénos tapis derrière moi, si j'allais mourir par balle ou des griffes d'un alien.

« Ils vont bien. On s'occupe d'eux.

— Et Tyler ? »

L'arme de Kellerman pendait au bout de son bras. Il ne s'en était jamais servi. Il tenait le pistolet d'un noir mat contre sa cuisse sans bouger l'avant-bras. Ce *n'est pas un tireur expérimenté. Il ne sera probablement pas capable de tenir compte du recul s'il doit faire feu.*

« Je dirais qu'elle méritait ce qu'elle a subi, répondit Deacon avec un sourire idiot. Cette salope.

— Elle est vivante », ajouta Kellerman.

Il me fixait du regard. Son sourire avait disparu. Il avança encore d'un petit pas. Il se trouvait à une vingtaine de mètres de moi, à présent. Il écrasa un crâne d'alien sous sa botte. De la fumée montait encore des cadavres extraterrestres et formait une barrière entre nous.

Nouvel effet de lumière dans le conduit au-dessus de Deacon : deux, trois paires d'yeux. Je percevais la soif de sang à peine contenue des Krells.

« J'ai dit *restez en arrière !* hurlai-je.

— Je n'ai pas le temps de jouer ! grogna Kellerman en avançant à grands pas – au milieu des restes du simulant de Jenkins. Je veux cette clé tout de suite ! Deacon, tuez-le, mais n'endommagez pas la clé. »

Plusieurs événements se produisirent en un clin d'œil à quelques microsecondes d'écart. À mes yeux d'homme sans amplification, ils se déroulèrent simultanément.

Je tirai sur Kellerman.

Le plafond s'anima brusquement.

Mon tir manqua Kellerman et ricocha au-dessus de son épaule. Le revolver avait un vilain recul – c'était très différent d'une arme à énergie. Le projectile cinétique frappa Deacon en pleine poitrine et traversa net son gilet pare-balles. La balle de gros calibre le fit tomber à la renverse.

Mais, alors même qu'il était touché, il tira.

Et, déjà là, il était foutu.

Je levai les yeux au plafond un court instant, et Deacon comprit ce qui l'attendait. Il eut une expression horrifiée.

Une forme primaire s'élança de la cavité, la tête en bas, et l'éviscéra proprement de ses griffes acérées. La blessure par balle n'avait plus d'utilité. Deacon n'eut même pas le temps d'esquiver l'attaque ; il resta planté là, le fusil entre les mains.

Mais il parvint à faire feu et continua dans les affres de la mort.

Son cadavre s'effondra, le doigt toujours sur la détente. Il arrosa aveuglément le couloir. Des balles griffèrent les murs, ricochant en tous sens.

Kellerman réagit une seconde plus tard – une vie trop tard, sur un champ de bataille – et se mit à me tirer dessus lui aussi.

Ses traîtres d'acolytes se ruèrent en hurlant des cris de guerre du Directoire – du chinois de cuisine de la part d'Américains élevés dans les colonies extérieures.

Les Krells prirent cela pour une invitation. Ils renouvelèrent leur attaque, affluant depuis toutes les ombres. Les hommes de Kellerman résistèrent, mais ce n'étaient pas des simulants. Des hurlements résonnèrent dans le tunnel sous l'assaut des formes primaires massées là. Ces types étaient des amateurs malgré leur dévouement, et il y eut un instant de flottement : certains tiraient n'importe comment dans ma direction, d'autres s'efforçaient de contenir les Krells.

Leur mort était inévitable et, si je restais dans le

coin, je connaîtrais le même sort. La bataille ne pouvait avoir qu'une issue – et, sous couvert du chaos, je pouvais m'échapper. Je tirai encore plusieurs fois dans la mêlée avec l'espoir de toucher Kellerman, mais c'était un effort symbolique. Puis je fis demi-tour et je courus aussi vite que mon corps abîmé voulait bien me porter.

Le couloir flamboya soudain. Les motifs cunéiformes extraterrestres s'enflammaient – des bleus, des blancs, des champs d'étoiles incroyables – pendant que je courais. Des galaxies en spirale au-delà de la nôtre. Des mondes au cœur d'autres mondes.

Nul n'est jamais allé si loin.

Le signal de l'Artefact m'attirait comme si j'étais possédé par l'esprit de ses défunts architectes. Il se répercutait sur les murs et le sol. La structure bourdonnait ; le métal réverbérait le son. Une puissance immense s'accumulait autour de moi. Non pas celle prévisible et muette de la technologie humaine : cette présence-ci avait quelque chose de conscient et de malveillant.

Le tunnel fut de nouveau fait de roche. Titubant sur le sol inégal, j'atteignis une simple brèche dans le mur de la grotte, marquée par un tas de cailloux. Je suivis la lumière. De la poussière et du sable entraient dans le réseau souterrain par cette ouverture. Malgré mon épuisement, je repoussai rageusement les pierres instables. Cela ne prit pas longtemps, et bientôt l'ouverture fut suffisante pour que je m'y glisse.

Devant moi, comme un hommage furieux à des dieux oubliés de longue date, l'Artefact se dressait dans sa terrible majesté.

Chapitre XXX

Mort en sursis

La tempête faisait rage autour de moi.

Pas un simple orage, non : la mère de toutes les tempêtes.

Je fus aussitôt exposé à la pleine colère du vent. La pluie tombait étrangement dru – des rideaux de neige fondue, un déluge assourdissant. D'énormes gouttes heurtaient ma tête nue et crépitaient sur ma combinaison rembourrée. Le ciel était noir, la foudre seule l'éclairait, et des nuages d'orage s'enroulaient au-dessus de moi – sombres, prophétiques. Comme si Hélios déchaînait d'un seul coup toute la force refoulée de ses éléments. Le paysage donnait l'impression de ne pas être naturel ni même réel. Même l'air ambiant était différent : lourd d'ozone, écœurant jusqu'à en devenir à peine respirable.

Assailli par la violence du vent, je serrais désespérément la clé dans une main et le pistolet de mon père dans l'autre.

« Où êtes-vous ? beuglai-je dans la tempête. Jenkins ! Kaminski ! Martinez ! »

Mais le ciel était vide – aucun signe de l'Interceptor et de ma section. *Il est temps de l'admettre : ils sont tous morts. Kellerman les a assassinés.* Je voulus essuyer l'eau de pluie sur mon visage du dos de la main droite. Mon bras ne réagit pas – ou plutôt si, mais avec une lenteur gelée –, et je compris alors ce qui m'était arrivé. Une tache sombre fleurissait à mon épaule, pile sur la clavicule : du sang sourdait d'une blessure ouverte.

Je m'étais pris une balle. Probablement de Kellerman ou de Deacon.

« Ce n'est pas juste ! » m'écriai-je. Mon bras pendait, et je resserrai les doigts autour de la clé. Mes forces déclinaient rapidement. « Je veux vivre ! »

Le chant de l'Artefact me submergea. Titubant, j'avançai en m'efforçant de rester sur mes pieds, pris d'un haut-le-cœur sous la pluie. Mon estomac se souleva douloureusement, mais rien ne sortit.

J'étais au milieu de ruines extraterrestres. Des structures bribes émaillaient le désert comme des Artefacts miniatures. Des blocs d'obsidienne millénaires, luisants de pluie, qui absorbaient la lumière. Il y avait également d'autres constructions, plus menaçantes : des flèches à l'air mauvais, pointues et brutales, jalonnaient la piste.

L'Artefact se trouvait au bout du chemin, jaillissant du désert comme la lame d'un couteau, si grand qu'il touchait le ciel. Je n'arrivais pas à me concentrer dessus, à le distinguer précisément. Je le voyais nettement, puis il se brouillait très vite.

Il ne veut pas qu'on le voie. Il ne veut pas qu'on s'en souvienne.

… ça fait si mal, cet élancement, ce vrombissement derrière mes yeux…

Un cliquetis métallique s'éleva par-dessus le bruit du vent.

Je me retournai en resserrant ma prise sur le pistolet.

Le professeur émergea soudain du tunnel, fracassant les pierres et les débris sans retenue. C'était un Kellerman tout neuf : puissant, il renaissait. Il repoussa sans effort un rocher, et son exosquelette crépita d'énergie – il avait été surgonflé, et la force de son utilisateur dérangé s'en trouvait décuplée. Il avait perdu son pistolet quelque part dans le tunnel, mais il n'en était pas moins dangereux.

« Vous ne pouvez pas vous échapper, cria-t-il. Vous êtes un mort en sursis.

— Il ne reste que vous ? » répondis-je, mon arme braquée vers lui. Mon bras – mon bras valide – tremblait.

Je voyais double. Les ternes vestiges de la chevelure de Kellerman étaient plaqués sur son crâne, la pluie dégoulinait sur les traits anguleux de son visage. Un nouvel éclair déchira le ciel, l'éclairant par-derrière. Dans son exo, il ressemblait à un squelette dans un squelette : un pauvre tas d'os.

« Les autres ne comptent pas », répondit-il.

Personne ne sortit du tunnel après lui, mais il y avait du mouvement tout autour de nous. Les Krells étaient partout : ils rôdaient entre les ruines, pendaient la tête en bas de structures foudroyées. Ils savouraient la pluie, et des éclats de lumière jouaient sur leurs carapaces mouillées. Un greffon se matérialisa en bordure de mon champ de vision. La clé semblait les tenir à distance – mais pour combien de temps ?

Le compteur de munitions sur mon revolver clignotait, moqueur.

Il me restait une balle.

Une putain de balle.

Un désespoir profond m'envahit : *Je vais crever ici.* Quoi qu'il advienne, j'étais foutu. J'allais mourir comme Sara Tyler, comme tous les explorateurs condamnés par l'obsession de Kellerman. Comme Elena, comme Blake, comme mon père. Je songeai à me suicider. Opter pour la même issue que mon père, la solution de facilité. *Qu'est-ce qu'une mort de plus pour un homme qui en a déjà tant vécu ?* Comme si elle lisait dans mes pensées et qu'elle n'appréciait pas cette proposition, une forme primaire sauta entre les structures et se rapprocha.

J'examinai l'horizon – brièvement – *s'il vous plaît, faites qu'ils soient là !*

À une vitesse surnaturelle, Kellerman bondit vers moi, propulsé par les servomécanismes des jambes de son exo. Mes réflexes étaient émoussés, et la soudaineté de son mouvement me prit au dépourvu.

Je tirai.

La balle le manqua complètement et partit en sifflant dans le vent.

Kellerman me percuta de toute sa masse. Son épaule en armure heurta mon sternum, me coupant le souffle. On tomba ensemble à la renverse dans la boue. L'eau éclaboussait autour de nous.

Il tira aussitôt parti de son mouvement sans me

laisser le temps de réagir. Il ferma le poing et l'abattit sur mon bras valide. Le coup me fit l'effet d'une onde de choc, et je lâchai le pistolet.

Il était sur moi à présent ; il levait ses deux poings assistés de chaque côté de sa tête, prêt à cogner de nouveau. Il était très imposant ainsi, deux fois plus large qu'avant.

« Je suis désolé, Elena », murmurai-je. Je n'étais pas sûr d'avoir réellement verbalisé cette pensée.

Kellerman marqua une pause, retenant son coup. Assis à califourchon sur mon corps meurtri, il me saisit par le col de ma combinaison et m'attira près de son visage.

« Est-ce elle que vous entendez quand l'Artefact vous appelle ? demanda-t-il. Est-ce elle que vous entendez ? Elena… c'était ce nom. Qui est-ce ? Une pute à cinquante crédits sur Cap-Liberté ? »

Sa peau était d'un blanc spectral. Un réseau de veines bleutées avait surgi sur son crâne.

Leeroy me poursuivant dans l'appartement avec cette foutue batte…

« Vous n'avez pas le droit de prononcer son nom ! » m'écriai-je. Ma combinaison H était trempée – elle absorbait l'eau et le sang, se faisait plus lourde. Ma blessure continuait de m'affaiblir.

Kellerman hocha lentement la tête comme s'il comprenait exactement ce que je voulais dire. *Voit-il les Krells tout autour de nous ? Sont-ils vraiment là ?* Un collectif complet s'était rassemblé et assistait à notre confrontation. Je tenais encore la clé, de plus en plus chaude – suffisamment pour que je sente sa chaleur à travers mes gants isolés.

Je lançai mon bras valide – un coup de côté à la tête. Kellerman se recula pour l'éviter. Puis il me hissa sur mes pieds et ses doigts assistés par l'exosquelette déchirèrent le tissu de ma combinaison H.

Il me secoua ; je luttais pour lui résister, en vain. Il s'était dilaté jusqu'à emplir l'univers. Sa figure se fendait d'un regard démoniaque : des yeux de braise ardente, éclairés d'une lueur rouge. Plus vivant qu'il ne l'avait jamais été.

« N'est-ce pas fantastique ? » La question ne s'adressait pas à moi mais à l'univers en général. Il désignait l'Artefact, qui nous écrasait de toute sa hauteur.

« Allez vous faire foutre, Kellerman ! »

Il me projeta contre une ruine proche. Mon épaule blessée heurta la structure solide – quelque chose se brisa dans mon dos ou mon bras. Difficile à dire. Je sentais encore mes jambes, donc il ne s'agissait pas de ma colonne vertébrale.

Tellement froid, putain. Engourdi de partout.

Je secouai la tête ; il fallait que je me concentre. Le signal de l'Artefact s'était transformé en un vrombissement insupportable. Tout autour de moi, l'air m'oppressait inconfortablement.

Le professeur apparut au-dessus de moi.

« Laissez-moi vous dire ce que, moi, j'entends. J'étais sur Epsilon Ultris à titre officiel, membre d'une expédition de la division scientifique, dans un secteur où ma visite avait été *approuvée* par l'armée de l'Alliance. Le VAU *Santiago* a lancé un tir de barrage contre cette position. Seize de mes meilleurs hommes ont été balayés d'une pression sur un bouton, parce qu'un imbécile de technicien n'a pas vérifié s'il s'y trouvait des forces alliées. Le Commandement a parlé de tir ami. *Tir ami!* Je vous demande, à vous le militaire, qu'y a-t-il d'amical dans un tir d'artillerie plasma ? »

Mon cœur entama un staccato plus lent. *Ce sera une libération*, décidai-je. Mes pensées étaient désordonnées, sans lien entre elles. Je peinais à décider quelle souffrance était la pire. J'avais été blessé par balle et méchamment rossé, mais ma tête remportait la palme. Je chassai du sang de mon champ de vision en clignant des yeux – je ne savais même plus très bien d'où je saignais.

« Voilà le bruit que j'entends : le bourdonnement dans la seconde qui a précédé l'arrivée du plasma. Le ciel était en feu, Harris – putain, le ciel ! Je n'ai jamais rien entendu de tel, ni avant ni depuis. Le bruit de la mort, de l'annihilation. La fin de toute chose. J'ai survécu par un pur hasard. Mais, je vous le demande, vous appelez ça survivre ? L'Alliance : c'est elle qui m'a fait ça. Quand on m'a pris mes jambes, j'ai cru que ma vie était finie. Que je ne poserais plus jamais le pied sur un monde alien, que je ne ressentirais plus jamais l'excitation d'une nouvelle découverte. Et vous êtes exactement pareil : vous ne pourriez pas faire ce que vous faites dans votre vrai corps. Blessé ou non. »

L'espace d'un instant, j'entendis le même bruit que lui : le bourdonnement électrique d'une atmosphère qui s'enflammait. J'imaginai l'air crépitant autour de nous, le flamboiement aveuglant alors que le barrage de plasma avalait l'horizon…

« Je ne vous ressemble en rien », parvins-je à articuler en prenant de lentes inspirations. *Merde, j'ai tellement mal aux côtes !* « Et je ne vous ressemblerai jamais.

— Nous sommes tous les deux pris au piège de ces organismes fragiles. Tous les deux condamnés à passer notre existence dans des enveloppes mortelles devenues trop petites.

— Jamais. »

Je me relevai péniblement, tentai de le frapper, mais j'ouvris trop ma garde, me rendant vulnérable à une riposte. Mon adversaire n'était pas un combattant, mais il avait la force pour lui. Il esquiva mon coup. Lança violemment son coude, que je pris en pleine face. L'acier heurta l'os – quelque chose éclata. Du sang rouge vif jaillit de mon nez.

Au prix d'un effort surhumain, je me redressai encore une fois. Le vrombissement était devenu plus aigu, enveloppant. J'avais l'impression que l'univers s'effondrait sur lui-même.

« Le Directoire veut ce que j'ai, gronda Kellerman.

— C'est de la folie. Vous ignorez ce qui va se produire si vous activez l'Artefact. Vous sentez bien ce qu'il nous fait en ce moment. Vous ne savez pas à quoi vous avez affaire. Une fois l'Artefact activé, le Directoire ne s'intéressera plus à vos recherches.

— Je me fiche du Directoire, mais je hais l'Alliance. La connaissance, c'est tout ce qui compte. Je convoquerai les Bribes. Imaginez les progrès qu'une espèce pareille peut nous offrir ! Le Directoire n'est qu'un moyen en vue d'une fin. Ils m'ont aidé et je les ai aidés en retour. »

Kellerman leva le pied et me décocha un grand coup dans les tripes. Brisé, épuisé, je m'effondrai.

« C'est fini. C'est ici que ça se termine. Donnez-moi la clé. »

Je fis non de la tête. Je n'arrivais plus à parler : respirer me demandait trop d'efforts.

Kellerman redoubla de coups. Chacun me faisait l'effet d'une boule de fer dans le ventre. Je me pliai en deux. Quelque chose d'autre se rompit en moi. La clé me tomba des mains. J'étais trop faible pour continuer à la serrer.

Kellerman me contourna à grandes enjambées. C'était une force de la nature à présent, plus qu'un homme. Il marchait d'un pas lent et lourd. Il ramassa avec assurance la relique extraterrestre.

Je gisais dans la boue et la pluie tombait tout autour de moi. J'avais si froid. Je m'éteignais si vite.

Les Krells se déversaient du tunnel ; ils amassaient une armée et nous encerclaient. Ils en avaient fini avec l'équipe de Kellerman et nous étions désormais seuls ici.

Ma vision se brisa en éclats. Une douleur débilitante me maintenait prostré. Je priais pour que le vaisseau, Jenkins et ma section fassent leur apparition. Mais, alors même que je parvenais à scruter le ciel, je ne vis aucun signe de leur présence.

D'autres appareils extraterrestres s'élevaient du sable. Les pupitres se mirent à luire et à pulser d'une vie nouvelle. L'un d'eux – juste au pied de l'Artefact – brillait particulièrement. Je reconnus les motifs cunéiformes : les mêmes que ceux qui figuraient sur la clé. Kellerman tituba jusqu'au pupitre de contrôle de l'Artefact.

Le tintement dans ma tête était si puissant que je

n'arrivais plus à réfléchir. Je désirais tellement vivre – et je voulais la clé. Je cherchai des yeux mon pistolet, un caillou, une arme, n'importe quoi. Mais j'avais un tel mal de crâne…

Je.

Dois.

Rester.

Conscient.

Quelque part, un enfant pleurait. Un vagissement aigu de nouveau-né. Un bébé que je n'avais jamais connu.

… l'explosion…

… le VAU Santiago *en acquisition de sa solution de tir…*

… l'explosion…

… ce bruit aigu, si puissant qu'il me fendait le crâne…

… le visage de Blake quand le dard l'a frappé…

… Elena qui se retournait pour partir…

La camarde rôdait tout près. Venue réclamer son dû après si longtemps. L'ange noir lui-même – il battait de ses immenses ailes et planait dans la tempête. Projetant une ombre longue et changeante sur Kellerman et moi.

J'ai tellement mal quand je respire.

Rester.

Conscient.

Mon père sous la pluie, le crâne à moitié soufflé – sa mâchoire qui s'ouvre pour crier dans le vent : des mots perdus pour l'éternité, tout comme Elena.

Blake – indemne, comme je préférais me le rappeler – qui me crie dessus.

Elena, dans la robe noire qu'elle portait dans le train – ses longs cheveux plaqués en arrière par la pluie, mais le visage très digne. Elle aussi crie quelque chose.

« Pardon ! hurlai-je. Je vous ai tous laissés tomber ! »

Kellerman me tournait le dos et manipulait le pupitre alien, qui flamboyait d'une lumière nouvelle – des blancs et des bleus engageants, entourés d'un halo par la pluie. Découpé devant l'Artefact, le professeur brandit la clé à deux mains tel le grand-prêtre offrant un sacrifice aux dieux sur l'autel qu'était le pupitre.

Je fus secoué d'un autre haut-le-corps. Kellerman était pris de nausée lui aussi – de longs fils sanglants pendaient de sa bouche pourrie.

Je regrettais seulement de ne pas entendre ce que disait Elena. J'écoutai si fort que je me rattrapai au bord de cet abîme sans retour possible.

Et puis, soudain, j'entendis exactement ce qu'elle disait : « Tu reviens toujours. »

On m'appelait Lazare.

Je souffrais atrocement, mais je me hissai sur les genoux. Ma vision se teintait de rouge car du sang suintait des plaies qui me couvraient le visage. Chaque respiration, chaque battement de cœur était un combat.

Les yeux larmoyants, la vision tremblante – ma réalité même ébranlée –, je levai les yeux au ciel.

Pas la camarde.

Autre chose.

Quelque chose de moins familier.

Il y avait des lumières. Non pas la foudre mais un éclairage électrique. Des lumières vives, angéliques, balayaient les parages. Deux projecteurs montés à l'unisson.

Les lumières se posèrent brutalement sur moi. Une ombre noire apparut dans le ciel. Ce bruit – le vrombissement – n'était rien d'autre qu'un moteur. Alors que la forme s'approchait, je reconnus la flamme des réacteurs d'un vaisseau spatial, d'un bleu vif tandis que l'appareil planait. À travers le brouillard de poussière et de pluie, il me fallut quelques instants pour comprendre ce que je voyais.

Ce blindage anguleux d'un noir mat.

Ce nez caractéristique.

Ces moteurs renflés.

Le *Fierté d'Ultris*, l'Interceptor du Directoire, planait près de l'Artefact.

Jusque-là masqué par la tempête, on ne pouvait plus ignorer sa présence maintenant qu'il avait recours à sa capacité d'atterrissage et de décollage vertical.

Voici la putain de cavalerie.

Chapitre XXXI

La solution de facilité

Kellerman était si absorbé par l'activation de la machine extraterrestre qu'il n'avait même pas vu le vaisseau arriver. Les Krells étaient plus observateurs : toutes les entités du collectif levèrent la tête en même temps vers l'intrus.

Le *Fierté* fit le tour de l'Artefact, et le régime du moteur s'adapta à la manœuvre. L'opération n'était pas parfaite, et il pencha dangereusement en entamant un nouveau passage. Le délicat moteur antigravitique peinait dans les conditions atmosphériques difficiles.

La main sur le genou, je hissai ensuite ma jambe blessée et je me levai. Prêt à affronter le vent et la pluie, bouillant de colère – vivant, déterminé. Un désir de vengeance froide m'animait.

Kellerman chancela en prenant soudain conscience de la situation. Il eut un regard noir pour le vaisseau – son vaisseau –, les cheveux battant sa figure, pris dans le souffle des moteurs de l'Interceptor.

Les capsules d'armement se déployèrent sans heurt sous ses ailes.

La guêpe s'apprête à piquer.

« Qu'est-ce que c'est que ce cirque ? » lâcha-t-il enfin.

Le *Fierté d'Ultris* ouvrit le feu.

Il y eut un sifflement puissant, ultrasonique : l'artillerie plasma se déchaînait.

La chaîne de montagnes tout entière se transforma en un océan de feu. Le *Fierté* lança des missiles dans la masse des Krells pour les disperser. Son canon de proue pulsait continuellement, dégageant le terrain autour de Kellerman et moi. Les aliens hurlaient, vociféraient et s'égaillaient pour éviter le massacre.

Une vague de chaleur ardente déferla, me brûlant la tête et le cou. Je reculai tandis que des structures explosaient et basculaient dans le désert. Des braises rouges se dispersèrent dans l'atmosphère et de la fumée se déversa depuis les alentours.

Et, pour la première fois depuis que je l'avais rencontré, je lus une émotion nouvelle dans les yeux du professeur.

La peur.

Il était bouché bée ; des filets de sang, de bave et de vomi flottaient dans le vent. Il était de retour sur Epsilon Ultris – il regardait le monde autour de lui s'enflammer.

Je saisis ma chance.

Je m'élançai sur lui, gagnant en vigueur à chaque pas, déterminé à l'arrêter. C'était ce que j'étais né pour faire, dans ce corps ou un autre. Je voulais la clé, je voulais Elena.

Kellerman se retourna au dernier instant. Nos corps se heurtèrent – mon épaule et le creux de ses reins, entre deux plaques de blindage. Le projecteur balaya le secteur : il nous noya de lumière une seconde et nous plongea dans l'obscurité la suivante.

Je cognai Kellerman de mes poings sans relâche. Au visage, à la poitrine, au ventre – partout.

« Lâchez-moi ! » balbutia-t-il.

Le pupitre de contrôle pulsait, amèrement déçu que la promesse d'activation ne se soit pas concrétisée. Le hurlement de l'Artefact résonnait dans mon crâne et faisait à nouveau monter la nausée. Mais cette fois je la combattis et la contins.

On lutta pour la clé – Kellerman s'y agrippait et reculait à chaque coup. Nos mains se verrouillèrent sur la relique, à présent brûlante.

Sa tranche ressemblait terriblement à un couteau.

Lentement, sûrement, j'en tournai la lame vers Kellerman. Je savais exactement ce que j'avais à faire.

J'abattis la clé avec tout ce qu'il me restait de force.

Je la lui plantai dans le ventre. Dans la viande, au-delà du blindage de son exocombinaison. J'ignore de quel matériau la clé se composait, mais elle était assez dure pour découper les mécanismes exposés de l'exo. Je l'enfonçai encore, une main sur le manche, l'autre sur l'épaule de Kellerman. À travers la peau et les organes jusqu'à atteindre l'os.

« Pour Blake, murmurai-je en attirant sa tête vers ma bouche. Pour Elena. »

Le temps d'un long battement de cœur, il resta debout à me fixer d'un regard vaincu. Puis il recula en titubant et s'écroula. Pris dans la lumière orange des montagnes incendiées, il parut aussitôt humain et fragile à nouveau. Au point d'entrée de la clé, un trou s'agrandissait – plein de sang et d'intestins. Kellerman le comprimait en vain dans un effort pour préserver son intégrité.

Au-dessus de nos têtes, le vaisseau tanguait, et l'un des sas s'ouvrit sur son flanc. Un visage bienvenu apparut : Jenkins, qui depuis sa plateforme mouvante braquait un fusil à plasma. Je n'avais jamais été aussi heureux de la voir. À côté d'elle, Kaminski lançait un treuil par la porte. Le lourd câble atterrit près de moi. C'étaient bien eux : pas des simulants, pas des échos.

« Attrapez ça ! » hurla Jenkins.

Un mouvement furtif dans la tempête : une autre forme primaire krelle traversait à toute vitesse le feu et la fumée. Les aliens se remettaient de la frappe plasma.

Le vaisseau s'inclina de nouveau dangereusement, et ses moteurs protestèrent en gémissant.

« Montez ! » cria encore Jenkins.

Je me penchai devant Kellerman et pris la clé de ses mains faiblissantes. Il gisait dans une flaque de sang – presque trop pour un seul corps. Un autre objet métallique se trouvait aussi non loin : le revolver de mon père.

« Bonne chance », criai-je en le rapprochant de Kellerman d'un coup de pied. Je lui jetai un chargeur. Les deux juste hors de portée – il allait devoir fournir un effort pour s'en emparer.

« Je vous ordonne de revenir ! mugit-il. Je suis le responsable de la base d'Hélios et j'ai autorité sur les forces armées postées sur cette planète ! »

La mort était déjà perchée sur son épaule.

Choisira-t-il la solution de facilité ? C'était mieux qu'il ne méritait, plus qu'il ne valait.

« Dix coups, Kellerman. Faites-en bon usage. »

Le câble claqua devant moi. Une main après l'autre, je me hissai – chaque mouvement était une torture. Quand j'atteignis le sas, des mains amies me tirèrent à l'intérieur. Le souffle court, souffrant le martyre, je m'effondrai sur le pont. Il vibrait doucement sous moi.

« Il est à bord, cria Jenkins vers le module de pilotage. Assistance médicale – tout de suite ! Préparez l'autodoc !

— Christo, Jenkins ! C'était moins une !

— On a dû éclaircir les rangs des Krells pour descendre jusqu'à vous. » Elle sourit – un beau sourire satisfait. « Ils étaient trop nombreux. On savait qu'on ne vous toucherait pas.

— On *espérait* qu'on ne vous toucherait pas, nuança Kaminski.

— Je vais bien. » Parler me demandait trop d'efforts. « Je vais bien. Mais sortez-nous d'ici.

— Fermeture du sas ! » Jenkins ferma la porte d'un mouvement. « Paré pour évacuation. »

L'Interceptor était petit, et d'où j'étais assis je voyais jusqu'à la proue de l'appareil. Tyler était tout devant, sanglée dans le fauteuil de commandement. Elle se retourna vers moi, le visage couvert de griffures et de bleus, grimaçant nerveusement.

« Les commandes deviennent folles, cria-t-elle. C'est peut-être la tempête, peut-être autre chose. Je vais avoir du mal à nous stabiliser. Quelque chose nous tire en arrière. »

Au même moment, le vaisseau vira dangereusement. Je me redressai avec peine, hissé par Jenkins, et tout le monde convergea vers le module de pilotage.

L'Artefact était si près qu'il dominait les écrans. Il crépitait de foudre et je sentais les parasites se déchaîner dans ma tête à chaque nouvelle décharge. Derrière l'Artefact, la tempête occupait le désert sur des kilomètres dans toutes les directions. Tandis que l'Interceptor gîtait, instable, j'aperçus l'immense force krelle qui se rassemblait dans les montagnes.

« On perd de l'altitude », cria Tyler.

Les moteurs gémirent à nouveau.

« Doux Christo, murmura Kaminski. Si on tombe ici, on est foutus. »

Je rugis : « C'est l'Artefact ! » Seules l'adrénaline et ma détermination me tenaient encore debout. « Détruisez-le. Servez-vous des ogives. »

Jenkins et Kaminski réactivèrent les systèmes d'armement.

L'Interceptor effectua un virage en épingle à cheveux. Quelque chose réagit sur le panneau de contrôle, et des témoins avertisseurs s'éclairèrent. Une grille de visée apparut sur l'écran devant nous. Un réticule était positionné sur l'Artefact.

« Espérons que ça marche », criai-je.

Les missiles quittèrent l'abri des ailes de l'appareil en hurlant, couvrant presque instantanément la distance qui nous séparait de l'Artefact. Plusieurs frappèrent dans le mille – à cette distance, il était impossible de le manquer. L'écran clignotait d'icônes et de messages confirmant les impacts. L'Artefact fut parcouru d'explosions vives qui en déclenchèrent d'autres en chaîne.

Peu à peu, l'énorme structure s'effondra sur elle-même et bascula dans un gigantesque panache de poussière. À chaque nouvelle détonation, la douleur dans ma tête s'atténuait, jusqu'à disparaître en fin de compte. Pour la première fois depuis notre arrivée sur Hélios, malgré ma collection de blessures, j'avais les idées claires.

Aussitôt, le *Fierté d'Ultris* se redressa. Tyler poussa un long soupir de soulagement. « On l'a détruit, dit-elle. Les scanners du vaisseau confirment que le signal n'émet plus. C'est fini !

— Eh ouais ! » brailla Kaminski.

Je manipulai les capteurs de l'appareil : je voyais en détail le terrain que nous survolions.

Kellerman était là et il n'était pas seul. Le collectif avançait au milieu des vestiges de l'Artefact, à travers les nuages de poussière soulevés par les explosions. Le professeur était toujours vivant : il faisait feu sur la horde en approche. Même à cette distance, il était évident que sa résistance était vaine.

Il leva les yeux une seconde vers la caméra. *Combien de balles lui reste-t-il ?* Il visa l'Interceptor et tira deux fois. C'était un geste parfaitement futile, vu le blindage de l'appareil, et je ne sentis même pas l'impact des balles.

« Vous voulez qu'on aille le rechercher ? » demanda Tyler en se retournant sur le fauteuil de pilotage. Elle marqua une pause, indécise, figée sur les commandes.

« Laissons-le tenter sa chance », répondis-je sans réfléchir. J'éteignis le moniteur.

Tyler acquiesça. « Sage décision, mon capitaine. »

Le *Fierté* commença brusquement à prendre de l'altitude et vira pour s'éloigner des montagnes. Le régime du moteur se fit uniforme. Des témoins sur tout le panneau de commande s'éclairèrent en vert. On gagnait en vélocité pour se dégager de l'attraction planétaire d'Hélios. On ne tarderait pas à quitter l'atmosphère.

C'était fini.

Je m'écroulai sur le pont, fermai les yeux et inspirai de longues bouffées d'air traité. Il n'avait jamais eu si bon goût. Kaminski et Martinez entrechoquèrent bruyamment leurs pectoraux dans un hurlement triomphal. Pour une fois, le bruit ne me dérangeait pas – puisqu'il s'agissait de voix humaines joyeuses. Ils étaient sales et légèrement blessés : Kaminski avait la mâchoire enflée et Martinez une coupure sanguinolente à la tête, mais ils étaient vivants et c'est tout ce qui comptait.

« Jenkins ! bafouillai-je, je crois que tu as raison à propos de l'assistance médicale. »

Épilogue

Le chemin le plus long

On était dans l'espace depuis trois longs jours.

Hélios était un lointain souvenir – une autre vie.

Je passais le plus clair de mon temps sur le pont d'observation. Il y avait très peu d'espaces privés sur le *Fierté d'Ultris*, et on se sentait à l'étroit même en n'étant que cinq à bord. Le pont était encombré de matériel d'évacuation d'urgence – combinaisons spatiales, réservoirs d'oxygène de secours –, mais comme personne ne montait jamais ici, c'était mon coin à moi, où je pouvais me réfugier pour réfléchir.

Et il y avait matière à réflexion. Du positif comme du négatif. Rêves et cauchemars ; espoir et désespoir. Un tel chaos d'émotions que je m'y noyais presque. Je n'étais pas un grand adepte de l'introspection, en tout cas j'essayais de ne pas trop m'y livrer, mais je me sentais transformé par cette expérience.

Assis sur le pont de métal nu, je regardais les astres distants au-dessus de moi à travers le dôme d'observation. Parler de pont était un peu exagéré : en réalité, ce n'était guère qu'une bulle de verre sur le dos du vaisseau, qui offrait une vue sur les profondeurs de l'espace.

J'avais une nouvelle collection de trophées funèbres, des souvenirs du monde que nous avions laissé derrière nous, rassemblés devant moi.

Les plaques biométriques de Blake. J'allais respecter sa volonté – qu'au moins quelque chose de lui soit rendu à sa famille, en souvenir.

Le badge déchiré de Sara Tyler. C'était pour Tyler, et je voulais le lui remettre depuis qu'on avait quitté l'orbite d'Hélios.

La clé. Le dernier enregistrement restant des données astronomiques.

Cabossée, abîmée, imprimée de circuits extraterrestres. Incrustée du sang de Kellerman. J'espérais au-delà de toute raison qu'elle fonctionnait encore. Dans les heures les plus sombres depuis notre départ d'Hélios, je tremblais qu'elle ne soit endommagée. Les données pouvaient avoir été effacées ou corrompues. La division scientifique serait-elle seulement capable de les interpréter ?

La seule pensée de la clé me donnait une lueur d'espoir et je devais lutter pour l'étouffer.

« Vous voulez un peu de compagnie, boss ? »

Jenkins grimpait l'échelle d'accès métallique jusqu'à la bulle d'observation. Il y avait à peine assez de place pour nous deux. Elle se glissa dans l'angle en face de moi, entre deux caisses.

« Oui, bien sûr.

— Comment va la jambe ? »

Je tapotai ma blessure. Elle était toujours douloureuse au toucher, mais j'avais reçu des soins médicaux dignes de ce nom grâce à l'autodoc du bord, ce qui m'avait soulagé. La douleur osseuse qui accompagnait la plaie à l'origine s'était apaisée : une injection de médinanites avait permis d'éviter des lésions durables.

« Je survivrai.

— Et les côtes ? dit-elle en souriant à présent. Et l'épaule ?

— Comme la dernière fois que tu as posé la question. » Je lui rendis son sourire.

« Heureuse de l'entendre. Vous recevrez de vrais soins médicaux quand nous arriverons au Cap. »

Le temps guérit toutes les blessures. L'autodoc avait extrait la balle de mon épaule – elle aussi trônait sur le pont, à côté des autres objets rassemblés.

« D'après Tyler, c'est notre destination, ajouta Jenkins, mais elle n'a rien d'un pilote. »

J'éclatai de rire. « On rentre par le chemin le plus long, je crois. Merci d'être revenue me chercher. Je me croyais vraiment foutu. Raconte-moi encore : que s'est-il passé sur la base ? »

Jenkins l'avait déjà répété dix fois. J'avais le sentiment que son histoire serait encore reprise quand nous arriverions au Cap – à la fois dans les bars du district et devant le Commandement de l'Alliance. À notre arrivée, nous subirions au mieux une enquête prolongée, au pire la cour martiale. J'avais autorisé la mort d'un officier scientifique expérimenté. *Qui se trouvait aussi avoir fait défection pour rejoindre le Directoire*. J'étais certain que les renseignements militaires seraient très intéressés par notre récit.

Jenkins fit claquer sa langue et commença : « La base d'Hélios a été envahie par les Krells. Quand

Kaminski s'est extrait, Kellerman l'a emprisonné. Votre décision d'utiliser la charge de démolition – ça l'a rendu fou furieux, et il nous a suivis dans les tunnels. » C'était le chapitre de l'histoire qu'elle préférait. « Il n'a laissé qu'un petit détachement de sécurité en couverture, et il a emmené le reste de ses gens avec lui. Lorsque Martinez et moi nous sommes extraits, on a pris le dessus sur les gardes. On s'est emparés de l'Interceptor pour venir vous chercher.

— Bon boulot. » J'avais encore peine à croire que cette stratégie ait réussi.

« On a libéré Tyler. À ce moment-là, il n'y avait plus d'autre survivant sur la base. Kellerman avait liquidé Olsen avant notre extraction. Et vous connaissez la suite. »

Tout n'avait pas marché comme prévu. On était encore incapables de communiquer avec Cap-Liberté. Ni Kaminski ni Tyler ne savaient se servir du communicateur supraluminique du *Fierté*. Et comme la base d'Hélios était occupée par les Krells, personne ne savait que nous rentrions.

Le sourire de Jenkins pâlit un peu quand elle observa les objets rassemblés devant moi sur le pont. « Vous croyez que le Commandement saura se servir de la clé ? »

Je soupirai. « Je l'espère. Peut-être que je pourrai la suivre. Suivre Elena. »

Jenkins marqua une longue pause puis ajouta : « Je suis certaine que le Commandement sera très intéressé par les données astronomiques, mais pour des raisons différentes. Ça pourrait tout changer. Ils vont vouloir retourner dans le Maelström.

— Je serai prêt.

— J'ai le sentiment que ce n'est pas fini, dit Jenkins. Loin de là. » Puis elle éclata de rire, et la tension se relâcha. « On a tous réfléchi.

— Tous ? Même Kaminski ?

— Même Kaminski. On se disait qu'il était temps que l'unité ait un nom à elle. Quand on rentrera au Cap, on sera des légendes. »

Si on rentre, tempérai-je.

« Il nous faut un truc accrocheur. Peut-être une référence à vous-même ?

— Qu'est-ce que vous aviez en tête ? » Je connaissais trop bien Jenkins, il était évident qu'elle avait déjà une idée.

Elle eut un sourire narquois. « Que diriez-vous de la Légion de Lazare ? »

Je secouai la tête. « Peut-être. J'y songerai. Comment avancent les préparatifs de vol ?

— Martinez règle les congélos. On approche d'un éventuel point de saut-Q. C'est bientôt l'heure de dormir. »

Elle redescendit l'échelle, me laissant à mes pensées.

Je me retournai vers l'espace et suivis une ligne d'étoiles en travers du hublot. Là-dehors, il y avait le Maelström, qui dépassait la logique et l'entendement humains. Hélios n'était plus qu'un point lumineux dans le noir.

REMERCIEMENTS

Je n'aurais sincèrement pas pu écrire ce livre sans l'aide de ma famille.

Tout d'abord, mon épouse, Louise, a fait preuve d'une patience phénoménale en lisant les nombreux brouillons du roman et en me motivant tout au long de son écriture. Je sais que c'est plus fatigant que ça n'en a l'air ! Merci de m'avoir supporté.

J'aimerais aussi remercier mon frère d'avoir lu le manuscrit (je sais ce que lire te coûte, Rich !)

Mon agent Robert Dinsdale, de la Dinsdale Imber Literary Agency, m'a énormément aidé à mettre le livre en forme. Je promets que le second demandera moins de travail…

Mon éditrice, Anna Jackson, chez Orbit, m'a également soutenu de bout en bout et ses retours ont été très utiles.

Merci également à Yesica Coronel Scull (qui a fourni les traductions en espagnol pour Martinez) et Stephen Deas (qui a aimablement contrôlé les éléments scientifiques – toute erreur ou omission est purement de ma faute, dans le seul but de raconter une bonne histoire !).

Table

PAPIER CERTIFIÉ

Le Livre de Poche s'engage pour l'environnement en réduisant l'empreinte carbone de ses livres. Celle de cet exemplaire est de :
600 g éq. CO_2
Rendez-vous sur www.livredepoche-durable.fr

Composition réalisée par Soft Office

Achevé d'imprimer en mai 2023 en Espagne par Liberduplex
Dépôt légal 1re publication : mai 2023
LIBRAIRIE GÉNÉRALE FRANÇAISE
21, rue du Montparnasse – 75298 Paris Cedex 06

59/1942/2